हिन्द पॉकेट बुक्स

रहस्यमयी

हेनरी राइडर हेगर्ड ने कुछेक उत्कृष्ट कल्पनाप्रधान, मनोरंजक और रोमांटिक उपन्यास लिखे हैं। उनके उपन्यासों का कथानक प्रायः अफ्रीका महाद्वीप पर आधारित है। *रहस्यमयी* उनका एक ऐसा ही श्रेष्ठ उपन्यास है। इस उपन्यास में दो हजार वर्ष पहले की एक परम सुन्दरी की प्रेमकथा को बड़े ही मनोहारी एवं रोमांचक ढंग से प्रस्तुत किया गया है। उपन्यास में ऐसी पकड़ है कि पाठक इसे अन्त तक पढ़े बिना नहीं रह सकता।

रहस्यमयी

हेनरी राइडर हेगर्ड

हिन्द पॉकेट बुक्स
पेंगुइन रैंडम हाउस इम्प्रिंट

हिन्द पॉकेट बुक्स

यूएसए। कनाडा। यूके। आयरलैंड। ऑस्ट्रेलिया। सिंगापुर
न्यू ज़ीलैंड। भारत। दक्षिण अफ्रीका। चीन

हिन्द पॉकेट बुक्स, पेंगुइन रैंडम हाउस ग्रुप ऑफ़ कम्पनीज़ का हिस्सा है, जिसका पता global.penguinrandomhouse.com पर मिलेगा

पेंगुइन रैंडम हाउस इंडिया प्रा. लि.,
चौथी मंजिल, कैपिटल टावर -1, एम जी रोड,
गुड़गांव 122 002, हरियाणा, भारत

पेंगुइन
रैंडम हाउस
इंडिया

प्रथम संस्करण हिन्द पॉकेट बुक्स द्वारा 1966 में प्रकाशित
यह संस्करण हिन्द पॉकेट बुक्स में पेंगुइन रैंडम हाउस द्वारा 2022 में प्रकाशित

10 9 8 7 6 5 4 3 2

इस पुस्तक में व्यक्त विचार लेखक के अपने हैं, जिनका यथासंभव तथ्यात्मक सत्यापन किया गया है, और इस संबंध में प्रकाशक एवं सहयोगी प्रकाशक किसी भी रूप में उत्तरदायी नहीं हैं।

ISBN 9789353493103

मुद्रकः रेप्रो इंडिया लिमिटेड

www.penguin.co.in

FSC www.fsc.org
MIX
Paper from responsible sources
FSC® C047271

This is a legitimate digitally printed version of the book and therefore might not have certain extra finishing on the cover.

रहस्यमयी

आरम्भ

इस कथा को संसार के सम्मुख उपस्थित करते हुए, जो दुस्साहसिक भ्रमण की दृष्टि से भी मनुष्यों द्वारा अभी तक किए गए अनुभवों में बड़ा अद्‌भुत एवं रहस्यमय प्रतीत होता है, मैं यह बताना आवश्यक समझता हूं कि इसके साथ मेरा यथार्थ सम्बन्ध क्या है। मैं तुरन्त यह प्रकट कर दूं कि मैं इस असाधारण कथा का कहनेवाला—कथाकार—नहीं हूं, बल्कि संपादक मात्र हूं। अब मैं यह बताना चाहता हूं कि यह किस प्रकार मेरे हाथ लगी।

कई वर्ष पहले की बात है कि मैं (संपादक) एक विश्वविद्यालय में—जिसे इस कथा के लिए मैं कैम्ब्रिज कह लेता हूं—अपने एक मित्र के पास ठहरा हुआ था। एक दिन दो आदमियों के चेहरे देखकर मैं बड़ा प्रभावित हुआ जो सड़क पर एक-दूसरे के हाथ में हाथ डाले चले जा रहे थे। इनमें से एक तरुण व्यक्ति ऐसा था, जो मेरे अब तक देखे हुए आदमियों में सबसे सुन्दर कहा जा सकता है। वह बहुत लम्बा-चौड़ा था और उसके मुख पर ऐसी शक्ति और सुषमा थी जो मानो उसकी स्वाभाविक सम्पदा हो। उसका मुख बिल्कुल निर्दोष और सुन्दर था, और जब उसने पास से गुज़रती हुई एक महिला का अभि-वादन करने के लिए अपने सिर से हैट उतारा तो मैंने देखा कि उसका सिर छोटे, घने, सुनहले, घुंघराले बालों से भरा हुआ है।

मैं भी अपने मित्र के साथ घूमने निकला था। मैंने मित्र से पूछा—

"तुम उस आदमी को देख रहे हो? ऐसा जान पड़ता है मानो अपोलो की मूर्ति सजीव हो उठी हो। कैसा सुन्दर युवक है!"

उसने उत्तर दिया—"हां, वह यूनिवर्सिटी में सबसे सुन्दर व्यक्ति है, और स्वभाव से भी बहुत भला है। ये लोग उसे 'यूनानी देवता' कहते हैं। लेकिन ज़रा दूसरे को देखो, वह विंसी (यूनानी देवता नामधारी युवक का नाम) का अभिभावक है और यह माना जाता है कि उसे हर एक बात की जानकारी है। लोग उसे कारूं (Charon) कहते हैं, पता नहीं क्यों? उसके भद्दे चेहरे के कारण या परीक्षाओं के गम्भीर सागर में अपने संरक्षित युवक को सफलतापूर्वक पार खेले जाने के कारण—किसलिए, मैं नहीं जानता।"

मैंने उधर देखा और पहले से ज़्यादा उम्र वाला वह व्यक्ति भी मुझे उतना ही दिलचस्प मालूम हुआ जितना उसके पार्श्व में चलनेवाला मानवता का वह श्रेष्ठ उदाहरण था। उसकी उम्र चालीस के लगभग मालूम पड़ती थी और वह उतना ही कुरूप था जितना उसका साथी रूपवान् था। वह नाटा, खमदार टांगों वाला, बैठी छाती का था और उसकी भुजाएं असाधारण रूप से लम्बी थीं। उसके बाल काले थे और आंखें छोटी थीं। उसके माथे पर भी बाल उग आए थे और गल-मुच्छे बालों तक फैले हुए थे; इससे उसके चेहरे का बहुत कम भाग दिखाई पड़ता था। उसे देखकर मुझे ज़ोरों से गोरिल्ला की याद आती थी, फिर भी उसकी आंखों में एक प्रकार का आकर्षण और सौंदर्य था। मुझे याद है कि मैंने मित्र से कहा था कि मैं उससे परिचय करना चाहूंगा।

मेरे मित्र ने कहा—"बहुत अच्छा। यह सरल काम है। मैं विंसी को जानता हूं। आओ, अभी परिचय करा दूं।" उसने परिचय करा दिया और हम कुछ देर खड़े-खड़े ज़ुलू लोगों के विषय में बात करते रहे क्योंकि मैं हाल ही केप से लौटा था।

इसी समय एक तगड़ी स्त्री, जिसका नाम मुझे इस समय याद नहीं आ रहा है, वहां आई। उसके साथ एक सुन्दर खूबसूरत बालों वाली लड़की भी थी और श्री विंसी जो उनसे भलीभांति परिचित थे, उनमें जा मिले और उनके साथ टहलते हुए चले गए। पर अधेड़ आदमी के

चेहरे का रंग उन स्त्रियों को आते देखकर बदल गया और मुझे यह बहुत विचित्र बात लगी। मुझे बाद में मालूम हुआ कि इस अधेड़ आदमी का नाम होली है। वह बात करते-करते रुक गया, अपने साथी की ओर तिरस्कारपूर्ण दृष्टि डाली और मुझे सिर झुकाकर अकेला ही एक तरफ चला गया। मुझे मालूम हुआ कि वह स्त्रियों से उतना ही डरता है जितना लोग पागल कुत्ते से डरते हैं। इसीलिए उस समय वह दुम दबा-कर वहां से खिसक गया। पर मैं यह नहीं कह सकता कि तरुण विंसी को भी स्त्री-सौंदर्य के प्रति अरुचि थी। मुझे याद है कि मैंने हंसते हुए अपने मित्र से कहा था कि विंसी ऐसा व्यक्ति नहीं है कि कोई आदमी अपने साथ ब्याह करनेवाली स्त्री से उसे मिलाए, क्योंकि उस मुलाकात का परिणाम यह हो सकता है कि स्त्री का प्रेम दूसरी ओर फिर जाए। निस्सन्देह वह बहुत सुदर्शन था और उसमें वह आत्मचेतना और प्रवंचना भी न थी जो प्रायः सुन्दर आदमियों में पाई जाती है और जिसके कारण उसके साथी उसे नापसन्द करने लगते हैं।

उसी शाम को मैं वहां से चला आया और फिर मेरी मुलाकात उन दोनों से कभी नहीं हुई, न उनकी कोई खबर ही मुझे मिली। तब से मैंने आज तक न उन्हें देखा, न देखने की कोई संभावना ही है। किंतु एक मास पूर्व मुझे एक पत्र और दो बंडल मिले जिनमें से एक में पाण्डु-लिपि थी। पत्र खोलने पर देखा कि उसमें होरेस होली का हस्ताक्षर है, जो उस समय मुझे परिचित-सा नहीं मालूम पड़ा। पत्र निम्नलिखित था:

"—कालेज, कैम्ब्रिज।
मई 1, 18—

"मेरे प्रिय मित्र,—हमारे बहुत मामूली परिचय को देखते हुए आपको मेरा यह पत्र पाकर आश्चर्य होगा। मैं समझता हूं कि शुरू में ही मुझे आपको यह याद करा देना चाहिए कि कई साल पहले, हम एक बार मिले थे और उस समय कैम्ब्रिज की एक सड़क पर मेरा और मेरे संरक्षित युवक लियो विंसी का आपसे परिचय कराया गया था। मैंने यहां संक्षेप में और मतलब की बात करना चाहता हूं। अभी हाल में मैंने मध्य अफ्रीकी सफर-सम्बन्धी आपकी एक पुस्तक पढ़ी है। मैं

मानता हूं कि यह पुस्तक आंशिक रूप से सत्य है, और आंशिक रूप से कल्पना की उड़ान है। जो भी है पर इससे मुझे एक विचार सूझा है। साथ की पाण्डुलिपि पढ़ने से आपको मालूम होगा कि मैं और मेरा संरक्षित युवक, बल्कि गोद लिया पुत्र, लियो विंसी हाल ही में एक यथार्थ अफ्रीकी प्रवास से लौटे हैं। यह प्रवास आप द्वारा वर्णित सफर से कहीं अद्भुत है—यहां तक कि मुझे खुद इस पाण्डुलिपि को आपके पास भेजते हुए लज्जा-सी होती है कि कहीं आप इस कथा पर अविश्वास न करें। पाण्डुलिपि में आप देखेंगे कि हमने निश्चय कर लिया था कि अपने जीते-जी इस कथा को प्रकाशित नहीं करेंगे। और जो नई परिस्थिति पैदा हो गई है वह न पैदा होती तो हम हर्गिज़ अपना इरादा न बदलते। आप इस पाण्डुलिपि को पढ़ने के बाद उस परिस्थिति का अनुमान स्वयं कर लेंगे। इस बार हम दोनों मध्य एशिया की ओर जा रहे हैं, जहां गूढ़ ज्ञान—यदि वह संसार में कहीं मिल सकता है तो—मिल सकता है। हमारा अनुमान है कि हमारा यह प्रवास बहुत लम्बा होगा। शायद हमारा लौटना न भी हो। इन बदली हुई परिस्थितियों में यह सवाल उठता है कि जिस दृश्य के विश्वास को हम अतुल दिल-चस्पी की चीज़ समझते हैं, क्या उसे सिर्फ इसलिए संसार के आगे न जाने देना उचित होगा कि उसका सम्बन्ध हमारे व्यक्तिगत जीवन से है या इसलिए कि लोग इसपर सन्देह एवं उपहास करेंगे? इस विषय में मेरा कुछ और मत है, लियो का कुछ और है। बड़ी बहस के बाद दोनों में यह समझौता हुआ है कि यह विवरण आपके पास भेज दिया जाय और आपको पूरा अधिकार दे दिया जाय कि आप ठीक समझें तो इसे प्रकाशित करें। सिर्फ एक ही शर्त है कि आप हमारे वास्तविक नाम-धाम को छिपा लेंगे, और कथा की सत्यता के लिए आवश्यक व्यक्तिगत परिचयात्मक बातों को छोड़ हमारे विषय में सब निजी सन्दर्भों को अप्रकाशित रखेंगे।

"और आगे मैं क्या कहूं? मैं सचमुच नहीं जानता; केवल इतना ही एक बार पुनः कहना चाहता हूं कि साथ की पाण्डुलिपि में हर घटना ठीक उसी प्रकार बयान की गई है जिस रूप में वह घटित हुई है। जहाँ तक 'श्री' या आयेशा का सवाल है, मैं कुछ और लिखना नहीं

चाहता। दिन-दिन हमारा अफसोस बढ़ता जाता है कि हमने उस अद्भुत महिला से और अधिक जानकारी प्राप्त करने के अवसर को क्यों खो दिया? वह कौन थी? वह किस प्रकार पहली बार कोर की गुफाओं में आई और उसका यथार्थ धर्म क्या था? हमने इन बातों का पता नहीं लगाया और अब अफसोस! हम कभी इन बातों को जान न सकेंगे—कम से कम आज तो नहीं जान सकते। ये और इस तरह के और भी अनेक प्रश्न मेरे मन में उठते हैं, पर अब उनके पूछने से क्या फायदा है?

"क्या आप मेरे इस कार्य को स्वीकार करेंगे? हम आपको पूरी स्वतन्त्रता देते हैं, और पुरस्कार में आपको संसार के सामने एक अत्यन्त आश्चर्यजनक इतिहास रखने का श्रेय प्राप्त होगा। यह कल्पित कथा नहीं है, जैसाकि इसके विवरण से मालूम होगा। पाण्डुलिपि को पढ़िए (आपके लिए मैंने उसकी सुन्दर प्रतिलिपि कर दी है) और तब मुझे बताइए।

"विश्वास कीजिए, आपका सच्चा मित्र

ल० होरेस होली।"*

"पुनश्च—यदि आप इसके प्रकाशन का निश्चय करते हैं और इस रचना की बिक्री से कोई लाभ होता है तो आप उसका जो भी उपयोग चाहें कर सकते हैं, किन्तु यदि हानि होती है तो मैं अपने कानूनी सलाहकार मेसर्स ज्याफ़री एण्ड जोर्डन को आदेश दे जाऊंगा कि वे इसकी पूर्ति कर दें। ठीकरा, यंत्र और दूसरे कागज़ात, जो आपको भेजे जा रहे हैं, आपके पास तब तक सुरक्षित रहेंगे जब तक हम उन्हें वापस न मांगें।—ल० ह० ह०।"

जैसी कल्पना भी की जा सकती है, यह पत्र पाकर मुझे बड़ा आश्चर्य हुआ, किन्तु जब मैंने पाण्डुलिपि (काम में फंसे रहने के कारण मैं उसे 15 दिन बाद ही खोल सका) देखी तो उससे भी अधिक आश्चर्य हुआ। पाठकों को भी ऐसा ही लगेगा। इसलिए मैंने तुरन्त उसे प्रकाशित करने का विचार कर लिया। मैंने इस आशय का पत्र भी श्री

* लेखक के अनुरोध के अनुसार यहां तथा समस्त कथा में उनका नाम बदल दिया गया है।

होली को लिख दिया, पर उनके कानूनी सलाहकारों ने मेरा पत्र मुझे लौटाते हुए सूचित किया कि हमारे मुवक्किल एवं लियो विंसी आपका पत्र मिलने के पूर्व ही तिब्बत के लिए प्रस्थान कर चुके हैं और इस समय उनका पता ज्ञात नहीं है।

बस, मुझे इतना ही कहना है। जहां तक विवरण का सवाल है, स्वयं पाठक उसकी जांच कर लें। हम उसे ज्यों का त्यों दे रहे हैं, बहुत ही थोड़े संशोधन किए गए हैं और जहां ये संशोधन किए गए हैं वहां मुख्यत: अभिनेताओं को जनता की पहचान से बचाने के लिए ही किए गए हैं। निजी तौर पर मैंने निश्चय कर लिया है कि इसपर टिप्पणी न करूंगा। पहले मेरा विश्वास हो चला था कि अपने अनन्त वर्षों की महत्ता से आच्छादित एक नारी—जिसपर नित्यता की छाया उसी प्रकार पड़ रही थी जैसे रात्रि के काले डैने—का यह इतिहास एक ऐसा विराट रूपक है जिसका अर्थ मैं पकड़ नहीं पाता। फिर मैंने सोचा कि यह व्यावहारिक अमरता के संभाव्य परिणामों का चित्रण करने का एक ज़ोरदार प्रयत्न है—अमरता जो एक ऐसी नारी के प्राणतत्त्व को सूचित करती है जो अपनी शक्ति धरती से ग्रहण करती है और जिसके मानवीय अन्तर में तब भी वासनाएं उठती और गिरती हैं जैसे उसके चतुर्दिक् फैले अमरणशील जगत् में समीर और ज्वार उठते और गिरते हैं। पर ज्यों-ज्यों मैं आगे पढ़ता गया, मैंने यह धारणा भी त्याग दी। मेरी समझ से इस कथा के चेहरे पर ही सत्य की छाप लगी हुई है; इसकी व्याख्या मैं दूसरों के ऊपर छोड़ता हूं। इस छोटे मुखबन्ध के साथ, जो इस परिस्थिति में आवश्यक था, मैं आयेशा और कोर की गुफाओं से संसार को परिचित करता हूं। —सम्पादक

पुनश्च-इस इतिहास को पुनः पढ़ने के बाद एक और बात का मेरे दिल पर ऐसा असर हुआ कि मैं उसकी ओर पाठक का ध्यान आकर्षित किए बिना नहीं रह सकता। हम लोगों को लियो का जो भी हाल—चाल दिया गया है उससे कदापि यह पता नहीं लगता कि उसके चरित्र में ऐसी कोई विशेषता थी जिसके कारण दुनिया की दृष्टि में आयेशा जैसी शक्तिमती बुद्धि वाली नारी का उसकी ओर आकर्षित होना स्वाभाविक जंचता। मेरे विचार में तो उसमें चित्ताकर्षण का

कोई विशेष गुण न था। बल्कि हमारी तो कल्पना है कि सामान्य परिस्थितियों में कदाचित् होली ने श्री को अपनी ओर आकर्षित करने में अधिक सफलता पाई होती। क्या यह तो नहीं है कि दो अति मिल जाते हैं और उसके मन में प्रकाश एवं शक्ति के अत्याधिक्य ने ही भौतिक सम्पदा के मन्दिर में पूजा करने की प्रतिक्रिया उसके अन्दर पैदा की हो? क्या प्राचीन कालिक्रेटीज़ केवल एक सुन्दर पशु था जो केवल अपने आनुवंशिक यूनानी सौंदर्य के लिए प्यार किया गया? या इसका ठीक कारण यह हो कि आयेशा ने अपनी हमसे अधिक सूक्ष्म अवलोकन-शक्ति द्वारा लियो की आत्मा में महत्ता का बीज एवं छिपी चिनगारी देख ली हो और जान गई हो कि उसके जीवन-दान द्वारा, उसकी बुद्धि से सिंचित होकर, उसकी उपस्थिति की सूर्य-ज्योति से उद्भासित होकर वह फूल की भांति खिल उठेगा और तारा की भांति चमक उठेगा तथा विश्व को प्रकाश एवं सुगंध से भर देगा?

यहां भी मैं उत्तर देने में असमर्थ हूं और पाठक को उपस्थित तथ्यों के प्रकाश में स्वयं अपना विचार बनाने की स्वतंत्रता देता हूं।

—राइडर हेगर्ड

1

कुछ घटनाएं ऐसी होती हैं कि उनकी हरएक परिस्थिति और तत्सम्बन्धी ब्योरे की बातें स्मृति-पटल पर कुछ यों अंकित हो जाती हैं कि भुलाए नहीं भूलतीं। मैं जिस दृश्य का वर्णन करने वाला हूं वह भी इसी प्रकार का है। वह आज भी मेरी आंखों के आगे इस प्रकार नाच रहा है जैसे कल ही घटित हुआ हो।

कोई बीस साल से ज़्यादा हुए होंगे, जब ठीक इसी महीने में एक रात को मैं, लुडविग होरेस होली, कैम्ब्रिज के अपने कमरे में बैठा गणित का कोई सवाल हल करने में उलझा हुआ था—इस समय याद नहीं आता कि वह सवाल क्या था। एक सप्ताह बाद ही (फेलोशिप के लिए) मेरी परीक्षा होनेवाली थी और मेरे शिक्षक तथा कालेज के लोगों को आम तौर से यह विश्वास था कि मैं उसमें विशेष नामवरी के साथ पास हो जाऊंगा। पर इस सवाल को करते हुए मैं परेशान हो रहा था। मैंने थककर किताब नीचे फेंक दी और अंगीठी के ताक के पास जाकर पाइप में तम्बाकू भरने लगा। इस मैंटल-पीस पर एक शमा जल रही थी और उसके पीछे एक संकरा, पर लम्बा शीशा लगा हुआ था। ज्योंही मैं पाइप जलाने के लिए झुका, मेरे चेहरे का प्रतिबिम्ब शीशे में पड़ा और उसकी ओर नज़र किए मैं सोचता ही रह गया। जलाई हुई दियासलाई जलती रही, यहां तक कि मेरी उंगलियां जलने लगीं। मैंने मजबूर होकर उसे फेंक दिया किन्तु तब भी मैं उसी तरह खड़ा शीशे में अपने को देखता और सोचता रहा।

"ओह! यह आशा तो की जा सकती है कि मैं दुनिया में अपने दिमाग की अन्तःशक्ति से कुछ कर दिखाऊं, पर बाहरी रूप द्वारा तो कुछ भी कर सकना मेरे लिए संभव न होगा!"—ज़ोर से मेरे मुंह से

ये शब्द निकले।

बेशक ये बातें पाठकों के दिल में कुछ उलझन पैदा करेंगी, किन्तु असल में इन बातों से मेरा मतलब अपनी शारीरिक वकृतियों से है। बाईस साल की उम्र में अधिकांश व्यक्तियों पर यौवन का सम्मोहन छा जाता है, पर दुःख है कि मैं वैसा का वैसा ही बना रहा। मुझे वह सौंदर्य प्राप्त नहीं हुआ। नाटा कद, गांठदार शरीर, धंसी हुई छाती लम्बे और मोटे हाथ, भारी चेहरा, भूरी तथा अन्दर घुसी आंखें, नीची, घनी और बालदार भौंहें;—पच्चीस साल पहले मेरी ऐसी ही शकल थी, और किञ्चित् परिवर्तन के साथ आज भी वही बात है। प्रकृति ने ही असाधारण कुरूपता की छाप मुझपर लगा दी थी, पर दूसरी ओर उसने मुझे असामान्य फौलादी ताकत एवं अत्यधिक बौद्धिक शक्ति भी दी है। मैं इतना कुरूप था कि मेरे शक्ति-प्रदर्शनों पर मेरे कालेज के छैले सहपाठी गर्व करते हुए भी मेरे साथ घूमने-फिरने में शर्माते थे।

तब क्या यह आश्चर्य की बात है कि मैं सदा उदासीन और मानवद्रोही समझा जाता था? क्या यह आश्चर्य की बात है कि मैं अकेला ही अपना काम करता था और अकेला ही सोचा करता था? मेरा एक भी मित्र नहीं था। प्रकृति ने कदाचित् मुझे अकेला रहने के लिए ही बनाया था। केवल उसीके आंचल तले मुझे कुछ आराम मिलता था—वही मेरे आश्रय की गोद थी। औरतें मेरी सूरत से घृणा करती थीं। अभी एक ही सप्ताह हुआ होगा कि एक औरत ने, यह समझकर कि मैं सुन नहीं रहा हूं, मुझे राक्षस कहा था और यह उपहास भी किया था कि मुझे देखकर उसे बन्दर से आदमी का विकास होने के सिद्धान्त में विश्वास हो गया है। जीवन में सिर्फ एक बार एक स्त्री ने मेरे प्रति अनुकूल होने का अभिनय किया था। मैंने उसपर अपने अन्तर के समस्त संचित प्रेम को उंडेल दिया था। पर जो धन मुझे मिलने वाला था, वह अन्यत्र चला गया और उसने भी मुझे छोड़ दिया। मैंने उसकी बड़ी विनती और नाज़बरदारी की। इसके पहले या बाद में मैंने किसीकी इतनी खुशामद कभी न की थी। मैं उसकी मधुर मुखश्री पर लट्टू हो गया था और उसे बहुत चाहता था। पर उसका

भी दिल नहीं पसीजा और अन्त में एक दिन वह, मेरी विनती के जवाब में, मुझे इस शीशे के पास ले गई और मेरे बगल में खड़ी हो गई।

"अब देखो। अगर मैं परी हूं तो तुम क्या हो?" उसने कहा।

यह उस समय की बात है जब मैं सिर्फ बीस साल का था।

इसलिए मैं शीशे के सामने खड़ा ताकता रहा और अपने इकलेपन पर एक प्रकार का कठोर सन्तोष अनुभव करता रहा—क्योंकि न मेरे बाप थे, न मां थी, न कोई भाई था; और जब मैं इस तरह शीशे की ओर देख रहा था, किसीने मेरा द्वार खटखटाया।

दरवाज़ा खोलने के पहले मैंने उस आवाज़ को कान लगाकर सुना, क्योंकि रात के बारह बज गए थे और मैं किसी अजनबी को अपने कमरे में बुलाने की मनोदशा में न था। कालेज में क्या, संसार-भर में मेरा सिर्फ एक ही मित्र था—शायद वही हो!

इतने में दरवाज़े के बाहर के आदमी ने खांसा, और मैं दरवाज़ा खोलने को बढ़ा क्योंकि मैं इस खांसी को पहचानता था।

एक लम्बे आदमी ने, जिसकी उम्र कोई तीस साल रही होगी और जिसमें अब भी विलक्षण सौन्दर्य के लक्षण मौजूद थे, एक बड़े लोहे के सन्दूक के बोझ से लड़खड़ाते हुए, शीघ्रता के साथ अन्दर प्रवेश किया। इस सन्दूक के कुंडे को वह दाहिने हाथ से पकड़े हुए था। उसने सन्दूक को मेज़ पर रख दिया और ज़ोर से खांसने लगा। उसे खांसी का भयानक 'फिट' आ गया था। खांसी इतने ज़ोर की थी कि खांसते-खांसते उसका चेहरा लाल हो गया। अन्त में वह थककर एक कुर्सी पर धम्म से बैठ गया और खून उगलने लगा। मैंने एक गिलास में थोड़ी व्हिस्की उंडेलकर उसे दी। वह पी गया। उसे कुछ आराम मालूम पड़ा यद्यपि यह 'आराम' भी ऐसा था जिसे 'बहुत बुरा' ही कहना चाहिए।

"तुमने इतनी देर तक मुझे बाहर सर्दी में खड़ा क्यों रखा?" कुछ चिड़चिड़ाकर वह बोला—"जानते तो हो कि सर्द हवा के झोंके मेरे लिए मौत हैं।"

"मैं नहीं जानता था कि तुम हो। बहुत रात गए तुम आए हो।" मैंने उत्तर दिया।

"हां, और शायद यह मेरी अन्तिम भेंट है।" हंसने की एक भया-

नक चेष्टा के साथ वह बोला। "मैं जा रहा हूं होली, मैं जा रहा हूं। मैं कल्पना नहीं करता कि कल का दिन देखना मेरे भाग्य में है।"

"वाहियात बकते हो!" मैंने कहा—"मुझे डाक्टर बुलाने के लिए जाने दो।"

उसने हाथ के इशारे से मुझे जाते हुए रोक लिया और बोला—"बात बुद्धिमानी की है पर मुझे किसी डाक्टर की ज़रूरत नहीं है। मैंने भी चिकित्साशास्त्र का अध्ययन किया है, और मैं उसके बारे में बहुत कुछ जानता हूं। डाक्टर मेरी कोई मदद नहीं कर सकते। मेरा आखरी वक्त आ गया है। यही आश्चर्य है कि यह एक साल में कैसे जीवित रहा। अब जो कुछ मैं कहता हूं उसे ध्यान देकर सुनो, क्योंकि फिर उन बातों को मेरे द्वारा दोहराए जाने का मौका तुम्हें न मिलेगा। दो साल से हम मित्र हैं, भला बताओ तो तुम मेरे बारे में क्या जानते हो?"

मैंने कहा—"बस इतना ही जानता हूं कि आप धनिक व्यक्ति हैं और उस उम्र में कालेज में पढ़ने आए, जब लोग प्रायः उसे छोड़ जाते हैं। मैं जानता हूं कि आपकी शादी हुई थी, पर आपकी बीवी मर गई। मैं यह भी जानता हूं कि संसार में आप ही मेरे सर्वोत्तम क्या केवल एक ही मित्र हैं।"

"और तुम यह नहीं जानते कि मेरे एक लड़का भी है?"

"नहीं।"

"मेरे एक लड़का है। वह पांच वर्ष का होगा। उसीके पैदा होने में उसकी मां मुझसे बिछुड़ गई। इसीलिए मैं कभी उसके मुख की ओर देखने का भी साहस नहीं कर सका। होली, यदि तुम स्वीकार करो, तो मैं तुम्हें उस लड़के का एकमात्र संरक्षक छोड़ जाऊं।"

मैं प्रायः कुर्सी के बाहर उछलकर बोला—"मुझे?"

"हां, तुम्हें। मैं दो साल से तुम्हें व्यर्थ ही नहीं जांच रहा हूं। मुझे कुछ समय से यह मालूम हो गया था कि मैं ज़्यादा दिन जीवित नहीं रहूंगा। और जब से मुझे यह मालूम हुआ तभी से मैं एक ऐसे आदमी की खोज कर रहा हूं जिसे अपना लड़का और यह सन्दूक (सन्दूक पर थपकी देकर) सौंप जाऊं। होली, तुम्हीं हो वह आदमी। क्योंकि तुम

एक बीहड़ वृक्ष के समान हो जो ऊपर से खुरदुरा पर अन्दर से पक्का और मज़बूत है।

"सुनो! यह लड़का संसार के एक प्राचीनतम वंश का चिह्न है। मेरी बात पर तुम हंसोगे पर किसी दिन तुम्हें मालूम हो जाएगा कि मेरे पैंसठवें या छियासठवें पुरखा मिस्री देवता 'आइसिस' के पुजारी थे, यद्यपि खुद वह यूनानी वंश में पैदा हुए थे और 'कालिक्रेटीज़'[1] के नाम से मशहूर थे। उनके पिता एक यूनानी सरदार थे जिन्हें उन्नीसवें वंश के मेंडेशियन 'फेरो' हाक-होर ने प्रतिष्ठा दी थी। और उनके दादा या परदादा वही 'कालिक्रेटीज़' थे जिसका वर्णन इतिहासकार 'हेरोडोटस'[2] ने किया है। ईसा के जन्म के 339 साल पहले, जब फेरो लोगों का अन्तिम पतन हो रहा था, इन पुजारी 'कालिक्रेटीज़' ने अविवाहित रहने की अपनी प्रतिज्ञा तोड़ दी और राजवंश की एक मिस्री राजकुमारी को, जो उनको प्रेम करने लगी थी, लेकर मिस्र से भाग खड़े हुए। अफ्रीका के समुद्रतट पर, आज की डेलागोआ खाड़ी के पास या उत्तर में, उनका जहाज़ बर्बाद हो गया और सारी सम्पत्ति तथा साथी नष्ट या छिन्न-भिन्न हो गए। पर उनकी पत्नी और वह बच गए। वहां उन दोनों ने बड़ी-बड़ी तकलीफें उठाईं पर अन्त में जंगली कौम की एक गोरी रानी ने, जो अद्‌भुत सुन्दरी थी, उन्हें शरण दी और उनकी खातिरदारी की। पर किसी विशेष परिस्थिति में—जिसका इस समय मैं वर्णन नहीं करना चाहता और जिसे तुम ज़िन्दा रहे तो स्वयं एक दिन इस सन्दूक की वस्तुओं से जान जाओगे—उस गोरी रानी ने मेरे पुरखा 'कालिक्रेटीज़' को मार डाला। उनकी पत्नी किसी तरह बचकर एथेंस भाग आईं। उस समय वह गर्भवती थीं और जब लड़का पैदा

---

1. कालिकेटाज़=शक्तिमान और सुन्दर अथवा अधिक उपयुक्त शक्ति-सुन्दर।

2. यहां मेरे मित्र ने जिस कालिक्रेटीज़ का ज़िक्र किया है, वह स्पार्टा का निवासी था। हेरोडोटस ने उसके सौन्दर्य की बड़ी प्रशंसा की है। वह प्लेटा की लड़ाई में (22 सितम्बर 479 ईसा पूर्व) मारा गया। इसी लड़ाई में प्लशियनों के नायकत्व में लेसीडियोनियनों और एथेनियनों ने ईरानियों को हराया था। इसमें तीन लाख ईरानी मौत के घाट उतर गए थे।

हुआ, उन्होंने उसका नाम 'टेसिस्थेनीज़' या 'शक्तिमान प्रतिहिंसक' रखा।

"पांच सौ वर्ष या ज़्यादा समय बीत जाने पर यह वंश एथेंस से रोम चला गया। क्यों और किस परिस्थिति में वह वहां गया, इसका कोई पता नहीं चल पाया है पर वहां उसने कदाचित् प्रतिशोध की ज्वाला जगाए रखने के लिए 'विण्डेक्स' (प्रतिशोधक) नाम ग्रहण किया। वहां भी वे पांच सौ साल या उससे ज़्यादा समय, 770 ई० के आसपास तक रहे। जब शार्लमेन ने लोम्बार्डी पर चढ़ाई की तब इस खानदान के लोग वहां रहते थे। ऐसा जान पड़ता है कि खानदान के मुखिया का इस महान सम्राट से सम्पर्क हो गया और वह उसके साथ आल्पस पर्वत पार कर ब्रिटेनी आए और वहीं बस गए। आठ पीढ़ियों के बाद, एडवर्ड दि कन्फेसर' के ज़माने में, यह खानदान इंगलैण्ड चला गया और 'विजेता' विलियम के समय बड़ी शक्ति एवं सम्मान का भाजन हुआ।

"तब से मुझ तक इस वंश का सिलसिला पूरे तौर पर बता सकता हूं। इंगलैण्ड की धरती पर इस वंश ने 'विंसी' नाम ग्रहण किया। उन्होंने कोई खास नाम नहीं पैदा किया, न समाज की आगे की पांती में आए। कभी उन्होंने सैनिक का बाना धारण किया, कभी सौदागरी की ओर झुके, पर किसी तरह अपनी इज़्ज़त-आबरू को बनाए रखा। चार्ल्स द्वितीय से लेकर वर्तमान शताब्दी के आरम्भ तक वे व्यापार-व्यवसाय में लगे रहे। 1790 ई० के लगभग मेरे दादा ने मदिरा बनाने के काम में काफी पैसा पैदा किया और फिर व्यवसाय से विश्राम ग्रहण किया। 1821 ई० में उनका देहान्त हो गया। सारी सम्पत्ति मेरे पिता को मिली जिन्होंने ज़्यादातर धन उड़ा दिया। दस वर्ष बाद वह भी मर गए। मेरे लिए दो हज़ार पौंड सालाना की सम्पत्ति छोड़ गए। तब मैंने (सन्दूक की ओर इशारा करके) इसके लिए सफर किया जिसमें भयानक असफलता हुई। लौटते समय दक्षिण यूरोप होता हुआ मैं एथेंस पहुंचा। वहां अपनी प्यारी पत्नी से मेरी भेंट हुई जो मेरे यूनानी पूर्वज की भांति ही परी या सुन्दरी कही जा सकती थी। वहां मैंने उसके साथ विधिवत् विवाह किया। वहीं एक साल बाद, मेरे पुत्र के जन्म के बाद, वह चल बसी।"

इतना कहकर वह थोड़ी देर के लिए ठहर गया और फिर अपना सिर हाथों पर रखकर कहने लगा :

"अपने विवाह के कारण मैं एक काम करना भूल गया ; और अब मैं उसे कर नहीं सकता। अब मेरे पास समय नहीं है होली! अब मेरे पास समय नहीं है! अगर तुम मेरी थाती को स्वीकार करते हो तो एक दिन सब कुछ मालूम हो जाएगा। अपनी पत्नी की मृत्यु के बाद मैंने फिर इस ओर ध्यान देने की कोशिश की। पर इसके लिए यह ज़रूरी था, या कम से कम मैंने ऐसा ही ख्याल किया कि मैं पूर्वी भाषाओं, विशेषतः अरबी में पूर्ण अभिज्ञता प्राप्त करूं। इसी अध्ययन की सुविधा के विचार से मैं यहां आया। पर बहुत जल्द मेरी बीमारी बढ़ गई और मुझे मालूम हो गया कि मेरा अन्तकाल आ पहुंचा है," और शायद अपने शब्दों पर बल देने के लिए वह फिर खांसी के भयानक 'फिट' में पड़ गया।

मैंने उसे कुछ और ह्विस्की दी। कुछ देर विश्राम करने के बाद उसने फिर कहना शुरू किया :

"मैंने अपने लड़के 'लियो' को बहुत छुटपन से ही नहीं देखा है। मैं उसका मुंह देखना सहन ही नहीं कर सकता था। पर लोग कहते हैं कि वह एक तेज़ और सुन्दर लड़का है। इस लिफाफे में (मेरे नाम का एक लिफाफा अपनी जेब से निकालकर) मैंने एक पत्र लिखकर रख दिया है जिससे तुमको मालूम हो जाएगा कि मेरी इच्छा लियो को किस प्रकार की शिक्षा देने की है। वह कुछ विचित्र प्रकार की है। मैं किसी अजनबी को यह काम नहीं सौंप सकता। इसलिए मैं एक बार फिर तुमसे अनुरोध करता हूं कि क्या तुम इसे स्वीकार करते हो?"

मैंने कहा—"पहले यह तो बताइए कि मुझे करना क्या होगा?"

"तुमको मेरे पुत्र लियो को अपने पास बुलाकर तब तक साथ रखने की ज़िम्मेदारी लेनी होगी जब तक वह पच्चीस साल का नहीं हो जाता। लेकिन इससे मेरा यह मतलब नहीं है कि तुम उसे स्कूल भेजने के लिए अपने पास रखो। पच्चीसवीं वर्षगांठ के समय तुम्हारी संरक्षकता समाप्त हो जाएगी। और तब मैं जो चाबियां तुमको दे रहा हूं (उसने उन्हें मेज पर रख दिया) उनसे इस लोहे के सन्दूक को खोल

डालना। इसमें रखी चीज़ों को उसे दिखाना और कागज़-पत्रों को पढ़ा देना और पूछना कि वह इसकी खोज में जाना चाहता है या नहीं। किन्तु उससे यह भी स्पष्ट कह देना कि उसे इस काम के लिए कोई मजबूर नहीं करता। अब शर्तों की बात भी सुन लो। मेरी वर्तमान आमदनी दो हज़ार दो सौ पौण्ड सालाना है जिसका आधा तुमको ज़िन्दगी-भर के लिए लिखे जाता हूं अर्थात संरक्षण स्वीकार करने पर एक हज़ार पौण्ड सालाना पुरस्कार तुमको मिलेगा, क्योंकि तुम्हें अपनी ज़िन्दगी इस काम में लगानी पड़ेगी। सौ पौण्ड सालाना लड़के के भोजनादि के व्यय के लिए। बाकी ग्यारह सौ पौण्ड सालाना तब तक जमा होता रहेगा जब तक लियो पच्चीस साल का नहीं हो जाता। यह इसलिए कि जिस खोज की चर्चा मैंने तुमसे की है उसमें वह लगना चाहे तो इस काम के लिए धन एकत्र रहे।"

मैंने पूछा—"और इसके पहले ही मैं मर गया तो?"

"तब लड़के को 'कोर्ट आफ वार्ड् स' (चांसरी) के सुपुर्द कर जाना। हां, इतना ध्यान रखना कि तुम्हारी वसीयत में लोहे का सन्दूक लड़के को दे दिए जाने की बात ज़रूर रहे। होली, इन्कार न करो। विश्वास रखो, इससे तुम्हारा भी भला होगा। तुम दुनिया में मिलने-जुलने योग्य नहीं हो—ऐसा करोगे तो तुम्हारी कटुता और बढ़ेगी। चंद हफ्तों में ही तुम अपने कालेज के 'फैलो' बन जाओगे और वहां से तुम्हें जो कुछ मिलेगा तथा मैं तुम्हारे लिए जो कुछ छोड़े जा रहा हूं उसके कारण विद्याभ्यासपूर्ण अवकाश बिताने का सुभीता तुम्हें हो जाएगा, और भी जो कुछ खेल-कूद तुम पसन्द करोगे, उसके लिए भी सुविधा हो जाएगी।"

वह ठहरकर बड़ी उत्सुकतापूर्वक मेरी ओर देखने लगा। किन्तु मैं तब भी हिचकिचा रहा था, क्योंकि यह एक विचित्र प्रकार की ज़िम्मेदारी थी।

"होली, मेरे लिए इसे स्वीकार करो। हम लोग अच्छे मित्र रहे हैं, और अब मेरे पास इतना समय नहीं है कि कोई दूसरी व्यवस्था कर सकूं।"

मैंने कहा—"बहुत अच्छा! यदि इस कागज़ में कोई ऐसी बात न हुई जो मुझे अपना मत बदलने को मजबूर करे, तो मैं इस काम को पूरा

करूंगा।" और चाबियों के पास उसने जो लिफाफा मेज़ पर रख दिया था, उसे छूकर उसकी ओर मैंने संकेत किया।

"धन्यवाद होली! धन्यवाद! इसमें कोई ऐसी बात नहीं है। मेरे सामने ईश्वर की शपथ लो कि तुम लड़के के लिए पितृवत् रहोगे और मैंने जो निर्देश दिए हैं उनका पूरी तौर पर पालन करोगे।"

मैंने गम्भीरतापूर्वक कहा—"मैं शपथ लेता हूं।"

"बहुत अच्छा! पर याद रखना, मैं एक दिन तुमसे इस शपथ का हिसाब मांगूंगा क्योंकि मैं मृत एवं विस्मृत होते हुए भी जीता रहूंगा। होली, मृत्यु जैसी कोई चीज़ नहीं है; जिसे हम मृत्यु कहते हैं वह सिर्फ एक परिवर्तन है, और जैसा शायद तुम भविष्य में सीख पाओगे, मेरा विश्वास है कि यहां भी, कतिपय परिस्थितियों में, उस परिवर्तन को अनिश्चित काल तक के लिए स्थगित किया जा सकता है।" इतना कहते-कहते उसे फिर खांसी का भयानक दौरा आ गया।

उसने आगे कहा—"अच्छा, अब मैं जाता हूं। यह सन्दूक तुम्हारे पास है। और मेरा वसीयतनामा मेरे अन्य कागज़ों में मिल जाएगा। इस वसीयतनामे के अनुसार ही लड़का तुमको सुपुर्द कर दिया जाएगा। होली, तुम्हें अच्छा मेहनताना मिलेगा, और मैं जानता हूं कि तुम ईमानदार हो, किन्तु यदि तुमने मेरी थाती के प्रति विश्वासघात किया तो मेरा भूत तुम्हें लगेगा।"

मैंने कुछ नहीं कहा क्योंकि मैं इतना चकित हो गया था कि बोलना सम्भव नहीं था।

उसने शमा उठा ली और अपना मुंह शीशे में देखा। निश्चय ही वह एक खूबसूरत चेहरा था जिसे बीमारी ने विकृत कर दिया था। वह बोला—"कीड़ों के लिए खाद्य! सोचने में कैसा विचित्र लगता है कि चंद घण्टों के अन्दर ही मैं लकड़ाकर ठंडा हो जाऊंगा; सफर खतम और यह छोटा खेल पूरा हो जाएगा। हाय अफसोस! जीवन जीने लायक नहीं है—सिवाय उस स्थिति के जब कोई प्रेम करता हो—कम से कम मेरा जीवन जीने लायक नहीं था किन्तु यदि पुत्र लियो में साहस और निष्ठा रही तो शायद उसका जीवन मेरे जैसा न होगा। खैर, मेरे मित्र! अब मैं विदा होता हूं। सलाम।" और आकस्मिक प्रेमोच्छ्वास

के साथ उसने अपनी बांहें मेरी गर्दन में डाल दीं; मेरा माथा चूमा और जाने के लिए मुड़ गया।

इन बातों ने मुझे इतना चकित और परेशान कर दिया कि मैं उसके सम्बन्ध में और कुछ सोचने लायक न रहा और निश्चय किया कि इन बातों का विचार छोड़कर मुझे सो जाना चाहिए। इसलिए चाबियों को और उस लिफाफे को, जो विंसी मेरे लिए छोड़ गया था, मैंने अपने बैग में रख दिया और उस लोहे के सन्दूक को एक बड़े बक्स में रखकर छिपा दिया। इसके बाद मैं पलंग पर जाकर लेट गया और शीघ्र ही गहरी नींद में डूब गया।

पर मुझे सोने के कुछ ही देर बाद ऐसा जान पड़ा जैसे किसीने पुकारा हो। मैं उठकर बैठ गया और अपनी आंखें मलने लगा। काफी दिन चढ़ आया था—बल्कि आठ बज गए थे।

"जॉन, क्या बात है?" मैंने उस नौकर से पूछा जो विंसी की और मेरी हाज़री में रहा करता था। "तुम तो इतने डरे जान पड़ते हो जैसे तुमने कोई भूत देखा हो!"

उसने उत्तर दिया—"हाँ, साहब, बात कुछ ऐसी ही है। मैंने एक मुरदे को बुरी हालत में देखा है। मैं सदा की तरह विंसी साहब को बुलाने गया तो देखता क्या हूं कि वह मरे पड़े हैं।"

2

जैसाकि उचित ही था, इस प्रकार विंसी की अचानक मृत्यु से कालेज में एक हलचल-सी मच गई। किन्तु चूंकि सबको मालूम था कि वह बहुत दिनों से बीमार चला आ रहा था और डॉक्टर ने भी मृत्यु के बारे में एक संतोषजनक प्रमाण-पत्र दे दिया इसलिए कुछ विशेष जांच-पड़ताल नहीं हुई। यों भी उस ज़माने में किसीकी आकस्मिक मृत्यु पर आज की तरह पूछताछ नहीं हुआ करती थी। और चूंकि किसीने मुझसे नहीं पूछा इसलिए मैंने भी रात की मुलाकात और बातचीत के बारे में किसी-से इसके सिवा और कुछ न कहा कि सदा की भांति कल रात को भी वह मेरे कमरे में आया था। मृत्यु-कर्म के दिन लन्दन से उसका वकील आया,

उसकी अरथी के साथ कब्र तक गया, और लौटते समय विंसी के कागज़-पत्र और असबाब वगैरा, सिवाय उस सन्दूक के जो विंसी मुझे पहले ही सौंप गया था, वह लेता गया।

इसके एक सप्ताह बाद तक फिर मुझे इस विषय में कुछ मालूम न हुआ। मेरी परीक्षा बिल्कुल नज़दीक थी, इसलिए न मैं अन्तिम क्रिया-कर्म में सम्मिलित हो सका, न वकील से ही भेंट कर सका।

परीक्षा से फुर्सत मिलते ही मेरा ध्यान विंसी की मृत्यु वाली रात की ओर गया और मैं अपने मन में सोचने लगा कि उसका मतलब क्या था। मैं ताज्जुब कर रहा था कि इस बारे में कुछ और खबर मुझे क्यों नहीं मिली? और कोई खबर नहीं मिली तो उस विचित्र लोहे के सन्दूक के साथ मुझे अब क्या करना चाहिए। मैं बैठा-बैठा बराबर सोचता रहा, यहां तक कि इस विषय में मेरी बेचैनी बहुत बढ़ गई। उसका आधी रात का वह रहस्यमय आगमन, शीघ्र ही होने वाली मृत्यु की भविष्य-वाणी, मेरे द्वारा ली गई गम्भीर शपथ, जिसका दूसरी दुनिया में मुझसे हिसाब लेने की बात विंसी ने कही थी—एक-एक करके सब बातें याद आने लगीं। तब क्या उसने आत्म-हत्या की? मुझे कुछ ऐसा ही मालूम पड़ा। और वह खोज क्या है जिसके बारे में उसने कहा था? परि-स्थितियां बिल्कुल अपार्थिव थीं, इतनी कि मैं डर-सा गया।

जब मैं इस तरह बैठा विचारों में डूबा हुआ था, किसीने मेरा दर-वाज़ा खटखटाया। एक चिट्ठी, बड़े नीले लिफाफे में, मेरे पास लाई गई। मैं तुरन्त समझ गया कि यह किसी वकील के यहां से आई होगी और मन में प्रेरणा ने कहा कि हो न हो इसका सम्बन्ध मेरी धरोहर से है। चिट्ठी में, जो अब तक मेरे पास रखी हुई है, लिखा था :

"महाशय,—मेरा मुवक्किल, स्व० एम० एल० विंसी, जिसकी इस मास की नवीं तारीख को, केम्ब्रिज के······कालेज में मृत्यु हो गई, एक वसीयतनामा छोड़ गया है जिसकी नकल हम इस चिट्ठी के साथ आपकी सेवा में भेज रहे हैं। इस वसीयतनामा को कार्यान्वित करने का भार हमारे ऊपर डाला गया है। इसे देखने से आपको मालूम होगा कि इसके अनुसार आप आजीवन स्व० विंसी के आधे धन के अधिकारी हैं—इस बन्धन के साथ कि आप उनके एकमात्र पुत्र पंचवर्षीय लियो विंसी

की संरक्षता स्वीकार करेंगे। यदि हमने स्वयं इस वसीयतनामे को विंसी के साक्षात् एवं स्पष्ट लिखित आदेशानुसार न लिखा होता और उन्होंने हमको इस बात का विश्वास न दिला दिया होता कि जो कुछ वह कर रहे हैं, खूब समझ-बूझकर कह रहे हैं, तो हम यही कहते कि हमें इस वसीयतनामे की शर्तें अद्भुत और असामान्य प्रतीत होती हैं; इसलिए इस बारे में स्पष्ट निर्देशन के लिए हमें अदालत की शरण लेनी चाहिए। परन्तु हम जानते हैं कि इस वसीयत का कर्ता एक ऊंची श्रेणी का विवेकवान एवं सभ्य व्यक्ति था और यह भी कि उसका कोई ऐसा निकट का सम्बन्धी न था जिसकी रक्षा में वह अपने लड़के को छोड़ जाता, इसलिए हमने अदालत तक जाना उचित नहीं समझा।

हम आपके उत्तर की प्रतीक्षा कर रहे हैं। आप जिस प्रकार कहें उस प्रकार हम लड़के तथा आपके हिस्से की रकम आपकी सेवा में भेज दें।

हम हैं, आपके प्रति निष्ठावान,

ज्याफ्रे एण्ड जोर्डन

श्री होरेस ल० होली महाशय।"

मैंने चिट्ठी नीचे रख दी और वसीयतनामे पर अपनी निगाह दौड़ायी। वह बिल्कुल कानूनी भाषा में लिखा हुआ था इसलिए स्पष्ट मेरी समझ में न आया। किन्तु अपने काम की इतनी बात तो समझ गया कि मेरे मित्र ने मरने के पूर्व उस रात को जो कुछ मुझसे कहा था, वही सब इसमें लिखा हुआ है। तब यह सब सच्चा है! मुझे लड़के को अपने संरक्षण में लेना ही पड़ेगा। एकाएक मुझे विंसी के उस पत्र की याद आई जो वह सन्दूक के साथ मुझे दे गया था। मैं उसे निकाल लाया और खोलकर पढ़ने लगा। इसमें वे ही सब बातें लिखी थीं जो उसने बातचीत में मुझे बताई थीं—अर्थात् किस प्रकार लियो की पच्चीसवीं वर्षगांठ पर सन्दूक खोला जाएगा, लड़के को किस तरह की शिक्षा दी जाएगी। उसकी शिक्षा में यूनानी भाषा, उच्च गणित और अरबी का ज्ञान आवश्यक बताया गया था। पत्र के अन्त में पुनश्च करके इतनी बात और लिखी थी कि यदि लड़का पच्चीस साल की उम्र पाने के पहले ही मर जाए, यद्यपि पत्र-लेखक का विश्वास है कि ऐसा नहीं होगा, तो मुझे ही सन्दूक खोल लेना चाहिए

और यदि उचित प्रतीत हो तो उसमें दी गई सूचनाओं के अनुसार मुझे आगे की कार्रवाई खुद करनी चाहिए। अगर मुझे वैसा करना उचित न प्रतीत हो तो सारी चीज़ों को नष्ट कर देना चाहिए और किसी भी स्थिति में किसी अजनबी के हाथ में उनको नहीं देना चाहिए।

चूंकि इस पत्र से मुझे कोई नई बात नहीं मालूम हुई और न इसमें कोई ऐसी आपत्तिजनक बात ही लिखी थी कि मुझे अपने स्वर्गीय मित्र से किए वादे की पूर्ति में कोई बाधा जान पड़ती, इसलिए अब एक ही रास्ता रह गया था कि मैं सर्वश्री ज्याफ्रे एण्ड जोर्डन को थाती का उत्तर-दायित्व ग्रहण करने के संबंध में अपनी रज़ामंदी को पत्र लिख दूं और उन्हें सूचित कर दूं कि दस दिन में मैं लियो की संरक्षता शुरू करने को तैयार हूं। इस प्रकार का पत्र लिखकर भेज देने के बाद मैं अपने कालेज के अधिकारियों के पास गया और इस कहानी की उतनी बातें उनको बता दीं जितनी मुझे वाञ्छनीय प्रतीत हुईं। बड़ी कठिनाई से मैं उन लोगों को इस बात के लिए राज़ी कर सका कि फैलोशिप मिलने की हालत में मैं लियो को अपने साथ रखूं। यह रियायत भी मुझे इस शर्त पर प्राप्त हुई कि मैं कालेज के कमरों को छोड़कर किसी दूसरी जगह जाकर रहूं। मैंने उनकी शर्त स्वीकार कर ली क्योंकि मुझे पूरा विश्वास था कि मैं उस परीक्षा में अवश्य पास हो जाऊंगा और दूसरा मकान भी ले सकूंगा।

मैंने ऐसा ही किया और काफी दौड़-धूप के बाद, कालेज के द्वार के पास ही मुझे एक बहुत अच्छा मकान मिल गया। अब दूसरी बात एक नर्स—धात्री की खोज करके उसे रखने की थी। इसके लिए मैंने इरादा कर लिया था कि किसी औरत को नहीं रखूंगा कि वह लड़के के मामले में मुझीपर स्वामित्व जमावे और मेरे प्रति उसके प्यार को स्वयं चुरा ले। फिर लड़का इतना बड़ा था कि बिना स्त्री-सहायिका के काम चल सकता था। इसलिए मैं एक अच्छे पुरुष नौकर की खोज में लग गया। कुछ कठिनाई के बाद मुझे गोल चेहरे का एक युवक, इस काम के लिए, मिल गया। बच्चों के रंग-ढंग की उसे अच्छी जानकारी थी। आने पर उसने मास्टर लियो की ज़िम्मेदारी लेने की अपनी तत्परता भी प्रकट की। मैंने उसे रख लिया। इसके बाद उस लोहे के सन्दूक को स्वयं ले

जाकर शहर में मैं अपने बैंकरों के पास जमा करा आया। फिर बच्चों की व्यवस्था और स्वास्थ्य पर मैंने कुछ किताबें खरीदीं। पहले उन्हें खुद पढ़ा; फिर उस नौकर 'जाब' को सुनाई। फिर लड़के के आगमन की प्रतीक्षा करने लगा।

आखिरकार वह लड़का, एक बूढ़ी नर्स के साथ आया जो उससे विदा होते समय फूट-फूटकर रोई। निश्चय ही लड़का बहुत सुन्दर था। मैं समझता हूं कि मैंने उसके पहले या बाद में ऐसा सुन्दर दूसरा लड़का नहीं देखा। उसकी आंखें भूरी थीं, माथा चौड़ा था और उस छोटी उम्र में भी उसका मुंह बिल्लौर में अंकित मूर्ति के समान चमकता था। पर उसकी सबसे आकर्षक चीज़ उसके बाल थे। वे दमकते सोने के रंग के और घुंघराले थे और उसके सुगठित सिर पर खूबसूरती के साथ फैले हुए थे। जब उसकी नर्स उसे मेरे पास छोड़कर जाने लगी तो वह रोने लगा। मैं कुर्सी पर बैठा अपना हाथ फैलाकर उसे अपने पास बुला रहा था और उधर जाब एक कोने से बच्चों को लुभानेवाली तरह-तरह की चिड़ियों जैसी आवाज़ें कर रहा था, इस ख्याल से कि उनका बच्चे के मन पर अच्छा असर पड़ेगा। इसके साथ ही भद्दी सूरत के एक लकड़ी के घोड़े को भी वह आगे-पीछे फिरा रहा था। कुछ देर तक यही होता रहा। उसके बाद वह बच्चा अपनी दोनों बांहें फैलाकर मेरी ओर दौड़ा।

उसने कहा—"मैं तुम्हें पसन्द करता हूं। तुम बदसूरत हो, पर तुम अच्छे हो।"

दस मिनट बाद वह सन्तोषपूर्वक रोटी के बड़े-बड़े टुकड़े मक्खन के साथ खा रहा था। जाब उन रोटियों पर मुरब्बा देने लगा पर मैंने पुस्तकों में पढ़ी हुई बातों की याद दिलाकर उसे मना कर दिया।

जैसीकि मुझे पहले से ही अशा थी, मैं फैलोशिप पा गया। बहुत थोड़े ही समय में लियो सारे कालेज का प्यारा बन गया। और अनेक प्रतिबन्धों के होते हुए भी वह भीतर-बाहर सर्वत्र आ-जा सकता था—उसके लिए सब नियम ढीले कर दिए गए थे, और उसके लिए कहीं कोई रोक-टोक न थी। जहां वह जाता, लोग उसे कुछ न कुछ उपहार देते ही थे। पर एक आदमी के विषय में मेरी राय बहुत प्रतिकूल थी। वह आदमी सारी यूनिवर्सिटी में सबसे रूखा था और बच्चों की सूरत से उसे घृणा थी।

बहुत दिन हुए, वह मर गया। पर उस समय उसकी इस रूक्षता के कारण मैं यह पसन्द नहीं करता था कि लियो उसके पास जाए। फिर भी जब जाब बीमार पड़ गया तो मुझे पता चला कि कई बार वह रूखा, सिद्धान्त-विहीन आदमी लड़के को बहकाकर अपने कमरे में ले जाता और उसे तरह-तरह की चीज़ें खाने को देता था और चलते समय उससे वादा करा लेता था कि यह बात वह किसीको न बताएगा। एक बार जाब ने इसी बात पर उसे खूब लताड़ा और कहा कि इस उम्र में, जब ठीक रास्ते पर चलकर वह किसी बच्चे का दादा बन सकता था, ऐसा करते उसे शर्म आनी चाहिए। इसपर झगड़ा हो गया।

पर मेरे पास उन आनन्ददायक दिनों का वर्णन करने के लिए स्थान नहीं है जिनके साथ जुड़ी सुखद स्मृतियां अब भी मेरे मन पर छाई हुई हैं। एक-एक करके सुखमय वर्ष बीतते गए और ज्यों-ज्यों वे बीतते गए, हम दोनों एक-दूसरे के अधिकाधिक प्रिय होते गए। शायद ही कोई अपने पुत्रों को इतना प्यार करता होगा जितना मैं लियो को करता हूं और लियो भी निरन्तर जिस गहराई से मुझे प्यार करता रहा है वैसा प्यार शायद ही किसी पिता को अपने पुत्र से मिला होगा।

शिशु से वह बालक हुआ और बालक से बढ़कर नवयुवक बन गया। ज्यों-ज्यों वह सुखद समय बीतता गया, वह बढ़ता और विकसित होता गया। इस विकास के साथ उसका शारीरिक एवं मानसिक सौन्दर्य भी बढ़ता गया। जब वह पन्द्रह साल का हुआ तो लोगों ने उसका नाम 'सुन्दर' रखा और मुझे 'पशु' कहने लगे। हम लोग जब साथ-साथ घूमने जाते तब भी हमें लोग 'सुन्दर' और 'पशु' ही कहते थे। एक दिन ऐसा हुआ कि रास्ते में एक आदमी मुझे 'पशु' कहकर गाने लगा। इसपर लियो क्रुद्ध हो गया, और यद्यपि वह आदमी उससे दूना था, फिर भी उसने उसकी काफी पिटाई की। मैं आगे बढ़ता गया, और बहाना किया, जैसे मैंने कुछ सुना ही न हो। पर जब मामला तूल पकड़ गया तब मैं लौटकर 'लियो' को विजयी होने के लिए बढ़ावा देने लगा। जब लियो कुछ और बड़ा हो गया तो कालेज के पूर्व-स्नातक छात्रों ने हमारे नये नाम रखे। वे लियो को 'यूनानी देवता' और मुझे यमदूत' कहने लगे। अपने इस नाम के बारे में मैं इतना ही कहकर आगे बढ़ूंगा कि मैं कभी खूबसूरत

नहीं रहा और उम्र बढ़ने के साथ भी मेरे रूप-रंग में कोई अन्तर नहीं आया। जहां तक लियो की उपाधि की बात है, उसके औचित्य में कोई सन्देह नहीं किया जा सकता था। 21 साल का लियो 'अपोलो'[1] की मूर्ति के समान दिखता था। चेहरे-मोहरे में उसकी बराबरी करने योग्य किसी आदमी को मैंने कभी न देखा और न अपनी इस विशेषता के प्रति इतना बेखबर ही दूसरा कोई आदमी मुझे दिखाई पड़ा।

जहां तक उसके मानसिक विकास का सवाल है, वह मेधावी और तीव्र बुद्धि का था, किन्तु विद्वान वा विशेषज्ञ नहीं था। हां, वह सुस्त नहीं था। मैंने शिक्षा के विषय में उसके पिता के आदेशों का पूरी तरह पालन किया और उसका फल भी सन्तोषजनक रहा—विशेषतः यूनानी और अरबी भाषा के विषय में। मैंने उसके अध्ययन में सहायता करने के लिए खुद अरबी सीखी, पर पांच साल के बाद वह उतनी ही जान गया जितनी मैं जानता था—बल्कि इस विषय में उसका ज्ञान उस शिक्षक के बराबर हो चला जिसने उसे और मुझे दोनों को अरबी सिखाई थी। मैं सदा से ही एक अच्छा शिकारी रहा हूं—यह मेरे जीवन का एकमात्र शौक है और हर साल पतझड़ में हम दोनों कभी शिकार खेलने, कभी मछलियां पकड़ने के लिए बाहर जाते—कभी स्काटलैण्ड, कभी नार्वे। एक बार तो हम रूस भी गए थे। मैं एक अच्छा निशानेबाज़ हूं, पर इस क्षेत्र में भी वह मुझसे बढ़ गया।

जब लियो अठारह साल का हुआ तो मैं अपने कालेज के उन्हीं पुराने कमरों में जाकर रहने लगा और उसे भी इसी कालेज में भरती करा दिया। 21 साल की उम्र में उसने एक डिग्री (उपाधि) भी प्राप्त कर ली। यद्यपि यह कोई बहुत बड़ी उपाधि न थी पर अच्छी सम्मानित उपाधि थी। इस उम्र में मैंने उसकी कहानी की कुछ बातें उसे बताईं और आगे आनेवाली भेद की बातें भी कहीं। स्वभावतः उसे इन बातों के प्रति बड़ी उत्सुकता हुई, किन्तु मैंने उसे समझा दिया कि फिलहाल तो उसकी उत्सुकता को सन्तुष्ट नहीं किया जा सकता। इसके बाद, समय बिताने की दृष्टि से मैंने उसे कानून के अध्ययन में लगाया। वह पढ़ता तो केम्ब्रिज में ही था पर भोज के लिए लन्दन जाता रहता था।

1. यूनानियों के सूर्य-देवता

लियो के बारे में मुझे एक ही चिन्ता थी। प्रत्येक तरुणी जो उससे मिलती और यदि प्रत्येक नहीं तो उससे मिलनेवाली अधिकांश तरुणियां उससे प्रेम करने पर ज़ोर देती थीं। इससे बहुत-सी कठिनाइयां पैदा हुईं जिनके बारे में यहां मैं कुछ लिखना नहीं चाहता, यद्यपि उनके कारण उस समय तो काफी तकलीफ हो गई थी। मैं यहां इससे ज़्यादा कुछ कहना नहीं चाहता कि सब मिलाकर लियो का आचरण काफी अच्छा था।

इसी तरह समय बीतता गया, यहां तक कि लियो की पच्चीसवीं वर्षगांठ आ पहुची—वह तिथि जबकि यह अद्‌भुत, बल्कि कुछ पहलुओं से भयंकर कहानी सचमुच शुरू होती है।

3

लियो की पच्चीसवीं वर्षगांठ के एक दिन पहले हम दोनों लन्दन गए और उस रहस्यमय सन्दूक को बैंक से, जहां वह बीस साल पहलेरखा गया था, निकलवाया।

शाम तक हम दोनों अपना कीमती बोझ लिए कैम्ब्रिज लौट आए और सो रहे। तड़के ही लियो मेरे कमरे में आया और प्रस्ताव किया कि हमें तुरन्त काम में लग जाना चाहिए। मैंने कहा—बीस साल इस सन्दूक ने प्रतीक्षा की है इसलिए यह नाश्ते तक और प्रतीक्षा कर सकता है। नौ बजे हमने नाश्ता किया। उस समय मैं अपने विचारों में ऐसा डूबा हुआ था कि लियो की चाय में चीनी की जगह मैंने कुछ दूसरी चीज़डाल दी। जाब भी ऐसा घबराया हुआ था कि उसके हाथ से प्याला टूटते-टूटते बचा ; उसकी मुठिया फिर भी टूट ही गई।

खैर, आखिरकार, नाश्ते के बाद, मेज़ साफ कर दी गई और मेरी आज्ञा से जाब ने उस सन्दूक को लाकर मेज़ पर डरते-डरते रखा और कमरे से बाहर जाने लगा।

मैंने उससे कहा—"एक मिनट ठहरो। अगर मि० लियो को आपत्ति न हो तो मैं गवाह-रूप में एक स्वतन्त्र आदमी को यहां रहना पसन्द करूंगा, ऐसे आदमी का, जिसपर विश्वास किया जा सकता हो कि जब तक उसे कहा न जाएगा वह इसके विषय में अपना मुंह बन्द रखेगा।"

लियो ने कहा—"काका होरेस! मुझे कोई आपत्ति नहीं है।"

मैंने कहा—"अच्छा जाब! अब दरवाज़ा बन्द कर दो और मेरा अपना बक्स उठा लाओ।"

उसने आज्ञा का पालन किया। मैंने अपना बक्स खोलकर उन चाबियों को निकाला जिन्हें लियो के पिता विंसी ने उस मृत्यु-रात्रि को मुझे दिया था।

"अब, क्या तुम दोनों तैयार हो?" मैंने कुछ इस ढंग से कहा जैसे किसी खान में आग लगाने जा रहे हों। कोई जवाब न मिलने पर मैंने बड़ी चाबी उठाई, उसमें कुछ तेल लगाया और एक दो बार प्रयत्न करने में उसे ताले के सुराख में डालने में समर्थ हुआ। मेरा हाथ कांप रहा था। पर चाबी घुमाने से ताला खुल गया।

लियो ने झुककर ढकने को ऊपर खींचा। उसे काफी ताकत लगानी पड़ी क्योंकि कुलाबों में ज़ंग लग गया था। ढक्कन हटाने के बाद उसके अन्दर धूल से भरी एक दूसरी सन्दूकची दिखाई पड़ी जिसे बड़े सन्दूक से बाहर निकालने में कोई विशेष कठिनाई न हुई। हमने सालों से पड़ी धूल को कपड़े के ब्रुश से पोंछकर साफ किया।

यह सन्दूकची आबनूस या और किसी काली लकड़ी की बनी हुई मालूम पड़ती थी और इसके चारों तरफ लोहे के बन्द जड़े हुए थे। सन्दूकची बहुत पुरानी रही होगी, क्योंकि यद्यपि वह मोटी दलदार लकड़ी की बनी हुई थी पर अपनी लम्बी उम्र के कारण जगह-जगह चर्राकर फट रही थी।

"अब इसे देखना चाहिए।" कहते हुए मैंने उसमें दूसरी चाबी लगाई।

जाब और लियो दोनों झुककर श्वासहीन उत्कण्ठा से उसे देख रहे थे। मैंने चाबी घुमाई, ढक्कन उठाया और आश्चर्य से चिल्ला पड़ा, क्योंकि उस सन्दूकची के अन्दर एक शानदार चांदी का कास्केट था। वह कोई आठ इंच ऊंचा और बारह इंच वर्गाकार था। बिना किसी सन्देह के वह किसी मिस्री कारीगर के हाथ का बना हुआ था, क्योंकि उसके पाये 'स्फिंक' की शक्ल के थे और उसके गुम्बददार ढक्कन पर भी एक स्फिंक की मूर्ति थी। यद्यपि कास्केट पुराना होने के कारण कुछ

मलिन पड़ गया था फिर भी काफी अच्छी हालत में था।

मैंने बाहर निकालकर उसे टेबुल पर रख दिया और उस विचित्र-सी दिखनेवाली चांदी की चाबी से उसे खोला। ढक्कन उठाने पर देखा कि ऊपर भूरे रंग का बुरादा-सा भरा हुआ है। तीन इंच तक बुरादा हटाने के बाद एक पत्र निकला जो आधुनिक ढंग के लिफाफे में रखा हुआ था और जिसपर मेरे स्व० मित्र विंसी के हाथ से लिखे ये शब्द थे :

"मेरे पुत्र लियो को—यदि वह इस कास्केट को खोलने के लिए जीवित रहे।"

मैंने पत्र लियो को दे दिया। उसने लिफाफे पर एक नज़र डाली और फिर उसे मेज़ पर रख दिया और मुझे इशारा किया कि मैं कास्केट की जांच का अपना काम जारी रखूं।

दूसरी चीज़ जो मेरे हाथ लगी, सावधानी से लपेटा हुआ एक कागज़ था। मैंने इसे खोलकर देखा और यह देखकर कि वह भी विंसी के ही हाथ का लिखा हुआ है और उसपर 'पुष्पपात्र के ठीकरे पर लिखे यूनानी लेख का अनुवाद' शीर्षक दिया हुआ है, मैंने उसे भी पहले पत्र के पास ही मेज़ पर रख दिया। इसके बाद एक बहुत पुराना लिपटा कागज़ निकला जो अपनी लम्बी आयु के कारण पीला पड़ गया था और फटने लगा था। मैंने इसे भी खोलकर देखा। यह भी उसी मूल यूनानी अभिलेख का कृष्णवर्ण लैटिन में अनुवाद था जो शैली और लिखावट से मुझे सोलहवीं सदी के आरम्भ का जान पड़ा।

इस परचे के नीचे कोई कड़ी और भारी चीज़ पीले रंग के कपड़े में लपेटी हुई रखी थी। मैंने उसे निकाला। सावधानी से और धीरे-धीरे कपड़े की तह खोली। इसमें एक बड़ा-सा, पर बहुत पुराना मैले पीले रंग का एक ठीकरा निकला। मेरी समझ से यह औसत आकार के किसी मामूली दोहरी मुठिये के अखोरे का हिस्सा रहा होगा। यह नाप में साढ़े दस इंच लम्बा, सात इंच चौड़ा और लगभग चौथाई इंच मोटा रहा होगा। इसके उस उन्नतोदर भाग पर जो सन्दूक के पेंदे की ओर था, यूनानी लिपि में कुछ लिखा हुआ था। यह लेख जहां-तहां मिट चला था, फिर भी उसका अधिकांश पूरी तरह पढ़ा जाने योग्य था। यह लेख अत्य-

धिक सावधानी से वैसी ही नरकट की कलम से लिखा हुआ प्रतीत होता था जिससे प्राचीन काल के लोग प्रायः लिखा करते थे। यहां मुझे यह भी बता देना चाहिए कि किसी पुराने ज़माने में इस अद्‌भुत ठीकरे के टूटकर दो टुकड़े हो गए होंगे जिन्हें सीमेंट जैसे किसी मसाले से जोड़ा गया था। इसके अन्दर की ओर भी बहुत-से अभिलेख थे जो विभिन्न युगों में विभिन्न हाथों द्वारा लिखे गए थे। इन सब अभिलेखों के विषय में मैं आगे बताऊंगा।

सबके नीचे हाथीदांत की एक तख्ती निकली जिसपर लियो की यूनानी मां की तस्वीर बनी हुई थी। वह काली आंखों वाली एक सुन्दर रमणी थी। इस तख्ती के पीछे गरीब विंसी की लिखावट में लिखा था—"मेरी प्यारी पत्नी।"

इससे एक छोटा अण्डाकार यंत्र निकला जिसपर प्रतीक-रूप में एक चित्र बना था। प्रतीकों का जो पाठ हमने बाद में निकाला वह था—"सुतेन सी रा।" अनुवाद करने पर इसका अर्थ होगा—"रा अथवा सूर्य का राजपुत्र।"

"बस, अब और कुछ नहीं है।" मैंने कहा।

"बहुत अच्छा," कहकर लियो ने मां के चित्र वाली तख्ती को, जिसे वह प्रेमभरी दृष्टि से देख रहा था, मेज़ पर रख दिया और बोला—"अब हमें चिट्ठी पढ़नी चाहिए।" उसने तुरन्त मुहर तोड़ डाली और चिट्ठी निकालकर ज़ोर से पढ़ने लगा :

"मेरे पुत्र लियो,—जिस समय तुम इस चिट्‌ठी को खोलोगे—अगर तुम ऐसा करने के लिए जीवित रहे—उस समय तुम पूर्ण यौवन को प्राप्त कर चुके होगे और मुझे मरे हुए बहुत दिन गुज़र गए होंगे, यहां तक कि जो लोग भी मुझे जानते रहे होंगे, पूर्णतया भूल चुके होंगे। पर इस पत्र को पढ़ते समय याद रखना कि मैं सदा तुम्हारे साथ रहा हूं और शायद आगे भी रहूंगा। इस समय भी इस कलम और कागज़ द्वारा मैं मृत्यु की खाई के उस पार अपने हाथ तुम्हारे पास तक बढ़ा रहा हूं और मेरी वाणी समाधि के मौन को भंग कर तुमसे बोल रही है। यद्यपि मैं मर गया हूं और तुम्हारे मन में मेरी कोई स्मृति शेष नहीं है, फिर भी जब तुम इस पत्र को पढ़ रहे हो, मैं

तुम्हारे पास मौजूद हूं। तुम्हारे जन्म से आज तक शायद ही कभी मैंने तुम्हारा मुंह देखा हो। इसके लिए मुझे क्षमा कर देना। तुम्हारे जीवन ने एक ऐसे जीवन का अन्त कर दिया जिसे मैं उससे कहीं ज़्यादा प्यार करता था जितना स्त्रियां अक्सर प्यार की जाती हैं, और आज तक मेरी वह कटुता बनी हुई है। अगर मैं जीता रहता तो कालान्तर में इस मूर्खताभरी भावना पर नियन्त्रण कर लेता, किन्तु नियति मुझे जीने नहीं देगी। मेरी शारीरिक एवं मानसिक पीड़ा मेरी सहनशक्ति से कहीं अधिक है और मेरी इच्छा है कि तुम्हारी भावी जीवन-विधि के बारे में छोटी-मोटी व्यवस्था पूर्ण कर लेने पर, मैं उसका अन्त कर दूं। अगर मैं कोई गलती कर रहा होऊं तो ईश्वर मुझे क्षमा कर दें। अब एक साल से ज़्यादा मैं किसी तरह नहीं जी सकता।"

"तो उसने आत्मघात किया? मेरा कुछ ऐसा ही ख्याल था।" मैं बीच में बोल उठा।

लियो, बिना कुछ जवाब दिए, आगे पढ़ता गया—"अब मैं अपने बारे में ज़्यादा कहना नहीं चाहता। जो कुछ कहना है उसपर तुम्हारा अधिकार है, मेरा नहीं, क्योंकि तुम्हें जीना है; मैं तो मर चुका हूं और इतना विस्मृत हो चुका हूं, जैसे कभी था ही नहीं। शायद होली (मेरा मित्र, जिसने स्वीकार किया तो मैं तुम्हें उसके सुपुर्द कर जाऊंगा) ने तुम्हारी जाति की असाधारण प्राचीनता के विषय में तुम्हें कुछ बताया होगा। इस कास्केट में जो चीज़ें तुम्हें मिलेंगी उनसे यह बात अच्छी तरह साबित हो जाएगी। इस ठीकरे पर जो विचित्र कथा तुम्हारी किसी प्राचीन सुदूर पूर्वजा ने लिख रखी है उसे मेरे पिता ने, अपनी मृत्युशय्या पर पड़े हुए, मुझे बताया था। उसका मेरी कल्पना पर ऐसा प्रभाव पड़ा कि उसने मुझे वशीभूत कर लिया। जब मैं केवल 19 साल का था मैंने इस कथा के सत्य की खोज करने का संकल्प किया, जैसाकि एलिज़ा-बेथ के ज़माने में मेरे एक पूर्वज ने किया था और दुःख उठाया था। इस संकल्प के कारण जो मुसीबतें मुझे झेलनी पड़ीं उन्हें मैं कहना नहीं चाहता लेकिन मैंने अपनी आंखों से जो कुछ देखा है उसे लिखता हूं। अफ्रीका के तट पर, जहां ज़ेम्बेसी नदी समुद्र में गिरती है, एक ऐसा भूभाग है, जिसका हाल अब तक लोगों को नहीं मालूम हो सका है।

इस क्षेत्र में कुछ उत्तर की ओर हटकर एक पठार है जिसके सिरे पर एक शृंग, देखने में हबशी के सिर के समान, खड़ा है, जैसाकि अभिलेख में लिखा है। मैं वहां जहाज़ से उतरा। मुझे वहीं का एक निवासी मिल गया जिसे किसी अपराध पर वहां के लोगों ने अपनी जाति से बाहर निकाल दिया था। उससे मुझे बताया कि अन्दर की ओर बहुत-से ऐसे बड़े-बड़े पहाड़ हैं जो प्याले के आकार के हैं और बहुतेरी गुफाएं हैं जिनके चारों ओर दलदल फैले हुए हैं। उससे मुझे यह भी मालूम हुआ कि वहां के लोग एक अरबी उपभाषा बोलते हैं और उनपर एक परम सुन्दरी गोरी राज करती है जिसे वे लोग शायद ही कभी देख पाते हों पर जिसमें जीवित एवं मृत सब वस्तुओं पर नियन्त्रण रखने की शक्ति है। इसके दो दिन के बाद वह आदमी भयानक दलदली ज्वर से मर गया। मेरे पास खाने-पीने की सामग्री समाप्त हो चली थी और मुझमें एक ऐसी बीमारी के लक्षण भी दिखने लगे थे जिसने बाद में मुझे पस्त ही कर दिया, इसलिए मैं अपने जहाज़ पर वापस आ गया।

"इसके बाद मुझपर क्या-क्या मुसीबतें आईं, उनको मैं इस समय नहीं कहना चाहता। मेडागास्कर तट पर मेरा जहाज़ बर्बाद हो गया। कई महीने बाद एक अंग्रेज़ी जहाज़ ने कृपा करके मुझे अदन पहुंचा दिया। अदन से मैं इंग्लैण्ड की ओर यह विचार करके रवाना हुआ कि संभव हो तो वहां पूरी तैयारी करके मैं पुनः खोज में अफ्रीका जाऊं। इंग्लैंड जाते हुए, रास्ते में मैं यूनान ठहर गया और जैसाकि यूनानी कहावत है 'प्रेम सर्वविजयी है', वहां मेरी भेंट तुम्हारी प्यारी मां से हुई। मैंने उससे विवाह कर लिया। वहां तुम पैदा हुए और वह मर गई। मुझे बीमारी ने जकड़ लिया और मैं मरने को यहां आया। पर आशा के विपरीत आशा करता ही रहा और अरबी भाषा सीखने लगा। इरादा यह था कि यदि चंगा हो गया तो अफ्रीका के उस रहस्य का पता लगाने की चेष्टा करूंगा जो शताब्दियों से परम्परागत मेरे कुटुम्ब में सुरक्षित रहा है। पर मैं स्वस्थ न हो सका, इसलिए जहां तक मेरा सम्बन्ध है वह कहानी खत्म हो गई।

"पर मेरे पुत्र, तुम्हारे लिए कथा का अन्त नहीं हुआ है, और तुमको मैं अपने श्रम के परिणामस्वरूप ये चीज़ें सौंपे जा रहा हूं। साथ

ही इस कथा के स्रोत के आनुवंशिक प्रमाण भी दिए जा रहा हूं। मैंने ऐसी व्यवस्था की है कि ये चीज़ें तब तक तुम्हारे हाथ न पड़ें जब तक तुम ऐसी अवस्था न प्राप्त कर लो कि खुद निश्चय कर सको कि तुम संसार के इस सबसे बड़े रहस्य की खोज करोगे या एक औरत के पागल दिमाग से निकली निरर्थक कहानी-मात्र समझकर इसे छोड़ दोगे।

"मैं इसे गढ़ा हुआ किस्सा नहीं समझता; मेरा विश्वास है कि यदि पुनः खोजा जाए तो एक ऐसा स्थान अवश्य है जहां संसार की जीवन्त प्राण-शक्तियां दृश्य-रूप में उपस्थित हैं। जब जीवन का अस्तित्व है तब उसे अनिश्चित काल तक बनाए रखने के साधन का भी अस्तित्व क्यों न होगा? पर मैं इस विषय में तुम्हारे मन में पहले से ही कोई विचार नहीं बैठाना चाहता। तुम खुद पढ़ो और निर्णय करो। यदि तुम इस खोज का भार उठाना चाहोगे तो मैंने ऐसी व्यवस्था कर दी है कि तुम्हें साधनों की कमी न होगी। इसके विरुद्ध यदि तुम इस निर्णय पर पहुंचते हो कि यह सब मनगढन्त है, तो मैं कहूंगा कि तुम उस ठीकरे और अभिलेखों को नष्ट कर देना और इस प्रकार हमारी जाति से बखेड़े की जड़ को सदा के लिए दूर कर देना। शायद यही सबसे ज़्यादा बुद्धिमानी की बात होगी। जो अज्ञात है उसे अक्सर भयंकर समझा जाता है। मनुष्य के प्राकृतिक मूढ़विश्वासों के कारण ऐसा नहीं है बल्कि इसलिए है कि वह प्रायः भयंकर ही होता है। जो उन विशाल एवं गुप्त शक्तियों से छेड़छाड़ करेगा जो संसार को जीवनमय करती हैं वह उनका शिकार भी हो सकता है। किन्तु यदि लक्ष्य सिद्ध हो गया और तुम काल एवं दुःख को पराजित कर परीक्षा से चिरसुन्दर और चिरयुवा होकर लौटे एवं शरीर तथा बुद्धि के प्राकृतिक ह्रास से ऊपर उठ गए तब भी कौन कह सकता है कि उस भयानक परिवर्तन से तुम सुखी ही होगे? मेरे पुत्र, स्वयं चुनो और जो शक्ति सम्पूर्ण वस्तुओं का शासन करती है और जो कहती है 'तुम इतनी दूर तक जाने पाओगे और इतनी दूर तक जानने पाओगे' वह तुम्हारे अपने और संसार के लिए कल्याणकारी निर्णय करने की प्रेरणा तुम्हें दे। यदि तुम सफल हुए, तो संचित अनुभव की पवित्र शक्ति से निश्चय ही एक दिन दुनिया पर राज्य करोगे।—विदा!"

इस प्रकार वह पत्र, जिसपर न हस्ताक्षर था, न कोई तिथि थी, एकाएक समाप्त हो गया।

चिट्ठी को मेज़ पर रखकर हांफ़ते हुए लियो ने कहा—"काका होली! आप इससे क्या समझे? हम लोग एक रहस्य की खोज में थे और निश्चय ही एक रहस्य हमें मिल गया है।"

कुछ चिढ़कर मैंने कहा—"मैं क्या समझता हूं? मैं यही समझता हूं कि बेचारे तुम्हारे बाप का सिर फिर गया था। यह मैं बीस साल पहले, उस रात को ही समझ गया था, जब वह मेरे कमरे में आए थे। तुम देख रहे हो, उसने खुद अपनी मौत जल्द बुला ली। यह सब बिलकुल वाहियात है।"

"बिलकुल ठीक, महाशय!" जाब ने गम्भीरतापूर्वक कहा। जाब यथार्थ जगत् का यथार्थ नमूना था।

"जो भी हो, हमें देखना चाहिए कि वह ठीकरा क्या कहता है।" —लियो ने अपने पिता के हाथ से लिखे अनुवाद को हाथ में लेते हुए कहा और पढ़ना शुरू कर दिया:

"मैं अमीनार्त्ता, मिस्र के फेरोओं के राजवंश की कन्या, और उस 'आइसिस' के पुजारी केलिक्रेटीज़ (शक्ति-सुन्दर) की पत्नी जिसकी कृपा की भीख देवता मांगते हैं और दानव भी जिसकी आज्ञा मानते हैं, मरते समय, अपने छोटे-से पुत्र टेसिस्थेनीज़ (शक्तिमान प्रतिशोधक) को लिखती हूं—मैं तेरे पिता के साथ जिसने मेरे प्रेम में पड़कर (विवाह न करने का) अपना प्रण तोड़ दिया था, नेक्तानवीस[1] के समय में मिस्र से भगी थी। हम लोग समुद्री मार्ग से दक्षिण की ओर भगे थे। हम चौबीस महीनों तक लीबिया (अफ्रीका) के उस तट पर चक्कर काटते रहे जो उगते सूर्य के सामने पड़ता है और जहां एक नदी के पास एक पहाड़ की चोटी है जिसकी शकल एथियोपिया-निवासी के सिर जैसी है। एक शक्तिमान नदी के मुहाने से चार दिन तक हम पानी पर तैरते रहे; कुछ साथी डूब गए, कुछ बीमारी से मर गए। लेकिन हम दोनों को जंगली लोग पकड़कर सुनसान मैदानों और दलदलों को पार कराते

1. नेक्तानवीस-नेख्तनेफ़ या नेक्तानेबो द्वितीय; मिस्र देशीय अन्तिम फेरो जो 339 ई० पूर्व ओचस से एथियोपिया भाग गया था।

हुए ऐसी जगह ले गए जहां समुद्री पक्षियों से आकाश घिरा हुआ था। हम लोग दस दिन तक चलने के बाद एक खोखले पहाड़ के पास पहुंचे जिसे देखने से मालूम होता था कि कभी यहां कोई बड़ा नगर बसा रहा होगा, जो बाद को नष्ट हो गया। वहां ऐसी बहुत-सी गुफाएं हैं जिनका अन्त कहां होता है, इसे कोई आदमी नहीं जानता। वे हमें अपनी रानी के पास ले गए जो अजनबियों के सिर पर पात्र रखती है। वह बड़ी जादूगरनी है और उसे सब चीज़ों का ज्ञान है। वह अपनी विद्या के ज़ोर से अमर तथा अक्षय सौन्दर्य की अधिकारिणी हो गई थी। वह तेरे पिता पर मोहित हो गई और उसने चाहा कि मुझे मारकर तेरे पिता से विवाह कर ले किन्तु तेरा पिता मुझे बहुत प्यार करता था और उससे डरता था इसलिए उससे शादी करने को तैयार नहीं था। आखिरकार वह रानी हम दोनों को अपने जादू के ज़ोर से बड़े-बड़े भयानक और बीहड़ रास्तों से घुमाती एक बड़े गड्ढे के पास ले गई जिसके मुंह में एक वृद्ध तत्त्ववेत्ता मरा हुआ पड़ा था। उसने हमें घूमता हुआ जीवन-स्तंभ दिखाया जो कभी नहीं मरता, और जिसकी आवाज़ ऐसी है जैसी बिजली की कड़कड़ाहट और जिससे अग्नि की लपटें निकलती हैं। वह जाकर लपटों के बीच खड़ी हो गई और बिना किसी हानि के अछूती बाहर निकल आई बल्कि और ज़्यादा सुन्दर हो गई। तब उसने तेरे बाप से कहा—'अगर तू मेरी बात मानकर इस औरत को कत्ल कर दे और मेरा हो जाए तो मैं तुझे भी अपनी ही तरह अमर बना दूंगी।' वह मुझे खुद इसलिए नहीं मार सकती थी कि मेरे पास भी मेरी जाति वालों का जादू था जो अब तक उसके प्रभाव से मेरी रक्षा कर रहा था। मेरे पति ने उसकी बातें सुनकर अपने हाथ से अपनी आंखें मूंद लीं ताकि उसका सौन्दर्य आंखों से ओझल हो जाए। इसपर वह बहुत क्रुद्ध हुई और अपने जादू से उन्हें मार डाला। मारने को तो मार डाला पर पीछे वह बहुत रोई और रोती हुई उनके मृत शरीर को वहां से उठा ले गई। डर के मारे उसने मुझे उस नदी के मुहाने तक पहुंचवा दिया जहां प्रातः जहाज़ आया-जाया करते थे। आखिर जहाज़ पर मैं वहां से समुद्र की यात्रा पर रवाना हुई। यात्रा के बीच तू पैदा हुआ इधर-उधर बहुत भटकने के बाद मैं एथेंस पहुंची। मेरे पुत्र टेसिस्थेनीज़!

अब मैं तुझसे कहती हूं कि उस औरत को खोज निकाल, उससे जीवन का रहस्य जान, और अगर कोई उपाय निकाल सके तो उसे कत्ल कर दे, अपने पिता कालिक्रेटीज़ के लिए! अगर तू डर गया या असफल हुआ तो मैं तेरे बाद आनेवाली अपने वंश की प्रत्येक सन्तान से यही करने को तब तक कहती रहूंगी जब तक तुममें से कोई वीर पुरुष ऐसा न निकल आए जो उस आग में नहाकर फेरोआओं के स्थान पर बैठे। मैं जिन बातों के बारे में कह रही हूं, वे विश्वास करने योग्य नहीं प्रतीत होतीं, फिर भी मैंने उन्हें स्वयं देखा है, और मैं झूठ नहीं बोलती।"

जाब ने, जो इस विचित्र लेख को हक्का-बक्का होकर सुन रहा था, कराहते हुए कहा—"ईश्वर इसके लिए उसे क्षमा कर दे।"

जहां तक मेरा सवाल है, मैं कुछ नहीं बोला क्योंकि मेरी पहली धारणा यह हुई कि अपने पागलपन में मेरे मित्र ने यह सारी कथा गढ़ डाली है, यद्यपि यह भी सोचता था कि ऐसी कहानी गढ़ लेना किसी के बूते के बाहर है। यह ऐसी मौलिक थी। अपने सन्देहों के निवारण के लिए मैंने ठीकरे को उठा लिया और उसपर की बड़े अक्षरों वाली यूनानी लिपि को पढ़ने लगा। जब हमने इसका विचार किया कि वह लेख मिस्र में पैदा हुए व्यक्ति की कलम से लिखा गया है तब यह मानना पड़ा कि वह अपने समय की बड़ी अच्छी यूनानी में लिखा गया था।

मिलाने पर मैंने देखा कि अंग्रेज़ी अनुवाद बिलकुल शुद्ध है।

इस यूनानी लेख के अलावा, ठीकरे के दूसरी ओर, सिरे पर, एक 'कारटूश' (अण्डाकार घेरा) बना था जिसमें मिस्री फेरोआओं के नाम और उपाधियां लिखी थीं। लेकिन यह कहना कठिन है कि यह 'कारटूश' वास्तव में कालिक्रेटीज़ का ही रहा होगा।[1] हो सकता है कि यह फेरो राजवंश के किसी ऐसे व्यक्ति से सम्बन्धित हो जिसकी कन्या अमीनार्त्ता रही हो। इतना ही नहीं, बल्कि उसके नीचे स्फिंक के सिर और कंधे की तस्वीर लाल रंग से बनी हुई थी जिसपर दो पंख लगे हुए थे। ये

---

1. यदि कारटूश सच्चा है तो वह कालिक्रेटीज़ का पता नहीं हो सकता। कालिक्रेटीज़ एक पुजारी था जिसे कारटूश प्राप्त करने का अधिकार नहीं था। यह अधिकार केवल मिस्री राजवंश को है। यह बात दूसरी है कि उसने अंडाकार फलक पर अपना नाम आदि खुदवा लिया हो।

पंख महत्ता एवं शक्ति के चिह्न हैं जो यद्यपि देवों के शवों में प्रायः पाए जाते हैं पर कभी स्फिंक के साथ नहीं देखे गए।

ठीकरे की सतह के दाहिनी ओर, दायें-बायें लाल रंग में कुछ पंक्तियां और थीं जिनके नीचे नीली रोशनाई में हस्ताक्षर था। इन पंक्तियों को भी हम नीचे देते हैं :

इस पृथ्वी, आकाश एवं समुद्र में
अनेक विचित्र वस्तुएं मौजूद हैं।
इस मार्ग पर
डोरोथिया विंसी,

बिलकुल आश्चर्यचकित अवस्था में मैंने ठीकरे को उलट दिया। उस तरफ ऊपर से नीचे तक यूनानी, लैटिन तथा अंग्रेज़ी में बहुत-से वाक्य लिखे थे तथा कितने ही हस्ताक्षर बने हुए थे। पहला लेख और हस्ताक्षर मोटी यूनानी लिपि में टेसिस्थेनीज़ का था जिसके नाम ऊपर वाली चिट्ठी उसकी मां ने लिखा थी। इसमें लिखा था—"मैं नहीं जा सका—मेरे पुत्र कालिक्रेटीज़ को।"

इस कालिक्रेटीज़ ने (जिसका नाम यूनानी पद्धति के अनुसार अपने दादा पर पड़ा था), जान पड़ता है, खोज में जाने की कुछ कोशिश की थी। इसका लेख बहुत धूमिल पड़ गया था और मुश्किल से ही पढ़ा जाता था। जो पढ़ा जा सका, उसका मतलब इतना ही है—"देवताओं के प्रतिकूल होने से मेरी यात्रा न हो सकी। कालिक्रेटीज़ से उसके पुत्र की।"

यह दूसरा अभिलेख ऊपर से नीचे की ओर, न कि दायें-बायें लिखा हुआ था और इन दोनों प्राचीन अभिलेखों के बीच की जगह में, आधुनिक अक्षरों में लियो के दादा लाओनेल विंसी के हस्ताक्षर थे। इसकी दाहिनी ओर लिखा था—'जे० बी० वी०'। उसके नीचे अनेक यूनानी हस्ताक्षर थे ज़िनके साथ 'मेरे पुत्र को' शब्द बार-बार लिखा गया था। इससे जान पड़ता है कि अभिलेख एक पीढ़ी से दूसरी पीढ़ी को, एक धर्मादेश के रूप में, सौंपा जाता रहा है।

यूनानी हस्ताक्षरों के बाद जो पढ़ा जा सका वह था—"रोमे ए० यू० सी०।" जिससे मालूम होता है कि कुटुम्ब रोम में रहने चला गया।

इसके बाद का कुछ हिस्सा चिटख जाने से वह अंश पढ़ा नहीं जा सका। इसके बाद लैटिन अक्षरों में बारह हस्ताक्षर थे और तीन के अलावा हरएक हस्ताक्षर के अन्त में, 'विंडेक्स' (प्रतिशोधक) शब्द जुड़ा हुआ था जिससे यह पता लगता था कि रोम जाने के बाद इस वंश का यही नाम पड़ गया था। यह शब्द यूनानी टेसिस्थेनीज़ से मिलता-जुलता है और दोनों का मतलब एक ही है—'बदला लेने वाला।' शायद यह 'विंडेक्स' शब्द ही विकृत होते-होते आधुनिक 'विंसी' बन गया होगा। कैसे आश्चर्य की बात है कि ईसा के भी पहले किसी मिस्री द्वारा अपने वंश को सौंपी गई प्रतिशोध की यह परम्परा एक अंग्रेज़ कुटुम्ब के नाम के साथ सम्बद्ध हो गई!

ठीकरे पर लिखे अनेक रोमन नामों का ज़िक्र इतिहास तथा पुराने विवरणों में पाया जाता है। जैसे :

माइसिव्स विण्डेक्स
सेक्स मेंरीव्स मारवल्व्स
सी० फिडाइव्स, सी० एफ० विण्डेक्स

और

लेवेरिया पाम्पियाना, कानिविक्स मैक्रिनी विण्डाइसिस

अन्तिम नाम निश्चय ही किसी रोमन महिला का है।

ठीकरे पर के सम्पूर्ण लातीनी (लैटिन) नाम नीचे दिए जाते हैं :

सी० सेसिलिव्स विण्डेक्स
एम० एमिलिव्स विण्डेक्स
सेक्स मेरिव्स मारवल्व्स
क्यू० सोसिव्स प्रिसिव्स सेनोरीयो विण्डेक्स
एल० वलेरिव्स कोमिनिव्स विण्डेक्स
सेक्स ओरासिलिव्स एम० एफ०
एल० अतीव्स विण्डेक्स
माइसिव्स विण्डेक्स
सी० फिडाइव्स सी० एफ० विण्डेक्स
लेबेरिया पाम्पियाना, कानिविक्स मैक्रिनी विण्डाइसिस
मेनीलिया लूसीलिया कानिविक्स मार्वेली विण्डाइसिस

रोमन नामों के बाद कई सदियों का अन्तर आता है। अब कोई यह नहीं जान सकता कि उस अन्धकार युग में इस लेखादेश की क्या स्थिति रही और कुटुम्ब में उसकी रक्षा का क्या उपाय होता रहा। पाठकों को याद होगा कि मेरे मित्र विंसी ने मुझसे कहा था कि उसके रोमन पूर्वज अन्त में जाकर लोम्बार्डी में बस गए थे और जब शार्लमैन ने उसपर आक्रमण किया तो उसके साथ आल्प्स पर्वत को पार कर अपना घर उन्होंने ब्रिटेनी में बनाया और वहां से 'एडवर्ड दि कनफेसर' के राज्यकाल में इंग्लैंड में आ बसे। मैं नहीं बता सकता कि उसे ये बातें कैसे मालूम हुईं, क्योंकि इन अभिलेखों में कहीं लोम्बार्डी या शार्लमैन का कोई ज़िक्र नहीं है, यद्यपि एक जगह ब्रिटेनी का हवाला ज़रूर दिया गया है।

इन नामों के बाद खून से या किसी प्रकार के लाल रंग से एक-दूसरे को काटती हुई दो तलवारें बनी थीं और एक सुन्दर मोनोग्राम (डी० वी०) लाल तथा नीले रंगों में था। शायद यह उसी डोरोथिया विंसी द्वारा निर्मित है जिसका ज़िक्र पहले आ चुका है। इसकी बाईं ओर नाम के आरम्भिक अक्षर ए० बी० लिखे हैं और उनके बाद 1800 सन् दिया हुआ है।

इसके बाद सबसे विचित्र लेख मिला। यह तलवारों के ऊपर काले अक्षरों में लिखा हुआ था और उसपर 1445 का समय दिया हुआ था।

इसके बाद काले अक्षरों वाली पुरानी अंग्रेज़ी में उसका जो अनुवाद एक कागज़ में मिला उसका अर्थ यह है :

"यह ठीकरा, जो बहुत रहस्यमय और अद्भुत है, प्राचीन काल में मेरे पूर्वज आर्मोरिका से ब्रिटेनी लाए थे। जब यह ठीकरा यहां के पवित्र लोगों को दिखाया गया तो उन्होंने मेरे पिता को इसे तुरन्त तोड़ डालने की सलाह दी और कहा कि यह शैतानों ने अपने जादू से बनाया है। इसपर मेरे बाप ने इसे तोड़कर दो टुकड़े कर दिए किन्तु मैं, जान डिविंसी ने इन टुकड़ों को बचा लिया और उन्हें जोड़कर एक कर दिया। आज पवित्र कुमारी सेण्ट मेरी के भोज के बाद का सोमवार है और सन् 1445 है।"

इसके बाद एक को छोड़ अन्तिम लेख एलिज़ाबेथ के काल का है और उसपर 1564 का सन् पड़ा हुआ है :—"यह विचित्र कथा है, और इसी के कारण मेरे पिता की जान गई, क्योंकि अफ्रीका के पूर्वी तट पर उस स्थान की खोज में जब वह गए थे, लोरेंजो मार्क्विज़ से कुछ दूर पर उनका जहाज़ डूब गया और वह वहीं खत्म हो गए।—जान विंसी।"

इसके बाद अन्तिम लेख था जिसकी लेख-शैली से मालूम होता था कि वंश के किसी प्रतिनिधि द्वारा 18वीं सदी के मध्य में लिखा गया है और शेक्सपियर के 'हेमलेट' नाटक की प्रसिद्ध पंक्तियों का विकृत रूप है :—"आकाश और पृथ्वी में उससे अधिक वस्तुएं हैं जितने की कल्पना तुम्हारे दर्शन में की गई है, होरेशियो !"

इसके बाद सिर्फ एक और कागज़ परीक्षा के लिए बच गया था। यह वस्तुतः अमीनार्त्ता के आदेश वाले उस अभिलेख का मध्ययुगीन लैटिन में अनुवाद था जो उस समय के विद्वान् 'एडमण्डस डिप्राटो' (एडमण्ड प्रैट) द्वारा 1495 में किया गया था। एडमण्ड प्रैट ने एक्ज़ेटर कालेज आक्सफोर्ड से धार्मिक कानून की डिग्री प्राप्त की थी और उस ग्रोसीन के शिष्य थे जो इंग्लैंड में यूनानी की शिक्षा देने वाले प्रथम विद्वान थे। यह अनुवाद जान विंसी ने कदाचित् स्वयं आक्सफोर्ड जाकर उनसे कराया था।

इस प्रकार प्राप्त एवं पठनीय सम्पूर्ण सामग्री को पढ़ एवं जांच लेने के बाद मैंने कहा—"यह सारी कथा का सार है। लियो, अब तुम अपनी राय कायम कर सकते हो। मैं तो अपनी राय बना चुका हूं।"

उसने शीघ्रता से पूछा—"आपकी राय क्या है?"

"मेरी राय यह है कि यह ठीकरा बिलकुल असली है और चाहे यह कैसा ही विचित्र प्रतीत हो, तुम्हारे वंश में वह ईसा के पूर्व की चार शताब्दियों से चला आ रहा है। इसपर के लेखों से यह बात भलीभांति सिद्ध हो जाती है इसलिए वह कितना ही असम्भव क्यों न मालूम हो, उसे मानना ही पड़ेगा। ठीकरे पर जो कुछ लिखा हुआ है उसे तुम्हारी सुदूर पूर्वजो मिस्री राजकुमारी ने स्वयं लिखा होगा या

उसके आदेश से किसी दूसरे ने लिखा होगा। किन्तु मुझे इसमें भी कुछ सन्देह नहीं है कि जिस समय उसने इसे लिखा या लिखवाया, पति की हत्या तथा अनेक प्रकार की विपदाओं के कारण उसका दिमाग ठीक हालत में न था।"

लियो ने पूछा—"लेकिन जो मेरे बाप स्वयं देख-सुन आए, उसे आप क्या कहेंगे?"

"महज़ संयोग! अफ्रीका तट पर ऐसे कितने ही शृंग हैं जो देखने में आदमी के सिर के समान मालूम पड़ते हैं। वहां बहुतेरे ऐसे लोग हैं जो संकर अरबी बोलते हैं। दलदल भी वहां बहुत हैं। फिर लियो, मैं बहुत दुःख के साथ यह कहता हूं कि जब तुम्हारे पिता ने वह चिट्ठी लिखी तो उनका दिमाग सही नहीं था। वह बड़ी मुसीबत उठा चुके थे और यह कहानी उनकी कल्पना में बस गई थी, फिर वह बड़े ही कल्पनाशील प्राणी थे। जो भी हो, मेरा विश्वास है कि जिस रूप में कहानी हमारे तक पहुंची है, बिलकुल वाहियात है। मैं जानता हूं कि प्रकृति में अनेक विचित्र शक्तियां ऐसी हैं जिन्हें हम बहुत कम देख पाते हैं और जब देख भी पाते हैं तो उन्हें समझ नहीं पाते। पर जब तक मैं स्वयं अपनी आंखों से न देख लूं, और इसकी कोई संभावना नहीं है, तब तक नहीं मान सकता कि मृत्यु को, थोड़े समय के लिए भी, दूर हटाने का साधन मौजूद है या यह कि अफ्रीका के दलदलों के बीच एक गोरी जादूगरनी रहती है। यह सब खामख्याली है मेरे बच्चे, बिलकुल खामख्याली! जाब, तुम क्या कहते हो?"

"साहब, मैं कहता हूं कि यह झूठ है, और अगर यह सच भी है तो मैं आशा करता हूं कि श्री लियो इस बखेड़े में नहीं पड़ेंगे क्योंकि इससे कोई फायदा न होगा।"

लियो ने बड़ी शान्ति के साथ कहा—"शायद आप दोनों सही कहते हैं। मैं अपनी कोई राय प्रकट नहीं करता। पर मैं इतना ही कहता हूं कि एक बार मैं इसको खुद देखकर सदा के लिए एक निर्णय कर देना चाहता हूं। अगर आप मेरा साथ न देंगे तो मैं अकेले ही जाऊंगा।"

मैंने नवयुवक की तरफ देखा और उसके चेहरे को देखकर समझ गया कि वह जो कुछ कह रहा है उसे करके रहेगा। जब लियो कुछ

कहता था और उसे करने का भी निश्चय कर लेता था तब वह एक खास तरह का मुंह बना लिया करता था। बचपन से ही उसकी यह आदत थी।

उसने अपनी बात दोहराई—"हां, चाचा! मैं ज़रूर जाऊंगा, अगर मुझे घूमता हुआ 'जीवन-स्तम्भ' न भी मिली तो मुझे अव्वल दर्जे का शिकार करने का मौका तो हाथ लगेगा ही।"

मैंने कहा—"शिकार? वाह, मैंने तो इसका ख्याल ही नहीं किया था। उस जंगली देश में ज़रूर बड़े-बड़े शिकार होंगे। सदा ही मेरी इच्छा रही है कि मरने के पहले मैं जंगली भैंसे का शिकार ज़रूर करूं। बेटा! तुम जानते ही हो कि इस खोज में मेरा विश्वास नहीं है, पर मैं बड़े शिकारों में ज़रूर विश्वास रखता हूं, इसलिए अगर सब कुछ सोचने-विचारने के बाद तुमने जाना ही तय किया तो मैं भी छुट्टी ले लूंगा और तुम्हारे साथ चलूंगा।"

लियो ने कहा—"मैं जानता था कि आप ऐसा अवसर न छोड़ेंगे। पर रुपये का क्या होगा? काफी रकम की ज़रूरत पड़ेगी।"

मैंने उत्तर दिया—"उसके लिए तुम्हें चिन्ता करने की ज़रूरत नहीं है। तुम्हारी आमदनी की काफ़ी रकम हर साल एकत्र होती रही है। फिर तुम्हारे पिता मेरे लिए जो कुछ छोड़ गए थे उसमें से भी लगभग दो-तिहाई मैंने बचा लिया है, क्योंकि उसे मैं तुम्हारी थाती समझता रहा हूं। इस तरह बहुत काफी रकम जमा है।"

"तब फिर क्या? हमें अपना माल-असबाब बांध लेना चाहिए और शहर में जाकर अपनी बन्दूकों की खबर लेनी चाहिए। हां, जाब, क्या तुम भी साथ चलना चाहोगे? यही वक्त है कि तुम्हें भी दुनिया को देखना शुरू कर देना चाहिए।"

"साहब! मुझे दूसरे देशों को देखने का ज़्यादा शौक तो नहीं है, पर जब आप दोनों जा रहे हैं तो आपकी खिदमत करने के लिए भी, साथ में, कोई चाहिए ही। और बीस साल तक आप लोगों की सेवा के बाद ऐसे समय पीछे रह जानेवाला आदमी मैं नहीं हूं।"

मैंने कहा—"बहुत ठीक जाब! तुम्हें कोई अद्भुत बात तो देखने को न मिलेगी पर अच्छे शिकार का मौका ज़रूर मिलेगा। हां, एक बात

यह है कि मैं नहीं चाहता कि तुम दोनों उस वाहियात बात के बारे में एक शब्द भी किसी दूसरे से कहो।" और मैंने ठीकरे की ओर इशारा कर दिया—"अगर किसीको यह मालूम हुआ और मुझे कुछ हो गया तो मेरे निकट सम्बन्धी मेरे पागल होने का बहाना लेकर मेरी वसीयत पर झगड़ा खड़ा कर देंगे और सारे कैम्ब्रिज में मेरी हंसी होगी।"

उस दिन के तीन महीने बाद हम लोग जहाज़ से समुद्र के रास्ते जंजीबार के लिए रवाना हो गए।

4

जहां बैठकर अभी तक की कहानी कही गई है उससे यह दृश्य कितना भिन्न है। यहां न कालेज के वे शान्त कमरे हैं, न वायु-विकम्पित अंग्रेज़ी वृक्ष हैं, न कांव-कांव करनेवाले काक हैं, न आलमारियों में लगी वे परिचित पुस्तकें हैं। उनकी जगह दूर तक फैले और अफ्रीकी पूर्णचन्द्र की रजत-किरणों से चमकते हुए महान शान्त सागर का दृश्य है। मंद वायु आकर हमारे जहाज़ के महत् पाल को भर देती है और उस जल पर हमें खींचे लिए जा रही है जो हमारे जलयान को दोनों ओर से रगड़ता और छल-छल शब्द करता संगीत-रूप में मुखरित हो उठता है। ज़्यादातर आदमी सो रहे हैं क्योंकि आधी रात हो गई है, किन्तु हमारा हट्टा-कट्टा अरब मल्लाह, मोहम्मद, बिना आंखें झपकाए, डांड के पास खड़ा, तारों को देख-देखकर (उनसे दिशा का ज्ञान करता) जहाज़ चला रहा है। तीन-चार मील दूर एक हलकी धुंधली रेखा दिखाई देती है। यह मध्य अफ्रीका का पूर्वी तट है। हम लोग उत्तरी-पूर्वी मानसून के सामने दक्षिण की ओर बढ़े जा रहे हैं। यह स्थान मुख्य भूखण्ड तथा उस स्वर्णाद्रि के बीच में हैं जो इस खतरनाक और भयानक तट को सैकड़ों मील तक घेरे हुए है। निस्तब्ध निशीथ—इतनी निस्तब्ध कि कोई कान में भी कहे तो वह सारे जहाज़ में प्रतिध्वति हो उठे। इतनी कि सुदूर देश की शान्त वाणी भी लहरों पर तैरती हमारे पास गूंजती है।

डांडा लिए हुए वह अरब हाथ उठाकर एक शब्द कहता है : "सिम्बा !" (सिंह, शेर)।

हम सब बैठ जाते हैं और सुनते हैं। दूर से शब्द फिर आता है—एक शान्त महिमामण्डित शब्द, जो हम सबकी मज्जा तक में सिहर उत्पन्न करता है।

मैंने कहा—"अगर कप्तान का अन्दाज़ गलत नहीं है, जिसकी बहुत संभावना है, तो मैं समझता हूं कि कल दस बजे तक हम उस आदमी के सिर जैसी दिखनेवाली रहस्यमय चट्टान तक पहुंच जाएंगे और शिकार करना शुरू कर देंगे।"

पाइप को मुंह से अलग कर किंचित् हंसते हुए लियो ने हमारे कथन में संशोधन किया—"और उस उजड़े नगर तथा जीवन-ज्वाला की खोज आरम्भ कर देंगे।"

मैंने उत्तर दिया—"वाहियात! आज तीसरे पहर तुम उस डांड वाले से अरबी छांट रहे थे। उसने तुम्हें क्या कहा? वह गुलामों के अपने व्यापार के सिलसिले में न जाने कितने दिनों से इस भाग की यात्रा करता रहा है; अपनी आधी ज़िन्दगी उसने इसी कार्य में बिताई है और एक बार तो उस सिरनुमा चट्टान पर भी जा चुका है। पर क्या उसने इस उजड़े नगर अथवा गुफाओं की बात कभी सुनी है?"

लियो ने जवाब दिया—"नहीं। वह कहता है कि उसके पीछे सब तरफ दलदल ही दलदल हैं और सारा भूभाग सर्पों, विशेषतः अजगरों तथा जंगली जानवरों से भरा हुआ है। कोई आदमी वहां नहीं रहता। पर दलदल की पट्टिका तो सारे पूर्वी अफ्रीकी तट के पीछे फैली हुई है। इसलिए उसकी बात का कोई विशेष तात्पर्य नहीं।"

मैंने कहा—"हां, उसका तात्पर्य है मलेरिया। तुम देखते हो, ये लोग इस देश के बारे में क्या राय रखते हैं। इनमें से एक भी हमारा साथ नहीं देगा। वे समझते हैं कि हम पागल हैं। और मैं समझता हूं कि वे ठीक समझते हैं। अगर हम बचकर फिर इंग्लैण्ड पहुंच गए तो मुझे आश्चर्य होगा। मेरी उम्र में इससे कुछ बनता-बिगड़ता नहीं। पर लियो! तुम्हारे लिए और जाब के लिए मैं चिन्तित हूं। मेरे बच्चे! यह सब शेखचिल्ली जैसी बातें हैं।"

"ठीक है, काका होरेस! जहां तक मेरा सम्बन्ध है, मैं एक बार वहां जाने की कोशिश करूंगा! लेकिन देखिए, वह बादल-सा क्या नज़र

आता है?" और उसने हमसे कुछ मील दूर तारकमण्डित आकाश में उड़ते एक काले टुकड़े की ओर संकेत किया।

"जाकर उस मल्लाह से पूछो।"

लियो उठा, उसने अपनी बांहें फैलाईं और चला गया। थोड़ी देर में लौट आया। "वह कहता है कि यह तूफान है, पर वह हमारे बगल से होकर निकल जाएगा।"

इसी समय जाब आ गया। उसके मुंह पर किंचित् परेशानी की छाया थी। पर जब से वह इस विचित्र समुद्र की यात्रा पर रवाना हुआ था, तभी से हम उसके चेहरे पर यह परेशानी देख रहे थे। उसने कहा— "अगर आपकी राय हो तो मैं उस छोटी ह्वेल नौका में जाकर सो रहूं, क्योंकि सब खाद्य-सामग्री एवं माल-असबाब तो उसमें है ही, हमारी बन्दूकें भी उसीमें हैं। मुझे इन काले आदमियों (उसने झुककर धीरे से कहा) की निगाहें ठीक नहीं मालूम पड़तीं। रंग-ढंग से वे चोर मालूम पड़ते हैं। मान लीजिए कि रात को इनमें से कुछ आंख बचाकर उसमें चले जाते हैं और रस्सी काटकर चुपके से उसे खे ले जाते हैं, तो हम लोग यों ही मर जाएंगे।"

यह नौका या ह्वेलबोट हम लोगों के लिए खास तौर से स्काटलैण्ड के डण्डीनगर में बनाई गई थी। हम लोग इसे अपने साथ लाए थे, क्योंकि हमें मालूम था कि यहां का तट छोटी-छोटी घुमावदार छिछली खाड़ियों से पूर्ण है जहां जहाज़ नहीं जा सकते और हम लोगों को किनारे तक पहुंचने के लिए हलकी नाव की ज़रूरत पड़ेगी। यह एक सुन्दर नौका थी, 30 फुट लम्बी। इसके पेंदे में ताम्रपत्र जड़ा हुआ था और कमरे ऐसे बने थे कि उनमें ज़रा भी पानी न जा सकता था। जहाज़ के कप्तान ने भी हमसे कह दिया था कि जब हम उस शृंग के पास पहुचेंगे तो यह जहाज़ छिछले पानी के कारण किनारे तक न जा सकेगा। इसलिए हम लोगों ने सुबह के तीन घण्टे अपना अधिकांश सामान ह्वेलबोट में पहुंचा देने में खर्च किए थे और बन्दूकें, गोली-बारूद तथा अन्य सुरक्षित सामग्रियां जल से अप्रभावित कमरों में रख दी थीं, ताकि ज्योंही कथित शृंग दिखे हमें सिर्फ छोटी नाव में उतरना और उसे किनारे तक ले जाना ही रह जाए। इस सावधानी का एक दूसरा कारण यह भी था कि अक्सर अरब कप्तान

अपनी असावधानी या पहचान की भूल के कारण निर्दिष्ट स्थान से आगे चले जाते हैं और पाल से खेये जानेवाले जहाज़ के लिए पुनः उस स्थान पर तब तक लौटना कठिन होता है जब तक उधर की हवा न चले। इसलिए किसी भी क्षण शृंग की ओर चल पड़ने के लिए हमें अपनी नौका तैयार रखनी ही थी।

मैंने कहा—"हां जाब, कदाचित् ऐसा करना ठीक होगा। पर देखो, नाव में काफी कम्बल रखे हुए हैं, उनसे अपने को ढक लेना।"

हम लोगों ने नाव को रस्सी खींचकर बिलकुल नज़दीक कर लिया और जाब आलुओं की बोरी की तरह उसमें टपक पड़ा। तब हम लोग लौटकर पुनः डेक पर बैठ गए और तम्बाकू पीने तथा गप-शप करते रहे। रात इतनी सुहावनी थी और हम लोगों का हृदय एक न एक प्रकार की दमित उत्कण्ठा से ऐसा भरा हुआ था कि हम लोगों की इच्छा अन्दर कमरों में जाने की नहीं हुई। इस तरह हम लोग लगभग एक घण्टा तक बैठे रहे। इसके बाद शायद दोनों औंधा गए क्योंकि बाद की इतनी ही बात मुझे याद आ रही है कि लियो निद्रालु स्वर में कह रहा था कि वह सिरनुमा शृंग भैंसे के शिकार के लिए कोई बुरा स्थान न होगा, बशर्ते कि आपने उसकी सींगों को पकड़ लिया या उसके हलक में अपनी गोली घुसेड़ने में सफल हुए। मतलब इसी तरह की वाहियात बातें।

मुझे इसके सिवा और कुछ याद नहीं पड़ता। मैं सो गया। एकाएक हवा का भयंकर गर्जन सुनाई पड़ा। जगकर सब मल्लाह भय से चिल्ला रहे थे और समुद्र का पानी उछल-उछलकर हमें कोड़े जैसा लगता था कुछ आदमी मस्तूल से पाल को नीचा करने लगे, पर वह मस्तूल जाम हो गया था और नीचे उतरता ही न था। मैं घबराहट में एक रस्से को पकड़-कर लटक गया। आकाश कोयले-सा काला हो रहा था पर चांद अब तक हमारे सिर पर चमक रहा था और उस अंधियारी को दूर कर रहा था। जहाज़ के नीचे 20 फुट या उससे भी ऊंची लहर, जिसपर सफेद झाग था, हमारी ओर उठी चली आ रही थी। चन्द्रकिरणों ने उसके झाग को कैसे सुन्दर रंग में रंग दिया था। स्याही के रंग वाले आकाश के नीचे भयंकर लहरें उठ रही थीं और उनके पीछे भयंकर तूफान तीव्र गति से बढ़ा चला आ रहा था। मैं देख रहा था कि ह्वेलबोट की काली शकल हर-

हराती हुई लहरों के ऊपर हवा में उठी जा रही है। इसके बाद पानी का एक गहरा धक्का, घूर्णित उत्तप्त झाग का तीव्र वेग। मैं अपनी जान बचाने के लिए रस्सी से लिपटा, हवा में यों फड़फड़ा रहा था जैसे तूफान में पड़ा हुआ कोई झण्डा होऊं।

हम लोग जहाज़ के पिछले भाग से टकरा रहे थे। लहरों ने हमें चारों तरफ से छा लिया।

लहर चली गई। मुझे ऐसा मालूम पड़ा जैसे मैं बहुत देर तक पानी में ही रहा—यद्यपि यह सब कुछ ही क्षणों में समाप्त हो गया। मैंने इधर-उधर देखने की कोशिश की। पाल फटकर एक ओर आकाश में फड़फड़ा रहा था एक क्षण के लिए कुछ शान्ति का अनुभव हुआ, और उस समय मैंने जाब को भय से चिल्लाते हुए सुना—"इधर नाव पर आ जाइए।"

यद्यपि मैं बहुत घबराया और आधा पानी में डूबा हुआ था पर तब भी मुझमें नाव पर दौड़कर जाने की समझ बाकी थी। मैं अनुभव कर रहा था कि जहाज़ मेरे नीचे डूबा जा रहा है। उसमें पानी भर गया था। उसके एक ओर हमारी नाव रस्सी से बंधी झोंके खा रही थी। मैंने अरब मल्लाह मोहम्मद को कूदकर नाव पर जाते हुए देखा और तब मैं भी जान पर खेलकर रस्से से नाव की ओर झूला और पागल की तरह कूद गया। जाब ने हमारी एक बांह पकड़ ली, फिर भी मैं लड़खड़ाकर नाव के पेंदे में गिर पड़ा। इसके बाद जहाज़ समुद्र-गर्भ में समा गया। मोहम्मद ने अपना छुरा निकालकर तुरन्त उस रस्सी को काट दिया जिससे नाव जहाज़ के साथ बंधी हुई थी। अब क्षण-भर में तूफान ने हमारी नाव को उस स्थान पर कर दिया जहां जहाज़ था।

मैं चिल्लाया—"हे ईश्वर! लियो कहां है? लियो! लियो!"

जाब ने चिल्लाकर मेरे कान में कहा—"वह (डूब) गया साहिब! ईश्वर उसकी रक्षा करे।"

मैं मारे शोक के अपने हाथों को पीटने लगा। लियो डूब गया और मैं उसके शोक में रोने के लिए जीता बच गया!

जाब चिल्लाया—"संभलो! देखो! फिर लहर आ रही है।"

मैंने उधर देखा; एक दूसरी भारी लहर हमारी ओर चली आ रही

थी। मुझे विश्वास-सा हो चला कि यह मुझे डुबाकर रहेगी। एक विचित्र सम्मोहन के साथ मैं उसके भयानक आगमन को देख रहा था। तूफानी झोंकों में चन्द्रमा प्रायः छिप चला था, पर एकाध किरण उस सर्वभक्षी लहर के शिखर पर अब भी पड़ रही थी। उसपर कोई टूटी-फूटी काली-सी चीज़ नज़र आ रही थी। लहर आ गई और नाव पानी से भर उठी, पर वह नाव एयरटाइट कमरों की बनी—ईश्वर भला करे उसका जिसने यह आविष्कार किया—इसलिए लहरों पर तैरनेवाले हंस की भांति ऊपर उठ गई। झाग एवं दूसरी चीज़ों के साथ वह काला पदार्थ मेरी ओर बढ़ता आ रहा था। मैंने अपना दाहिना हाथ पानी की तरफ उसे दूर हटा देने के लिए बढ़ाया, पर मेरा हाथ एक दूसरी कलाई पर पड़ा जिसे मेरी अंगुलियों ने दृढ़ता के साथ पकड़ लिया। यद्यपि मैं बहुत बलवान आदमी हूं और मेरे हाथ बहुत मज़बूत हैं, पर उस तिरते हुए शरीर के बोझ से ऐसा जान पड़ा जैसे मेरे कंधे अपने जोड़ से अलग हो गए हों। अगर लहर का ज़ोर दो-तीन सैकेण्ड और उसी तरह बना रहता, तो या तो वह मेरे हाथ से छूटकर बह गया होता या मैं स्वयं भी खिंचकर उसीके साथ समुद्र में चला गया होता। पर लहर चली गई थी और हमें घुटनों तक पानी में छोड़ गई थी।

जाब चिल्लाया—"उलीचो, उलीचो।" और कहने के साथ ही वह अपने काम में जुट गया, पर मैं तुरन्त वैसा न कर सका क्योंकि जैसे ही चांद छिप गया और चारों ओर अंधेरा हो गया, चांद की अन्तिम हलकी किरण उस आदमी के मुख पर पड़ी जिसे मैंने पकड़ा था और जो नाव के पेंदे में आधा सोया आधा उतराया हुआ था।

यह लियो था। लहर लियो को मुर्दा या ज़िन्दा, मृत्यु के जबड़े से छीनकर लौटा गई थी।

जाब पुनः चिल्लाया—"उलीचो! उलीचो! नहीं तो हम सब डूबेंगे।"

मैंने एक बड़ा मुठियादार टिन-पात्र उठा लिया और हम तीन आदमी मिलकर, अपनी प्राण-रक्षा के लिए, नाव से पानी उलीचने लगे। भयानक तूफान अब भी हमारे सिर पर और इधर-उधर गरज रहा था और हमारी नाव उसमें इधर-उधर नाच रही थी। आंधी के

झोंके और पानी की दंशनशीला चादरें हमें अंधा बना रही थीं और हमें परेशान कर रही थीं, पर इन सबके बीच भी एक भयानक निराशा के कारण हम दानवी शक्ति और स्फूर्ति से पानी उलीच रहे थे। निराशा भी उद्दीप्त कर सकती है! एक मिनट! तीन मिनट! छः मिनट! नाव हलकी होने लगी और किसी नई लहर का आक्रमण नहीं हुआ। और पांच मिनट बीते और हमारी नाव पानी से बिलकुल खाली हो गई।

ठीक उसी समय चंद्रमा पुनः चमकने लगा।

लियो गहरी नींद में सो रहा था और मैंने उसे जगाना विवेकयुक्त नहीं समझा। यह ठीक है कि वह गीले कपड़ों में पड़ा हुआ था पर अब रात इतनी काफी गर्म थी कि मैंने सोचा, इससे उस जैसे दृढ़ शरीर के आदमी को कोई हानि नहीं पहुंचेगी। फिर तुरन्त बदलने के लिए सूखे कपड़े भी हमारे पास नहीं थे।

अब चन्द्रमा डूब रहा था और हमें पानी पर तिरने और इस प्रकार सांस लेने को छोड़े जा रहा था जैसे विपदा में पड़ी किसी औरत की छाती उछल रही हो। अब हमारे पास इतनी फुर्सत थी कि अभी जो कुछ हम झेल चुके थे उसके विषय में विचार करते। जाब नाव के सिरे पर बैठ गया, मैं लियो के पास। पर मोहम्मद पतवार के पास ही रहा।

चन्द्रमा बड़ी सुन्दरता के साथ धीरे-धीरे डूब रहा था। वह क्षितिज की गहराई में विदा हो रहा था और लम्बे घूंघट-सी परछाइयां आकाश पर घिरती जा रही थीं। इस घूंघट के पीछे से तारे दिखाई पड़ रहे थे। शीघ्र ही पूर्व दिशा में उषा के आगमन की सूचना फैलती गई।

यह सुन्दर दृश्य था पर उसमें किंचित् उदासी की छाया थी। उठता हुआ बाल सूर्य! आज जो सूर्य हम लोगों के लिए उगा था वही गत संध्या को हमारे अठारह सहयात्रियों को छोड़कर डूबा था! हमारे परिचित उन अठारह के हित वह सदा के लिए डूब गया था।

उनके साथ जहाज़ भी चला गया! वे मृत्यु के महान सागर पर चट्टानों एवं सेवारों के बीच टकराने के लिए छोड़ दिए गए थे! और हम चार बच गए थे!

5

जाब नाव के सिरे पर बैठा हुआ धूप ले रहा था और बड़ा परेशान नज़र आ रहा था। मैंने उस ज्वालामय मूर्ति की ओर इशारा करके उससे पूछा : "तुम, इसके बारे में क्या ख्याल करते हो?"

"अरे साहब! वह! जान पड़ता है कि शैतान ने स्वयं पहाड़ी पर बैठकर अपनी मूर्ति गढ़ी है।"

मैं हंस पड़ा और मेरी हंसी के कारण लियो की नींद खुल गई।

उसने कहा—"अरे यह क्या? मेरा बदन इतना कड़ा क्यों हो रहा है? जहाज़ कहां गया? कृपया मुझे थोड़ी ब्रांडी दीजिए।"

मैंने कहा—"बेटे! ईश्वर को धन्यवाद दो कि इससे ज़्यादा नहीं लकड़ाए। जहाज़ डूब गया, हम चार को छोड़ और सब लोग डूब गए और खुद तुम्हारी ज़िन्दगी भी आश्चर्यजनक रूप से बच गई। इसके बाद जाब उधर ब्रांडी खोजने लगा और इधर मैंने लियो को सारी घटना बता दी।

उसने धीरे से कहा—"ईश्वर धन्य है कि इसके बीच हम बचे रह गए।"

तब तक ब्रांडी आ गई और हम सबने उसका स्वागत किया। सूर्य भी शक्तिमान होता जा रहा था और हमारी टिठुरी हड्डियों को गर्म करने लगा। क्योंकि पांच घण्टे से बराबर हम गीले वस्त्रों में थे।

ब्रांडी की बोतल एक ओर रखते हुए लियो ने कहा—"क्यों वही लेखोक्त शृंग है न? ठीक हब्शी के मस्तक-सा बना हुआ है।"

"हां, वही है।" मैंने कहा।

"तब तो सब बातें सच्ची जान पडती हैं।" उसने उत्तर दिया।

मैंने उत्तर दिया—"इतने से तो यह सिद्ध नहीं होता। यह भी संभव है कि यह वह मस्तक न हो जिसका ज़िक्र मूल लेख में है।"

लियो ने कहा—"काका होरेस! आप तो नास्तिक यहूदी हैं। जो जीवित रहेंगे वे देखेंगे!"

मैंने कहा—"बिलकुल ठीक। पर अब तुम देख सकते हो कि हम बालुका तट के उधर नदी के मुख में प्रवेश कर रहे हैं। जाब, डांड ले

लो। हम लोग खेएंगे और आगे देखेंगे कि कहीं कोई उतरने लायक स्थान है या नहीं।"

नदी के जिस मुहाने में हम प्रवेश कर रहे थे वह देखने में विशेष चौड़ा नहीं प्रतीत होता था। हां, यह ज़रूर था कि इधर उधर छाए कोहरे के कारण सब कुछ और दूर तक हम स्पष्ट न देख सकते थे। इस नदी के मुहाने पर पूर्वी अफ्रीका की अन्य नदियों के कायदे की तरह ही बहुत-सी बालू तथा अन्य चीज़ें एकत्र थीं। इसके कारण जब तक हवा मुहाने से उलटी दिशा में न चल रही हो तब तक किसी नाव के लिए थोड़ा भी टिक सकना संभव न था। लेकिन सब कठिनाइयां दूर हो गईं और अनुकूल तेज़ हवा के कारण, थोड़ी मेहनत से लगभग बीस मिनट में ही, हम बन्दरगाह में पहुंच गए।

इस समय तक सूर्य के नीचे, कोहरा दूर हो चुका था और गर्मी इतनी बढ़ गई थी कि उसमें सुख-बोध नहीं होता था। यहां नदी का मुहाना आध मील चौड़ा हो गया था और किनारे दलदलों से पूर्ण थे। उनपर मगर यों लेटे हुए थे जैसे लकड़ी के लट्ठे पड़े हों। हम जहां थे वहां से लगभग एक मील दूर, कठोर भूमि का एक टुकड़ा नज़र आ रहा था। हम नाव को उसी दिशा में खे ले चले। अगले 15 मिनट में हम वहां पहुच गए। उस स्थान पर एक सुन्दर, छायादार, चौड़े एवं प्रकाशमान पत्तों तथा मगनोलिया के ढंग के फूलों से भरा वृक्ष था। उसके तने में हमने नाव बांध दी। इतना करने के बाद हमने कपड़े उतारे, नहाया और अपने कपड़े तथा नाव के अन्य पदार्थ धूप में सूखने के लिए फैला दिए जो बहुत जल्द सूख गए। इसके बाद हमने पेड़ों की छाया में बैठकर भोजन किया, और हमने पहले ही सब सामान जहाज़ से नौका में पहुंचा देने की जो सावधानी बरती थी उसके लिए खुद अपने को ही धन्यवाद दिया। भोजन के बाद सूख गए कपड़ों को पहनकर हम लोगों ने सन्तोष की सांस ली। थोड़ी थकावट और कहीं-कहीं छिल जाने के अलावा हम लोगों को भयानक तूफान से, जिसने हमारे और सब साथियों की जान ले ली थी, और कोई हानि नहीं पहुंची थी। यह ठीक है कि लियो आधा डूब चुका था, पर पचीस वर्ष के उस जैसे बल-वान अखाड़िये के लिए यह कोई बड़ी बात न थी।

भोजन के बाद हमने उस स्थान का निरीक्षण किया। वह स्थान, जहां हम ठहरे थे, कोई 200 गज़ चौड़ा 500 गज़ लम्बा सूखा भूखण्ड था, जिसके एक ओर नदी और बाकी तीन तरफ, जहां तक दृष्टि जाती थी, दलदल ही दलदल दिखाई पड़ते थे। यह ठोस भूखण्ड दलदली ज़मीन और नदी की सतह से लगभग 25 फुट ऊंचा रहा होगा और आदमियों के हाथ से बनाया गया मालूम होता था।

"यह तो कोई घाट-सा बना हुआ प्रतीत होता है", लियो ने विश्वासपूर्वक कहा।

मैंने कहा—"क्या बकते हो? कौन ऐसा मूर्ख रहा होगा जिसने इस देश में भयानक दलदलों के बीच घाट बनवाया होगा—इस देश में, जहां सिर्फ जंगली लोग हो सकते हैं, वे भी अगर हों तो।"

"शायद सदा यहां दलदल न रहा हो और न यहां के निवासी सदा जंगली ही रहे हों," लियो ने रुखाई के साथ कहा और ढलवां किनारे की ओर देखने लगा। इस समय हम लोग नदी के पास खड़े थे।

"उधर देखिए,"—लियो ने एक तरफ अंगुली से दिखाते हुए कहा, जहां एक मैगनोलिया का वृक्ष कल रात के तूफान में उखड़कर गिर पड़ा था। वह वृक्ष एक टीले के नदी-तट से मिले ढालू छोर पर उगा था और गिरने पर उसकी जड़ें बहुत-सी मिट्टी लेकर ऊपर उठ गई थीं। "क्या इसमें पत्थर का काम नहीं है? अगर यह पत्थर नहीं है, तो वैसी ही कोई चीज़ है।"

"फिर वही मूर्खता!" मैंने फिर कहा। पर इसके साथ हम आगे बढ़कर उस स्थान पर पहुंच गए और ऊपर उठी जड़ों तथा नदी-कूल के बीच खड़े हो गए।

"अब कहिए?" उसने कहा।

इस बार मैंने कुछ उत्तर नहीं दिया; केवल मुंह से सीटी बजाता रहा, क्योंकि जड़ के उखड़ने से मिट्टी हट गई थी और बड़े-बड़े प्रस्तर-खण्डों का पुश्ता बना हुआ दिखाई दे रहा था। ये प्रस्तर-खण्ड पीले सीमेण्ट जैसे किसी मसाले से जुड़े हुए थे जो इतना सख्त था कि शिकारी छुरी की नोक उस में ज़रा भी न धंस पाती थी। फिर इतनी ही बात न थी। मिट्टी में कोई चीज़ गड़ी बाहर उभरी दिखाई दे रही थी। मैंने अपने हाथ

से भुरभुरी मिट्टी हटा दी तो एक बड़ा भारी गोलाकार पत्थर का नाल निकल आया जिसका व्यास एक फुट या ज़्यादा रहा होगा। उसकी मोटाई तीन इंच के लगभग थी। इस आविष्कार ने पूरी तरह मेरा मुंह बन्द कर दिया।

"इससे तो पता चलता है कि यहां किसी ज़माने में ऐसा घाट रहा होगा जहां आकर बड़े-बड़े जहाज़ लंगर डालते रहे होंगे। क्यों काका होरेस! ठीक है न?" लियो प्रमुदित होकर बोला।

मैंने इस बार फिर 'मूर्खतापूर्ण' कहना चाहा किन्तु वह शब्द मेरे गले में ही अटक गया, क्योंकि वह जीर्ण प्रस्तर-गोलक स्वयं अपनी कहानी कह रहा था कि किसी प्राचीन काल में यह पत्थर की दीवार किसी पक्के घाट का अंश रही होगी, जहां जहाज़ लंगर डालते रहे होंगे। और कदाचित् वह नगर, जिसका यह बन्दरगाह था, इन्हीं दल-दलों के नीचे दबा पड़ा था।

"ऐसा मालूम होने लगा है कि उस कहानी में कुछ सचाई ज़रूर है, काका होरेस," लियो ने प्रफुल्ल होकर कहा। मैं उस हब्शी के मस्तक जैसे रहस्यमय शृंग और उतने ही रहस्यमय इस पत्थर के काम को देखता और सोचता रहा; कोई सीधा उत्तर मैंने नहीं दिया।

हम लोग दलदल के किनारे की ओर बढ़े और उसपर निगाह डाली। उसके ओर-छोर का पता ही न चलता था और जल-पक्षियों के झुण्ड अपने स्थानों से उड़कर जब आकाश में छा जाते थे तो वह पूरी तरह ढक जाता था और दिखाई न पड़ता था। दूसरी बात यह है कि ज्यों-ज्यों सूर्य आकाश में ऊंचा उठता गया, दलदलों के तल तथा गंदे एवं बंधे पानी के गड्ढों से उठनेवाली विषैली गैस के बादल आसमान पर छाते गए।

मैंने अपने तीन साथियों से, जो परेशानी के साथ इस दृश्य को देख रहे थे, कहा—"अब दो बातें मेरे सामने साफ हो गई हैं। पहली बात तो यह कि (दलदलों को अंगुली से दिखाते हुए) हम उसके पार नहीं जा सकते, और दूसरी यह कि यदि हम यहां ठहरेंगे तो बुखार से मर जाएंगे।"

"यह तो घास के ढेर की तरह स्पष्ट है।" जाब बोला।

तब हमारे सामने दो ही रास्ते हैं। एक तो यह कि हम लोग अपनी

नाव से किसी दूसरे बन्दर को रवाना हो जाएं। वह भी काफी खतरे से भरी बात है। दूसरा यह कि हम नाव को अन्दर नदी में खेते चलें और देखें कि कहां पहुंचते हैं।"

लियो ने मुंह बनाकर कहा—"मैं नहीं जानता कि आप क्या करेंगे, पर मैं तो उस नदी पर ही और आगे बढ़ूंगा।"

जाब अपनी आंख की पुतलियों को फेरकर बुदबुदाने लगा और अरब मल्लाह ने 'या अल्लाह!' कहकर लम्बी सांस ली। मैंने मिठास के साथ इतना ही कहा कि जब 'इधर कुआं, उधर खाई' वाला मामला है तब हम चाहे जिधर जाएं बात एक ही है। पर दरअसल मैं भी लियो की ही भांति नदी पर आगे बढ़ने के लिए उत्सुक था। इसलिए हमने सावधानी से मस्तूल इत्यादि ठीक-ठाक करके, और अपनी राइफलें लेकर यात्रा शुरू कर दी। सौभाग्य से समुद्र की ओर से हवा भी उधर को ही चल रही थी। इसलिए हमने पाल भी बांध दिया।

अनुकूल वायु का लाभ उठाकर हम हंसी-खुशी से तीन-चार घण्टे तक नदी के ऊपर बढ़ते गए। रास्ते में दरियाई घोड़े, झुण्ड के झुण्ड नदी से निकलकर 20-25 गज़ की दूरी पर हम लोगों की ओर देख-देखकर डकारने लगे, जिसे सुनकर केवल जाब ही नहीं, मैं भी डर गया। हमने इन्हें पहली ही बार देखा था और उनकी उत्सुकता से मैंने अन्दाज़ लगाया कि उन्होंने भी शायद पहली बार ही गोरे आदमियों को देखा होगा। मुझे तो एक-दो बार यह भी ख्याल आ गया कि कहीं ये हमारी नाव पर न चढ़ दौड़ें। लियो उनपर बन्दूक चलाना चाहता था पर परिणाम के भय से मैंने उसे वैसा नहीं करने दिया। हमने दलदली तट पर सैकड़ों घड़ियालों को देखा जो मज़े से धूप ले रहे थे। जल-मुर्गाबियों की तो कोई गिनती ही न थी। हमने उनमें से कुछ का शिकार भी किया। इनमें एक विचित्र प्रकार का जंगली हंस भी था जिसे हमने पहली बार ही देखा था। इसलिए मैं नहीं जानता था कि यह 'शिकार' है या कोई खास जाति का पक्षी है जिसे जीव-अन्वेषक सुरक्षित रखना चाहेंगे।

दोपहर तक सूर्य प्रखर हो गया जिसके कारण दलदलों से इतनी बदबू-भरी भाप उठने लगी कि हमें अपनी रक्षा के लिए पर्याप्त मात्रा में कुनैन खानी पड़ी। कुछ देर बाद हवा बंद हो गई, और चूंकि ऐसी गरमी

में, धारा के विरुद्ध, भरी नाव को ले जाना असंभव था इसलिए हम लोग एक स्थान पर बेंत के पेड़ों की छाया में ठहर गए जो नदी के किनारे बीच-बीच में उगे हुए थे। और सूर्यास्त तक हम वहीं विश्राम करते रहे।

अंधेरा होते-होते हमने किनारे से 60 गज़ दूर लंगर डाल दिया, क्योंकि हम तट पर उतरने का साहस न कर सकते थे; अंधेरे में पता नहीं चलता था कि वहां सूखी ज़मीन है या दलदल है। दलदल से निकलनेवाली विषैली गैस में जाने से नदी में रहना कुछ अच्छा ही था। इसलिए हमने एक लालटेन जला ली, इसीकी रोशनी में भोजन बनाया और किया तथा सोने के लिए लेट गए। परन्तु शीघ्र ही मालूम हो गया कि सोना असम्भव है क्योंकि लालटेन की रोशनी के कारण या गोरे आदमियों की अनभ्यस्त गंध के कारण, जो पिछले हज़ार वर्ष में उन्हें काहे को मिली होगी, मतलब हम नहीं जानते किस कारण से, हज़ार-हज़ार रक्त-पिपासु बड़े-बड़े डंकदार मच्छरों ने हमपर धावा बोल दिया। मैंने इतने बड़े और भयावनी शक्ल के मच्छरों के बारे में न कभी पढ़ा था, न उन्हें देखा था। बादलों के झुण्ड की तरह वे आते थे, इर्द-गिर्द भुनभुनाते थे, काटते थे। उन्होंने इतना काटा कि हम लगभग पागल हो गए। तम्बाकू का धुआं उन्हें और प्रसन्न, उत्तेजित तथा क्रियाशील करता था। अन्त में विवश होकर हमने ऊपर से नीचे तक कम्बल लपेट लिए; फिर भी बदन की खुजलाहट न गई। इसी समय उस भयानक सन्नाटे में बिजली की कड़क की तरह एक शेर की, फिर दूसरे शेर की गर्ज सुनाई पड़ी। वे हमसे 60 गज़ दूर नरकट की झाड़ियों में चल रहे थे।

लियो ने पहले से ही राइफल हाथ में ले ली थी। मैंने उसे तब तक ठहरने के लिए कहा जब तक वे पास न आ जाएं। इस बीच मैंने अपनी राइफल भी संभाल ली। हमसे कोई पन्द्रह फुट की दूरी पर किनारे पर पानी एकदम छिछला था, मुश्किल से पन्द्रह इंच गहरा। पहले उनमें से एक शेरनी वहां पहुंची। वहां पहुंचकर उसने अपना बदन हिलाया और गरजी। उसी समय लियो ने गोली चलाई। गोली खुले मुंह के रास्ते यात्रा करती गले के पिछले भाग को छेदकर बाहर निकल गई और वह वहीं धम्म से गिरकर ठंडी हो गई। उसके दो कदम पीछे पूरा विकसित नर—

शेर—था। उसने ज्योंही अपने अगले दोनों पैर पानी में रखें कि विचित्र बात हुई। पानी में कुछ खलबली हुई। एक भयानक, क्रुद्ध गर्ज के साथ तड़पकर, किसी चीज़ को अपने साथ घसीटता हुआ, शेर ज़मीन की ओर उछला।

मोहम्मद चिल्लाया—"अल्लाह! मगर ने शेर की टांग पकड़ रखी है। बात ठीक थी। हम शेर के चमकदार दांतों, लम्बे थूथन तथा उसके पीछे लगी काली चीज़ को स्पष्ट देख रहे थे।

इसके बाद एक असाधारण दृश्य देखने में आया। शेर किसी तरह तट पर पहुंच गया और मगर आधा खड़ा, आघा पानी पर तैरता उसकी पिछली टांग मुंह में दबाए हुए था। शेर इतनी ज़ोर से गरजा कि उसकी आवाज़ से सारा वातावरण कांप गया और फिर एक भयानक क्रोधभरी चीख के साथ पलटकर उसने मगर के सिर पर ज़ोर का थप्पड़ लगाया। घड़ियाल की एक आंख बाहर निकल पड़ी और उसकी पकड़ ढीली हो गई; फिर भी वह आगे बढ़ा। इसपर शेर ने उसका गला पकड़कर दबाया। अब दोनों में कुश्तमकुश्ती होने लगी। बार-बार वे एक-दूसरे के ऊपर लोटने लगे। भयानक लड़ाई हो रही थी। उनकी गति को ठीक तरह से देखना कठिन था; पर जब कुछ देर बाद उनपर रोशनी पड़ी तो हमने स्पष्ट देखा कि पासा पलट गया है। घड़ियाल का सारा सिर लहू-लोहान हो रहा था, मांस नुच गया था पर मगर अपने फौलादी जबड़ों में शेर के कूल्हे को पकड़े हुए था और झकझोर-झकझोरकर उसे मार रहा था। घायल शेर, अपनी पीड़ा में चीख-चीखकर पागल की भांति अपने पंजों और दांतों से दुश्मन को काट ओर झिंझोड़ रहा था। शेर ने अपने भयानक पंजों से मगर के गले की मुलायम चमड़ी को काटकर यों खोल दिया जैसे कोई थैले को काटकर खोल दे।

और तब एकाएक सब कुछ समाप्त हो गया। शेर का सिर मगर की पीठ पर लुढ़क गया और ज़ोर से चीखकर वह ठंडा हो गया। मगर एक मिनट तक गतिहीन पड़ा रहा, फिर अपनी तरफ धीरे से उलट गया पर उसके जबड़े अब भी शेर की लाश में गड़े हुए थे। बाद में हमने देखा कि वे इतने गड़ गए थे कि शेर करीब-करीब दो टुकड़े हो गया था।

यह आरम्भ से अन्त तक एक अद्भुत पर भयानक दृश्य था और मैं समझता हूं कि बहुत ही कम लोगों ने इस प्रकार की लड़ाई देखी होगी।

यों उस लड़ाई की समाप्ति हुई।

इसके बाद हमने मोहम्मद को पहरे पर बैठा दिया और शेष रात्रि में, मच्छर हमें जितना सोने दे सकते थे, सोए।

6

दूसरे दिन बड़े तड़के हम उठे; जो कुछ प्रातःकृत्य उस परिस्थिति में करना संभव था, किया और यात्रा के लिए तैयार हो गए। जब काफी उजाला हो गया और हमें एक-दूसरे के चेहरे दिखाई पड़ने लगे तो मुझे यह देखकर हंसी आ गई कि जाब का पहले से ही मोटा चेहरा मच्छरों के काटने से फूलकर दुगना हो गया था। लियो की हालत भी ज़्यादा अच्छी न थी। तीनों में मैं ही कुछ बचा हुआ था क्योंकि मेरा बदन बहुत कड़ा और बालों से भरा हुआ था। इसके अलावा इंग्लैंड से चलने के बाद मैंने अपनी दाढ़ी भी खूब बढ़ने दी थी; उधर जाब और लियो दोनों सफाचट थे। खुली और बेरोक-टोक जगह पाकर उनके चेहरों को मच्छरों ने खूब चोंथा था। पर अल्लाह का कट्टर भक्त समझकर मोहम्मद को मच्छरों ने बिलकुल ही छोड़ दिया था।

फूले हुए होंठ हमें जितना हंसने दे सकते थे, उतना हम हंसते रहे, यहां तक कि सूर्य की रोशनी फैलने लगी और समुद्र की ओर से आने-वाली प्रात:-वायु के कारण दलदलों पर छाए कोहरे के पुंज दूर होने लगे। हमने दोनों शेरों और मगर का भली भांति निरीक्षण कर और पाल चढ़ाकर अपनी यात्रा शुरू कर दी। उक्त जानवरों की खाल हम ले लेना चाहते थे पर खलियाने का साधन न होने से हमने उन्हें वहीं छोड़ दिया। दोपहर के समय हवा बन्द हो गई किन्तु तब तक, सौभाग्यवश हम सुभीते की एक सूखी भूमि के पास पहुंच गए थे। वहां उतरकर हमने आग जलाई और दो जंगली बत्तखों का तथा दरियाई हिरन का कुछ मांस पकाकर खाया। हिरन के शेष मांस के टुकड़े करके सूखने के लिए फैला दिए गए। इस भली सूखी भूमि पर हम दूसरे दिन सुबह तक ठहरे। रात उसी तरह मच्छरों से लड़ाई करते बीती, पर कोई दूसरी कठिनाई नहीं हुई। अगला और उसके बाद का दिन भी इसी प्रकार, बिना किसी उल्ले-

खनीय घटना के बीत गया। इस बीच हमने एक बहुत सुन्दर बिना सींग के हिरन का शिकार किया। और अनेक रंगों के सोसन तथा कमलिनी के फूल देखे, जो नीले रंग के, देखने में बड़े ही सुन्दर लगते थे पर कदाचित् कोई ऐसा फूल होगा जिसकी पंखुरियों को कीड़ों ने काट दिया हो।

हमारी यात्रा के पांचवें दिन, जब हम अन्दाज़ न समुद्र से एक सौ पैंतीस से लेकर एक सौ चालीस मील तक चल चुके होंगे, एक उल्लेखनीय बात हुई। उस दिन हवा ग्यारह बजे दिन को ही बन्द हो गई। हमने नाव को ठेलकर ले जाने की कोशिश की पर शीघ्र ही थककर हमें ऐसे स्थान पर रुक जाना पड़ा जहां इस नदी में 50 फुट चौड़ी कोई दूसरी नदी आकर मिली थी। पास ही कुछ वृक्ष उगे हुए थे—इस सारे देश में केवल नदी-तट पर ही वृक्ष दिखाई देते थे—उसकी छाया में हमने विश्राम किया। चूंकि यहां ज़मीन सूखी थी इसलिए हम लोगों ने नदी के किनारे-किनारे कुछ दूर घूमघामकर चिड़ियों का शिकार किया। पचास ही गज़ आगे जाकर देखने पर हमें मालूम हो गया कि ह्वेलबोट में आगे जाना सम्भव नहीं है, क्योंकि जहां हम ज़मीन पर उतरे थे उससे दो सौ गज़ आगे ही पानी बहुत छिछला हो गया था। मुश्किल से छः इंच गहरा। तट की भूमि भी कीचड़ से भरी हुई थी।

लौटकर हम दूसरी नदी के किनारे-किनारे कुछ दूर चले। शीघ्र ही हम इस नतीजे पर पहुंच गए कि यह नदी नहीं कोई प्राचीन नहर है, जैसी जंजीबार तट पर मोम्बासा के आगे है, जो ताना नदी को ओज़ी से इस प्रकार मिलाती है कि ताना आनेवाले जहाज़ ओज़ी से गुज़रते हुए समुद्र तक जा सकें और ताना के मुहाने पर जमी बालू के टीले से दूर रह सकें। यह नहर संसार के इतिहास के किसी प्राचीन युग में आदमियों द्वारा बनाई गई होगी। अभी तक खुदी मिटी ऊंचे किनारों के रूप में मौजूद थी। इसकी चौड़ाई और गहराई प्रायः एक-सी थी। उसमें प्रवाह बिलकुल न था, या था तो बहुत कम। बीच-बीच में सेवार वगैरा उग आए थे। अब जब मालूम हो गया कि नदी से आगे बढ़ना संभव नहीं तब हमारे लिए दो ही बातें रह गईं, कि या तो हम नहर से आगे बढ़ने की कोशिश करें या फिर समुद्र की ओर लौट चलें। जहां हम थे वहां नहीं ठहर सकते थे क्योंकि वहां रहने पर निश्चित था कि धूप हमें उबाल देती

और मच्छर तब तक काटते रहते जब तक हम उस उजाड़ दलदल में ज्वरग्रस्त होकर काल-कवलित न हो जाते।

मैंने कहा—"मेरे विचार से यही अच्छा होगा कि हम नहर से ही आगे बढ़ें।" लोगों ने अपने-अपने ढग पर इसकी स्वीकृति दी।

इसलिए ज्योंही सूर्य कुछ नीचा हुआ, वैसे ही हम चल खड़े हुए। अनुकूल हवा से लाभ उठाने की अब कोई आशा न रही थी। हम नाव को खेकर ले चले। लगभग एक घण्टे तक, बड़ी मेहनत से हम नाव खेते रहे, पर आगे सिवार इतनी घनी हो गई कि नाव का खेना असंभव हो गया। तब हम तीनों मिलकर किनारे पर चलते हुए रस्सियों से नाव को खींचते हुए बढ़े। लियो नाव पर बैठा मोहम्मद की तलवार से सिवारों को काटता रहा। दो घण्टे इस तरह चलने के बाद शाम हो गई। तब हमने कुछ घण्टे के लिए नाव रोक दी और मच्छरों का आनन्द प्राप्त करते हुए विश्राम किया। पर आधी रात के समय हम फिर चल पड़े क्योंकि उस समय कुछ ठण्डक हो गई थी। उषाकाल में हम फिर रुके और तीन घण्टे तक विश्राम करते रहे। उसके बाद पुनः यात्रा आरम्भ हुई और हम दस बजे तक चलते रहे। उसके बाद भयानक तूफान आया, ज़ोरों की आंधी चली ; बिजलियां कड़कने लगीं और मूसलाधार वर्षा आरम्भ हो गई। अगले छः घण्टे हमने करीब-करीब पानी के अन्दर ही बिताए।

मैं समझता हूं कि अगले चार दिनों की यात्रा का वर्णन विस्तार से करने की कोई ज़रूरत नहीं है। इतना ही कहना काफी होगा कि वह मेरे जीवन का सबसे दु:खद समय था और निरन्तर श्रम, गरमी, कष्ट तथा मच्छरों की पीड़न से पूर्ण था। सारे रास्ते में दलदल ही दलदल मिला, पर हम नित्य कुनैन, रेचक ओषधियों के सेवन तथा कठोर परि-श्रम के कारण ज्वर एवं मृत्यु से बचे रहे। तीसरे दिन हमें दूर दलदलों से उठती भाप के बीच एक गोल पहाड़ी दिखाई पड़ी और चौथे दिन रात को जब हमने एक स्थान पर अपना पड़ाव डाला तो वह यहां से पचीस-तीस मील दूर मालूम पड़ती थी।

अब तक हम थककर चूर-चूर हो गए थे और हमारे हाथों में छाले पड़ गए थे। हमें लगता था कि अब हम एक गज़ भी नाव को खींच-

कर आगे नहीं ले जा सकते और हमें इस भयानक दलदली निर्जन में चुपचाप पड़ रहना चाहिए और मृत्यु की प्रतीक्षा करनी चाहिए। बड़ी भयानक परिस्थिति थी और कदाचित् ही कोई गोरा आदमी ऐसी स्थिति में पड़ेगा। मैं नाव पर सोने के लिए पड़ रहा—यह गहरी थका-वट का सोना था। मैं अपनी मूर्खता पर पछताने लगा कि ऐसी यात्रा में क्यों शामिल हुआ, जिसका परिणाम इस डरावनी भूमि में मर जाना है। मैं यही सोचता हुआ ऊंघने लगा कि दो-तीन महीने बाद नाव एवं उसपर के अभागे यात्रियों की क्या दशा होगी। नाव तूफान में नष्ट हो जाएगी और यहां की सेवार, गन्दी हवा, दलदली गैस से निकलने वाले यमदूत हमारी हड्डियों को अपने जबड़ों से चबा जाएंगे।

सपने में तूफानी लहरें सचमुच मेरी हड्डियों से टकराती जान पड़ीं। उनमें उतराते हुए मेरी खोपड़ी मोहम्मद की खोपड़ी से टकरा रही थी। यहां तक कि मोहम्मद की खोपड़ी अपने मेरुदण्ड पर तनकर खड़ी हो गई और अपनी आंख के खोखले गड्ढों से घूर-चूरकर मेरी ओर देखने लगी और दांत पीसकर कहने लगी कि इसी ईसाई कुत्ते ने एक आस्तिक मुसलमान की अन्तिम निद्रा भंग की है। इस भयानक सपने से एकाएक मेरी आंखें खुल गईं, पर सपने से जागकर भी जो कुछ मैंने देखा उससे और भी भयभीत हो गया, क्योंकि दो बड़ी-बड़ी आंखें उस कोहरे से भरे अंधेरे में मेरी ओर देख रही थीं। मैंने बड़ी मुश्किल से अपने पांव पर खड़ा होने की कोशिश की, पर भय एवं घबराहट से मैं बार-बार चीख उठा जिससे दूसरे साथी भी भय एवं नींद से लड़खड़ाते हुए उठ खड़े हुए। इसी समय एकाएक ठंडे इस्पात की चमक दिखाई पड़ी और एक चौड़ा बरछा मेरे गले के सामने आकर लग गया और उसके पीछे दूसरे बरछे भी निर्दयतापूर्वक चमक उठे।

किसीने अरबी या अरबी मिली-जुली भाषा में कहा—"खबर-दार! तुम कौन हो जो तैरकर यहाँ आए हो? बोलो, नहीं तो अपनी मौत आई समझो।" और बरछा मेरे गले से बिलकुल सट गया। मेरे सारे बदन में ठण्डी कंपकंपी आ गई।

मैंने अपनी अच्छी से अच्छी अरबी में कहा—"हम यात्री हैं और संयोगवश इधर आ निकले हैं।" जान पड़ता है, उसने मेरी बात समझ

ली क्योंकि इतना सुनकर उसने अपना सिर दूसरी ओर फेरा और अपने पीछे खड़े एक लम्बे आदमी से कहा—"पिता, मार दें?"

गहरी आवाज़ में किसीने पूछा—"इन आदमियों का रंग क्या है?"

"गोरे हैं।"

उत्तर मिला—"तों इन्हें न मारो, क्योंकि चार दिन हुए उस 'अवश्य-माननीया' ने कहला भेजा था कि गोरे आदमी आ रहे हैं। अगर वे आवें तो उन्हें न मारना। इन्हें अवश्य-माननीया रानी के पास ले चलो और इनके पास जो कुछ सामान है वह भी इनके साथ ही जाएगा।"

उस आदमी ने मुझे रास्ता बताने और कुछ स्वयं खींचते हुए कहा—"आओ।" मैंने देखा कि वैसा ही उसके साथियों ने मेरे अन्य सहयोगियों के साथ किया।

किनारे पर लगभग पचास आदमियों का दल जमा था। जो कुछ रोशनी वहां थी उसमें मैंने देखा कि सबके हाथ में बड़े-बड़े बरछे थे। वे सब आदमी लम्बे, गठीले और हलके रंग के थे और उनकी कमर में लिपटी तेंदुए की खाल के सिवा उनका सारा बदन नंगा था।

लियो और जाब दोनों ढकेलकर मेरे पास कर दिए गए।

"अरे! यह क्या मामला है?" लियो ने आंखें मलते हुए पूछा।

जाब बोला—"हे भगवान! यह सब कैसा विलक्षण है!" इसी समय कुछ हुल्लड़ हुआ और मोहम्मद भी ठोकर खाता हुआ मेरे पास आ पहुचा। उसके पीछे बरछा ताने हुए एक आदमी आया।

मोहम्मद चिल्लाया—"अल्लाह! अल्लाह!" और यह समझकर कि उस आदमी से उसकी जान नहीं बचती, ज़ोर से बोला—"मुझे बचाओ! मुझे बचाओ!"

एक आवाज़ आई—"पिता, यह काला आदमी है। काले आदमी के बारे में अवश्य-माननीया' की क्या आज्ञा है?"

"उसके लिए उन्होंने कुछ नहीं कहा, पर उसे कत्ल न करो। मेरे बेटे! इधर आओ!"

इसपर वह आदमी बढ़कर उस लम्बी छाया के पास पहुंचा। उसने झुककर उसके कान में कुछ कहा।

"हां, हां।" दूसरे ने उत्तर दिया।

छाया से आवाज़ आई—"क्या तीनों गोरे यहां हैं ?"

"हां, वे इधर हैं।"

"तो फिर जो कुछ उनके लिए तैयार है, यहां लाओ और अपने आदमियों से कह दो कि उस उतराती वस्तु से सब सामान उतार लें।"

उसके आज्ञा करते ही कुछ आदमी अपने कन्धों पर परदेदार डोलियां लिए हुए आए। हर डोली के साथ चार उठानेवाले और दो अतिरिक्त आदमी थे। हमें इशारा किया गया कि इनमें चढ़ना है।

लियो ने कहा—"चलो बहुत अच्छा हुआ। इतने दिनों तक स्वयं अपना बोझा लेकर चलने के बाद अपने को ढोनेवाले तो मिले।" लियो सदा चीज़ों के उत्फुल्ल पक्ष को ग्रहण करता था।

जब मैंने देख लिया कि और कोई चारा नहीं है तब दूसरों को चढ़ता देख मैं भी अपनी डोली में जा कूदा।

मेरे डोली में बैठने के बाद कहार लोग उदासी-भरे स्वर में गाते तथा डुलाते चल पड़े। आधे घण्टे तक चुपचाप पड़ा हुआ, मैं उस उल्लेख-नीय अनुभव के बारे में सोचता रहा जो इन दिनों हो रहा था। इस प्रकार मैं पड़ा-पड़ा आश्चर्य करता और सोचता रहा कि इस यात्रा का अन्त क्या होगा ? और सोचते-सोचते, अन्त में मैं सो गया।

जहाज़ के डूबने के बाद शायद यह मेरी पहली ही वास्तविक नींद थी। मैं सात-आठ घण्टे से कम न सोया हूगा, क्योंकि दिन काफी चढ़ आया था। अब भी हम प्रायः चार मील प्रति घण्टे की चाल से चले जा रहे थे। डोली के परदे के बाहर झांककर मैंने देखा कि शाश्वत दलदलों का क्षेत्र समाप्त हो चुका था और अब हम घास से भरी कुछ ऊंची ज़मीन पर प्यालेनुमा पहाड़ी की दिशा में जा रहे थे। मैं नहीं कह सकता कि यह वही पहाड़ी थी जिसे हमने नहर से देखा था या दूसरी थी; क्योंकि जैसा मुझे बाद में मालूम हुआ, ये लोग ऐसे मामलों में कोई जान-कारी नहीं देते थे। इसके बाद मैंने उन आदमियों पर निगाह डाली जो हमें ले जा रहे थे। वे बड़े सुगठित थे और उनमें से शायद ही कोई छः फुट से कम लम्बा रहा होगा। उनका रंग पीलापन लिए हुए था। उनकी शकल-सूरत पूर्वी अफ्रीका के 'सोमाली' लोगों से मिलती-जुलती थी। उनके

काले बाल गुच्छों या पट्टों में कंधों तक लटक रहे थे। विशेषतः उनके दांत बड़े पंक्तिबद्ध तथा सुन्दर थे। पर उनके सौन्दर्य के बावजूद सब मिलाकर मुझे ऐसा लगा कि उनसे अधिक निर्दय चेहरे मैंने कभी न देखे थे। उनके चेहरों पर ठंडी, उदासीभरी निर्दयता की छाप थी जिसे देख-कर मुझे बड़ी घृणा होती थी, यहां तक कि अपनी सघनता में वह अपार्थिव मालूम पड़ती थी।

"अजनबी, क्या तुम जग रहे हो?" उसने गहरे, पर मन्द स्वर में पूछा।

"हां, मेरे पिता," मैंने शिष्टतापूर्वक इस ख्याल से उत्तर दिया कि इस आदमी को जितना भी अनुकूल बना सकूं, बनाऊं।

उसने अपनी सुन्दर सफेद दाढ़ी पर हाथ फेरा और मुस्कराया।

"मेरे अजनबी बेटे! जान पड़ता है कि तुम जिस देश से आए हो, उसमें हमारी भाषा कुछ न कुछ बोली जाती है और वहां बच्चों को शिष्टाचार की बातें खूब सिखाई जाती हैं। अब बताओ, तुम इस देश में कैसे आए, जहां मनुष्य की कल्पना में किसी विदेशी के चरण कभी नहीं आए? क्या तुम और तुम्हारे साथी अपने जीवन से ऊब गए हैं?"

मैंने निर्भयतापूर्वक जवाब दिया—"हम नई-नई बातें देखने आए हैं। पुरानी चीज़ों को देखते-देखते हमारा मन ऊब गया था। हम समुद्र की राह से अज्ञात वस्तुओं को जानने के लिए आए हैं। हम एक वीर जाति के हैं जो मौत से नहीं डरती। मेरे परमादरणीय पिता! यदि मृत्यु के पूर्व हमें कुछ नई बातें मालूम हो जाएं तो हमें मौत की परवा नहीं।"

बूढ़े ने कहा—"हां, हां, यह सच हो सकता है; तुम्हारी बातों को काटना जल्दबाज़ी होगी; वरना मैं कहता कि मेरे पुत्र, तुम झूठ बोल रहे हो। किन्तु मैं कह सकता हूं कि कदाचित् 'अवश्य-माननीया' इस विषय में तुम्हारी इच्छा पूरी कर दें।"

मैंने उत्सुकतापूर्वक पूछा—"यह 'अवश्य-माननीया' कौन हैं?"

"मेरे अजनबी पुत्र! अगर उनकी इच्छा हुई कि तुम्हें ज़िन्दा इस शरीर में देखें तो तुम्हें यह बात जल्द मालूम हो जाएगी।"

मैंने पूछा—"ज़िन्दा? मेरे प्यारे पिता! इससे आपका क्या मतलब है?"

पर बुड्ढा सिर्फ भयानक हंसी हंसता रहा और उसने मेरी इस बात का कोई उत्तर नहीं दिया।

मैंने पूछा—"मेरे पिता के आदमियों की जाति का क्या नाम है?"

"मेरी जाति का नाम 'अमाहज़र' यानी 'पहाड़ के आदमी' है।"

"और अगर पुत्र पूछे, कि मेरे पिता का क्या नाम है?"

"मेरा नाम बिल्लाली है।"

"मेरे पिता! हम कहां जा रहे हैं?"

"यह तुम्हें स्वयं ही मालूम हो जाएगा।" और उसने कहारों को कुछ इशारा किया जिससे वे तुरन्त दौड़ चले, यहां तक कि पिता की डोली उस डोली के पास पहुंच गई जिसमें जाब एक पैर डोली के बाहर निकाले सो रहा था। जान पड़ता है, जाब से उसे कुछ विशेष मालूम न हुआ होगा, क्योंकि मैंने देखा कि बूढ़े की डोली लियो की डोली की ओर बढ़ गई।

इसके बाद कोई नई बात नहीं हुई और पालकी के सुखद झूलने में मैं पुनः सो गया। मैं भयानक रूप से थका हुआ था। जब मेरी नींद खुली तो मैंने देखा, कि किसी ज्वालामुखी के मुख से निकले द्रव से बनी चट्टानों के बीच से हम जा रहे हैं और रास्ते के दोनों ओर जमी मिट्टी पर सुन्दर और फूलों से भरे पौधे उगे हुए हैं।

यह राह थोड़ी दूर आगे मुड़ गई और मेरी आंखों के आगे एक सुन्दर दृश्य फैला दिखाई पड़ा। हमारे सामने 4 से 6 मील लम्बा मैदान था जो रोमन अखाड़े की तरह गोलाई लिए हुए था। इस भूमि के किनारे चट्टानी तथा झाड़ियों से भरे थे परन्तु इसका मध्य भाग बहुत ही उपजाऊ, हरित भूमि से पूर्ण था। उसमें बड़े-बड़े सघन वृक्ष थे तथा बल खाते झरने बह रहे थे। इसमें बकरियां और अन्य चौपाये चर रहे थे परन्तु मुझे उनमें कोई भेड़ न दिखाई दी। शुरू में तो इस मैदान को देखकर मैं कुछ भी न समझ सका कि यह क्या है, पर बाद में मुझे यह बात सूझी कि यह किसी पुराने समाप्त ज्वालामुखी का दहाना रहा होगा जो कालान्तर में झील के रूप में परिवर्तित हो गया। बाद में किसी प्रकार झील का पानी निकाल दिया गया

होगा। आगे मैंने जो कुछ देखा और अनुभव किया उससे भी मेरे इस विचार की पुष्टि ही हुई।

मुझे बड़ी परेशानी इस बात से हो रही थी कि यद्यपि जगह-जगह बकरियों और चौपायों को आदमी चरा रहे थे, पर उनकी कोई बस्ती हमें कहीं दिखाई न दे रही थी। तब वे सब रहते कहां हैं? शीघ्र ही मेरी उत्सुकता की पूर्ति होनेवाली थी। हमारी डोलियां बाईं ओर मुड़कर इस मैदान के किनारे-किनारे एक पंक्ति में चलती हुई, लगभग आध मील के बाद रुक गईं। अपने उस पिता 'बिल्लाली' को डोली से उतरते देखकर मैंने भी वैसा ही किया। लियो और जाब भी उतर पड़े। पहली बात जिधर मेरा ध्यान गया, यह थी कि हमारा अभागा अरब साथी मोहम्मद थकावट से चूर होकर ज़मीन पर पड़ा है। मालूम हुआ कि वह पालकी पर नहीं लाया गया है बल्कि सारा फासला उसने साथ दौड़ते-दौड़ते तय किया है। जब हम रवाना हुए तभी उसकी हालत कुछ अच्छी न थी और अब तो वह बिलकुल बेदम हो गया था।

हमने चारों तरफ निगाह डालकर देखा कि जहां हम ठहरे हैं वह एक बड़ी गुफा के सामने बना चबूतरा है। इस चबूतरे पर ह्वेलबोट से लाया गया हमारा सामान पड़ा हुआ था—यहां तक कि मस्तूल और पाल वगैरा भी रखे हुए थे। गुफा के चारों तरफ हमें लानेवाले तथा उन्हींकी तरह और बहुत-से आदमी एकत्र थे। वे सब लम्बे और सुन्दर थे, यद्यपि चमड़ी का काला रंग किसीका कम किसीका ज़्यादा था। कुछ मोहम्मद की भांति काले थे; कुछ चीनियों की भांति पीले थे। सिवाय तेंदुए की खाल के कमरपट्टे के वे नंगे थे और हर एक के पास बड़ा बरछा था। इनमें कुछ स्त्रियां भी थीं जो लाल हिरन की खाल पहने थीं। वे देखने में बड़ी सुन्दर थीं। उनकी आंखें काली और बड़ी-बड़ी थीं; उनके चेहरे-मोहरे की काट अच्छी थी और उनके बाल घने तथा घुंघराले थे। उनमें से चंद स्त्रियां पीले फलालैन का कपड़ा पहने थीं, जैसा मैंने बिल्लाली को पहने देखा था। पीछे मुझे मालूम हुआ कि यह उनके उच्चश्रेणी के होने की निशानी थी। उनका रूप पुरुषों की भांति भयावना न था और वे भूले-भटके मुस्करा भी देती थीं। जैसे ही हम लोग नीचे उतरे, उन्होंने हमें घेर लिया और उत्सुकतापूर्वक हमें देखने लगीं।

लियो का लम्बा, कसरती शरीर और स्पष्ट यूनानी काट का मुख उनको आकर्षक मालूम पड़ा और जब उसने शिष्टाचारपूर्वक अपना हैट उठाकर उन्हें अभिवादन किया और उसके पीले घुंघराले बाल दिखाई पड़े, तब उनसे प्रशंसा की ध्वनि भी निकली। यह बात यहीं खत्म नहीं हुई। ऊपर से नीचे तक अच्छी तरह देखने के बाद उनमें से जो सबसे सुन्दर तरुणी थी और जो एक चोगा पहने हुए थी, इठलाती हुई आगे बढ़ी और पास पहुंचकर उसने लियो के गले में बांहें डाल दीं और झुककर उसके होंठों को चूम लिया।

इसपर मेरी सांस फूलने लगी। मैंने सोचा कि अब लियो को बरछा भोंका ही जाता है। जाब भी बुदबुदाया। लियो पहले तो चकित हुआ, पर बाद में यह कहकर कि हम ऐसे देश में आ गए हैं जहां के लोग, जान पड़ता है, प्रारम्भिक ईसाइयों की प्रथाओं का पालन करते हैं, जान-बूझकर उस स्त्री को भी लिपटाकर चूम लिया।

मेरी सांस तब भी रुक रही थी। मैं सोच रहा था कि अब कुछ हुआ, अब कुछ हुआ। यद्यपि लियो के वैसा करने पर कुछ तरुणियों के चेहरे पर परेशानी नज़र आई, जब ज़्यादा उम्र वाली स्त्रियां और पुरुष मुस्करा पड़े। बाद में जब हमने इस असाधारण जाति के रीति-रिवाज को समझा, तब इसका रहस्य हमें मालूम हुआ। तब हमें ज्ञात हुआ कि संसार की सभी जंगली जातियों में प्राप्त प्रथाओं के प्रतिकूल अमाहज़रों में स्त्रियां पूर्णतः स्वतन्त्र हैं और पुरुषों के बराबर दर्जा रखती हैं; वंश पैतृक नहीं, मातृक होता है; लोग अपनी प्राचीन पूर्वजाओं का गौरवपूर्वक बखान करते हैं पर कोई पिता का नाम नहीं लेता, चाहे उसे पूर्णतः अपने पिता का पता हो। हर फिरके या कुटुम्ब का सिर्फ एक पुरुष पिता या सरदार होता है। वह चुना जाता है; वही उनपर शासन करता और 'पिता' कहा जाता है। उदाहरण के लिए बिल्लाली एक फिरके या 'कुटुम्ब' का पिता है, जिसमें सात हज़ार आदमी हैं। उसमें और कोई आदमी 'पिता' नाम से सम्बोधित नहीं किया जाता। जब कोई औरत किसी आदमी को चाहती है तो उसे खुले आम सबके सामने उसके पास जाकर उसका आलिंगन करना पड़ता है, जैसेकि उस सुन्दरी तरुणी ने, जिसे लोग 'उस्तेन' नाम से पुकारते हैं, लियो को आलिंगन किया था।

अगर वह पुरुष भी उसे चूम लेता है तो यह माना जाता है कि उसने उस स्त्री को स्वीकार कर लिया और यह क्रम तब तक चलता है जब तक दो में से एक का मन दूसरे से उचट नहीं जाता।

पर मुझे यह भी कह देना चाहिए कि इसके कारण, जल्दी-जल्दी पतियों का परिवर्तन नहीं होता, न ऐसा होने पर आदमियों में कोई झगड़ा ही खड़ा होता है। जब कोई स्त्री अपने पति को छोड़ दूसरे प्रति-द्वन्द्वी के पास चली जाती है तो वह उस तथ्य को उसी प्रकार शान्ति-पूर्वक ग्रहण कर लेता है जैसे हम आयकर या अपने वैवाहिक कानूनों को स्वीकार कर लेते हैं और उनपर झगड़ते नहीं।

7

जब आलिंगन और चुम्बन की लोक-रीति समाप्त हो गई—यद्यपि तरुणियों में से किसीने मेरी ओर नही झांका, हां, एक जाब के इर्द-गिर्द मंडराती रही किन्तु वह गरीब डरकर दुबक रहा—तब बुड्ढा बिल्लाली गुफा की ओर बढ़ा और हमें भी अपने पीछे आने का संकेत किया। हम गुफा के अन्दर चले, पर हमारे पीछे उस्तेन भी लग गई, यद्यपि मैंने उसे इशारा कर दिया था कि हम अलहदगी चाहते हैं।

हम पांच ही कदम गए होंगे कि हमें मालूम हो गया कि जिस गुफा में हम प्रवेश कर रहे हैं, वह प्रकृति की बनाई हुई नहीं है बल्कि आदमी के श्रम से खोखली की गई है। हमारे अन्दाज़ से यह गुफा लगभग सौ फुट लम्बी, पचास फुट चौड़ी और बहुत ऊंची थी और देखने में गिर्जा-घर के प्रकोष्ठ-तुल्य प्रतीत होती थी। हर बारह या पन्द्रह फुट पर इस प्रकोष्ठ से रास्ते फूटे थे, जो मैंने सोचा, छोटे कमरों को जाते होंगे। गुफा-द्वार से पचास फुट के बाद, जहां रोशनी धुंधली पड़ गई थी, आग धधक रही थी जिसके कारण चारों ओर की उदास दीवारों पर विशाल पर-छाइयां पड़ रही थीं। यहां बिल्लाली रुक गया और हम लोगों से बैठने को कहा। उसने यह भी कहा कि यहां आदमी तुम्हारे लिए भोजन लाएंगे। इसलिए हम लोग चमड़े के धुस्सों पर बैठ गए जो हमारे लिए ही वहां पहले से ही बिछा दिए गए थे। थोड़ी देर बाद भोजन लेकर

किशोरी लड़कियां आईं। भोजन में बकरी का उबला मांस, मिट्टी के शकोरों में ताज़ा दूध और भुने हुए भुट्टे थे। हम लोग भूख से तड़प रहे थे। इसलिए जो कुछ सामने आया वह सब हमने साफ कर दिया।

हमारे भोजन कर चुकने पर बिल्लाली ने, जो अब तक बिलकुल चुप था, खड़ा होकर हमसे कहा—"यह एक अद्भुत बात हुई है। आज तक किसीको नहीं मालूम, न किसीने सुना ही था कि इसके पूर्व चट्टानों की जाति के बीच कोई गोरा आया हो। कभी-कभी, पर वह भी बहुत कम, काले आदमी यहां आए हैं, जिनसे हमने सुना कि उनकी अपेक्षा बहुत गोरे आदमी भी दुनिया में हैं जो समुद्रों में जहाज़ों पर यात्रा करते हैं, पर ऐसे आदमी यहां आज तक नहीं आए थे। जब तुम लोग नहर में नाव खींचकर इस तरफ आ रहे थे तभी मैंने देख लिया था और तुम लोगों को खत्म कर देने का आदेश भी दे दिया था, क्योंकि किसी अजनबी के लिए इस देश में प्रवेश करना गैरकानूनी है। पर इसी समय 'अवश्य-माननीया' के यहां से सन्देश मिला जिसमें तुम्हें जान से न मारने और यहां लाने का आदेश था।"

इस जगह मैंने बात काटकर पूछा—"मेरे पिता! माफ कीजिए, यदि अब 'अवश्य-माननीया' यहां से भी आगे रहती हैं तो उतनी दूर हमारा आना उन्हें कैसे मालूम हुआ?"

बिल्लाली ने घूमकर देखा कि वहां हमारे सिवा और कोई नहीं है क्योंकि जब उसने अपना भाषण आरम्भ किया तब उस्तेन वहां से चली गई थी; और हंसकर बोला—"क्या तुम्हारे देश में कोई ऐसा नहीं है जो बिना आंखों के देख सकता और बिना कानों के सुन सकता हो? और सवाल न पूछो। वह सब जान गई थी।"

इसपर मैंने अपने कंधे हिलाए। उसने आगे कहा—"तुम लोगों के बारे में और कोई आज्ञा अभी तक नहीं मिली है। इसलिए मैं 'अवश्य-माननीया', जिन्हें संक्षेप में हम 'हिया' अथवा 'श्री' भी कहते हैं, से भेंट करने और उनकी इच्छा जानने के लिए जा रहा हूं। वही अमाहज़र जाति की रानी हैं।"

मैंने उससे पूछा कि वह कब तक लौटेगा। उसने उत्तर दिया कि तेज़ी से यात्रा करने पर पांचवें दिन लौट सकेगा, पर जहां वह रहती है

वहां तक पहुंचने के लिए मीलों तक दलदल पार करने पड़ते हैं। उसने यह भी कहा कि उसकी अनुपस्थिति में हम लोगों के आराम की पूरी व्यवस्था रहेगी और चूंकि उसे हम लोग पसन्द हैं उसे पूरी आशा है कि वह हमारे जीते रहने देने की ही आज्ञा लेकर लौटेगा। पर उसने यह भी कह दिया कि उसकी दादी, उसकी मां और उसके जीवन में उसने यही देखा है कि जो भी अजनबी यहां आया, वह बड़ी निर्दयता के साथ मार दिया गया। और वह 'श्री' के ही आदेश से हुआ, कम से कम वह ऐसा ही समझता है—कम से कम उन्होंने उनकी रक्षा के लिए कभी हस्तक्षेप नहीं किया।

मैंने कहा—"पर यह कैसे हो सकता है ? आप स्वयं वृद्ध हैं और बात आप दादी के ज़माने की कर रहे हैं। इसलिए आपकी दादी के जीवन-काल में 'श्री' ने कैसे आज्ञा दी होगी। उस समय तो वह पैदा भी न हुई होंगी।"

इसपर वह मुस्कराया और कुछ जवाब दिए बिना ही सलाम करके चला गया। अगले पांच दिनों तक हमने उसे नहीं देखा।

जब वह चला गया तब हम परिस्थिति पर विचार करने लगे। मैं बहुत परेशान था। इस 'अवश्य-माननीया' अथवा 'श्री' नाम की रहस्य-मयी रानी की बातें मुझे पसन्द नहीं थीं जो इतनी निर्दयता से परदेसी को मारने का आदेश दे देती थी। लियो भी इस सम्बन्ध में उदास था, पर विजय-गर्व से अपने मन में यह सोचकर सन्तुष्ट भी था कि यह 'श्री' रानी वही है जिसका वर्णन अमीनार्त्ता के ठीकरे या उसके पिता के पत्रों में किया गया है। इसके प्रमाण में वह उसकी उम्र एवं शक्ति के सम्बन्ध में बिल्लाली की कही हुई बातों को पेश करता था। पर इस समय मैं घटनाओं की शृंखला से इतना घबरा गया था कि ऐसे वाहियात सुझाव को भी काटने की हिम्मत मुझमें न रह गई थी। इसलिए मैंने सुझाव दिया कि हमें बाहर चलकर स्नान कर लेना चाहिए। हम सब बुरी तरह स्नान करने की आवश्यकता का अनुभव कर रहे थे।

इसलिए हमने असाधारण रूप से जड़ रूप, रंग के, एक अधेड़ से, जो हमारी देख-रेख के लिए रखा गया था, अपनी इच्छा व्यक्त की और अपनी पाइप जलाकर नहाने के लिए उठ खड़े हुए। गुफा के बाहर

निकलने पर हमने देखा कि बहुत-से लोग एकत्र हैं जो हमारे बाहर निकलने की प्रतीक्षा कर रहे थे। पर जब उन्होंने पाइप पीते हुए हमें निकलते देखा तो वे इधर-ऊधर छिप गए और कहने लगे कि ये तो शक्ति-मान जादूगर हैं। हमारी दूसरी किसी बात से तम्बाकू पीने से ज़्यादा हल-चल नहीं पैदा हुई यहां तक कि हमारी बन्दूकों से भी नहीं। इसके बाद हम एक सोते के किनारे पहुंचे और शान्तिपूर्वक स्नान किया।

हमारे इस अत्यन्त सुखद स्नान के समाप्त होने तक सूर्य डूबने लगा था। गुफा तक लौटते-लौटते वह पूरी तरह डूब गया था। गुफा में कई जगह आग जल रही थी और लोग उसके ईर्द-गिर्द एकत्र थे और उसके प्रकाश में भोजन कर रहे थे। कुछ दीपक भी जहां-तहां रखे थे या दीवार से लटक रहे थे। ये दिये पके मिट्टी के पात्रों से बने थे और छोटे-बड़े अनेक प्रकार के थे, जिनमें पिघली वसा (चरबी) जल रही थी।

थोड़ी देर तक हम इन कठोर जंगलियों को निर्वाक् भोजन करते देखते रहे। फिर उनकी तथा चट्टानी दीवार पर पड़ती चलती-फिरती लम्बी छायाओं की बात सोचते हुए हमने अपने नये पहरुए से सोने की इच्छा प्रकट की।

बिना एक शब्द बोले वह उठ खड़ा हुआ और नम्रता से मेरा हाथ पकड़, एक दीपक लिए, हमें उन रास्तों से लिवा ले चला जो इस गुफा के बीच से होकर जाते थे। लगभग पांच कदम चलने के बाद कई छोटे कमरे मिले जो 8 फुट वर्गाकार थे और जो चट्टान काटकर केबिन की शक्ल में बनाए गए थे। इन कमरों में ज़मीन से कोई तीन फुट की ऊंचाई पर एक-एक पत्थर की पटिया दीवार से लगी फैली हुई थी। एक-एक कमरे में जाकर इन्हीं पटियों पर सोने के लिए हमसे कहा गया। इन कमरों में कोई भी खिड़की या झरोखा न था, न कोई बिछौना बिछा था। ये शयन-कक्ष नहीं, समाधि-कक्ष से मालूम होते थे जिनमें कदाचित् मृत व्यक्तियों के शव रखे जाते होंगे। यह सब सोचकर मुझे कंपकंपी आ गई, पर कहीं न कहीं तो सोना ही था, इसलिए लौटकर हम गुफा से अपने कम्बल उठा लाए और उनमें पड़ रहे। जाब इतना डरा हुआ था कि वह मेरे कमरे से न गया और वहीं सोना चाहा। मैंने भी

अपने पास ही ज़मीन पर सोने की आज्ञा दे दी।

सब मिलाकर रात बड़े आराम से कटी। 'सब मिलाकर' मैं इसलिए कह रहा हूं कि खुद मैं तो भयानक सपना देखता रहा, मानो मुझे ज़िन्दा गाड़ दिया गया है। प्रातःकाल बिगुल की आवाज़ सुनकर हम उठ बैठे। इसे किसी युवक अमाहज़र ने लोगों को जगाने के लिए ही बजाया था। यह बिगुल हाथीदांत को खोखला करके बनाया गया था। इसके एक ओर छिद्र था जिसमें फूंकने से वह बजता था। यह लोगों को जगाने के लिए ही बजाया जाता था। हम उठ बैठे और जाकर झरने में स्नान कर आए। इसके बाद भोजन परोसा गया जिसे हम लोगों ने खूब डटकर खाया। अब एक स्त्री हमारी ओर बढ़ी, और आकर उसने जाब को सबके सामने चूम लिया। उस समय उसके अनौचित्य की बात को छोड़ दें तो मेरी अब तक देखी बातों में वह बड़ी आनन्दप्रद बात थी। मैं जाब के चेहरे पर व्यक्त भय और खिझलाहट को कभी नहीं भूल सकता। वह इसलिए शर्म से पानी-पानी हो गया कि उसकी इच्छा बिना, उसके मालिकों के सामने ही उसका सबके सामने आलिंगन और चुम्बन किया गया। उस समय की उसकी मनोव्यथा का वर्णन करना कठिन है। उसे यह बात बहुत बुरी लगी। वह उठकर खड़ा हो गया और उस औरत को, जिसकी उम्र 30 के लगभग होगी, अपने पास से ढकेल दिया।

हांफते हुए उसने कहा—"नहीं, मेरे पास नहीं।" औरत ने यह समझकर कि शायद वह शरमा रहा है, उसे फिर आलिंगन करके चूम लिया।

जिस काठ के चमचे से वह भोजन कर रहा था, उसे ज़ोर से हिलाते और चिल्लाते हुए उसने कहा—"चल, मेरे पास से दूर हो। दूर हो बेहया!" फिर हम लोगों से बोला—"आप लोग मुझे माफ करेंगे। मैंने ऐसा करने के लिए हर्गिज़ उसे उत्साहित नहीं किया है। हे ईश्वर! वह फिर मेरी ओर आ रही है। श्री होली! कृपा करके उसे पकड़ लीजिए, पकड़िए उसे। मैं इसे बर्दाश्त नहीं कर सकता; बिलकुल नहीं। इसके पहले मेरी ज़िन्दगी में ऐसा कभी नहीं हुआ—कभी नहीं। मेरा चरित्र निष्कलंक है।"

इतना कहकर वह जितनी तेज़ी से भाग सकता था, गुफा के बाहर भागा। इसपर हमने पहली बार अमाहज़र लोगों को हंसते देखा। जहां तक औरत का सम्बन्ध है वह नहीं हंसी, बल्कि उलटे वह क्रोध से कांप रही थी और उसके प्रति दूसरी औरतों के व्यंग्य ने इस गुस्से को बढ़ाने में आग में घी डालने का काम किया। वह खड़ी दांत पीस रही थी और गुस्से से थर-थर कांप रही थी। उस समय मेरे मन में आया कि जाब के इस प्रशंसनीय आचरण ने हमारी ज़िन्दगी खतरे में डाल दी है और जैसा बाद को साबित हुआ, मेरा वैसा सोचना गलत न था।

औरत के हट जाने के बाद जाब बड़ी उद्विग्न दशा में लौट आया और अपने पास से गुज़रती हर स्त्री को घबराहट से देखता रहा। मैंने मौका पाकर अमाहज़रों को समझाया कि जाब पहले से ही विवाहित है और चूंकि अपनी बीबी के प्रति उसका अनुभव सुखद नहीं था, इसलिए वह घर से निकलकर यहां आया। इसीलिए वह औरतों से बड़ा डरता है। पर उन लोगों ने मेरी बातों को चुपचाप सुन लिया और कोई उत्तर नहीं दिया। इससे मैं समझ गया कि जाब के आचरण से उन लोगों ने समस्त 'कुटुम्ब' को अपमानित अनुभव किया है, यद्यपि अपनी साथिन के इस तिरस्कार पर उसकी कुछ अधिक सभ्य बहनें प्रसन्न भी हो रही थीं।

पहले इस असाधारण जाति के उद्भव और कानूनों के बारे में कुछ न जानने के कारण हम बड़े परेशान थे, क्योंकि इन विषयों की वे लोग बिलकुल चर्चा न करते थे। पर ज्यों-ज्यों समय बीतता गया, हमें लियो की प्रेमिका उस्तेन से बहुत-सी बातें मालूम हुईं। उस्तेन लियो के साथ परछाईं की भांति लगी रहती थी और उसे बहुत चाहती थी। उससे मालूम हुआ कि हमारी जाति के उद्‍गम का तो कुछ पता नहीं, कम से कम वह नहीं जानती, पर जहां रानी 'श्री' रहती हैं उसके आसपास अनेक इमारतों के ध्वंसावशेष हैं। इस नगर का नाम 'कोर' था। पुराने ज़माने में इसीमें लोग रहते थे। उन्हीं लोगों की संतति ये अमाहज़र हैं। अब वह नगर बिलकुल उजड़ गया है और लोगों का विश्वास है कि उसमें भूत-प्रेतों का निवास है, इसलिए इन खंडहरों के पास कोई नहीं जाता। उसके अलावा भी कितने ही और नगरों के ध्वंसावशेष इधर-उधर पड़े

हैं। जिन लोगों ने 'कोर' जैसे नगर को बसाया था उन्हींने चट्टानों को खोखला करके इन गुफाओं को भी बनाया, जिनमें आज अमाहज़र लोग रहते हैं। अमाहज़र लोगों में कोई लिखित कानून नहीं है; उनकी परम्परा ही उनका कानून है। जो कोई इन प्रथाओं वा परम्पराओं के विरुद्ध कुछ करता है, वह कुटुम्ब के 'पिता' या मुखिया द्वारा मार डाला जाता है। जब मैंने उस्तेन से पूछा कि अपराधी किस प्रकार मारा जाता है, तो वह हंसकर रह गई और इतना ही कहा कि तुम्हें खुद ही मालूम हो जाएगा।

उनकी एक रानी है। 'श्री' ही उनकी रानी हैं। पर वे कभी बाहर नहीं निकलतीं—शायद दो-तीन वर्षों के बीच जब कभी किसी अपराधी को दण्ड देना होता है तभी वह निकलती हैं और तब भी मोटे लबादे से पूर्णतः ढकी रहती हैं, जिससे कोई उनका मुंह या बदन न देख सके। इस रानी के नौकर-चाकर सब गूंगे-बहरे हैं इसलिए उसकी कोई बात किसीपर प्रकट नहीं कर सकते। लेकिन इतना ज़रूर सुना जाता है कि वह अतुल सुन्दरी हैं—उतनी सुन्दरी न कोई स्त्री है, न कभी थी। यह भी सुना जाता है कि वह अमर हैं और उन्हें सब वस्तुओं पर अधिकार प्राप्त है, पर खुद उस्तेन को उनके विषय में कुछ नहीं मालूम था। हां, उसका विश्वास था कि रानी समय-समय पर किसीको पति रूप में वरण करती हैं और ज्योंही कोई कन्या पैदा होती है, वह पति कत्ल कर दिया जाता है। फिर वह कन्या विकसित होकर माता की मृत्यु के बाद उसका स्थान ग्रहण कर लेती है। पर इन विषयों पर कोई निश्चित रूप से कुछ नहीं कह सकता। हां, इस देश में एक छोर से दूसरे छोर तक उनकी आज्ञा मानी जाती है और उनके आदेशों पर एतराज़ करनेवाले को तुरन्त मार डाला जाता है। उनके पास कुछ रक्षक हैं पर कोई नियमित सेना नहीं है। उनकी अवज्ञा करने का परिणाम निश्चित मृत्यु है।

मैंने उस्तेन से पूछा—"यह देश कितना लम्बा-चौड़ा है और कितने लोग इसमें रहते हैं?" उसने कहा कि जहां तक उसकी जानकारी है, इसमें हमारे जैसे दस 'कुटुम्ब' हैं। हमसे बड़ा वह 'कुटुम्ब' है जिसमें रानी स्वयं रहती हैं। सब 'कुटुम्ब' गुफाओं में ही रहते हैं। ये गुफाएं दलदलों के बीच इसी प्रकार की ऊंची चट्टानी भूमि पर बनी हुई हैं। इनमें

आने-जाने के गुप्त मार्ग हैं। अक्सर इन कुटुम्बों में परस्पर लड़ाई भी हो जाती है। और जब 'श्री' लड़ाई बंद कर देने की आज्ञा देती हैं, तुरन्त वह बन्द हो जाती है। इन लड़ाइयों और दलदलों के कारण होनेवाले ज्वरों के कारण उनकी आबादी ज़्यादा बढ़ने नहीं पाती। उनका किसी और जाति से कोई सम्बन्ध नहीं है; कोई जाति हमारे निकट रहती भी नहीं। कारण, शत्रु इन दलदलों को पार नहीं कर सकते। एक बार महानदी (कदाचित् ज़ाम बेज़ी) की ओर से एक सेना आई और उसने हमपर आक्रमण करने की चेष्टा की, पर इन दलदलों में ही फंसकर खतम हो गई। रात में बड़ी-बड़ी ज्वालाओं को वहां चलते-फिरते देखकर शत्रुओं ने सैनिक पड़ाव समझ वहां पहुंचने का प्रयत्न किया और उसमें आधे डूब गए। जो बचे वे ज्वर तथा भूख से तड़प-तड़पकर मर गए। ये दलदल सर्वथा दुर्गम हैं। जो लोग उसके गुप्त मार्ग जानते हैं वे ही इसमें आ-जा सकते हैं। अगर आप लोग यहां लाए न गए होते तो हर्गिज़ इस स्थान तक नहीं पहुंच सकते थे।

चार दिनों में ये तथा इस तरह की और भी बहुत-सी बातें हमें उस्तेन से मालूम हो गईं। इनके कारण हमारी चिन्ता और बढ़ गई। सारी कहानी अद्‌भुत थी, अविश्वसनीय लगती थी। सबसे आश्चर्य की बात तो यह थी कि वह ठीकरे के लेख से बहुत कुछ मिलती-जुलती थी। यह तो मालूम ही हो गया है कि एक रहस्यमयी रानी है जिसमें अद्‌भुत शक्तियों की कल्पना की जाती है और जो 'श्री' के नाम से विख्यात है। मुझे तो ये बातें कुछ समझ में ही न आती थीं, न लियो ही उनका कुछ ओर-छोर निकाल पाता था। हां, इतना ज़रूर था कि उसकी मुझपर विजय हो चुकी थी क्योंकि मैं सदा इस कहानी का उपहास किया करता था।

जहां तक जाब का सवाल है, उसने कुछ सोचना-विचारना ही छोड़ दिया था और अपने को परिस्थिति-रूपी सागर पर बहने के लिए छोड़ दिया था। अरब मोहम्मद के साथ अमाहज़र लोग शिष्टता का बर्ताव तो करते थे पर उसको घोर घृणा के साथ देखते थे। वह बहुत भयभीत था; मैं समझ नहीं पाता था कि वह इतना डरा हुआ क्यों है। वह सारे दिन गुफा के एक कोने में बैठा अल्लाह और नबी को रक्षा के लिए

पुकारा करता था। जब मैंने उससे बहुत पूछा तो उसने कहा कि मैं इसलिए डरा हुआ हूं कि ये वस्तुतः स्त्री-पुरुष नहीं हैं बल्कि शैतान हैं, और यह देश ही असली नहीं जादू का है। तब से कभी-कभी मुझे भी ऐसा ही प्रतीत होता है। इस प्रकार समय बीतता गया, यहां तक कि बिल्लाली के जाने के चौथे दिन की रात आ गई।

हम तीनों उस्तेन के साथ गुफा में आग के चारों ओर बैठे हुए थे। सोने का समय हो रहा था। उस्तेन जो देर से कुछ सोच-विचार में पड़ी चुपचाप बैठी हुई थी, एकाएक उठ खड़ी हुई और लियो के सुनहले, घुंघराले बालों पर हाथ फेरती हुई गाने लगी। उसके गीत का आशय यह था :

तुम मेरे चुने हुए हो—आदि में मैंने तुम्हारी प्रतीक्षा की है!
तुम बहुत सुन्दर हो। तुम्हारे जैसे बाल किसके हैं, या किसका वर्ण इतना गौर है?
किसकी भुजाएं इतनी दृढ़ हैं; कौन तुम जैसा पुरुष है?
तुम्हारी आंखें गगन हैं, और उनमें निहित प्रकाश तारागण हैं।
तुम पूर्ण तथा आनन्द-विह्वल मुख वाले हो; मेरा हृदय तुम्हारी ओर खिंच गया है।
ज्योंही मेरे नयनों में तुम पड़े मुझमें तुम्हारी आकांक्षा जाग्रत हुई।
तब हे प्रियतम! मैं तुम्हें अपने निकट लाई।
और तुम्हें दृढ़तापूर्वक पकड़े रही कि तुम्हें कोई हानि न पहुंचे।
मैंने तुम्हारे मस्तक को अपने बालों में छिपा लिया, कि कहीं सूर्य उसपर आघात न कर दे;
और मैं पूर्णतः तुम्हारी हो गई; तुम पूरर्णत: हमारे हो गए।
ये सुख के दिन चलते रहे पर आखिर बुरा दिन आ गया।
और तब उस दिन क्या हुआ?
हाय! मेरे प्रियतम! मैं नहीं जानती!
पर मैंने तुम्हें फिर नहीं देखा—मैं, मैं अन्धकार में भटक गई।
और उसने जो मुझसे ज़्यादा शक्तिमान है, तुमको मुझसे छीन लिया—वह
जो उस्तेन से अधिक गौरवर्णी है।

तब भी तुमने फिरकर मेरी ओर देखा और मुझे पुकारा। अपनी आंखों को अन्धकार में खोजने दो।

फिर भी वह अपने सौन्दर्य से हावी हो गई और तुम्हें भयानक स्थानों में ले गई।

और फिर आह! हाय मेरे प्रियतम—

एकाएक उस्तेन का गाना, जिसे हम ठीक-ठीक समझ न पाए, खत्म हो गया और उसने अपने सामने की गहरी छाया पर आंखें गड़ा दीं। तब एक क्षण में उसकी आंखों में भय का भयानक सूनापन आया जैसे वे अधदेखी किसी भयानकता पर स्थिर हो गई हों। उसने लियो के सिर से अपना हाथ उठाकर अंधकार की ओर संकेत किया। हम सबने उधर देखा पर कुछ दिखाई न दिया, पर वह कुछ देख रही थी या उसका ख्याल था कि देख रही है—ऐसी चीज़ जिसने उसकी फौलादी नाड़ियों पर भयानक प्रभाव डाला क्योंकि वह उधर देखते-देखते बेहोश होकर धम्म से हमारे बीच गिर पड़ी।

लियो, जिसे इस सुन्दर तरुणी से काफी लगाव हो गया था, उसकी यह दशा देखकर बहुत घबरा गया। और मेरे होश-हवास भी ठिकाने न रहे। सारा दृश्य और परिस्थिति अमानवीय थी।

थोड़ी देर बाद ऐंठकर कांपती हुई वह उठ बैठी।

लियो ने सुन्दर अरबी में पूछा—"उस्तेन, तुम्हारा क्या मतलब था?"

ज़बर्दस्ती की हंसी हंसते हुए उस्तेन बोली—"कुछ नहीं, मेरे प्रिय-तम! मैं अपनी जाति की प्रथा के अनुसार तुम्हें गाना सुना रही थी। मेरा और कोई मतलब न था। जो कुछ अभी नहीं हुआ उसके बारे में मैं कैसे कुछ कह सकती थी?"

मैंने उसके चेहरे पर आंखें गड़ाकर कहा—"और तुमने देखा क्या था उस्तेन?"

उसने फिर कहा—"नहीं, मैंने कुछ नहीं देखा। मुझसे न पूछो कि मैंने क्या देखा। मैं तुम्हें क्यों भयभीत करूं?" फिर लियो की ओर बड़ी ही कोमलता के साथ देखती हुई—वैसी कोमलता सभ्य या असभ्य किसी स्त्री के चेहरे पर मैंने कभी नहीं देखी—उसने लियो का सिर अपने दोनों

हाथों से पकड़कर माथे को इस प्रकार चुम्बन लिया जैसे मां अपने बच्चे का लेती है।

उसने कहा—"हे मेरे प्यारे! जब मैं तुम्हारे पास से चली जाऊं और रात में अपने हाथ फैलाने पर तुम मुझे न पाओ, तो समय-समय पर मुझे याद करना, क्योंकि सचमुच मैं तुम्हें बहुत चाहती हूं, यद्यपि मैं तुम्हारे चरण धोने योग्य भी नहीं हूं। आओ, अब हम एक-दूसरे को प्यार करें और जो कुछ हमें मिला है उसपर खुशी मनाएं; क्योंकि कब्र में जाने पर तो न प्रेम रहेगा, न यह गर्मी रहेगी, न चूमने को ये अधर होंगे।—कदाचित् कुछ न रह जाएगा; केवल बीती बातों की तीक्ष्ण स्मृतियां-भर रह जाएंगी। आज की रात हमारी है; आनेवाला कल किसका होगा, इसे कौन जानता है?"

8

दूसरे दिन हमें सूचित किया गया कि हमारे सम्मान में शाम को एक भोज दिया जाएगा।

सूर्यास्त के पूर्व मुझे सूचना दी गई कि सब चीज़ें तैयार हैं। मैं जाब के साथ गुफा के अन्दर गया। वहां लियो से भेंट हुई और जैसा सदा होता था, लियो के पीछे-पीछे उस्तेन भी आ गई। वे दोनों कहीं घूमने गए हुए थे और उस समय के पूर्व उन्हें प्रस्तावित भोज का कुछ पता न था। जब उस्तेन ने इसकी बाबत सुना तो मैंने देखा कि उसके खूबसूरत चेहरे पर भय की रेखा उभर आई। घूमकर उसने एक आदमी, जो गुफा में से जा रहा था, की बांह पकड़ ली और उससे धृष्ट स्वर में कुछ पूछा। उस आदमी के उत्तर से उसे कुछ तसल्ली होती मालूम पड़ी, क्योंकि उसकी घबराहट कम हो गई थी, यद्यपि सन्तोष नहीं हो पाया था। उसने फिर उस आदमी से, जो कोई अधिकारी प्रतीत होता था, कुछ अनु-रोध किया, पर इस बार उसने क्रोध के साथ उत्तर दिया और उसे धकेल दिया। पर इस क्षण-भर में ही उसका मन बदल गया और उसने बांह पकड़कर अपने और दूसरे आदमी के बीच, आग के पास बिठा लिया, और मैंने अनुमान किया कि किसी कारण से उस्तेन ने इस प्रकार उसके

आदेश का पालन करना ही उचित समझा होगा।

उस रात गुफा की आग रोज़ की अपेक्षा वृहदाकार थी और उसके चारों ओर गोल बांधकर 35 पुरुष और 2 स्त्रियां बैठी हुई थीं। स्त्रियों में एक तो उस्तेन ही थी; दूसरी वह स्त्री थी जिससे उस दिन जाब भाग खड़ा हुआ था। जैसी उनकी प्रथा थी, सब आदमी बिलकुल चुपचाप बैठे हुए थे और सबके पीछे एक-एक बर्छा चट्टान में उसी कार्य के लिए बने छिद्र में फंसाकर खड़ा रखा था। दो ही एक पीले रंग का फलालैन का कपड़ा पहने हुए थे; और सब केवल तेंदुए का कमरपेटा बांधे हुए थे, और उनका सारा शरीर नंगा था।

जाब ने सन्दिग्ध स्वर में पूछा—"जनाब! अब, यह क्या मामला है? मेहरबानी करके मुझे बचाइए। देखिए, फिर वही औरत आई है। लेकिन अब वह मेरे पीछे क्यों पड़ेगी, मैंने उसे कोई प्रोत्साहन नहीं दिया। इस सारे गिरोह को देखकर मैं कांप उठता हूं। हां, यह सच है। पर उधर देखिए, इन लोगों ने मोहम्मद को भी भोजन के लिए बुलाया है और वह औरत उससे कैसे हावभाव से बातें कर रही है। मुझे खुशी है कि मेरा पिण्ड तो छूटा।"

हमने उधर देखा। सचमुच ही वह औरत मोहम्मद को उस कोने से उठाकर अपने साथ ला रही थी जहां वह दुबका बैठाडर से कांप रहा था और अल्लाह को पुकार रहा था। वह भी उसके साथ आने को तैयार नहीं था क्योंकि और कारणों को छोड़ भी दें तो उसे ऐसा सम्मान प्राप्त करने का अभ्यास नहीं था—अभी तक उसे बराबर अलग भोजन दिया जाता था। जो भी हो, यह तो साफ ही दिखाई देता था कि वह बहुत डरा हुआ है और उसके पैर उसके मोटे शरीर को अग्रसर करते हुए लड़खड़ा रहे हैं। हाथ पकड़कर लानेवाली औरत के कारण वह नहीं आ रहा था, बल्कि अपने पीछे बैठे हुए अमाहज़र रूपी जंगली निर्दयता के साधनों तथा भयंकर बरछे के कारण डरकर आ रहा था।

मैंने अपने साथियों से कहा—"मुझे ये रंग-ढंग नापसन्द हैं। मेरा ख्याल है, हमें यह सब सहना ही होगा। क्या तुम लोगों के पास अपने-अपने रिवाल्वर, तमचे हैं? यदि हैं तो अच्छा होगा कि हम उन्हें भर लें।"

जाब ने कहा—"मेरे पास तो है पर श्री लियो के पास सिर्फ शिकारी छुरा है, यद्यपि वह भी काफी बड़ा है।"

यह अनुभव कर कि अपने स्थान से लियो के उसे लाने तक प्रतीक्षा करना ठीक न होगा, हम बहादुरी से आगे बढ़े और अपनी पीठ गुफा से टिकाकर एक पंक्ति में बैठ गए।

हमारे बैठते ही मिट्टी के कूड़े में एक प्रकार की मदिरा चतुर्दिक घुमाई गई, जिसका स्वाद कुछ बुरा न था। यह एक प्रकार के देशी अनाज को कूटकर बनाई गई थी, जो अफ्रीका के दक्षिणी भागों में गुच्छों में पैदा होता है और जिसे 'काफिर मकई' कहते हैं। जिस पात्र में मदिरा थी उसकी बनावट विचित्र प्रकार की थी। अमाहज़र लोग इस प्रकार के पात्र प्रायः इस्तेमाल करते हैं। ये पात्र बहुत पुराने जमाने के बने हुए हैं और विभिन्न आकार के हैं। सैकड़ों क्या, हज़ारों वर्ष के बीच तो उस देश में वे बने न होंगे।

बहुत देर तक बार-बार वही पात्र घूमकर आता रहा और आग में लकड़ियां डाली जाती रहीं। कोई एक शब्द भी न बोला। हम बिलकुल नीरव बैठे उस आग की लपट और प्रकाश को तथा मिट्टी के टिमटिमाते दीपकों से निकलती परछाइयों को देखते रहे। हमारे और आग के बीच एक बड़ा कठौता रखा था, जिसमें छोटी-छोटी चार मुठियाएं लगी थीं। इस कठौते के एक तरफ बड़ी मुठिया वाली दो संडासियां पड़ी थीं। आग के दूसरी तरफ भी उनका एक जोड़ा रखा था। किसी कारणवश मुझे इस कठौते और संडासियों का वहां होना अच्छा न लग रहा था। मैं वहां बैठा हुआ उन्हें तथा चक्कर में बैठे आदमियों के क्रूर चेहरों को देख रहा था। मैं सोच रहा था कि यह सब कुछ भयानक है और हम लोग इन डरावने आदमियों के कब्ज़े में हैं। वे मुझे और भी ज़्यादा भयंकर इसलिए लगते थे कि उनकी यथार्थ प्रकृति अभी तक हमारे लिए एक रहस्य के समान थी। मैं उन्हें जो कुछ समझता था उससे वे अच्छे हो सकते हैं या ज़्यादा खूंखार हो सकते हैं। मुझे दूसरी बात का ज़्यादा शुबहा था। मेरा सोचना गलत नहीं था। यह विचित्र दावत थी, क्योंकि इसमें खाने के लिए कुछ न था।

आखिरकार ज्योंही मुझे मालूम होने लगा कि मुझे सम्मोहित

(मेस्मेराइज़्ड) किया जा रहा है, दूसरी तरफ से एक आदमी एकाएक ज़ोर से चिल्ला पड़ा—"हमारे खाने के लिए मांस कहां है?"

इसपर गोलाई में बैठे हुए प्रत्येक आदमी ने आग की ओर हाथ फैलाकर गहरी, नपी-तुली आवाज़ में कहा—"मांस आता है, आता है।"

"क्या बकरे का मांस है?"

"हां, ऐसे बकरे का जिसे सींग नहीं है, बल्कि बकरे से भी अच्छा! हम उसे मारेंगे।" सबने एक आवाज़ में कहा और पीछे फिरकर हर-एक ने अपने-अपने बर्छे को दाहिने हाथ से उठाया और फिर वैसे ही रख दिया।

"क्या वह बैल का मांस है?" फिर एक ने पूछा।

"हां, वह बिना सींग के बैल का मांस है, बल्कि बैल से भी अच्छा। हम उसे मारेंगे।"—सबने एकसाथ उत्तर दिया।

इसके बाद सन्नाटा छा गया। किन्तु यह देखकर मारे भय के मेरे रोंगटे खड़े हो गए कि मोहम्मद के पास वाली उस औरत ने उसके साथ प्यार जताना शुरू कर दिया है; वह कभी उसके गालों पर हाथ फेरती है, कभी प्यार-भरे नामों से उसे पुकारती है पर अपनी क्रूर आंखों से उसके कांपते शरीर को घूरती भी जाती है। इस दृश्य ने न जाने क्यों मुझे डरा दिया, पर मैं ही क्यों सभी भयग्रस्त हो गए थे—विशेषतः लियो तो बहुत डर गया था।

इसी समय ज़ोर से आवाज़ आई—"क्या पकाने के लिए मांस तैयार है?"

"तैयार है। तैयार है।" सबने एकसाथ उत्तर दिया।

"क्या घड़ा उसे पकाने के लिए गर्म हो गया है?"

"वह गर्म है। वह गर्म है।" सबने कहा।

लियो बोला—"हे भगवान! उस लेख की याद करो :

'वे लोग अजनबियों के सिर पर घड़ा रखते (और यों उन्हें मार डालते) हैं।' "

उसके कहते ही, हम लोग हिलें इसके पूर्व ही दो बदमाश कूदकर खड़े हो गए और लम्बी संडासियों की मूठ पकड़कर उन्हें आग के बीच में खिसका दिया। उधर उस औरत ने, जो मोहम्मद को दुलार रही थी,

अपने कपड़ों में से रस्सी का एक फंदा निकाला और उसे मोहम्मद की गर्दन में डालकर खींच लिया, जिससे उसकी गर्दन फंदे में कस गई। पास बैठे दूसरे आदमियों ने उसके पांव पकड़ लिए। उधर आग के पास वाले दोनों आदमियों ने संडासियों से आग और अंगारों को हटाकर इधर-उधर कर दिया और उसमें से एक बड़ा मिट्टी का घड़ा निकाला जो खुद अंगार की तरह लाल हो रहा था। वे उसे लेकर उस स्थान पर पहुंच गए, जहां मोहम्मद अपनी जान बचाने के लिए हाथ-पांव झटक रहा था। निराशा में वह दैत्य के समान अपने शत्रुओं से लड़ रहा था और रह-रहकर चीखता था। वे लोग उसके सिर पर वह जलता हुआ घड़ा रखना चाहते थे, पर गला फंसने और पांव से जकड़े होने के बाव-जूद वह इतनी ज़ोर से तड़प रहा था कि वे अपने नाटकीय उद्देश्य में सफल नहीं हो रहे थे।

मैं डर के मारे ज़ोर से चीखकर खड़ा हो गया और अपना रिवा-ल्वर निकालकर सीधे उस राक्षसी पर गोली दाग दी जो पहले मोहम्मद को दुलरा रही थी और जो इस समय उसकी बांहों को जकड़े हुए थी। गोली उसकी पीठ में लगी और वह तुरन्त मर गई जिसके लिए मुझे आज तक खुशी है ; क्योंकि जैसा मुझे बाद में मालूम हुआ, इसी औरत ने जाब द्वारा किए हुए तिरस्कार का बदला लेने के लिए, अमाहज़र लोगों की प्रथा के अनुसार, यह सब काण्ड रचा था। वह मरकर गिर पड़ी, पर मैंने बड़े भय और निराशा के साथ देखा कि उसके मरकर गिरते ही मोहम्मद भी दानवों के पंजे से अपने को छुड़ाकर ऊपर उछला और वह भी उस औरत की लाश पर मरकर गिर गया। हमारे रिवाल्वर से छूटी हुई भारी गोली दोनों के शरीर से होती निकल गई थी और उसने हत्यारिणी का ही अन्त नहीं कर दिया था बल्कि उसके शिकार को भी सौ गुने अधिक भयानक मृत्यु के चंगुल से मुक्त कर दिया था। इसलिए भयानक होते हुए भी यह घटना दया से पूर्ण थी।

क्षण-भर के लिए सब आश्चर्य से अभिभूत हो गए। अमाहज़र लोगों ने इसके पहले कभी तमंचे-बन्दूक की आवाज़ नहीं सुनी थी। इस-लिए इसका परिणाम देखकर वे सहम गए। पर शीघ्र ही हमारे पास खड़ा एक आदमी सभल गया और अपना बरछा उठाकर लियो को, जो

उसके सबसे ज़्यादा निकट था, मारना चाहा।

"भागो-भागो!" मैं चिल्लाया और जितनी तेज़ी से भाग सकता था, स्वयं गुफा से बाहर की ओर भागा। यदि संभव होता तो मैं बाहर निकल जाता, पर रास्ते में आदमी खड़े थे। फिर मैंने देख लिया था कि गुफा के द्वार के बाहर भी आदमियों की एक भीड़ एकत्र है। मैं गुफा में भागता रहा और मेरे पीछे मेरे साथी भाग रहे थे और हम लोगों के पीछे उस औरत की मृत्यु के कारण पागल-से हो रहे आदमखोरों की भीड़ आ रही थी। उछलकर मैं फर्श पर पड़े मोहम्मद की लाश को पार कर गया, किन्तु वैसा करने में पास ही पड़े जलते घड़े की आंच मुझे लग गई। उस आंच में मैंने यह भी देखा कि मोहम्मद का हाथ हिल रहा है और अभी तक वह बिल्कुल निर्जीव नहीं हुआ है। इस गुफा के सिरे पर एक चट्टानी चबूतरा था, जो तीन फुट ऊंचा और आठ फुट चौड़ा रहा होगा। इसपर रात को दो बड़े दीपक रखे जाते थे। आखिर हम तीनों उछलकर इसपर चढ़ गए और हमने निश्चय कर लिया कि मरने के पहले जितना लड़ना संभव होगा लड़ेंगे। हमें इस प्रकार लड़ने को सन्नद्ध देखकर हमारा पीछा करनेवाले थोड़ी देर के लिए रुक गए। जाब को हमने बाईं तरफ किया, लियो को बीच में रखा और मैं दाहिने हो गया। हमारे पीछे दीपक थे। लियो झुककर, उस लम्बे गलियारे को, जो आग के पास तक चला गया था और उसमें आते-जाते हमारे भावी खूनियों की लम्बी परछाइयों को देख रहा था। उनके भाले रह-रहकर चमक उठते थे। वह गरम घड़ा अब भी अंधियारे में मानो क्रोध से दहक रहा था। उस समय लियो की आंखों से चिनगारी निकल रही थी। उसके सुन्दर चेहरे पर पत्थर की दृढ़ता थी। उसके दाहिने हाथ में लम्बा शिकारी छुरा था। उसने छुरे के तस्मे को ढीला करके कलाई तक खिसकाया और तब उसने अपनी दोनों बांहें मेरे गले में डालकर मेरा आलिंगन किया।

उसने कहा—"मेरे प्यारे मित्र! मेरे लिए पिता से भी अधिक! मैं तुमसे विदा होता हूं। इन राक्षसों से बचने की कोई आशा नहीं है। चंद मिनटों में ये हमें मार डालेंगे और बाद में खा जाएंगे। विदा! मैं ही तुम्हें यहां लाया। मुझे आशा है, तुम मुझे क्षमा कर दोगे। जाब!

विदा।"

मैंने दांत पीसते और मौत के लिए तैयार होते हुए कहा—"ईश्वर की इच्छा पूरी हो।" उसी समय चिल्लाकर जाब ने अपना रिवाल्वर ऊंचा किया, गोली दागी और एक आदमी को घायल कर दिया—उसे नहीं जिसपर निशाना साधा था। जाब जिसपर भी निशाना लगाता वह सुरक्षित ही रहता था।

अब वे तेज़ी से आगे बढ़े और मैंने भी जितनी शीघ्रता से गोली चलाना संभव था चलाकर बीच में ही रोक दिया। उस औरत के अलावा मैंने और जाब ने मिलकर पांच और आदमियों को मारा या सांघातिक रूप से घायल कर दिया। अब हमारी पिस्तौलें खाली हो चुकी थीं और इतना समय न मिलता था कि हम उन्हें पुनः भर लें। इतनों के मर जाने पर भी वे आगे बढ़ते ही रहे।

एक तगड़े आदमी ने चबूतरे पर चढ़ने की कोशिश की पर लियो ने छुरे का ऐसा वार किया कि वह उसके शरीर के आरपार हो गया और वह मरकर नीचे गिर गया। मैंने भी एक दूसरे आदमी को इसी तरह मारकर गिरा दिया। लेकिन जाब का वार खाली गया और एक अमाहज़र ने उसकी कमर में हाथ डालकर उसे चबूतरे के नीचे पटक दिया। लेकिन जाब का छुरा तस्मे द्वारा उसके हाथ में बंधा न था, इसलिए ज्योंही अमाहज़र चबूतरे पर झुका छुरे की नोक उसके अन्दर घुस गई और वह ठंडा हो गया। उसके बाद जाब का क्या हुआ, यह मुझे नहीं मालूम; मेरा ख्याल है कि वह अपने मृत आक्रमणकारी की लाश पर पड़ा रहा।

इसके बाद दो राक्षसों से फिर मेरी लड़ाई शुरू हो गई। सौभाग्य से वे दोनों अपने बरछे पीछे छोड़ आए थे। पहली बार मेरा कसरती बदन और मेरी शारीरिक शक्ति मेरे काम आई। मैंने एक आदमी के सिर पर अपना लम्बा शिकारी छुरा, जो छोटी तलवार जैसा था, इस ज़ोर से मारा कि उसकी खोपड़ी को चीरता हुआ उसकी आंखों तक पहुंच गया और वह धम्म से ज़मीन पर गिर गया।

तब दूसरे दो मेरी ओर झपटे। मैंने उनको आते देखा और एक-एक हाथ दोनों की कमर में डालकर पकड़ लिया। हम तीनों चबूतरे से गुफा

के फर्श पर गिर पड़े और बार-बार एक-दूसरे के ऊपर-नीचे लुढ़कने लगे। वे बड़े मज़बूत थे, पर मैं गुस्से से पागल हो रहा था और मुझपर लड़ाई का भयानक नशा छा गया था, जो मानव-हृदय में तब घर कर जाता है जब वह मौत और जीवन के बीच में झूल रहा होता है और चारों ओर से उसपर वार हो रहे होते हैं। उन भारी दैत्यों को मेरी बांहों ने इस तरह दबा रखा था और मैंने उन्हें इस तरह अपने शरीर से दबा रखा था कि उनकी पसलियां कड़कड़ाकर टूट गईं। तब वे मुझे घूंसों से मारने और दांत काटने लगे पर मैंने उन्हें छोड़ा नहीं और धीरे-धीरे वे मुरदा हो गए और ढीले पड़ गए। मैं नहीं जानता कि मेरे कैम्ब्रिज कालेज के अध्यक्ष, जो शांति सभा के सदस्य हैं, मुझे ऐसे खूंखार युद्ध में लगा देख पाते तो क्या कहते। मैंने उन दोनों को अब भी नहीं छोड़ा क्योंकि यद्यपि वे बेजान-से हो गए थे, पर बहुत धीरे-धीरे उनके प्राण निकल रहे थे। मैं जानता था कि यदि छोड़ दूंगा तो वे जी जाएंगे। दूसरे राक्षसों ने उस अंधियारे में समझा कि हम तीनों मर गए इसलिए उन्होंने हमसे कोई छेड़छाड़ नहीं की।

मैंने अपना सिर फिराकर देखा कि लियो अब चट्टान से नीचे उतर गया है। वह अब भी अपने पांव पर खड़ा था और लड़ रहा था, पर उसे बहुत-से आदमियों की एक भीड़ ने चारों ओर से घेर लिया था, जैसे किसी हिरन को भेड़ियों ने घेर रखा हो। उसके लम्बे होने के कारण उनके बीच में भी उसका सुन्दर, पीला चेहरा दिखाई दे रहा था, जिसपर उसके चमकीले घुंघराले बाल फैले हुए थे। उनके बीच घिरा हुआ भी वह इस तेज़ी से लड़ रहा था कि बहुत प्रशंसनीय पर भयानक लगता था। वे लोग उसके इतने नज़दीक थे कि बरछे का प्रयोग नहीं कर पाते थे और उनके पास छुरे या डंडे न थे। लियो ने एक आदमी को छुरे से साफ कर दिया, पर छुरा उसके हाथ से गिर पड़ा और वह निरस्त्र हो गया। मैंने सोचा—बस अन्त आ गया। पर नहीं, झपटकर उस आदमी को, जिसको उसने मारा था, हाथों से उसने उठा लिया और इस ज़ोर से भीड़ पर फेंका कि उसके धक्के से लड़खड़ाकर पांच-छः आदमी ज़मीन पर गिर गए; पर क्षण-भर बाद वे फिर उसपर झपटे और धीरे-धीरे भेड़ियों ने उस शेर को दबोच लिया। इतने पर भी एक बार झपटकर

उसने एक अमाहज़र को घूंसों से मारकर गिरा दिया। पर एक आदमी इतने आदमियों के विरुद्ध कब तक लड़ सकता था। अन्त में वह बलूत वृक्ष की भांति अपने साथ बहुतों को लिए-दिए फर्श पर गिर पड़ा। उन लोगों ने उसके हाथ-पांव बांध दिए और शरीर को निर्वस्त्र कर दिया।

एक आवाज़ आई—"बरछा लाओ बरछा, इसका गला काटने के लिए और एक पात्र इसका खून एकत्र करने के लिए।"

मैंने देखा कि एक आदमी बरछा लिए दौड़ा जा रहा है, इसलिए मैंने अपनी आंखें बन्द कर लीं। मैं धीरे-धीरे दुर्बल होता जा रहा था और मेरे ऊपर पड़े दोनों आदमी अब भी पूर्णतः निर्जीव नहीं हुए थे, तथा एक सांघातिक शिथिलता मुझपर छाती जा रही थी, इसलिए मैं भी लियो की कुछ मदद नहीं कर सकता था।

एकाएक हुल्लड़ मचा और मेरी आंखें निश्चेष्ट स्वयं खुल गईं। मैंने उस हत्या के दृश्य की ओर नज़र डाली। वह लड़की उस्तेन लियो के शिथिल पड़े शरीर को अपने शरीर से ढके हुए थी और अपनी बांहें उसके गले में डाल रखी थीं। वे लोग बार-बार उस्तेन को खींचकर अलग कर देने का प्रयत्न करते थे, पर वह लियो के पांव में अपने पांव लपेटकर इस तरह चिपटी हुई थी, जैसे कोई लता वृक्ष से चिपट जाती है। इसलिए वे लोग उसे अलग न कर पा रहे थे। इसके बाद उन लोगों ने उस्तेन को ज़ख्मी किए बिना लियो को बगल से छुरा मारने की कोशिश की। पर जिधर वे वार करना चाहते उधर ही वह लियो को ढक लेती। इस प्रकार वह बराबर लियो को बचाती रही और वह मारा नहीं जा सका, केवल घायल हुआ।

अन्त में उन लोगों का धीरज छूट गया। एक आदमी ने कहा—"दोनों को बरछे से भोंक दो। इस तरह मृत्यु में दोनों का विवाह हो जाएगा।"

और मैंने देखा कि एक आदमी इस काम के लिए अपना बरछा उठा रहा है। मैंने ऊपर उठे बरछे को चमकते देखा और फिर मैंने अपनी आंखें बन्द कर लीं।

जैसे ही मैंने आंखें बन्द कीं कि एक आदमी की आवाज़ कड़-कड़ाती बिजली की भांति सारी गुफा में सुनाई दी और चट्टानी रास्तों

पर गूंज उठी :

"बन्द करो।"

इसके बाद मैं बेहोश हो गया और मुझे जान पड़ा कि मौत की अन्तिम शून्यता के बीच से मैं गुज़र रहा हूं।

9

जब मेरी आंख खुली तो मैंने देखा कि आग से थोड़ी ही दूर पर, जहां हम उस विचित्र दावत के लिए एकत्र हुए थे, मैं एक चमड़े की चटाई पर पड़ा हुआ हूं। मेरे पास ही लियो भी पड़ा था, किन्तु अब तक उसकी बेहोशी दूर न हुई थी। उसके ऊपर वह सुन्दर लम्बी लड़की उस्तेन, झुकी हुई, बगल में लगे एक गहरे बरछे के घाव को, पट्टी बांधने के पूर्व, ठंडे पानी से धो रही थी। लड़की के पीछे गुफा की दीवार के सहारे जाब खड़ा था। बाहर से देखने पर तो वह घायल नहीं मालूम होता था ; हां, इधर-उधर छिल ज़रूर गया था। पर वह अब भी कांप रहा था। आग की उस ओर अनेक आदमी पड़े हुए थे जिन्हें अपनी जीवन-रक्षा की भयानक लड़ाई में हमने मारा था और जिन्हें देखकर जान पड़ता था मानो अत्यधिक थकावट से शिथिल होकर वे सोने के लिए ज़मीन पर पड़ रहे हों। औरत को लेकर कुल बारह लाशें थीं ; इनके अलावा बेचारे मोहम्मद—जो मेरे हाथ से मारा गया था—की भी लाश थी। थोड़ी दूर पर बहुत-से आदमी बचे हुए आदमखोरों को पकड़कर उनकी मुश्कें कस रहे थे और दो-दो के हाथ एक में बांध रहे थे। वे बदमाश एक अजीब लापरवाही से अपने को बंधवा रहे थे। पास ही खड़ा हमारा मित्र बिल्लाली, थका हुआ होने पर भी अपनी लम्बी दाढ़ी के कारण रोबीला दिख रहा था और इन बन्दियों के बारे में आवश्यक आज्ञाएं दे रहा था।

इसके बाद वह 'मुड़ा और जब उसने देखा कि मैं बैठा हुआ हूं, तो मेरी ओर आया और बड़े ही विनीत भाव से पूछा कि अब तो तबीयत अच्छी है। मैंने उत्तर दिया—मैं खुद नहीं बता सकता कि मेरी क्या हालत है, इतना कह सकता हूं कि सारा शरीर दर्द कर रहा है।

तब उसने झुककर लियो के घाव की परीक्षा की।

उसने कहा—"घाव बुरा है पर बर्छा अंतड़ियों तक नहीं पहुंच पाया। यह अच्छा हो जाएगा।"

मैंने कहा—"मेरे पिता, इसका श्रेय आपके आगमन को है। एक मिनट बाद हम नीरोग होने की सीमा से बहुत दूर पहुंच गए होते, क्योंकि आपके उन राक्षसों ने हमारे नौकर की भांति हमें भी मार दिया होता।" और मैंने मोहम्मद की ओर संकेत किया।

इसपर वह बुड्ढा दांत पीसने लगा और उसकी आंखों में असाधारण दुर्भावना फूट निकली।

उसने उत्तर दिया—"मेरे बेटे! डरो नहीं। उनसे ऐसा बदला लिया जाएगा कि उसे सुनकर हड्डियों पर के मांस सिकुड़ जाएंगे। वे सब 'श्री' के पास भेज दिए जाएंगे और उनकी प्रतिहिंसा उनकी महत्ता के ही अनुरूप होगी। वह आदमी (मोहम्मद की ओर संकेत करता है) जिस तरह मरा, उसे इन जानवरों की जिस तरह मृत्यु होगी उसके सामने दयापूर्ण मृत्यु समझनी चाहिए। मैं तुमसे अनुरोध करता हूं कि मुझे बताओ, यह सब कैसे हुआ?"

वह घटना जिस कारण और जिस प्रकार हुई थी, उसे संक्षेप में मैंने बता दिया।

उसने कहा—"अरे ऐसा हुआ! तुम देखते हो न मेरे बेटे! यहां एक प्रथा है कि यदि कोई अजनबी इस देश में आ जाए तो उसके सिर पर घड़ा रखकर उसे मार डाला जाए और खा लिया जाए।"

मैंने जोश के साथ कहा—"वाह! गोया आतिथ्य को उलट दिया गया है। हमारे यहां जब कोई अजनबी आता है तो हम उसकी खातिरदारी करते हैं; उसका मनोरंजन करते और खाने के लिए भोजन देते हैं। यहां आप लोग उसे खाकर अपना मनोरंजन करते हैं।"

कंधे हिलाकर उसने कहा—"यह एक प्रथा है। मैं खुद इसे बुरी समझता हूं।" फिर कुछ सोचकर बोला—"पर मुझे अजनबियों का मांस पसंद ही नहीं है, विशेषतः उनका, जो दलदलों में घूमते फिरते और जंगली चिड़ियों का मांस खाते हुए यहां आते हैं। जब 'अवश्य-माननीया' ने आज्ञा दी थी कि तुम लोगों को मारा न जाए, तब उन्होंने

उस काले आदमी के बारे में कुछ भी नहीं कहा, इसलिए आदमखोर होने के कारण इन आदमियों की जीभ उसके मांस के लिए लपलपा रही थी और उस औरत ने, जिसे तुमने ठीक ही कत्ल कर दिया, उनके बुरे मन में यह बात जमा दी कि इसे गर्म घड़े से मार डालना चाहिए। उन्हें इसका मज़ा भी चखा दिया जाएगा। वे 'श्री' के भयानक क्रोध के सामने खड़े हों इससे कहीं अच्छा उनके लिए यह होता कि वे मर गए होते और उन्हें आज का दिन देखने को न मिलता। वे सुखी और भाग्यवान हैं जो तुम्हारे हाथ से मारे गए।"

थोड़ी-सी जो ब्राण्डी हमारे पास बची थी, वह जाब ने लियो के कंठ में उंडेल दी थी। उसके प्रभाव से लियो ने आंखें खोल दीं, और हमारी बातें समाप्त हो गईं।

लियो की हालत बहुत खराब थी और अब भी वह पूरी तरह होश में नहीं था; पर जाब एवं उस वीर बाला उस्तेन की सहायता से किसी तरह हम लोग उसे बिस्तरे पर ले गए।

आखिर सुबह हुई, पर मेरा शरीर लकड़ा गया था, यहां तक कि मैं उठ न सकता था। सात बजे के लगभग जाब मेरे पास आया; वह बुरी तरह लंगड़ा रहा था और उसका चेहरा भी फीका पड़ गया था। उसने मुझे बताया कि लियो को रात अच्छी नींद आई पर वह बहुत दुर्बल है। इसके दो घण्टे बाद बिल्लाली हाथ में एक दीपक लिए आया। उसका सिर इस छोटे कमरे की छत को छू रहा था। मैंने आंखें मूंद लीं और सोते होने का बहाना किया, यद्यपि मैं आंख की कोरों से, बीच-बीच में, उसके तिरस्कारपूर्ण, पर सुन्दर जीर्ण मुख को देख लेता था।

जब वह अंगूठे के बल लौटकर दरवाज़े के पास पहुंच गया, तब मैंने उसे पुकारा—"मेरे पिता, क्या तुम हो?"

उसने उत्तर दिया—"हां, बेटा, मैं हूं। पर मैं तुझे तकलीफ नहीं देना चाहता। मैं सिर्फ यह देखने आया था कि अब तुम्हारी तबीयत कैसी है, और तुमसे कहना था कि जो लोग तुम्हें कत्ल करने की कोशिश कर रहे थे वे 'श्री' के पास रवाना कर दिए गए हैं। 'श्री' ने तुम्हें भी तुरन्त बुलाया है, पर मैं समझता हूं कि अभी तुम जाने लायक नहीं हो।"

मैंने कहा—"हां, जब तक ज़रा तबीयत ठीकठाक न हो जाए। पर

मेरे पिता! मैं प्रार्थना करता हूं कि मुझे बाहर रोशनी में ले चलिए। यह स्थान मुझे अच्छा नहीं लगता।"

उसने उत्तर दिया—"हां, तुम्हारा कहना ठीक है। यहां का वातावरण शोकपूर्ण है।"

इसके बाद बिल्लाली की मदद से मैं लड़खड़ाता हुआ लियो को देखने गया। सचमुच वह बुरी तरह घायल था; जगह-जगह उसका शरीर छिल गया था, मुझसे भी ज़्यादा। शायद चमड़ी की अत्यधिक गोराई और बगल के घाव से बहुत ज़्यादा खून बहने के कारण भी चमड़ी शिथिल और दुर्बल पड़ गई हो। किन्तु इन सबके बावजूद वह आज खुश नज़र आता था और कुछ खाने को मांग रहा था। जाब और उस्तेन ने उसे उठाकर एक डोली पर रखा और वृद्ध बिल्लाली की मदद से उसे गुफा के दरवाज़े तक पहुंचाया। अब वह स्थान धो-पोंछकर साफ कर दिया गया था और पिछली रात के कत्ल का कोई चिह्न वहां नहीं था। वहां हम सबने नाश्ता किया और वह दिन तथा उसके बाद दो दिन ज़्यादातर वहीं बिताए।

तीसरे दिन तक जाब और मैं, दोनों बहुत कुछ ठीक हो गए। लियो भी पहले से बहुत अच्छा था, इसलिए मैं बिल्लाली के अनुरोध को मानकर 'कोर' चलने के लिए राज़ी हो गया। उस रहस्यमयी रानी 'श्रीमती' के रहने के स्थान का यही नाम था।

10

यात्रा के हमारे निश्चय के एक घण्टे के अन्दर ही पांच डोलियां गुफा-द्वार पर पहुंच गईं। हर डोली के लिए चार-चार कहार और दो-दो कन्धा बदलनेवाले आदमी थे। इनके साथ पचास सशस्त्र अमाहज़र रक्षा तथा सामान के लिए हमारे साथ चलने को आए। इनमें तीन डोलियां हमारे लिए थीं, एक बिल्लाली के लिए थी, जो हमारे साथ जानेवाला था और इस समाचार से हमारी चिन्ता बहुत कुछ दूर हो गई थी। मेरा अनुमान है कि पांचवीं डोली उस्तेन के उपयोग के लिए रही होगी।

मैंने बिल्लाली से, जो खड़ा हुआ सब प्रबन्ध करा रहा था, पूछा—

"पिता! क्या उस्तेन भी हमारे साथ जाएगी?"

उसने कन्धा हिलाकर उत्तर दिया—"यदि उसकी इच्छा होगी तो जाएगी। इस देश में स्त्रियां जो चाहती हैं, करती हैं। हम उनकी पूजा करते हैं, और उन्हें अपनी राह चलने के लिए स्वतन्त्र छोड़ देते हैं, क्योंकि उनके बिना संसार नहीं चल सकता; वे जीवन का उद्गम हैं।"

"ओह!" मैंने कहा। अभी तक यह बात मेरे ध्यान में न आई थी।

उसने कहना जारी रखा—"हम उन्हें पूजते हैं, पर उसी सीमा तक जहां तक वे असह्य नहीं हो जातीं और यह बात प्रायः प्रत्येक दो पीढ़ियों के बाद हो ही जाती है।"

मैंने उत्सुकता के साथ पूछा—"और तब तुम लोग क्या करते हो?"

वह फीकी हंसी के साथ बोला—"तब हम पुरानियों को मार डालते हैं, ताकि नई स्त्रियां उससे सबक लें और समझ लें कि हम बहुत बलवान हैं। तीन साल हुए, इसी तरह मेरी गरीब पत्नी मार दी गई। यह बड़ा दुःखद था, पर तुमसे सब कहता हूं, कि तब से मेरा जीवन ज़्यादा सुख-पूर्ण है, क्योंकि मेरी उम्र तरुणियों से मुझे सुरक्षित रखती है।"

मैंने कहा—"थोड़े में यह कि अब तुम्हारी स्थिति ज़्यादा स्वतन्त्रता और कम ज़िम्मेवारी की है।"

पहले तो उसे यह वाक्य बड़ा अस्पष्ट और उलझन से भरा मालूम पड़ा, पर थोड़ी देर में जब वह समझ गया तो बोला:

"हां, हां, मेरे लंगूर। मैं समझता हूं, पर अब सब 'ज़िम्मेदारियां' कत्ल हो गई हैं—कम से कम कुछ तो हो ही गई हैं। इसीलिए तुम यहां बहुत कम बूढ़ी स्त्रियों को देखते हो। वे स्वयं अपने ऊपर तबाही लाती हैं।" इसके बाद उसने कुछ गम्भीर स्वर में कहा—"जहां तक इस लड़की की बात है, मैं नहीं जानता कि क्या कहूं? वह एक वीर बाला है और शेर को प्यार करती है। तुम देख ही चुके हो कि किस प्रकार उससे चिपट-कर उसने उसकी जान बचाई। फिर हमारी प्रथा के अनुसार तो उसका विवाह भी शेर से हो चुका है और जहां भी शेर जाए उसे उसके साथ जाने का अधिकार है। हां, यदि 'श्री' इसे न स्वीकार करें तो दूसरी बात है, क्योंकि उनकी बात सब अधिकारों के ऊपर है।"

"यदि 'श्री' उसे लियो को छोड़कर चली जाने की आज्ञा दें और

वह इन्कार कर दे, तब क्या होगा?"

उसने कांपकर कहा—"अगर आंधी वृक्ष से झुकने को कहे और वह न झुके, तब क्या होता है?"

इसके बाद मेरे उत्तर की प्रतीक्षा न करके वह पलट गया और अपनी डोली के पास जा पहुंचा। दस मिनट बाद हम सब डोलियों में बैठकर 'कोर' के लिए रवाना हो गए।

ज्वालामुखी का वह प्यालानुमा मैदान पार करने में एक घण्टे से ज़्यादा ही लग गया। फिर उस पार का किनारा चढ़ने में आधा घण्टा लगा, पर एक बार पहुंच जाने पर वहां का दृश्य देखकर तबीयत खुश हो गई।

मैंने कभी ऐसा सुनसान और निराशाजनक दृश्य न देखा था, जहां मीलों तक दलदल थे; सिर्फ बीच-बीच में हरी और कड़ी भूमि के छोटे-छोटे टुकड़े दिखाई दे जाते थे। कहीं-कहीं गन्दे पानी की तलैयां भी थीं, जिनके किनारे लम्बी-लम्बी घास उग आई थी। इनमें बगुले शोर करते और मेढ़क लगातार टर्रा रहे थे। मीलों तक यही दृश्य था; हां, बीच-बीच में ज्वरकारी कुहासा ज़रूर मिल जाता था।

इसी के बीच हम आगे बढ़ते गए, यहां तक कि अपने क्षीण गौरव के साथ जब सूर्य डूब रहा था, तब हम एक ऐसी जगह पहुंचे जहां भूमि कुछ ऊंची थी। उसका विस्तार दो एकड़ के लगभग रहा होगा। उस दलदली सुनसान के बीच राद्वल भूखण्ड (ओयसिस) के समान। बिल्लाली ने यहीं पड़ाव डालने का आदेश दिया। थोड़ी-सी लकड़ी और नरकट, जिसे बिल्लाली साथ लाया था, जला दी गई और हम सब उसके चारों ओर बैठ गए और उस बदबू तथा दम घोंटनेवाली गर्मी के बीच जो कुछ हमसे खाया गया, हमने खाया, तम्बाकू पी और किसी तरह अपना समय बिताने लगे। बाद में अपने कम्बलों में लिपटकर हमने सोने की कोशिश की, पर कम से कम मुझे तो मेढ़कों की टर्राहट तथा आकाश में चारों ओर उड़ती हज़ारों चिड़ियों के शोर के कारण सोना असम्भव हो गया। मैंने घूमकर लियो की ओर दृष्टि डाली जो सो रहा था, पर जिसका चेहरा तमतमाया हुआ-सा लगता था, जिससे मुझे चिन्ता हुई। उस्तेन, जो उसके समीप थी, बार-बार उठकर आग के झिलमिल प्रकाश में, चिन्तापूर्वक

उसके मुंह पर नज़र डाल लेती थी।

जब मैं जगा तब भोर हो गया था और उस घने प्रातःकुहासे में रक्षक और कहार भूतों की तरह इधर-उधर कर रहे थे और पुनः यात्रा की तैयारी में लगे थे। आग बिलकुल बुझ गई थी। मैं अंगड़ाई लेकर उठा और लियो की ओर देखा। वह बेचारा सिर पर हाथ धरे बैठा हुआ था, उसका चेहरा लाल और आंखें पीली हो रही थीं।

मैंने पूछा—"लियो, कैसी तबीयत है?"

उसने बैठी हुई आवाज़ में कहा—"मुझे ऐसा जान पड़ता है, जैसे मैं मर रहा हूं। मेरा सिर फटा जाता है, मेरा बदन कांप रहा है और मैं सांघातिक रूप से बीमार हूं।"

लियो को ज़ोरों का बुखार चढ़ रहा था। मैं जाब के पास जाकर कुनैन मांग लाया। सौभाग्यवश अब भी हमारे पास काफी कुनैन थी। पर जाब से पता चला कि उसकी तबीयत भी अच्छी नहीं है। उसकी पीठ में दर्द था और सिर में चक्कर आ रहा था। उस स्थिति में और तो मैं क्या कर सकता था, मैंने दोनों को दस-दस ग्रेन कुनैन दी और एहतियात के लिए खुद भी उससे कुछ कम मात्रा में ले ली। इसके बाद मैंने बिल्लाली को खोज निकाला और उसे स्थिति का ज्ञान कराया। उसने मेरे साथ जाकर लियो और जाब—जिसे वह उसके मोटे चेहरे और छोटी आंखों के कारण 'सुअर' कहता था—को देखा।

उनसे कुछ दूर आकर, जिससे वे न सुन सके, उसने कहा—"ओह! ज्वर आ गया! मैं जानता ही था। शेर पर बुरा आक्रमण हुआ है, पर वह जवान है इसलिए शायद बच जाए। जहां तक सुअर की बात है, उसकी हालत ज़्यादा खराब नहीं है; उसे मामूली बुखार है, जो सदा पीठ के दर्द से शुरू होता है, वह उसकी चर्बी गलाकर चला जाएगा।"

मैने पूछा—"मेरे पिता, क्या वे दोनों चल सकते हैं?"

"मेरे बेटे! जाना ही पड़ेगा। अगर वे यहां ठहरेंगे तो निश्चय ही मर जाएंगे। फिर वे ज़मीन की अपेक्षा डोली में अच्छे रहेंगे। अगर कोई गड़बड़ी न हुई, तो आज रात तक हम इस दलदली क्षेत्र से बाहर निकल जाएंगे, जहां हवा अच्छी होगी। आओ, हम उन्हें उठाकर डोलियों में

लिटा दें और सफर शुरू करें, क्योंकि प्रातःकाल के इस कुहासे में एक जगह खड़ा रहना बहुत बुरा है। हम खाना रास्ते में चलते हुए खा लेंगे।"

हमने ऐसा ही किया और दुखी हृदय से एक बार पुनः इस अद्भुत यात्रा पर चल पड़े।

11

सूर्यास्त के लगभग एक घण्टा पहले हम लोग दलदली क्षेत्र को पार कर एक ऐसी उच्च भूमि पर जा पहुंचे, जो उमड़ती लहरों की भांति क्रमशः ऊंची होती हुई एक टीले के रूप में बन गई थी। हमने रात-भर के लिए पहली चढ़ाई के शिखर पर पड़ाव डाला। सबसे पहले मैंने जाकर लियो की दशा देखी। उसकी हालत सुबह से भी ज़्यादा खराब हो गई थी, और उसकी बीमारी में एक नई बात यह पैदा हो गई थी कि उसे बार-बार उलटी होती थी। उसे रात-भर और अगले दिन सुबह तक उलटी होती रही। उस रात मैं एक घण्टे के लिए भी नहीं सो सका; मैं उस्तेन की सहायता करता रहा। मैंने इस प्रकार विनीत और अथक परिचर्या करने-वाली दूसरी स्त्री नहीं देखी। वह बेचारी बराबर लियो और जाब को संभालती रही। यहां की हवा बहुत ज्यादा उष्ण न होने पर भी किंचित् गर्म और सुखदायी थी। फिर हम लोग दलदली कुहासे से भी ऊपर आ गए थे, जो हमारे नीचे किसी नगर पर छाए धुएं के वितान के समान दिखाई दे रहा था। पहले की अपेक्षा यह जगह हमारे लिए काफी अच्छी थी।

दूसरे दिन सुबह होते-होते लियो का दिमाग बिलकुल खराब हो गया और वह कल्पना करने लगा कि उसके दो टुकड़े हो गए हैं। उसकी यह हालत देखकर मुझे बड़ा भय और चिन्ता हुई। डर के मारे मैं सोचने लगा कि उसकी बीमारी का न जाने क्या परिणाम होनेवाला है। मैं ऐसे ज्वरों के बारे में बड़ी बुरी बातें सुन चुका था। मैं इसी विचार में लीन था, कि बिल्लाली ने मेरे पास आकर कहा कि हमें तुरन्त चल देना चाहिए। उसकी राय थी कि यदि अगले बारह घण्टो में हम किसी ऐसी

जगह नहीं पहुंच गए, जहां लियो को शान्तिपूर्वक रखकर उसकी उचित परिचर्या की जा सके, तो उसकी मृत्यु सिर्फ एक-दो दिन की बात रह जाएगी। हम उसकी राय मानने को विवश हुए। हमने लियो को डोली में लिटाया और आगे बढ़े। उस्तेन मक्खियों को हांककर दूर रखने के लिए और यह खबरदारी रखने के लिए कि लियो ज़मीन पर न गिर पड़े, उसकी डोली के साथ-साथ पैदल चलने लगी।

सूर्योदय से आध घण्टे पूर्व हम उस टेकरी के शिखर पर पहुंच गए। वहां पहुंचते ही हमें बड़ा ही सुन्दर दृश्य दिखाई पड़ा। हमारे नीचे उस ओर एक हरा-भरा मैदान फैला हुआ था जिसमें जगह-जगह फूल-पौधे लहलहा रहे थे। जहां हम खड़े थे, वहां से कोई अठारह मील की दूरी पर एक बड़ा भारी पहाड़ दिखाई पड़ रहा था। यह असाधारण पर्वत मैदान से एकाएक उठ खड़ा हुआ था। इस पहाड़ के आधार भाग में घास से भरी ढाल थी, पर इस आधार भाग के लगभग 500 फुट ऊपर से वह चट्टानी दीवार की भांति सीधे ऊपर चला गया था, जिसकी ऊंचाई बारह सौ से पन्द्रह सौ फुट तक रही होगी। स्पष्टतः ज्वालामुखी से पैदा हुए इस पहाड़ का आकार गोल लगता था, पर चूंकि उसकी परिधि का बहुत थोड़ा अंश दिखाई पड़ रहा था, इसलिए उसके विशाल आकार का ठीक-ठीक अनुमान करना कठिन था। बाद में मुझे मालूम हुआ कि उस-का विस्तार 50 वर्गमील से कम नहीं था। उस एकान्त मैदान में गौरव-पूर्वक अपना सिर आकाश में उठाए पर्वत के उस महत् दृश्य जैसा शान-दार दृश्य मैंने कभी नहीं देखा, और शायद कभी देख भी न सकूंगा। वह एक प्राकृतिक गढ़ के समान लगता था। चतुर्दिक् के निर्जन के कारण वह और गौरवशाली दीख पड़ता था और उसकी चोटियां आकाश को चूम रही थीं और ज़्यादातर बादलों से ढकी थीं। ये बादल उनके इर्दगिर्द धुनी रुई के गोले के समान लगते थे।

मैं उठकर अपनी डोली में बैठ गया और मैदान के उस पार के इस आह्लादकारी दृश्य को देखने लगा। शायद बिल्लाली ने मुझे इस अवस्था में देखा होगा, क्योंकि वह अपनी डोली बढ़वाकर मेरे पास लाया।

"देखो, यही 'अवश्य-माननीया' का महल है! क्या किसी रानी का ऐसा सिंहासन कभी रहा है?"

मैंने उत्तर दिया—"मेरे पिता! यह तो अद्भुत है। पर हम उसमें प्रवेश कैसे करेंगे? उन पहाड़ियों पर चढ़ना तो कठिन जान पड़ता है।"

"लंगूर! देख, कैसे चलते हैं। नीचे के रास्ते की ओर देखो, तुम्हें वह क्या मालूम पड़ता है?"

मैंने देखा। मार्ग की एक रेखा-सी मालूम पड़ती थी, जो सीधे पहाड़ की तलहटी तक चली गई थी, यद्यपि वह घास से ढकी हुई थी। उसके दोनों ओर ऊंचे बांध थे जो कहीं-कहीं खण्डित थे, पर सब मिलकर पूरी लम्बाई में चले गए थे। मुझे उसका कोई प्रयोजन समझ में नहीं आया। सड़क के दोनों ओर बांध बनाने की बात मुझे विचित्र-सी लगी।

मैंने उत्तर दिया—"मुझे तो यह सड़क-सी मालूम पड़ती है; वैसे मैं कहने जा रहा था कि नदी की तली है या फिर कोई नहर है।"

बिल्लाली ने सिर हिलाकर अपनी स्वीकृति दी।

सूर्यास्त के लगभग डेढ़ घण्टे बाद हम उस ज्वालामुखी से बनी विशाल ऊंचाई के नीचे पहुंच गए। हमारे कहार उस प्राचीन जलमार्ग से हमें लिए उस स्थान की ओर बढ़ते रहे, जहां से एक के ऊपर एक चट्टानी दीवारें फूटती हुई ऊपर को जाती थीं। यहां तक कि सबसे ऊंची चोटी बादलों में छिप गई थी। उसकी एकान्त एवं पवित्र महत्ता देखकर मैं चकित हो गया। हम उस प्रकाशपूर्ण ढलान पर चढ़े चले जा रहे थे, यहां तक कि ऊपर की फैलती हुई परछाइयां प्रकाश को निगल गईं। अब हम चट्टानों को काटकर बनाए गए एक संकरे मार्ग से चल रहे थे। इसे बनाने में हज़ारों आदमियों ने वर्षों तक परिश्रम किया होगा। यह काम उन लोगों ने बिना किसी विस्फोटक द्रव्य या डाइनामाइट की सहायता के कैसे किया होगा, यह विचारकर आश्चर्यचकित होना पड़ता है। यह इस प्रदेश का एक ऐसा रहस्य है जिसे जानना कठिन है। ये पगडंडियां और महती गुफाएं, जो दृढ़ चट्टानों को काटकर बनाई गई थीं, 'कोर' राज्य द्वारा सभ्यता के आदिकाल में बनाई गई होंगी और मिस्री स्मारकों की भांति इस कार्य में सहस्रों कैदी सदियों-सदियों तक लगे रहे होंगे। पर वे कौन लोग थे, जो उस प्राचीनकाल में 'कोर' में बसते थे?

अन्त में हम सीधी चढ़ान के मुख तक पहुंच गए। यहां हमें एक, अंधेरी सुरंग दिखाई पड़ी, जिसे देखकर पहाड़ों में से रेल लाइनें ले जाने

के लिए सुरंगें बनानेवाले आधुनिक इंजीनियरों की याद हो आई। इस सुरंग से होकर बाहर की ओर पानी का एक सोता बहता था। सच पूछें तो कठोर चट्टानों में काटकर बनाए गए मार्ग के आरम्भ से हमने इस सोते का अनुसरण किया था। इस सोते ने आगे जाकर एक छोटी नदी का रूप धारण कर लिया था और वह नदी हमारी दाहिनी ओर से चक्कर खाती निकल गई थी। चट्टानी रास्ते के आधे भाग में यह स्रोतस्विनी थी और आधे भाग में, जो उससे लगभग आठ फुट ऊंचे तल पर था, चलने के लिए रास्ता बना हुआ था। इस कटे रास्ते के अन्त में सोता मैदान की ओर मोड़ दिया गया था और उसने अपना रास्ता अलग बना लिया था। गुफा के मुहाने पर कारवां रुक गया और हमारे साथ आए सेवकगण मिट्टी के दीपक जलाने लगे। बिल्लाली अपनी डोली से उतरकर हमारे पास आया और उसने विनीत पर दृढ़ वाणी में कहा कि 'श्री' की आज्ञा है कि यहां से तुम लोगों को अपनी आंखों पर पट्टी बांधनी पड़ेगी, जिससे इस पहाड़ी मार्ग का भेद तुम्हें न मालूम हो। मैंने खुशी के साथ प्रस्ताव स्वीकार कर लिया पर जाब ने, जिसकी तबीयत अब पहले से बहुत कुछ ठीक हो गई थी, इसे पसन्द नहीं किया। उसका विश्वास था कि यह सब गर्म घड़े से जलाकर मारने की भूमिका है। जब मैंने उसे बताया कि न यहां किसी के पास घड़ा है, न आग है, और तुम्हें व्यर्थ वहम न करना चाहिए, तब कहीं उसने भी इसे स्वीकार किया। जहां तक लियो का सवाल है, घण्टों बेचैन रहने के बाद, वह सो गया था या उसपर एक प्रकार की बेहोशी का असर था। जो भी हो, उसे पट्टी बांधने की कोई आवश्यकता न थी। हमारी आंखों पर पीले कपड़ों की पट्टियां बांध दी गईं। ये कपड़े मकबरों से निकाले हुए वस्त्र थे क्योंकि ये तो स्वयं कपड़े बनाना जानते न थे। न जाने क्यों, उस्तेन की आंखों पर भी पट्टी बांध दी गई शायद इस डर से कि कहीं वह हमें जनाकर रास्ते का भेद न बता दे।

इसके बाद हम रवाना हुए। कहारों की पग-ध्वनि से तथा सोते के पानी की बन्द जगह में गूंजती आवाज़ से मुझे मालूम हुआ कि हम उस पहाड़ के अन्दर जा रहे हैं। हम चट्टान के निर्जन हृदय में प्रवेश कर रहे थे यद्यपि यह पता नहीं था कि किधर जा रहे हैं। पर अब आश्चर्यजनक

बातों को देखने की मुझे आदत पड़ गई थी, इसलिए मुझे किसी चीज़ पर अब आश्चर्य नहीं होता था। इसलिए मैं डोली में लेटे-लेटे कहारों के पदचाप और ज़ोरों से बहते पानी की आवाज़ सुनता रहा। थोड़ा आगे चलकर कहार गुनगुनाने लगे। अब डोलियां एक कोने पर मुड़ीं, फिर दूसरे, तीसरे इसी प्रकार के अनेक मोड़ों से वे मुड़कर आगे बढ़ती रहीं। आगे बहते पानी की ध्वनि भी बन्द हो गई; हवा में कुछ ताज़गी आने लगी, किन्तु मोड़ों का अन्त ही न होता था जिससे मुझे हैरत हो रही थी। मैं अपने मन में उनका एक नकशा बनाता रहा कि अगर इस रास्ते कभी भागने की आवश्यकता पड़ी तो काम आवे, किन्तु कहना अनावश्यक है कि मैं इस प्रयत्न में पूर्णतः असफल हुआ। आधा घण्टा और बीता और ऐसा जान पड़ा मानो हम फिर खुले में आ गए हों क्योंकि पट्टी से छनकर प्रकाश का आभास होने लगा था और उसकी ताज़गी मेरे चेहरे पर पड़ रही थी। थोड़ी देर बाद ही डोलियां रुक गईं और मैंने सुना कि बिल्लाली उस्तेन से पट्टी हटा देने और हमारी पट्टियां भी खोल देने को कह रहा है। उसकी सहायता की प्रतीक्षा किए बिना ही मैंने अपनी पट्टी की गांठ ढीली कर दी और बाहर देखने लगा।

हम पहाड़ी दीवार को पार कर गए थे और अब पहाड़ की दूसरी ओर थे। मैंने देखा कि टेकरी यहां ज़्यादा ऊंची नहीं है; ज़्यादा से ज़्यादा 500 फुट ऊंची होगी। इससे मालूम हुआ कि झील का पेंदा मैदान से काफी ऊंचाई पर रहा होगा। यह मैदान, जहां हम थे, प्याले-नुमा था; पहाड़ियां उसे घेरे हुए थीं। पहले इस प्रकार का एक मैदान हम पार कर आए थे और उसका वर्णन भी कर चुके हैं। यह अवश्य है कि इसका विस्तार पहले से दस गुना था। प्रकृति की चहारदीवारी से घिरे इस मैदान के बहुत बड़े भाग में खेती हो रही थी जो पत्थर की दीवार से घेर दिया गया था जिससे चौपाये उसे खराब न कर सकें।

इस मैदान में स्थान-स्थान पर बड़ी-बड़ी घास उग रही थी और कुछ मील दूर, उसके मध्य भाग के निकट बड़े-बड़े खंडहर फैले हुए थे। उस समय मैं ज़्यादा कुछ नहीं देख सका क्योंकि हमारे वहां पहुंचने के साथ ही सैकड़ों अमाहज़र आ गए और हमें घेरकर खड़े हो गए। ये उन अमाहज़रों के समान ही थे, जिनसे हमारा परिचय था। इसके

बाद एकाएक टुकड़ियों में बंटे, बहुत-से सशस्त्र सिपाही आ गए। इनके अफसरों के हाथ में हाथीदांत के सोंटे थे। वे पहाड़ के कगारों से चींटियों की तरह तुरन्त झुण्ड के झुण्ड आ गए थे। सिपाही तथा उनके अफसर कमर में तेंदुए की खाल तो पहने ही थे, कपड़े भी पहने हुए थे। मुझे पता चला कि ये 'श्रीमती' के अंगरक्षक हैं।

उनका सरदार आगे बढ़ा और उसने माथे पर हाथीदांत के अपने सोंटे को तिरछा रखकर बिल्लाली को सलाम किया और उससे कुछ पूछा, जिसे मैं समझ न सका। बिल्लाली के जवाब देते ही यह सेना लौट पड़ी और पहाड़ के किनारे-किनारे चली। हमारा डोलियों का कारवां उनके पीछे-पीछे चला। लगभग आध मील इस प्रकार चलने के बाद हम एक बड़ी गुफा के सामने रुक गए। यहां बिल्लाली नीचे उतरा और मुझसे तथा जाब से भी नीचे उतरने के लिए कहा। लियो तो इतना कमज़ोर था कि उसके उतरने का सवाल ही नहीं था। हमने आज्ञा का पालन किया और उस बड़ी गुफा के अन्दर प्रवेश किया। कुछ दूर तक अस्त होते हुए सूर्य की किरणें उसके अन्दर आकर उजाला कर रही थीं। उसके आगे उसमें जगह-जगह जलते दीपक टंगे थे जिनकी पंक्ति बहुत दूर तक चली गई थी।

रक्षक दल के सिपाही गुफा-द्वार पर ही रुक गए और हमें अन्दर जाने के लिए रास्ता बनाकर इधर-उधर खड़े हो गए। गुफा में प्रवेश करने पर हमें श्वेत वस्त्रधारी आदमी मिला, जिसने झुककर हमारा अभिवादन किया, किन्तु कुछ बोला नहीं। बाद में हमें मालूम हुआ कि वह गूंगा और बहरा था।

इस गुफा के कोई बीस फुट अन्दर जाकर एक दूसरी छोटी गुफा या गलियारा था जो मुख्य गुफा के दाहिने-बायें चट्टान में काटकर बनाया गया था। हमारी बाईं तरफ, गलियारे के सामने दो पहरेदार खड़े थे, जिससे मैंने अनुमान किया कि वह 'श्रीमती' के महल का प्रवेश-द्वार होगा। पर दाहिनी ओर के गलियारे के सामने कोई रक्षक न था और उस गूंगे ने इशारे से हमें उधर ही चलने को कहा। यह रास्ता दीपकों से प्रकाशित था। उसमें कुछ दूर चलने पर हमें एक कमरे का दरवाज़ा दिखाई दिया जिसपर किसी प्रकार की घास से बना एक परदा पड़ा हुआ था।

गूंगे ने उस परदे को हटा दिया और अन्दर जाकर एक रास्ते से हम दूसरे बड़े कमरे में पहुंचे जो उसी तरह ठोस चट्टान को काटकर बनाया गया था। यह देखकर मुझे बड़ा सन्तोष हुआ कि इसकी छत में एक रोशनदान भी बना था जिससे रोशनी आ रही थी। इस कमरे में पत्थर की एक चारपाई, हाथ-मुंह धोने के लिए भरे जलपात्र तथा कम्बलों की जगह पर उपयोग करने को तेंदुए सुन्दर खालें रखी हुई थीं।

यहां हमने लियो को छोड़ दिया, जो अब तक गहरी नींद में पड़ा सो रहा था। उस्तेन उसीके पास रुक गई। गूंगे ने घूरकर उसे देखा, मानो कह रहा हो कि 'तुम कौन हो, और किसके हुक्म से यहां आई हो?' उसके बाद गूंगा हम लोगों को ऐसे ही कमरों में ले गया। दूसरे कमरे में हमने जाब को छोड़ा। तीसरे, चौथे को क्रमशः बिल्लाली ने और मैंने ले लिया।

12

लियो को देखने के बाद सबसे पहला काम मैंने और जाब ने यह किया कि हाथ-मुंह धोकर हमने स्वच्छ वस्त्र पहने। जहाज़ के नष्ट होने के बाद से आज तक हम वही कपड़े पहने हुए थे।

शरीर धो लेने और स्वच्छ कपड़े बदलने से जो राहत हमें हुई उसे हम कभी नहीं भूलेंगे।

जब मैं कपड़े पहन चुका और कंघी करने के बाद अपनी काली दाढ़ी को कतरकर ठीक कर लिया तब मुझे बड़े ज़ोरों की भूख लग आई। इसलिए मुझे बड़ी ही खुशी हुई जब परदा हटाकर एक जवान गूंगी लड़की मेरे कमरे में आई और उसने मुंह खोलकर इशारा किया। मैं तुरन्त ही समझ गया कि वह भोजन के लिए कह रही है और उसका अनुसरण करते हुए पास के कमरे में गया। यहां जाब भी बैठा था, जिसे मेरी ही तरह, एक दूसरी गूंगी लड़की लिवा लाई थी।

चूंकि जाब को अभी तक पिछली बातें भूली न थीं, इसलिए जो लड़कियां उसके पास से होकर आती-जाती थीं उनको वह शंका की दृष्टि से देखता था। उसने कहा भी—"इन जवान लड़कियों का रंग-ढंग मुझे

शिष्टतापूर्ण नहीं लगता।"

यह कमरा हमारे सोने के कमरे से दूना बड़ा था, जिसे देखकर मैंने अनुमान किया कि असल में यह भोजनागार ही रहा होगा और इसके साथ ही शवों को सुरक्षित रखने के लिए उनमें मसाला भी यहां लगाया जाता रहा होगा। ये काटकर बनाई गई गुफाएं बड़े-बड़े समाधि-भवनों के रूप में रही होंगी, जिनमें उस विनष्ट जाति के पार्थिव अवशेष आश्चर्य-जनक कौशल से शताब्दियों तक सुरक्षित पड़े रहे होंगे। इस कमरे में हर तरफ पत्थर की ठोस लम्बी मेज़ बनी हुई थी जो प्रायः तीन फुट चौड़ी, छ: फुट 7 थी और चट्टान को तराशकर बनाई गई थी। ये मेज़ें किनारे की तरफ कुछ खमदार या अन्दर से गोलाई लिए हुए थीं, जिससे बैठनेवालों के घुटनों को आराम मिलता था। इनमें से हरएक के ऊपर चट्टान में एक-एक झरोखा बना हुआ था जिससे हवा और रोशनी आती थी। पर इन मेज़ों में भी अन्तर था जिसकी ओर पहले मेरा ध्यान नहीं गया। हमारे द्वार से प्रवेश करने पर बाईं ओर जो मेज़ पड़ती थी उसका उपयोग खाने के लिए नहीं शवों में मसाला लगाने के लिए होता था, क्योंकि उसमें शवों के सिर और शरीर रखने के लिए स्थान बने थे और गले के लिए पत्थर में तकियानुमा चीज़ बनी थी। इसमें आदमी की शकल के पांच छिछले गड्ढे-से बने थे, जिनका साइज़ पूरे आदमी से लेकर शिशु की लम्बाई तक था। मतलब इनमें हर तरह के शव रखने का प्रबन्ध था। इनमें बीच-बीच में छेद भी थे जिनसे पानी या अन्य द्रव निकल जाएं। अगर इसकी पुष्टि की ज़रूरत थी तो वह भी गुफा की दीवार में ऊपर की ओर देखने से मिल गई। कमरे की दीवार पर चारों ओर छेनी से तराशे हुए बहुत-से चित्र बने थे जो बिलकुल ताज़े बने से लगते थे और जिनमें एक लम्बी दाढ़ीवाले बूढ़े की मृत्यु, मसाला-लेपन तथा समाधीकरण के दृश्य थे। यह बूढ़ा कदाचित् इस देश का कोई प्राचीन राजा या सरदार रहा होगा।

जल्दी-जल्दी मैं इन तस्वीरों को, जो पत्थरों में खुदी थीं, देख गया और आकर भोजन की चौकी पर बैठ गया और डटकर स्वादिष्ट भोजन किया। भोजन में बकरे का उबला मांस, ताज़ा दूध और छोटी-छोटी रोटियां थीं जो साफ और चिकनी काठ की तश्तरियों में परसी

गई थीं।

भोजन के बाद हम लौटकर लियो की हालत देखने गए और बिल्लाली 'अवश्य-माननीया' के दर्शन करने और उनकी आज्ञा लेने चला गया। लियो के कमरे में पहुंचकर हमने देखा कि उसकी हालत बहुत ज़्यादा खराब है। वह बेहोशी से तो जगा था पर विक्षिप्त-सा अनाप-शनाप बक रहा था और कैम्ब्रिज की किसी नौका-दौड़ की बातें करके उबल-उबल उठता था। जब हमने कमरे में प्रवेश किया तो उस्तेन उसे पकड़े हुए थी। मैं उससे बोला। मेरी वाणी से उसे कुछ राहत मिली; कम से कम वह पहले से बहुत शान्त हो गया और एक खुराक कुनैन लेने को भी राजी हो गया।

मैं एक घण्टे तक उसके पास बैठा रहा। एकाएक बड़े रोब के साथ बिल्लाली आया और सूचित किया कि रानी ने स्वयं मुझसे मिलने की इच्छा प्रकट की है। उसने यह भी कहा कि ऐसा सम्मान किसी-किसीको ही मिल पाता है। मैंने जिस शान्ति से इस सम्मान को ग्रहण किया उससे वह डर-सा गया।

मैं उसका अनुसरण करने के लिए उठ खड़ा हुआ। जाते हुए मेरी दृष्टि फर्श पर गिरी किसी चमकती चीज़ पर पड़ी। मैंने उसे उठा लिया। शायद पाठकों को याद होगा कि ठीकरे के साथ सन्दूकची में एक यंत्र भी निकला था जिसमें एक वृत्त, एक बतख तथा कुछ विचित्र लिखावट थी। इन निशानों का अर्थ 'सुतेन सी रा' अर्थात् 'सूर्य का राजपुत्र' था। इस छोटे यंत्र को लियो ने ज़िद करके एक बड़ी अंगूठी में जड़वा लिया था। यही अंगूठी मैंने फर्श पर पड़ी पाई थी। ज्वर की तीव्रता में, विक्षिप्त की भांति उसने इसे अंगुली से निकालकर फर्श पर फेंक दिया होगा। यह सोचकर कि अगर मैं इसे छोड़ देता हूं तो कहीं गायब हो जाएगी, मैंने उठाकर अपनी छोटी अंगुली में उसे डाल लिया और जाब तथा उस्तेन को लियो के पास छोड़कर बिल्लाली के साथ चला गया।

बुड्ढा बिल्लाली बड़े कष्ट से कमरे में रेंगता हुआ चल रहा था। मैं उसका अनुसरण करता था। पर मुझे असफलता का अनुभव हो रहा था, क्योंकि जब हमें एक पेट के बल रेंगते हुए बूढ़े का अनुसरण करना

पड़े, हम मर्यादायुक्त नहीं दिखाई पड़ सकते। वह इतने धीरे-धीरे चलता था कि मुझे बार-बार रुकना पड़ता था और कभी-कभी तो इच्छा होती थी कि ठोकर मारकर उसे आगे बढ़ा दूं। कभी-कभी तो मुझे हंसी आ जाती थी, इसपर बुड्ढा बिल्लाली डरकर और अपना भयभीत चेहरा घुमाकर मुझसे कहता—"अरे मेरे लंगूर! यह क्या करता है?"

अब हम उस छोर वाले दरवाज़े के पर्दे के पास पहुंच गए। बिल्लाली ने ज़मीन पर बिलकुल औंधे लेटकर अपने हाथ सिर की ओर फैला दिए, जैसे कोई मुर्दा हो। कुछ समझ में न आया कि मैं क्या करूं; इसलिए मैं कमरे पर नज़र डालने लगा। एकाएक मुझे अनुभव हुआ कि कोई पर्दे के पीछे से मुझे देख रहा है। मैं उस आदमी को देख नहीं सकता था, पर मुझे उसकी दृष्टि का निश्चित रूप से अनुभव हो रहा था। इसका मेरी नाड़ियों पर बड़ा विचित्र प्रभाव पड़ा। मैं डर गया और पसीने की बूंदें मेरे माथे पर चमकने लगीं।

अब पर्दा ज़ोर से हिला और उसकी तहों के बीच से एक परम सुन्दर गोरा हाथ बाहर निकला–तुषारधवल तथा कलियों जैसी लम्बी अंगुलियों वाला; रक्तिम नाखूनों से युक्त। इस हाथ ने पर्दे को पकड़ा; उसे एक ओर खींच दिया और एक वाणी सुनाई पड़ी—मैं समझता हूं कि उससे मधुर, प्यारी, सुरीली आवाज़ मैंने अपने जीवन-भर में नहीं सुनी—एक सोते की गूंज जैसी।

अमाहज़र लोग जैसी अरबी बोलते हैं उससे कहीं अधिक शुद्ध अरबी में आवाज़ आई—"अजनबी! तू इतना डरा हुआ क्यों है?"

मैं सोचता था कि अपने आन्तरिक भय के बावजूद मैंने ऊपर से अपने चेहरे को निरुद्विग्न रखा है, इसलिए मुझे इस सवाल पर आश्चर्य हुआ। मैं सोच ही रहा था, क्या उत्तर दूं कि पर्दा उठ गया और एक लम्बी शक्ल हमारे सामने आ गई। मैं जान-बूझकर 'शक्ल' शब्द का प्रयोग कर रहा हूं, क्योंकि न केवल गात्र बल्कि उसका चेहरा भी किसी चिकने, श्वेत, महीन कपड़े से ढका था, जिसे देखकर पहले तो मुझे ऐसा लगा जैसे कोई मुर्दा सफेद कफन पहने अपनी कब्र से बाहर निकल आया हो। मैं नहीं जानता कि मेरे मन में ऐसा विचार क्यों आया,

क्योंकि यह ओढ़नी इतनी पतली थी कि उसके नीचे से उसकी गोरी काया की लालिमा फूटकर बाहर निकल रही थी। जो भी हो, पर मैं डर ज़रूर गया और मेरे रोएं खड़े हो गए; मेरे मन में विचार आया कि मैं किसी अपार्थिव चीज़ के सामने खड़ा हुआ हूं। इतने पर भी मैंने देख लिया कि 'ममी' जैसी वह शक्ल एक लम्बी सुन्दरी की है जिसके अंग-अंग में सौन्दर्य छलक रहा है और जिसमें सम्परर्णा की लचक और सुघराई है; वैसा सौन्दर्य और वैसी सुघराई मैंने कभी न देखी थी। जब वह अपना कोई हाथ या पांव हिलाती थी तो सारा शरीर लहरा उठता था; गर्दन झुकती न थी, पेंच खाकर रह जाती थी।

उस मधुर वाणी ने फिर पूछा—"ऐ अजनबी! तू इतना डरा हुआ क्यों है?" वाणी जिसने मधुरतम संगीत की तरंगों के समान मेरा कलेजा उछाल दिया। "क्या मुझमें कोई ऐसी चीज़ है जिससे आदमी भयभीत हो? तब तो जो आदमी पहले थे, उनसे आज के आदमी बहुत बदल गए प्रतीत होते हैं।" इतना कहकर वह एक अजीब अदा से फिरी, अपनी एक बांह आगे की ओर उठाए हुए, जिससे उसकी सम्पूर्ण सुन्दरता दिखाई पड़ती थी, तथा गहरे काले बाल जो चिकनी लहरों की भांति उसके श्वेत वस्त्रों पर लहराते हुए, खड़ाऊं पहने चरण तक पहुंचते थे।

"हे रानी! यह आपकी सुन्दरता है जिससे मैं इतना डर गया हूं," मैंने बड़े विनीत भाव से उत्तर दिया, क्योंकि मुझे और कुछ सूझ नहीं पड़ा कि क्या कहना चाहिए। मेरी बात सुनकर ज़मीन पर पड़ा हुआ बिल्लाली बुदबुदाया—"बहुत ठीक, मेरे लंगूर, बहुत ठीक।"

"मैं देख रही हूं कि आज भी मर्द अपने झूठे शब्दों से हम स्त्रियों को फुसलाने की कला में निपुण हैं।" वह बोली। ऐसा लगा जैसे दूर पर चांदी की घण्टियां बज उठी हों। "ऐ अजनबी! तू डर इसलिए गया था कि मेरी आंखें तेरे दिल को टटोल रही थीं। तेरे भय का यही कारण था। फिर भी एक औरत होने के कारण मैं तेरे झूठ के लिए तुझे क्षमा कर देती हूं, क्योंकि उसे तूने बड़े विनीत भाव से कहा है। पर यह तो बता कि गुफा-निवासियों के इस देश में तू कैसे आ गया—दलदलों और बुरी चीज़ों से भरे इस देश में, जहां मृतकों की मृत पुरानी परछाइयां डोलती हैं? तू यहां क्या देखने आया? तुझे अपनी जान क्यों इतनी

सस्ती लगी कि तू उसे 'हिया' के हाथों, 'अवश्य-माननीया' के हाथों बेचने आ गया? यह भी बता कि तूने वह भाषा कैसे सीखी जिसमें मैं बोलती हूं? यह बहुत पुरानी भाषा है—प्राचीन शाम (सीरिया) की सुन्दर सन्तति! क्या अब तक वह दुनिया में जी रही है? तू देखता है कि मैं गुफाओं में और मृतकों के बीच रहती हूं, और मुझे दूसरे आदमियों के बारे में कुछ नहीं मालूम, न मैंने कभी उन्हें मालूम करने की चेष्टा ही की। ऐ अजनबी! मैं अपनी स्मृतियों के साथ जी रही हूं और मेरी स्मृतियां एक कब्र में पड़ी सो रही हैं—कब्र में जिसे मैंने अपने हाथों खोदा। ठीक ही कहा गया है कि मनुष्य स्वयं अपने हाथों अपने कुमार्ग की रचना करता है"—और उसकी आवाज़ भावोद्वेग से कांप गई और उसमें करुणा भर गई। पर एकाएक उसकी निगाह ज़मीन पर लेटे बिल्लाली पर पड़ी और वह सावधान हो गई।

"ओ बुड्ढे! तू यहां है? बतला तेरे कुटुम्ब में यह गड़बड़ी कैसे हुई? हमारे मेहमानों पर हमला हुआ। और एक को तो गर्म घड़े से मारने और तेरे बच्चे उन राक्षसों द्वारा खा जाने की ही तैयारी थी। और अगर दूसरे भी वीरतापूर्वक न लड़ते तो उन्हें भी मार दिया गया होता और उनके शरीर से जो जान निकल जाती उसे मैं भी वापस नहीं ला सकती थी। बुड्ढे! इन बातों का क्या मतलब है? बोल, तुझे क्या कहना है, क्यों न तुझे उन लोगों को सौंप दूं जो मेरी प्रतिहिंसा को कार्यान्वित किया करते हैं?"

उसकी आवाज़ क्रोध से तेज़ होती गई, यहां तक कि चट्टानी दीवारों से टकराकर उसकी प्रतिध्वनि स्पष्ट सुनाई पड़ती थी और पर्दे के अन्दर से भी उसकी लाल आंखें चमक उठीं। गरीब बिल्लाली, जिसे मैं बड़ा निडर समझता था, उसके शब्दों को सुनकर डर के मारे थर-थर कांपने लगा।

वह ज़मीन से अपना सफेद सिर उठाए बिना ही बोला—"ओ हिया! ओ अवश्य-माननीया! तुम महान हो इसलिए दया करो। मैं अब भी सदा की तरह तुम्हारी आज्ञा माननेवाला दास हूं। ओ हिया! इसमें मेरी कोई साज़िश या गलती नहीं। उन बदमाशों ने यह सब किया जिन्हें मेरे पुत्र कहा जाता है। तुम्हारे मेहमान 'सुअर' द्वारा तिरस्कृत

एक स्त्री के बहकाने पर उन्होंने इस देश की पुरानी परम्परा का पालन करते हुए इन मेहमानों के साथ आए मोटे-काले अजनबी का मांस खाने का निश्चय किया। उन्होंने सोचा कि काले आदमी के लिए तो 'अवश्य-माननीया' का कोई आदेश है नहीं। जब लंगूर और शेर ने देखा कि वे वैसा करने जा रहे हैं तो इन्होंने औरत को मार दिया तथा उत्तप्त घड़े से बचाने के लिए अपने उस नौकर को भी मार डाला। तब उन बदमाशों ने, इस पापी के बच्चों ने, खून की लिप्सा में पागल होकर शेर, लंगूर और सुअर के ऊपर हमला कर दिया। पर इन्होंने बड़ी वीरतापूर्वक उनका मुकाबला किया। खूब लड़े, बहुतों को मार दिया और तब तक अपनी रक्षा करते रहे जब तक कि मैं न आ गया। मैंने उन कुकर्मियों को बंधवाकर यहां 'कोर' भेज दिया है ताकि तुम्हारी महत्ता उनका न्याय करे। ओ अवश्य-माननीया! ओ श्री! यहां वे मौजूद हैं।"

"हां, बुड्ढे! मैं जानती हूं। डरो मत, कल मैं बड़े हाल में बैठूंगी और उनका फैसला करूंगी। जहां तक तेरी बात है, मैं तुझे माफ करती हूं, पर खबरदार! आगे से अपने 'कुटुम्ब' को ठीक तरह से रखना। अच्छा, जा।"

आश्चर्यजनक तत्परता के साथ बिल्लाली अपने घुटनों के बल उठा। उसकी सफेद दाढ़ी अब भी ज़मीन चूम रही थी, फिर वह जैसे रेंगते हुए आया था वैसे ही लौटा और अन्त में पर्दे के बाहर हो गया, और मैं अकेला उस भयंकर पर परम आकर्षक स्त्री के साथ कमरे में रह गया।

13

"अजनबी! तुम्हें अपने देश में लोग क्या कहकर पुकारते हैं?"

मैंने उत्तर दिया—"हे रानी! वहां लोग मुझे होली कहते हैं।"

"होली! और होली क्या होता है?"

"होली एक कांटेदार वृक्ष होता है।"

"बहुत ठीक! तुम्हारी शक्ल भी कांटेदार वृक्ष जैसी है। तुम

शक्तिमान और कुरूप हो, पर अगर मेरा ज्ञान त्रुटिपूर्ण नहीं हो तो तुम हृदय के ईमानदार हो। तुमपर भरोसा किया जा सकता है। फिर तुम विचारवान भी हो। पर होली! अब वहां खड़े न हो, इधर मेरे पास आकर बैठो। मैं उन गुलामों की तरह अपने सामने तुम्हें रेंगता हुआ नहीं देखना चाहती। मैं उनकी पूजा और उनके भय से थक गई हूं; जब वे मुझे तंग करते हैं तो कभी-कभी मैं उन्हें तमाशे के लिए दण्ड दे देती हूं। इससे दूसरे थर्राकर सफेद पड़ जाते हैं और दिल से डर जाते हैं।" इतना कहकर उसने अपने हाथीदांत जैसे हाथ से पर्दे को एक तरफ कर दिया कि मैं अन्दर आ सकूं।

मैं कांपता हुआ अन्दर गया। वह औरत भयानक थी। पर्दे के अन्दर एक लघु कक्ष था, बारह फुट लम्बा, दस फुट चौड़ा। उसमें एक कोच पड़ा था। पास ही एक मेज़ पर फल और स्वच्छ जल का गिलास रखा था और उसकी एक ओर पत्थर में कटा एक छोटा कुण्ड बना था, जिसमें स्वच्छ जल भरा हुआ था। दीपकों से मधुर प्रकाश हो रहा था। वहां की वायु एवं पर्दों में एक सूक्ष्म सुगंध थी। श्री ने जो कपड़े पहन रखे थे उनसे तथा उसके सुन्दर बालों से भी सुगंध निकल रही थी। मैं उस छोटे कमरे में प्रवेश करके अनिश्चित मुद्रा में, एक ओर चुपचाप खड़ा हो गया।

कोच की ओर इशारा करके 'श्री' ने कहा—"बैठो। अभी तक तुम्हें डरने की कोई बात नहीं है, और जब ऐसी बात होगी तो तुम्हें देर तक भय के बीच ठहरना न पड़ेगा, क्योंकि मैं तुरन्त ही कत्ल कर दूंगी। इसलिए निश्चित होकर बैठो।"

मैं कोच के पैताने, पानी के कुण्ड के निकट, बैठ गया और वह उसकी दूसरी ओर बैठ गई।

अब उसने कहा—"हां, तो होली! मुझे बताओ, तुम्हें अरबी भाषा कैसे आई? यह मेरी अपनी प्यारी भाषा है, क्योंकि मैं जन्म से अरब हूं, बल्कि 'अल अरब अल अरीबा', अरबों में अरब हूं। मैं काहतान[1] के

---

1. कान्तान का पुत्र यारव, जो अब्राहम से कई सदी पहले हुआ था, ही प्राचीन अरबों का पूर्वज था। उसीके नाम पर उस देश का 'अरब' नाम पड़ा। अपने को 'अल अरब अल अरीबा' (अरबों में अरब) कहकर 'श्री' यही बताना चाहती थी कि

पुत्र यारव के वंश से हूं। मैं सुन्दर प्राचीन नगर ओज़ल में पैदा हुई थी जो यमन प्रदेश में है। तुम अरबी बोलते तो हो पर वैसी नहीं जैसी हम लोग बोला करते थे। तुम्हारे उच्चारण में वह मिठास नहीं है जो हम-यार कबीले की ज़बान में पाई जाती थी और जिसे सुनने का सौभाग्य मुझे मिला था। कुछ शब्द बदले हुए से भी मालूम पड़ते हैं जैसाकि वे अमाहज़र लोगों में भी बदल गए हैं। अमाहज़रों ने तो इस भाषा की पवित्रता को विकृत और कलंकित कर दिया है और मुझे उनके साथ एक दूसरी ही बोली में बोलने को विवश होना पड़ता है।"

मैंने उत्तर दिया—"मैंने वर्षों तक इसका अध्ययन किया है। यह भाषा अब तक मिस्र तथा दूसरे स्थानों में भी बोली जाती है।"

"अच्छा, अभी तक यह भाषा बोली जाती है? और अभी तक मिस्र बना है। मिस्र में आजकल सिंहासन पर कौन-सा 'फेरो' है? अब भी ईरानी 'ओकस' के वंश का ही कोई है, या एकेमीनियन लोग खत्म हो गए? ओकस को हुए तो बहुत दिन गुज़र गए होंगे?"

मैं घबराकर बोला—"ईरानियों को तो मिस्र से हटे दो हज़ार वर्ष हो गए होंगे। उनके बाद तो टालोमी, रोमन और दूसरे लोग वहां आए और फले-फूले एवं उन्होंने नील पर हुकूमत की। फिर जब उनका समय पूरा हुआ, चले गए। क्या आप ईरानी बादशाह आर्टा ज़रक्सीज़ को जानती हैं?"

इसपर वह हंस पड़ी, किन्तु बोली कुछ नहीं। एक बार मुझे पुनः कंपकंपी आ गई। उसने पूछा—"और यूनान? क्या अब भी कोई यूनान है? ओह! मैं यूनानियों को प्यार करती थी। वे दिन की तरह सुन्दर और चतुर होते थे किन्तु हृदय के कठोर और मन के चंचल थे।"

मैंने कहा—"हां, अब भी यूनान है। कुछ दिनों से तो वह एक राष्ट्र बन गया है। फिर भी आज के यूनानी वैसे नहीं रहे जैसे पुराने ज़माने में थे और स्वयं यूनान भी पुराने यूनान की परछाईं-भर रह गया है।"

बाद में आकर बसे अरबों से भिन्न मैं शुद्ध अरब रक्त से पैदा हुई हूं और अब्राहम के पुत्र इस्माइल के वंशजों में नहीं हूं। ये दूसरे लोग 'अल अरब अल मुस्तरेबा' कहे जाते हैं।

"अच्छा! तो हिब्रू भी अब तक यरूशलम में होंगे? और क्या वह मंदिर जिसे बुद्धिमान बादशाह ने बनवाया था, अब तक है? वे अब किस देवता की पूजा करते हैं? क्या वह मसीहा आया जिसके बारे में वे उपदेश एवं प्रचार करते थे? और क्या वह दुनिया पर शासन कर रहा है?"

"नहीं, यहूदी टूटकर दुनिया-भर में बिखर गए। यरूशलम अब नहीं है और 'हीरोद' ने जो मन्दिर बनवाया था—"

उसने बीच में ही कहा—"हीरोद! मैं हीरोद को नहीं जानती। पर तुम कहते चलो।"

"रोमनों ने उसे जला दिया और रोमन गिद्ध उसके भग्नावशेषों पर उड़ते रहे और अब जूड़िया एक रेगिस्तान है।"

"ऐसा! ये रोमन बड़े लोग थे, और सीधे अपने अन्त तक पहुंच गए; बल्कि नियति की भांति उन्होंने उसकी ओर दौड़ लगाई। और अपने पीछे निर्जनता छोड़ गए।"

"मौत किसीको नहीं छोड़ती।" मैंने लैटिन (लातीनी) में कहा।

"अरे, तुम लैटिन भी जानते हो!" वह आश्चर्य से बोली। इतने दिनों के बाद उसके शब्द मेरे कान में पड़े हैं। पर मुझे सन्देह है कि तुम्हारा उच्चारण वैसा ही है जैसा रोमन करते थे? यह बात, तुमने जो कही है, किसने लिखी है? मैं इस लोकोक्ति से परिचित नहीं, पर वह उस महान जाति पर ठीक उतरती है। जान पड़ता है, मैं एक विद्वान को पा गई हूं—जिसने विश्व-ज्ञान का जल अपने हाथों में संचित कर रखा है। क्या तुम यूनानी भी जानते हो?"

"हां, रानी, और थोड़ी-थोड़ी हिब्रू भी जानता हूं; पर उन्हें अच्छी तरह बोल नहीं सकता। वे सब अब मरी भाषाएं हैं।"

इसपर वह मारे खुशी के बच्चों की तरह ताली बजाने लगी। उसने कहा—"ओ होली! यद्यपि तुम भद्दे वृक्ष हो पर ज्ञान के फल पैदा करनेवाले हो। मैं इन यहूदियों से घृणा करती थी, क्योंकि जब मैं उन्हें अपने तत्त्वज्ञान का उपदेश करती थी तो वे मुझे 'काफिर' और 'भूर्तिपूजक' कहते थे। क्या उनका मसीहा आया? और क्या वह संसार पर शासन करता है?"

मैंने श्रद्धापूर्वक कहा—"हां, उनका मसीहा आया पर वह गरीब और निम्न जाति का था इसलिए उन्होंने उसे अस्वीकार किया, बल्कि उसे कोड़ों से मारकर एक पेड़ पर सूली दे दी। पर उसके शब्द और कार्य जीवित हैं, क्योंकि वह ईश्वर का पुत्र था और सच पूछें तो आज आधी दुनिया पर उसका राज है, पर वह सांसारिक साम्राज्य नहीं है।"

उसने कहा—"आह! ये कठोरहृदय भेड़िये! इन्द्रियों और बहुत-से देवताओं के अनुयायी, लालची और परस्पर विभक्त! मुझे अब भी उनके चेहरे दिखाई दे रहे हैं। तो उन्होंने अपने 'मसीहा' को सूली पर चढ़ा दिया। इन्हीं यहूदियों ने मेरे दिल को तोड़ा था और दुनिया में मुझे बदनाम करने की कोशिश की थी और मुझे इस सूनसान में धकेल दिया था। जब मैं उन्हें यरूशलम में ज्ञानोपदेश देती थी तो वे मुझे पत्थरों से मारते थे—हां, हां, उन सफेद दाढ़ी वाले पाखण्डियों और रब्बियों ने मन्दिर के द्वार पर मुझे पत्थर मारने के लिए लोगों को विवश किया। इधर देखो, अभी तक उस चोट का निशान बना है।" और एक झटके से उसने कपड़ों के भीतर से अपनी सुन्दर बांह बाहर की, और अपने दूधिया सौंदर्य पर एक लाल निशान की ओर संकेत किया।

मैं भय से पीछे हट गया। मैंने कहा—"हे रानी! मुझे क्षमा कीजिए। पर मैं चकित हूं। मैं घबरा गया हूं। दो हज़ार साल बीत गए जब गोलगोथा में यहूदियों के मसीहा को सूली दी गई थी। तब उससे भी पहले आपने यहूदियों को तत्त्वज्ञान का उपदेश किया था, यह आप क्या कह रही हैं? आप एक औरत हैं, न कि कोई प्रेतात्मा। कोई स्त्री दो हज़ार वर्ष तक कैसे जी सकती है? हे रानी! आप मुझे मूर्ख क्यों बना रही हैं?"

वह कोच पर पीछे की ओर उठंग गई और मैंने पुनः अनुभव किया कि उसकी प्रच्छन्न आंखें मुझपर पड़ रही हैं और मेरे दिल को टटोल रही हैं। अन्त में बड़े मन्द पर दृढ़ स्वर में वह बोली—"ऐ मनुष्य! जान पड़ता है कि इस धरती पर बहुत-से ऐसे रहस्य हैं जिनके बारे में तुम्हें कुछ ज्ञान नहीं है। क्या अब भी तुम्हारा विश्वास है कि सृष्टि की सब वस्तुएं मर जाती हैं? वे यहूदी भी ऐसा ही समझते थे। मैं तुमसे कहती हूं कि कुछ भी नहीं मरता। मृत्यु जैसी कोई चीज़ है ही नहीं,

यद्यपि 'परिवर्तन' जैसी चीज़ हो सकती है। देखो," उसने चट्टान की दीवार पर बनी कुछ तस्वीरों की ओर संकेत करके कहा—"इस महान जाति ने जब चट्टानों को खोदकर इन तस्वीरों को बनाया था तब से आज तक तीन बार दो-दो हज़ार वर्ष बीत गए हैं और यद्यपि वे महामारी में नष्ट हो गए, पर आज भी वे मरे नहीं हैं। अब भी वे जीवित हैं। इस समय भी उनकी आत्माएं हमारी ओर खिंची आ रही हैं।" उसने एक बार अपने चारों ओर देखा—"कभी-कभी तो निश्चित रूप से मुझे लगता है कि मेरी आंखें उन्हें देख सकती हैं।"

मैंने कहा—"हां, पर इस दुनिया के लिए तो वे मर ही चुके हैं।"

"सिर्फ कुछ समय के लिए; और इस दुनिया के लिए भी वे बार-बार जन्म लेते हैं। मैं, हां, मैं, आयेशा—अजनबी, यही है मेरा नाम—तुमसे कहती हूं कि मैं स्वयं एक आदमी के पुनः पैदा होने की प्रतीक्षा में यहां बैठी हूं जिसे मैंने प्यार किया था और तब तक यहां बैठी रहूंगी जब तक वह मेरे पास नहीं आता। मैं जानती हूं कि वह निश्चित रूप से यहां आएगा यहां आकर मुझे बधाई देगा—यहां, इसी जगह! क्या तुम जानते हो कि मैं जो सर्वशक्तिमती हूं; मैं, जिसकी सुन्दरता उस यूनानी हेलेन से कहीं ज़्यादा है जिसका यशोगान कवियों ने गाया है; मैं, जिसका ज्ञान सुलेमान से कहीं विस्तृत और गहरा है; मैं, जो धरती के रहस्य और वैभव को जानती हूं और सब चीज़ों को अपने उपयोग में ला सकती हूं—और मैं, जिसने कुछ समय के लिए उस परिवर्तन पर भी विजय पा ली है, जिसे लोग मृत्यु कहते हैं; मैं, ऐ अजनबी, तुम्हारी समझ से क्यों इन जंगलियों के साथ यहां पड़ी हुई हूं जो जानवरों से भी गए-गुज़रे हैं?"

मैंने नम्रतापूर्वक कहा—"मैं नहीं बता सकता।"

"क्योंकि मैं जिसे प्यार करती हूं, उसकी प्रतीक्षा कर रही हूं। कदाचित् मेरा जीवन भी बुरा रहा हो। मैं नहीं जानती, क्योंकि कौन कह सकता है कि बुरा क्या है, भला क्या है? इसलिए जहां वह है वहां उसे खोजने जाने के लिए अपने समय से पहले मर भी सकूं तो मरना नहीं चाहती। कदाचित् मेरे मरने से हमारे बीच ऐसी दीवार खड़ी हो जाए जिसे मैं न लांघ सकूं। कम से कम इस विचार से मैं डरती हूं। फिर उस महावकाश में जिसमें ग्रहगण चक्कर काट रहे हैं, उसे खोजने

जाने में मार्ग से भटक जाने का भी भय है। पर एक दिन ज़रूर आएगा, चाहे उसे पांच हज़ार वर्ष और लग जाएं और इतने साल काल के चक्र में और गल जाएं—जैसे रात्रि के अन्धकार में क्षीण मेघ-खण्ड गल जाते हैं। या हो सकता है कि वह दिन कल ही हो जब मेरा प्यारा पुनः जन्म ले और एक ऐसे कानून का अनुसरण करते हुए जो किसी भी मानवीय योजना से अधिक शक्तिमान् है, वह मुझे यहां पाएगा, यहां जहां हमने कभी एक-दूसरे का चुम्बन लिया था, और निश्चय ही उसका हृदय मेरे प्रति द्रवित होगा, यद्यपि मैंने पहले उसे दुखी किया था। अगर वह मुझे न पहचानेगा, न जानेगा तब भी मुझे प्यार करेगा—और कुछ नहीं तो मेरे सौंदर्य के ही लिए!"

उसकी ये बातें सुनकर एक क्षण के लिए मेरी बोलती बन्द हो गई और मैं बोल न सका। बात मेरी समझ के बाहर थी!

अन्त में मैंने कहा—"हे रानी! यदि यह ठीक भी हो कि आदमी बार-बार जन्म लेते हैं तो भी आपके साथ तो यह बात नहीं है। यदि आपने जो कुछ कहा है वह सत्य है," यहां उसने मुझे तीव्र दृष्टि से देखा और मैं उन प्रच्छन्न आंखों के प्रकाश की पकड़ में आ गया। मैंने जल्दी से अपनी बात पूरी की—"तो आप कभी मरी नहीं।"

उसने कहा—"हां, ऐसा ही है पर मेरी बात यह है कि कुछ दैव-योग से और कुछ ज्ञान के द्वारा मैं दुनिया का एक बहुत बड़ा भेद पा गई हूं। ऐ अजनबी! बता, जब जीवन है तो उसे बढ़ाया क्यों नहीं जा सकता? जीवन के इतिहास में दस, बीस या पचास हज़ार वर्ष क्या है? दस हज़ार वर्ष में भी वर्षा और तूफान पहाड़ की चोटी को बहुत कम छोटा कर पाते हैं। दो हज़ार वर्षों में भी ये गुफाएं बदली नहीं हैं। सिर्फ मनुष्यों और जानवरों में ही परिवर्तन हुआ है, और मनुष्य भी तो जानवरों जैसा ही है। अगर तुम समझ सको, तो इसमें कोई भी अद्‌भुत बात नहीं है। जीवन अवश्य अद्‌भुत है पर जीवन को थोड़ा बढ़ा देने में कोई विचित्रता नहीं है। प्रकृति और प्रकृति के पुत्र मनुष्य दोनों में जीवन-प्रेरणा है और जो उस प्रेरणा का रहस्य जान ले वह प्रकृति की भांति ही दीर्घ जीवन प्राप्त कर सकता है। वह नित्य, शाश्वत नहीं हो सकता, सदा नहीं जी सकता क्योंकि प्रकृति भी नित्य

और शाश्वत नहीं है; उसे भी मरना है, जैसे चन्द्र की प्रकृति नष्ट हो गई है; वह भी नष्ट होगी। या मैं यह कहूं कि उसका रूपान्तर हो जाएगा और वह तब तक के लिए सुप्त या निद्रित हो जाएगी जब तक कि उसके पुनर्जीवन का समय न आ जाए। पर उसकी मृत्यु कब होगी? अभी नहीं और जब तक वह जीती है तब तक उसके रहस्यों को जाननेवाला भी उसके साथ जीता रहेगा। मुझे अभी पूरा भेद नहीं मालूम, पर पहले के लोगों से मुझे कुछ ज़्यादा मालूम है। मैं मानती हूं कि तुम्हारे लिए यह एक बड़ा भारी भेद है, इसलिए इस विषय में इस समय मैं तुमसे कुछ और न कहूंगी। अगर आगे कभी मेरी तबीयत हुई तो मैं और बातें बताऊंगी। क्या तुम्हें आश्चर्य होता है कि मैं तुम्हारे इस देश में आने का भेद कैसे जान गई और तुम्हारे सिर जलाए जाने से बच गए?"

मैंने क्षीण स्वर में कहा—"हां, रानी।"

उस जल-कुण्ड की ओर संकेत करते हुए उसने कहा—"उस पानी में देखो।" और उसने झुककर अपना हाथ पानी पर फैला दिया।

मैं उठकर देखने लगा। क्षण-भर में पानी काला हो गया। फिर वह निर्मल हो गया और मैंने अपनी आंखों से साफ़ देखा कि हमारी नाव भयावनी नहर पर चल रही है। उसके पेंदे की ओर लियो सो रहा है। और मच्छरों से बचने के लिए उसने अपने ऊपर कोट इस तरह डाल लिया है कि मुंह ढक जाए। मैं, जाब और मोहम्मद नाव को किनारे की ओर ले जा रहे हैं।

मैं भौचक्का होकर चिल्ला उठा—"यह जादू है," क्योंकि मैं उस दृश्य का, जो हमपर सचमुच घटित हो चुका था, हर एक ब्योरा इस समय पानी में देख रहा था।

उसने उत्तर दिया—"होली! यह जादू नहीं है। तुम्हारा ऐसा कहना तुम्हारे अज्ञान का स्वप्न है। इसमें जादू जैसी कोई बात नहीं है; हां, प्रकृति के गुप्त भेदों का ज्ञान ज़रूर है। यह पानी ही हमारा दर्पण है। जब मैं जानना चाहती हूं कि कहां क्या हो रहा है तब इसमें देखती हूं। उसमें मैं तुम्हें, तुम्हारे इस देश में बीते जीवन की सब बातें दिखा सकती हूं। किसी भी चेहरे की याद करो, उसका प्रतिबिम्ब तुम्हारे

मन से इस पानी में उतर आएगा। मैं अभी सम्पूर्ण रहस्य नहीं जान पाई हूं। अभी मैं भविष्य की बातें इसमें नहीं पढ़ सकती। पर यह भेद बहुत पुराना है, यद्यपि अभी तक मुझे उसका पता नहीं लग पाया। अरब और मिस्र के जादूगरों को सदियों पूर्व इसका पता था। एक दिन एकाएक मुझे उस पुरानी नहर का ख्याल आया जिसपर दो हज़ार साल पहले यात्रा करने का अवसर हाथ लगा था। मेरे दिल में पुनः उसे देखने की इच्छा हुई। जब मैंने इस पानी के दर्पण में देखा तो वहां वह नाव दिखाई दी, जिसे तीन आदमी पांव से चलते हुए खींच रहे थे और एक, जिसका चेहरा मैं नहीं देख पाई, पर लगता था कि अच्छे रूपरंग का एक युवक है, उसमें सो रहा था। मैंने आदेश भेजकर तुम्हें बचा लिया। अच्छा, अब विदा। पर ज़रा मुझे इस युवक—जिसे बुड्ढा शेर कहता है—का समाचार तो दो। मैं उसे देखूंगी, पर तुम कहते हो कि वह बीमार है, ज्वर तथा उस लड़ाई में घायल होने से।"

मैंने दुःखविह्वल वाणी में कहा—"वह बहुत बीमार है। हे रानी! आप तो इतना जानती हैं, क्या उसके लिए कुछ नहीं कर सकतीं?"

"अवश्य कर सकती हूं। मैं उसे रोगमुक्त कर सकती हूं। पर तुम इतने दु:ख के साथ क्यों बोल रहे हो? क्या तुम युवक को प्यार करते हो? क्या वह तुम्हारा पुत्र है?"

"वह मेरा गृहीत पुत्र है। हे रानी! क्या उसे आपके सामने लाया जाए?"

"नहीं, उसे बुख़ार चढ़े कितने दिन हुए?"

"यह तीसरा दिन है।"

"बहुत ठीक। उसे एक दिन और पड़ा रहने दो। बहुत करके वह अपनी ही शक्ति से ज्वरमुक्त हो जाएगा और मैं उसे अच्छा करूं उसकी अपेक्षा यह ज़्यादा अच्छा होगा, क्योंकि मेरी दवा ऐसी है कि जीवन को उसके गढ़ में ही हिला देगी। पर कल रात तक देखो, जिस समय उसे पहली बार ज्वर आया उसी समय तक वह उतरने न लगे तब मैं उसके पास आऊंगी और उसे ज्वरमुक्त कर दूंगी। उसकी परिचर्या कौन करता है?"

"हमारा गोरा नौकर जिसे बिल्लाली 'सुअर' कहता है। इसके

अलावा," आगे मैंने कुछ हिचकिचाहट के साथ कहा—"उस्तेन नाम की एक स्त्री भी है जो इसी देश की बड़ी सुन्दर महिला है। उसने जब पहली बार शेर को देखा तो उसे आलिंगन करके चूम लिया। रानी! जैसाकि आपके इन आदमियों की परम्परा है, वह तभी से बराबर उसके साथ रहती है।"

उसने शीघ्रता से उत्तर दिया—"मेरे आदमी! मुझसे मेरे आदमियों के बारे में न कहो। ये गुलाम मेरे आदमी नहीं हैं; वे मेरा हुक्म पूरा करनेवाले कुत्ते हैं, तभी तक के लिए जब तक कि इस स्थिति से मेरी मुक्ति नहीं हो जाती। जहां तक उनकी परम्पराओं की बात है, मुझे कोई मतलब नहीं। तुम मुझे रानी न कहो। मैं चापलूसी और उपाधियों से थक गई हूं, ऊब गई हूं। मुझे आयेशा कहो—मुझे अपने कानों में यह नाम बड़ा मधुर लगता है—इसमें अतीत की प्रतिध्वनि है। हां, मैं इस उस्तेन को नहीं जानती। कहीं यह वही तो नहीं है जिसके विरुद्ध मुझे सावधान कर दिया गया था और जिसे मैंने भी अपनी ओर से चेतावनी दे दी थी? क्या वह—पर रुको, मैं देखती हूं," और उसने आगे झुककर उस जलकुण्ड के ऊपर हाथ फेरा और आंखें गड़ाकर देखने लगी। फिर धीरे से कहा—"देखो, यही औरत है?"

मने पानी में देखा और उसके स्वच्छ तल पर उस्तेन का सुन्दर चेहरा उभर आया। वह आगे की ओर झुकी हुई अपने नीचे किसी चीज़ को देख रही थी; उसके चेहरे पर असीम कोमलता छा रही थी और उसके घुंघराले, अखरोटनुमा बाल उसके दाहिने कन्धे पर फैले हुए थे।

मैं, पानी का यह असाधारण दृश्य देखकर बहुत घबरा गया और बहुत धीरे से बोला—"हां, वही है। वह निद्रित लियो की ओर देख रही है।"

सुदूर किसी वस्तु के ध्यान में डूबे हुए व्यक्ति की सी अनुपस्थित वाणी में वह बोली—"लियो! लैटिन भाषा में तो इसका अर्थ 'शेर' ही होता है। बुड्ढे ने ठीक ही नाम रखा है। आश्चर्य की बात है," फिर मानो अपने से ही बात करती हुई बोली—"बड़ा ही आश्चर्य है। इतनी समानता! पर यह सम्भव नहीं है!" अधीर होकर उसने पुनः पानी पर हाथ फेरा। वह काला पड़ गया; और वह परछाईं उसी शान्ति के

साथ और रहस्यात्मक ढंग पर लुप्त हो गई जिस प्रकार कि उभरी थी और उस स्वच्छ जीवित जल-दर्पण में पुनः दीपक की ज्योति प्रतिबिम्बित हो उठी।

कुछ क्षण वह विचारों में डूबी रही, फिर मुझसे बोली—"होली! जाने के पूर्व तुम्हें मुझसे कुछ कहना तो नहीं है? यहां तुम्हें बड़ा नीरस जीवन बिताना होगा, क्योंकि ये जंगली लोग हैं और इन्हें सभ्य मनुष्यों का रंग-ढंग नहीं मालूम है। मुझे तो इससे कोई परेशानी नहीं होती। और मेरा भोजन यह है!" उसने मेज़ पर रखे फल की ओर संकेत करते हुए कहा—"फल के सिवा और कुछ कभी मेरे गले के नीचे नहीं जाता। यही फल, आटे की रोटियां और थोड़ा-सा पानी। मैंने अपनी सेविकाओं से तुम्हारी देख-रेख करने के लिए कह तो दिया है। वे मूक हैं; वे गूंगी-बहरी हैं, इसलिए किसीपर कोई बात प्रकट नहीं कर सकतीं, सिवाय उनके जो उनके चेहरों को पढ़ सकते और इशारों को समझ सकते हैं। मैंने ही उन्हें इस रूप में बनाया है। इसमें भी कई सौ वर्ष लग गए और बड़ी कठिनाइयां हुईं पर अन्त में मैं सफल हुई। इसके पूर्व भी मैं एक बार सफल हुई थी; पर वह नस्ल बहुत कुरूप थी, इसलिए मैंने उसे नष्ट हो जाने दिया। पर अब जो हैं, वे तुम देख ही रहे हो, सुन्दर हैं। एक बार मैंने शक्तिमान पुरुषों की भी एक जाति का निर्माण किया, पर प्रकृति से उसका मेल न बैठा और वह भी बिखरकर नष्ट हो गई। तुम मुझसे कुछ कहना चाहते हो?"

अन्दर से डरते हुए, पर ऊपर से निडर होकर मैंने कहा—"ओ आयेशा! केवल एक बात। मैं आपका मुख देखना चाहता हूं।"

वह हंस पड़ी, जैसे लघु घण्टियां बज उठी हों। उसने कहा—"होली! होश में आओ। खूब सोच-समझ लो। मैं समझती हूं, तुम यूनान के देवताओं की कथाओं से परिचित हो। ऐक्टियोन की याद है, जो बहुत अधिक सौन्दर्य देख लेने के कारण पागल होकर नष्ट हो गया था? अगर मैं तुम्हें अपना मुख दिखा दूं तो तुम्हारी भी वही गति होगी। अपनी असफल कामना और निराशा में तुम अपने ही जीवन को चबा जाओगे, क्योंकि जान लो, मैं तुम्हारे लिए नहीं हूं, किसी आदमी के लिए नहीं हूं—सिवाय एक के, जो कभी था, पर अभी तक

तो नहीं है।"

मैंने कहा—"आयेशा, जैसी आपकी मर्ज़ी। पर मैं आपके सौन्दर्य से नहीं डरता। मैंने अपने हृदय को फूल की तरह शीघ्र कुम्हला जानेवाले स्त्रियों के सौन्दर्य जैसी असारताओं से बिलकुल फेर लिया है।"

उसने कहा—"नहीं, तुम गलत कह रहे हो। सौन्दर्य नष्ट नहीं होता। मेरा सौन्दर्य तब तक वैसा ही बना रहेगा, जब तक मैं बनी रहूंगी। ऐ जल्दबाज़ आदमी! इतने पर भी तू चाहता है तो तेरी इच्छा मैं पूरी कर दूंगी, पर अगर तेरे विवेक पर वासना सवार हो जाए तो मुझे दोष न देना। जो भी एक बार मेरा सौन्दर्य देख लेता है, वह उसे अपने चित्त से कभी निकाल नहीं पाता, इसलिए इन जंगलियों के बीच भी मैं नकाब डालकर ही निकलती हूं, कि कहीं वे मुझे परेशान न करने लगें और मुझे उन्हें कत्ल न करना पड़े। बोलो, अब भी देखना चाहते हो?"

अपनी उत्कण्ठा के वशीभूत होने के कारण मैंने उत्तर दिया—"देखना चाहता तो हूं।"

उसने अपनी गोरी, गोल बांहों को—मैंने ऐसी बांहें कभी नहीं देखी थीं—ऊपर उठाया और धीरे-धीरे, बहुत धीरे-धीरे अपने बालों के नीचे बंधे बन्द को खोला। एकाएक लम्बी कफन जैसी ओढ़नी ज़मीन पर गिर पड़ी और मेरी आंखें उसकी देह पर घूमने लगीं—देह जिसपर धवल, चिपका हुआ, महीन वस्त्र पड़ा था जिससे उसका राजकीय रूप फटा पड़ता था। उसमें एक ऐसे जीवन का प्रकाश था, जो जीवन से अधिक कुछ और भी था। उसकी सर्पिरणी जैसी सुघराई मानवीय नहीं थी। उसके लघु चरणों में खड़ाऊं थी जिसमें सोने की खूंटियां लगी थीं। उसके टखने उससे कहीं परिपूर्ण थे जिसकी कल्पना कोई मूर्तिकार कर सकता है। उसकी पतली कमर पर सफेद कुर्ती के नीचे ठोस सोने का दोमुंहा सर्प बंधा हुआ था और उसके ऊपर उसका बदन पवित्र सुन्दरता के एक सुडौल ढांचे के समान ऊपर उठता चला गया था जिसके ऊपर उसका तुषार-धवल उन्नत वक्ष था। जहां वह अपनी बांहों को बांधे हुए थी। इन सबके ऊपर जब मैंने उसके मुख पर नज़र डाली तो—मैं कोई कल्पित कहानी नहीं कह रहा हूं—मेरी आंखें झपक गईं और मैं चकित होकर पीछे हट गया। मैंने स्वर्ग की

अप्सराओं की सुन्दरता की कहानियां सुनी थीं, इस समय अपनी आंखों से देख रहा था। अपनी विस्मयजनक सुन्दरता और पवित्रता में यह सब भयावना लगता था।

मैं उस सौन्दर्य का वर्णन कैसे करूं? मैं नहीं कर सकता—बिलकुल नहीं कर सकता। मैंने जो कुछ देखा उसे वर्णन करने की शक्ति किसी आदमी में नहीं हो सकती, कोई कलम उसे नहीं लिख सकती। मैं उसकी बड़ी-बड़ी कोमल, चंचल, काली आंखों, गुलाबी चेहरे, चौड़े एवं सुघड़ धनुषाकार भ्रू-युगल, जिनपर क्षीण रेखाओं-सी रोमावलियां थीं, तथा अद्भुत गढ़न की चर्चा कर सकता हूं पर इन सबके सुन्दर, असीम सौन्दर्य-मण्डित होते हुए भी, उसके आकर्षण का केन्द्र वे नहीं थीं; वह केन्द्र था उसकी प्रकट उदात्तता, उसकी राजकीय शोभा, नम्र शक्ति की देवोपम अभिव्यक्ति में, जो उसके दीप्तिपूर्ण मुख के चतुर्दिक् एक जीवित तेजोवलय की भांति छा रही थी। इसके पहले मैं कभी कल्पना भी नहीं कर पाया था कि उत्कृष्टताप्रेरित सौन्दर्य कैसा हो सकता है, किन्तु यह सब श्रेयस्कर एवं स्वर्गिक नहीं था। उसके पीछे अंधकार की एक रेखा अवश्य थी। फिर भी वह गौरव-मण्डित था। मेरे सामने का मुख यद्यपि एक ऐसी स्त्री का मुख था जो तीस साल से ज़्यादा की न रही होगी और जो पूर्णतः स्वस्थ और अपने पूर्ण यौवन की प्रथम लालिमा में थी, फिर भी उसमें अतलस्पर्शी वेदना और वासना की अनुभूति की छाया थी। उसके होंठों पर खिलती मुस्कराहट भी पाप और शोक की उस छाया को छुपाने में असमर्थ थी। वह उन मोहिनी आंखों के प्रकाश में भी चमकती थी, वह उसकी महत्ता में वर्तमान थी, मानो कहती हो—'मुझे देखो; मेरे जैसी सुन्दर न कोई स्त्री कभी हुई है, न होगी; मैं अमर और अर्द्ध-दैवी हूं; युगों-युगों से स्मृति मेरा पीछा कर रही है; मैं प्रत्येक युग में पाप करूंगी और दुःख भोगूंगी जब तक कि मेरी मुक्ति न हो जाए।'

किसी चुम्बकीय शक्ति से, जिसे रोकना मेरे लिए असम्भव था, खिंचकर मेरी दृष्टि उसके चमकीले नयनों पर पड़ी। मुझे ऐसा मालूम हुआ जैसे उससे निकलकर कोई बिजली मेरे अंदर प्रवेश कर रही है जिससे मैं चौंधिया और घबरा गया।

मेरी दशा देखकर वह हंस पड़ी—आह कैसी मधुर और संगीतमयी थी वह हंसी! उसने बड़ी अदा से, सम्मोहन-सा बिखेरते हुए, कहा, "ओ जल्दबाज़! ऐक्टियोन की तरह तूने भी हठ करके अपनी इच्छा पूरी की, पर अब संभल; नहीं तो कहीं उसीकी तरह तू भी न नष्ट हो जाए—और तेरी वासनाओं के भयानक कुत्ते तुझे ही न चबा जाएं। ओ होली! मैं एक कुमारी देवी हूं, जो एक व्यक्ति के सिवा और किसी-की ओर द्रवित नहीं हो सकती और वह व्यक्ति तू नहीं है। बोल, अच्छी तरह देख लिया?"

आंखें बन्द करने के लिए अपने हाथ उठाते हुए, मैंने भर्राई आवाज़ में कहा—"मैंने सौन्दर्य देखा, और मैं अन्धा हो गया।"

"ऐसा! मैंने पहले ही तुमसे कहा था न? सौन्दर्य विद्युत् की तरह है। वह आकर्षक है, पर वह संहार करता है—विशेषतः वृक्षों का।" सिर हिलाकर वह फिर हंसने लगी।

आयेशा चुप हो गई और मैंने अंगुलियों के बीच से देखा कि उसका चेहरा बदल गया है। उसकी बड़ी-बड़ी आंखें एकाएक स्थिर हो गईं और उनमें एक विचित्र भाव दिखाई पड़ा—जैसे भय उसकी काली आत्मा की गहराई से उठती हुई प्रबल आशा से लड़ रहा हो। उसका प्यारा मुख कड़ा पड़ गया और उसका लचकदार शरीर एकदम सीधा हो गया।

उस सर्पिणी के समान अपना सिर पीछे फेंकते हुए, जो चोट करने ही वाली हो, उसने आधी फुसफुसाहट, आधी फुफकार के स्वर में कहा—"ओ आदमी! आदमी! यह तेरे हाथ का यन्त्र! इसे तूने कहां पाया? बोल, नहीं तो तू जहां खड़ा है, वहीं तुझे फूंककर उड़ा दूंगी।" इतना कहते हुए वह मेरी ओर एक कदम बढ़ी। उसकी आंखों से ज्वाला निकल रही थी। मैं मारे डर के तुरन्त उस स्थान पर गिर पड़ा और भय-ग्रस्त वाणी में अनाप-शनाप बकने लगा।

थोड़ी देर में उसमें फिर आकस्मिक परिवर्तन दिखाई पड़ा और वह पहले जैसी ही हो गई तथा उसी मीठी वाणी में बोली—"शान्त! मैंने तुम्हें डरा दिया। क्षमा करो। ओ होली! कभी-कभी सीमित की गतिहीनता से असीम मन असन्तुष्ट हो उठता है और खीझकर मैं अपनी

शक्ति का प्रयोग करना चाहती हूं। तुम मर ही चुके थे, पर मुझे याद आ गया—किन्तु वह यन्त्र?"

मैंने दुर्बल हकलाती वाणी में कहा—"मैंने इसे पड़ा पाया है।" मेरा मन इतना आतंकित हो गया था कि मुझे अंगूठी के विषय में इसके सिवा और कुछ याद न आया कि मैंने उसे लियो की गुफा में पाया है।

उस असाधारण स्त्री ने अपने सामान्य स्वभाव के विपरीत एका-एक भावोद्वेग से कांपते हुए कहा—"यह बड़े आश्चर्य की बात है। किन्तु ऐसा ही यंत्र एक बार मेरे देखने में आया था। वह मेरे प्यारे के गले में पड़ा हुआ था।" वह सिसकने लगी। मैंने देखा कि आखिरकार वह नारी ही है।

उसने कहा—"शायद वैसा ही यह दूसरा होगा, पर मैंने वैसा दूसरा कभी नहीं देखा। इसका एक इतिहास है और जिसने इसे पहना था, इसकी बड़ी कद्र करता था।[1] पर मेरा वह यंत्र अंगूठी में जड़ा हुआ नहीं था। जाओ होली! अब जाओ और भूल सको तो इस बात को भूल जाना कि तुमने आयेशा का सौन्दर्य देखा है।" और मेरी तरफ से मुड़कर वह कोच पर लेट गई और अपना मुंह तकिये से छिपा लिया।

मैं लड़खड़ाता हुआ वहां से निकला, पर मुझे यह याद नहीं है कि मैं अपने कमरे तक किस प्रकार पहुंचा।

14

रात के लगभग दस बजे होंगे जब मैं किसी तरह जाकर अपने बिछौने पर पड़ गया और अपनी अस्त-व्यस्त बुद्धि को संचित कर जो कुछ देखा

1. 'मैंने सुतेन सी रा' नामक इस यंत्र को एक अत्यन्त प्रसिद्ध तथा विद्वान मिस्री पुरातत्त्ववेत्ता (ईजिप्टालोजिस्ट) को दिखाया था। उसका कहना था कि उसने इस प्रकार का कोई दूसरा यंत्र नहीं देखा। यद्यपि इसमें एक उपाधि का ज़िक्र है जो मिस्री राजाओं को अक्सर दी जाती थी, पर इसका फेरो से सम्बद्ध होना अनिवार्य नहीं है—क्योंकि वैसे यंत्रों पर ज़्यादातर राजा का नाम एवं सिंहासन खिंचा होता है। इसका पूर्व-इतिहास क्या था, इसे अब हम नहीं जान सकते, पर मुझे सन्देह नहीं कि इसने राजकुमारी अमीनार्त्ता और उसके प्रेमी कालिक्रेटीज़ के जीवन में अवश्य विशिष्ट भाग लिया होगा।

और सुना था, उसके बारे में सोचने लगा।

इसके बाद ही मुझे ध्यान आया कि मैं लियो को देखने नहीं गया, इसलिए अपने बिस्तरे के पास जलते हुए एक दीपक को मैंने उठा लिया और अपने जूते निकालकर लियो के शयनकक्ष की ओर चल दिया। मैं चुपके से कमरे में गया और देखा, कमरे में एक दीपक जल रहा था। लियो पलंग पर पड़ा था और बुखार की बेचैनी में छटपटा रहा था पर निद्रित था। उसीके पास उस्तेन आधी फर्श पर लेटी और आधी उस पत्थर के पलंग पर झुकी हुई थी। वह अपने हाथ में लियो का एक हाथ लिए हुए थी और ऊंघ रही थी। दृश्य सुन्दर, बल्कि करुणाजनक था। बेचारा लियो! उसके गाल लाल हो रहे थे और आंखों के नीचे कालिमा छा गई थी; सांस तेज़ी से चल रही थी। उसकी हालत बहुत खराब थी। मुझपर पुनः भीषण भय छा गया कि कहीं यह मर न जाए और मैं इस दुनिया में अकेला न रह जाऊं। पर अगर वह जिया तो कहीं आयेशा के प्रेम में मेरा प्रतिद्वन्द्वी न हो। अगर लियो वह आदमी न भी हुआ जिसकी वह प्रतीक्षा कर रही है, तो भी मेरे जैसा अधेड़ और कुरूप, प्रकाशमान यौवन और सौंदर्य के इस पुतले के विरुद्ध कैसे सफल हो सकता है? पर प्रभु का धन्यवाद है कि मेरे ये विचार अधिक देर तक न ठहरे। अब भी मेरा पाप-पुण्य-विवेक सर्वथा नष्ट नहीं हुआ था। उस नारी ने अभी उसको चौपट नहीं किया था। इसलिए मैं स्वस्थ हो गया और मैंने हाथ जोड़कर भगवान से प्रार्थना की कि चाहे लियो ही वह आदमी हो जिसकी वह प्रतीक्षा कर रही है, पर मेरा प्यारा लियो, मेरे लिए पुत्र से भी अधिक लियो रोगमुक्त हो जाए, जी जाए!

इसके बाद मैं जिस प्रकार गया था उसी प्रकार चुपचाप लौट आया, पर सो न सका। उस कमरे में लियो को इस प्रकार बीमार पड़ा देखकर मेरी चिन्ता और बढ़ गई, जैसे आग में घी पड़ गया हो। मेरे थके शरीर और मन के कारण नाना प्रकार की कल्पनाएं उठने लगीं; नाना प्रकार के दृश्य आंखों के सामने घूमने लगे।

एकाएक मेरी निगाह चट्टानी दीवार में बने एक झरोखे पर पड़ी जिसकी ओर अब तक मेरा ध्यान नहीं गया था। मैंने दीपक लेकर

उसकी जांच की।

पर कुछ तो इस उत्सुकता से कि देखें यह रास्ता किधर जाता है, और कुछ कोई काम करने की अशान्त कामना के कारण मैं झरोखे से उस रास्ते में गया। आगे पत्थर की कुछ सीढ़ियां बनी हुई थीं। मैं उनसे नीचे उतर गया। सीढ़ियां एक दूसरे रास्ते में जाकर समाप्त होती थीं। रास्ता क्या, उसे सुरंग कहना चाहिए। यह सुरंग भी पहाड़ों को तराश-तराशकर बनाई गई थी और हमारे शयनकक्ष की ओर जानेवाले गलियारे के नीचे थी। मैं इस सुरंग में बढ़ता गया। वहां कब्र का सन्नाटा छाया हुआ था, फिर भी मैं न जाने किस अज्ञात आकर्षण से आगे बढ़ता गया। पचास कदम चलने के बाद एक तीसरा रास्ता मिला जहां एक चौरस्ता-सा बन गया था। मैं सोच ही रहा था कि किधर चलूं कि हवा के झोंके से मेरे हाथ का दीपक बुझ गया। अब मैं उस रहस्यमय स्थान के भीतर घोर अन्धकार में खड़ा था। मैं जल्दी से चौराहे को पार कर उसी सीधी सड़क पर कुछ दूर बढ़ गया—इस भय से कि कहीं दूसरे रास्ते पर न निकल जाऊं और फिर जिस रास्ते से आया हूं वही न भूल जाए। इसके बाद मैं खड़ा होकर सोचने लगा कि अब क्या करना चाहिए? मेरे पास दियासलाई भी न थी। और उस सघन अन्धकार में पीछे लौटकर वह लम्बा रास्ता तय करना दुष्कर था। फिर भी मैं वहां तो सारी रात खड़ा नहीं रह सकता था। मैंने पीछे फिरकर देखा—चारों ओर घुप्प अन्धकार, कहीं कोई चीज़ नहीं, कोई आवाज़ नहीं। तब मैंने आगे की ओर दूर-दूर तक देखने की चेष्टा की। बहुत दूरी पर आग की धुंधली ज्योति-सी निकलती दिखाई पड़ी। शायद वह कोई गुफा हो जहां रोशनी मिल जाए—मैंने सोचा, अब तो फंसे ही हैं, जो हो चलकर देखना चाहिए। मैं हाथों से सुरंग की दीवार को पकड़े और पांवों से टटोलता हुआ धीरे-धीरे आगे बढ़ा, क्योंकि डर था कि किसी गड्ढे में न गिर जाऊं। तीस कदम चलने के बाद प्रकाश दिखाई पड़ा—प्रकाश जो पर्दों से छनकर आता और जाता था। पचास कदम चलने के बाद वह नज़दीक आ गया। और साठ कदम पर—हे ईश्वर!

मैं पर्दों के पास पहुंच गया। वे जुड़े हुए न थे इसलिए उनके पीछे

का दृश्य मैं देख सकता था। इस कक्ष की सूरत एक मकबरे की थी। उसके बीच में आग जल रही थी। आग की लपट सफेद थी और उसमें धुआं नहीं था। बाईं ओर पत्थर की एक अलमारी-सी बनी हुई थी जिस में चौकी पर कोई चीज़ पड़ी थी, जिसे मैंने मुर्दे के रूप में देखा। उसपर सफेद-सी कोई चीज़ पड़ी थी। दाहिनी ओर भी उसी तरह की एक अलमारी थी जिसपर ज़रदोज़ी के काम के पर्दे पड़े हुए थे। आग के पास कोई स्त्री काला लबादा पहने मुर्दे की ओर मुंह किए झुकी हुई लपट को देख रही थी। मैं सोच ही रहा था कि क्या करूं कि एकाएक वह औरत निराशापूर्ण शक्ति से कांपकर उठ खड़ी हुई और अपना काला लबादा उतारकर नीचे फेंक दिया।

अरे यह तो आयेशा ही है!

वह वही चिपके महीन वस्त्र पहने हुई थी जिनमें नकाब उतारने पर मैं उसे पहले देख चुका था। वह अपने सीने के नीचे तक की कुर्ती उसी प्रकार दोमुंहे सांप के कमरबन्द से बांधे हुए थी और उसके घुंघराले बाल कन्धे और पीठ पर फैले एड़ी तक लटक रहे थे। पर उसके चेहरे ने तो फिर मुझे बेबस कर दिया—अपनी सुन्दरता से नहीं बल्कि एक अद्‌भुत मोहक भय के कारण। सौन्दर्य तो अब भी उसके मुख पर था, पर उसके ऊपर वेदना, अन्धवासना, क्रूर प्रतिहिंसा की छाप थी तथा उसकी ऊपर चढ़ी हुई आंखों में गहरे उत्पीड़न की छाया थी। यह ऐसा दृश्य था जिसे बयान करने की शक्ति मुझमें नहीं है।

क्षण-भर वह अपने हाथों को सिर के ऊपर उठाए खड़ी रही; उसके ऐसा करते ही उसकी सफेद कुर्ती खिसककर उसके स्वर्   णिम कटि पर आ रही और उसके अनावृत शरीर-सौंदर्य से मेरी आंखें झपक गईं। कुछ देर तक वह वैसी ही खड़ी रही। उसके चेहरे पर उभरती दुर्भावना घनी होती गई।

एकाएक मुझे ख्याल आया कि अगर वह मुझे यहां इस तरह खड़ा देख ले तो फिर क्या होगा? इस विचार के आते ही मेरा बुरा हाल हो गया और मैं बेहोश होते-होते बचा। पर यह जानते हुए भी कि इस प्रकार मेरे यहां छिपकर खड़ा होने के कारण मैं मार दिया जाऊंगा, मैं वहां खड़ा रहा। मैं बिलकुल सम्मोहित हो गया था। हां, मुझे अपने

खतरे का ख्याल ज़रूर बना हुआ था। मान लो कि वह मेरी किसी तरह की आवाज़ सुन ले या पर्दों को पार कर उसकी आंखें मुझपर पड़ ही जाएं, या कल्पना करो कि मुझे छींक ही आ गई, या अपने जादू से ही उसे मालूम हो गया कि कोई उसे देख रहा है, तो तुरन्त मेरी मृत्यु निश्चित थी।

थोड़ी देर बाद वह अपना ऊपर उठा हाथ नीचे एक ओर लाई और फिर सिर के ऊपर ले गई, उनसे आग की लपटें निकलीं और छत को छूने लगीं जिनके प्रकाश में आयेशा का शरीर, कफनी से ढका मुर्दा तथा कमरे की एक-एक चीज़ प्रकाशित हो उठी।

अब फिर उसकी हाथीदांत-सी उज्ज्वल बांहें नीचे की ओर आने लगीं और उनके नीचे की ओर गति करते ही उसने अरबी भाषा में कुछ ऐसे स्वर में कहना क्या, फुफकारना शुरू किया जिसे सुनते ही मेरा खून सूख गया और एक क्षण के लिए मेरे हृदय की धड़कन बन्द हो गई।

"उसका सत्यानाश हो; उसे आग लगे; वह सदा जला करे।"

बांहों के नीचे गिरते ही लपटें समाप्त हो गईं। फिर वे पहले की भांति ऊपर को उठीं और उनसे लपटें निकलने लगीं; फिर वे नीचे आईं।

"आग लगे उसकी याद को—आग लगे उस मिस्रवाली की याद में।"

फिर उसका हाथ ऊपर गया और नीचे आया।

"सत्यानाश हो उस नील की कुमारी का। आग लगे उसके सौंदर्य में।"

"आग लगे उसे जिसके जादू के आगे मेरा जादू न चल सका।"

"आग लगे उसको जिसने मेरे प्रियतम को मुझसे छीन लिया।"

फिर लपटें बुझ गईं।

उसने अपने हाथों को अपनी आंखों पर रख दिया, और फुंफकारना छोड़ वह ज़ोर से चिल्लाई :

"इस कोसने से क्या लाभ है? उसने विजय प्राप्त की और वह चली भी गई।"

किन्तु एक क्षण बाद उसने और भी भयानक तेज़ी से कहना शुरू

किया—"वह जहां भी हो, उसका सत्यानाश हो। जहां भी वह हो मेरा शाप उसे पहुंचे और उसके विश्राम को नष्ट कर दे।

"तारों-भरे आकाश को लांघकर मेरा शाप उसे लगे। उसकी छाया को भी दुःख पहुंचे।

"मेरी शक्ति वहां भी उसे खोज निकाले।

"मेरी आवाज़ वहां भी उसके पास पहुंचे। वह अन्धकार में अपने को छिपावे।

"वह निराशा के गहरे गड्ढे में गिरे, क्योंकि एक न एक दिन तो मैं उसे खोज ही निकालूंगी।"

फिर लपटें गिर पड़ीं और फिर उसने अपने हाथों से आंखें मूंद लीं।

फिर वह चीखती हुई बोली—"यह मूर्खता है। जो शक्ति के पंखों की छाया में सोते हैं उन तक कौन पहुंच सका है? मैं भी उन तक नहीं पहुंच सकती।"

किन्तु थोड़ी देर बाद उसने फिर अपनी अपवित्र क्रिया शुरू कर दी।

"अगर वह फिर पैदा हो तो उसका सत्यानाश हो, वह आग में जले, बल्कि वह आग में जलती ही पैदा हो।

"अपने नये जन्म से लेकर अन्तिम निद्रा तक वह अभिशप्त—जलती—ही रहे।

"हां, वह अभिशप्त हो क्योंकि तभी अपनी प्रतिहिंसा से मैं उसे पकड़ पाऊंगी और बिलकुल नष्ट कर दूंगी।"

इसी तरह वह कोसती रही।

लपट उठी और गिरी तथा बार-बार आयेशा की गूढ़ वेदना-भरी आंखों में अपना प्रतिबिम्ब डालती रही ; उसके भयंकर दुर्वचनों की फुफकार-भरी आवाज़—और मेरे शब्द उसकी भयानकता का वर्णन करने में असमर्थ हैं—दीवारों से टकराकर लघु प्रतिध्वनियों में विलीन होती रही और पत्थर की चौकी पर फैली सफेद भयानक काया पर बारी-बारी से डरावना प्रकाश और गम्भीर अन्धकार आता-जाता रहा।

पर अन्त में वह थककर चुप हो गई। वह चट्टानी फर्श पर बैठ गई।

अपने घने मेघखण्ड-से सुन्दर बालों को, जो उसके मुख और छाती पर फैले हुए थे, हिलाकर उसने बिखरा दिया और मर्मान्तक निराशा के उत्पीड़न से ज़ोरों से सिसकने लगी।

वह बिलखने लगी—“दो हज़ार वर्ष! मैं दो हज़ार वर्ष से तुम्हारी प्रतीक्षा करती और सब दुःख सहती रही हूं ; एक सदी के बाद दूसरी सदी आती रही है, एक युग के बाद दूसरा युग आता रहा है, पर तुम्हारी स्मृति की पीड़ा कम नहीं हुई ; आशा की ज्योति बराबर जलती रही। ओह! अपनी हृदय को दग्ध करनेवाली वासनाओं और आंखों के सामने सदैव जाग्रत् अपने पाप के साथ दो हज़ार साल तक का मेरा जीवन! क्या मेरे जीवन में कभी विस्मृति नहीं आई। हाय वे थकान-भरे युग जो बीत गए और जो अभी आगे आनेवाले हैं, उसके बाद जो आनेवाले हैं—असीम, अन्तरहित।

“मेरे प्रियतम! मेरे प्रियतम! मेरे प्यारे! वह अजनबी इस तरह तुमको मेरे पास क्यों लाया? पांच लम्बी सदियों से मैंने इतना दुःख नहीं पाया था। अगर मैंने तुम्हारे प्रति पाप किया, तो क्या वह पाप अब तक धुल नहीं गया? तुम कब लौटकर मेरे पास आओगे? मेरे पास सब कुछ है, पर तुम्हारे बिना सब कुछ होकर भी कुछ नहीं है। मैं क्या करूं? क्या? क्या? क्या? जान पड़ता है तुम जहां हो, वह मिस्रवाली तुम्हारे साथ है और मेरी स्मृति का उपहास करती है। हाय, मैंने जब तुम्हें मार डाला, तो तुम्हारे साथ ही स्वयं भी क्यों न मर गई? हाय! मैं मर भी नहीं सकती! हाय! हाय!” और वह जमीन पर लोट गई और इस प्रकार सिसकने और फूट-फूटकर रोने लगी कि मैंने समझा, उसका कलेजा फट जाएगा।

पर एकाएक वह चुप हो गई ; फिर खड़ी हुई अपने अस्त-व्यस्त कपड़ों को ठीक किया, अपने लम्बे बालों को पीछे की ओर हटा दिया और उस चौकी के पास गई जिसपर वह शव पड़ा था।

उसने पुकारा—“ओ कालिक्रेटीज़!” मैं यह नाम सुनते ही कांप गया। “मैं फिर तुम्हारा मुख देखूंगी—यद्यपि इस हालत में तुम्हें देखना मेरे लिए व्यथाकारी है। तुम्हें देखे युग बीत गए—तुम्हें, जिसे मैंने मारा —अपने हाथ से तुम्हारा वध किया—” और कांपती अंगुलियों से उसने

पत्थर की चौकी पर लेटे शव के ऊपर पड़ी कफनी की कोर पकड़ ली। फिर कुछ देर चुप रही और जब बोली तो दुःख से भरी फुसफुसाहट के साथ बोली—जैसे उसके विचार उसी के लिए भयंकर हो उठे हों।

शव को सम्बोधन करती बोली—"क्या मैं तुम्हें उठाऊं, जिससे तुम पुराने समय की भांति यहां मेरे सामने खड़े हो? मैं तुम्हें उठा सकती हूं और उसने कफन से ढके शव पर अपने हाथ फैला दिए ; खुद उसकी काया कड़ी और भयानक हो गई जिसे देखने से डर लगता था ; आंखें निस्तेज और स्थिर हो गईं। मैं यह देखकर डर के मारे पर्दे के पीछे छिप गया और मेरे सिर के बाल खड़े हो गए कि कफनी के नीचे मुर्दा हिलने लगा और जैसे कोई सोकर उठने पर ओढ़ी चादर हटाता हो उस तरह की हरकत हुई। पर एकाएक आयेशा ने अपने हाथ हटा लिए और शव का स्पन्दन भी बन्द हो गया।

उसने भारी आवाज़ में कहा—"इससे क्या फायदा? जब मैं तुममें तुम्हारी आत्मा को नहीं ला सकती, तुम्हें जीवित नहीं कर सकती, तो जीवन की इस नकल से क्या फायदा? अगर तुम मेरे सामने खड़े भी हो गए तो मुझे जान न सकोगे, और जो कुछ मैं तुम्हें करने को कहूंगी उसके अतिरिक्त और कुछ न कर पाओगे। तुम्हारे अन्दर जो जीवन होगा वह मेरा ही जीवन होगा, तुम्हारा जीवन नहीं होगा, ओ कालिक्रेटीज़।"

एक क्षण तक वह खड़ी सोचती रही और फिर शव के पास घुटनों के बल झुक गई। फिर अपने होंठों से शव का कपड़ा चूम-चूमकर रोने लगी। एक मृतक के प्रति इस भयावनी स्त्री की वासनाओं का यह दृश्य इतना बीभत्स और डरावना था कि मुझे अब उधर देखने का साहस न हुआ और मैं रेंगता हुआ लौट पड़ा। मेरा सारा शरीर थर-थर कांप रहा था और किसी प्रकार उस घोर अंधेरे मार्ग पर यह सोचता बढ़ रहा था कि मैंने नरक की आग में जलती एक आत्मा का दृश्य देखा है।

किसी तरह लड़खड़ाता मैं बढ़ता रहा—किस प्रकार, यह मैं खुद नहीं जानता। दो बार मैं गिरा ; एक बार चौरस्ते से गलत मार्ग पर निकल गया, पर सौभाग्यवश शीघ्र ही मुझे अपनी गलती मालूम हो गई। बीस मिनट से ज़्यादा चलकर मैं उन सीढ़ियों पर पहुंचा, पर मैं थककर

इतना शिथिल और साथ ही भयभीत हो गया था कि मैं उसी पत्थर के फर्श पर धम्म से बैठ गया और बेहोश हो गया।

थोड़ी देर बाद जब मुझे होश हुआ तो अपने पीछे के रास्ते पर मैंने प्रकाश की एक किरण आती देखी। मालूम हुआ कि उषा का आगमन होने ही वाला है। मैं किसी प्रकार मरता-जीता सीढ़ियों और झरोखे को पार कर अपने शयनकक्ष में पहुंच गया और बिस्तर पर पड़ते ही सो या बेहोश हो गया।

15

दूसरे दिन मैं हाथ-मुंह धोकर और कपड़े पहनकर भोजन के कमरे में गया और कुछ भोजन किया जिसे पहले की भांति गूंगी लड़कियां लाई थीं। भोजन के बाद मैं लियो को देखने गया जो बिलकुल विक्षिप्त हो रहा था। उसने मुझे भी नहीं पहचाना। मैंने उस्तेन से पूछा—"तुम्हारी समझ में लियो की तबीयत कैसी है?" पर उसने सिर्फ अपना सिर हिला दिया और रोने लगी। निश्चय ही उसे लियो के बचने की बहुत कम आशा थी। मैंने तुरन्त निश्चय कर लिया कि यदि सम्भव हो तो आयेशा को उसे देखने के लिए राज़ी करना चाहिए। अगर उसमें वह शक्ति है, जैसाकि वह कहती है, तो वह लियो को ज़रूर अच्छा कर सकेगी। जब मैं वहां था, तभी बिल्लाली भी आ गया। उसने भी सिर हिला दिया और कहा—"आज रात यह नहीं बचेगा।"

"ईश्वर न करे, ऐसा हो मेरे पिता।" मैने उत्तर दिया और दुखी हृदय लिए वहां से हट गया।

पर्दे के बाहर निकलते ही बुड्ढे ने कहा—"मेरे लंगूर! 'अवश्य-माननीया' ने तुमको याद किया है। पर मेरे पुत्र! इस बार वैसा न करना। कल जब तुम पेट के बल रेंगकर नहीं चले तो मैंने हृदय में सोच लिया था कि वह तुम्हें फेंककर राख कर देगी। आज वह बड़े हाल में उन आदमियों का मुकदमा सुनेगी, जिन्होंने तुमपर एवं शेर पर हमला किया था। आओ मेरे बेटे! आओ जल्दी।"

मैं उसके पीछे-पीछे चला।

अन्ततोगत्वा हम गुफा के एक सिरे पर पहुंचे। यहां ठीक वैसा ही पत्थर का एक चबूतरा बना था जैसे चबूतरे पर खड़े होकर हमने अमाहज़रों के आक्रमण का सामना किया था

इस चबूतरे के आगे सैकड़ों की भीड़ थी। इस भीड़ में पुरुष भी थे, स्त्रियां भी थीं, जिनके चेहरों पर एक विशेष प्रकार की उदासी छाई हुई थी

एकाएक 'हिया! हिया!' का शोर हुआ जिसे सुनते ही सबके सब मुर्दे के समान पेट के बल ज़मीन पर लेट गए। उनके बीच केवल मैं खड़ा रहा। इसके बाद बहुत-से रक्षक आकर चबूतरे के दोनों तरफ पंक्तिबद्ध खड़े हो गए। इसके बाद लगभग एक कोड़ी गुंगे पुरुष, और उनके पीछे उतनी ही गुंगी स्त्रियां हाथ में दीपक लिए आईं। और इन सबके पीछे एक लम्बी, सफेद शक्ल आई, जिसका सारा शरीर, ऊपर से नीचे तक, लबादे से ढका हुआ था। मैंने पहचान लिया कि वही 'हिया' या 'श्री' है। वह चबूतरे पर चढ़कर कुर्सी पर बैठ गई और उसने यूनानी भाषा में मुझसे कहा, कदाचित् इसलिए कि वह नहीं चाहती थी कि उपस्थित अन्य लोग उसे जानें—"होली! यहां आओ। मेरे पांव के पास बैठो और देखो कि मैं उनका कैसा न्याय करती हूं जो मार डालने को तुमपर टूट पड़े थे।"

मैंने झुककर सलाम किया, और चबूतरे पर चढ़कर उसके पांव के पास बैठ गया।

श्री ने अपने रक्षकदल के सरदार से अरबी में कहा—"आदमियों को मेरे सामने लाओ।"

रक्षक एवं सेवक ज़मीन पर लेटे हुए न थे, बल्कि खड़े थे। सरदार ने झुककर सलाम किया और अपने साथ कुछ आदमी लेकर दाहिनी ओर के रास्ते में चला गया।

इसके बाद सन्नाटा छा गया। आयेशा ने अपना सिर अपने हाथ पर झुका लिया और विचारों में डूब गई। और सब आदमी वैसे ही पेट के बल पड़े रहे; हां, कभी-कभी सिर ज़रा-सा उठाकर एक आंख से वे हमारी ओर देख लेते थे। इससे मालूम होता था कि उनकी रानी मुश्किल से कभी सार्वजनिक रूप में बाहर आती थी और हर आदमी इतनी तक-

लीफ और उससे भी ज़्यादा खतरा उठाकर उसे देखने का अवसर चूकना न चाहता था—उसे क्या बल्कि उसके लबादे को देखने का, क्योंकि सिवाय मेरे वहां के किसी और जीवित मनुष्य ने उसका मुख नहीं देखा था। अन्त में हिलते हुए दीपकों की रोशनी दिखाई पड़ी और रास्ते में आते आदमियों की पद-चाप सुनाई पड़ी। सरदार अपराधियों को अपने साथ लिए हुए आ पहुंचा। उनकी संख्या बीस या अधिक रही होगी और उनके चेहरों पर एक ओर क्रूरता और दूसरी ओर उनके जंगली हृदयों में भरे हुए भय की छाया थी। वे चबूतरे के सामने खड़े कर दिए गए और वे दर्शकों की भांति गुफा की फर्श पर पेट के बल लेटने जा रहे थे कि रानी ने मना कर दिया।

बड़े ही मधुर शब्दों में श्री बोली—"नहीं, खड़े रहो ; मैं कहती हूं—खड़े रहो। जल्द ही वह समय आएगा जब तुम लेटे-लेटे थक जाओगे,"—और संगीत की गुंजभरी हंसी हंस दी।

अन्त में शान्त एवं दृढ़ स्वर में उसने मुझसे कहा—"हे मेरे अतिथि ! क्या तुम इन अदिमियों को पहचानते हो ?"

मैं बोला—"हां, मैं प्रायः सभीको पहचानता हूं।" जब मैं कह रहा था तो वे मेरी ओर कातर दृष्टि से देख रहे थे।

"तब तुम सारा किस्सा मेरे और इस बड़ी सभा के सामने कहो।"

मैंने संक्षेप में मुर्दाखोरों की उस दावत की तथा किस प्रकार उन्होंने मेरे नौकर को जलाना चाहा था, इत्यादि बातें सुना दीं। अपराधियों और दर्शकों दोनों वर्गों ने पूर्ण शांति से मेरा बयान सुना। रानी ने भी इसके बाद आयेशा ने बिल्लाली को नाम लेकर पुकारा। उसने ज़मीन पर पड़े भी पड़े अपना सिर उठाकर मेरे बयान की तस्दीक की। और कोई गवाही नहीं ली गई।

अन्त में रानी ने बड़ी ही ठंडी, स्पष्ट, वाणी में, जो उसकी सदा की वाणी से बिलकुल भिन्न थी, और जिसे इच्छानुसार वातावरण के अनुकूल रूपान्तरित कर लेने की अद्भुत विशेषता उसमें थी, कहना आरम्भ किया—"कुत्तो और सांपो ! नरमांस-भक्षको ! तुमने दो अपराध किए हैं। पहला कसूर यह कि तुमने इन गोरे अजनबियों पर हमला किया और उनके नौकर को मार डालना चाहा। सिर्फ इसी एक अपराध

के लिए तुम्हें मौत का पुरस्कार दिया जाना चाहिए। पर इतनी ही बात नहीं है। तुमने मेरी आज्ञा का उल्लंघन करने का भी दुस्साहस किया। इसलिए मैं दण्ड देती हूं कि तुम्हें सांसत घर या उत्पीड़न-गुफा में ले जाकर बधिकों के सुपुर्द कर दिया जाए और कल सूर्यास्त तक भी जो उसमें जीवित बच जाएं उन्हें उसी तरह मार दिया जाए जिस तरह तुमने मेरे इस अतिथि के नौकर को मारने की चेष्टा की थी।"

इसके बाद वह चुप हो गई और सारे कक्ष में भय फैल गया। अपराधियों ने ज्योंही अपनी किस्मत का फैसला सुना, उनका धीरज जाता रहा और वे ज़मीन पर लोटकर रोने और कुछ ऐसे ढंग से दया की भीख मांगने लगे कि देखा नहीं जाता था। मैंने भी घूमकर उनको क्षमा कर देने की प्रार्थना आयेशा से की या फिर इससे कम भयानक दण्ड देने को कहा, पर वह कठोर और निश्चल बनी रही।

16

अपराधियों के चले जाने के बाद आयेशा ने हाथ हिलाया, और सब दर्शक घूमकर पेट के बल रेंगते हुए बाहर जाने लगे। चबूतरे से कुछ दूर निकल जाने के बाद वे खड़े होकर चले गए। अब वहां कुछ रक्षकों तथा गूंगे दास-दासियों के सिवा हम दोनों—रानी और मैं—रह गए।

मैंने इस अवसर को उपयुक्त समझकर आयेशा से चलकर लियो को देखने के लिए कहा, उसे उसकी गम्भीर स्थिति भी बताई, किन्तु उसने स्वीकार न किया और कहा—"मेरे विचार से वह शाम के पहले नहीं मरेगा, क्योंकि कोई आज तक इस ज्वर में रात वा उषःकाल के सिवा दूसरे समय नहीं मरा है। इसके अलावा यह ज़्यादा अच्छा होगा कि मेरे उसे रोगमुक्त करने के पूर्व बीमार अपनी पूरी अवधि ले ले।" तदनुसार मैं वहां से चलने के लिए उठा, पर उसने यह कहकर मुझे अपना अनुसरण करने का आदेश किया कि वह मुझसे बातें करना चाहती है।

मैं उसके आकर्षण-जाल में ऐसा फंस गया था कि यदि मैं चाहता तब भी उसकी बात टाल न सकता, इसलिए मैंने स्वीकृति में सिर हिला

दिया। इसपर वह अपनी कुर्सी से उठी और गूंगों को कुछ इशारा कर चबूतरे से नीचे उतरी। उसके नीचे उतरते ही चार लड़कियों ने दीपक ले लिए और दो-दो करके हमारे आगे-पीछे हो गईं। शेष सब लोग वहां से चले गए।

दीपकों का अनुसरण करते हुए, जिन्हें गूंगी लड़कियां मशाल के समान आगे-आगे लिए चल रही थीं, हम एक सीढ़ी के पास पहुंचे जो आयेशा के कमरे के गलियारे तक जाती थी, वहीं जहां पिछले दिन बिल्लाली पेट के बल चला था। यहां मैंने रानी से विदा होना चाहा, किन्तु उसने मुझे न जाने दिया।

उसने कहा—"नहीं, आओ मेरे साथ। सच तो यह है कि तुम्हारी बातें सुनकर मुझे खुशी होती है। होली, ज़रा सोचो तो, दो हज़ार वर्ष से इन दास-दासियों और अपनी आत्मा के सिवाय और कोई बात करने के लिए नहीं मिला, और यद्यपि एकान्त-चिन्तन से मुझे बहुत-सा ज्ञान प्राप्त हुआ और अनेक रहस्यों का पता लगा, फिर भी मैं विचार करते-करते थक गई हूं और खुद अपने प्रति मुझे घृणा हो गई है, क्योंकि स्मृति जो कुछ मुझे खिलाती है वह इतना कटु है कि केवल आशा के दांतों से ही मैं उसे चबा पाती हूं। तुम्हारा दिमाग यद्यपि अभी ताज़ा और मुलायम है, जैसाकि तुम्हारे जैसे तरुण व्यक्ति का होना चाहिए, फिर भी वह चिन्तनशील है। तुम्हें देखकर मुझे एथेंस तथा अरब-स्थित बेक्का के उन पुराने तत्त्वज्ञानियों को याद आ जाती है जिनसे मैं उन दिनों बहस किया करती थी। तुम्हारा चेहरा भी उनसे मिलता-जुलता है और तुम्हें देखकर ऐसा जान पड़ता है कि बुरे अक्षरों में लिखी यूनानी हस्तलिपियां पढ़ते-पढ़ते मानो तुम्हारा मुख मलिन हो गया है। इसलिए पर्दा उठाकर कमरे के अन्दर चलो और मेरे पास बैठो। हम फल खाएंगे और बातें करेंगे। मैं पुन: तुम्हारे सामने अपना मुख उघाड़ूंगी। तुम्हींने यह आफत अपने सिर मोल ली है। मैंने तो तुम्हें पहले ही चेतावनी दे दी थी पर तुमने नहीं माना। तुम भी मुझे सुन्दरी कहोगे, जैसाकि वे बूढे तत्त्वज्ञानी मुझे देखकर कहते थे और मुझे देखते ही अपना तत्त्वज्ञान भूल जाते थे। तुफ है उनपर!"

ज्यादा कुछ न कहकर उसने अपनी सफेद ओढ़नी उतार दी और

केंचुल छोड़कर, बल खाती एवं चमकती हुई सर्पिणी के समान सामने आई और अपनी अद्भूत आंखों से, जो किसी भी विषधर सर्पिणी की आंखों से अधिक सांघातिक थीं, मुझे घूरने लगी। उन आंखों की सुन्दरता मेरे दिल के अन्दर उतर गई। उसकी हलकी हंसी वातावरण में वैसा ही कम्पन उत्पन्न करती थी जैसे लघु रजत घण्टियां बज उठती हैं।

इस समय वह एक नई झोंक में थी और उसके अतलस्पर्शी मन का रंग बदल गया था। इस समय वह उत्पीड़िता और घृणामयी नहीं थी जैसी रात उठती लपटों बीच अपनी मृत प्रतिद्वन्द्विनी को कोसते हुए मैंने देखा था; न इस समय उतनी भयानक थी जैसी अपराधियों का न्याय करते समय थी। इस समय वह चंचल, विजयिनी अप्सरा-सी लग रही थी। उससे और उसके चतुर्दिक् जीवन—प्रकाशमान, आनन्दविह्वल एवं अद्भुत जीवन—प्रवाहित हो रहा था। उसका प्रदीप्त मुखारविन्द आन्तरिक उल्लास से खिल रहा था। वह कभी हंसती, कभी गहरी सांस लेती, कभी इधर-उधर अपने चंचल नयनों से देखती फिरती थी। उसने अपनी सघन कुन्तल-राशि को हिला दिया और उससे निकलती सुगन्ध कमरे में भर गई; फिर अपनी चन्दन की खड़ाऊं से पृथ्वी पर थाप दे-देकर कोई प्राचीन यूनानी गीत गुनगुनाने लगी। उसकी समस्त गम्भीरता इस समय लुप्त थी—अथवा उसकी हंसती आंखों के पीछे से कभी कभी झांक लेती थी—जैसे सूर्य-प्रकाश में बजली चमकने पर होता है। इस समय उसने लपकती ज्वाला का भयावनापन, न्यायशक्ति का कठोर शीत तथा संमाधि-भवनों की विवेकपूर्ण वेदना सब कुछ अलग रखी सफेद ओढ़ना की तरह ही अपने पीछे छोड़ दिया था और इस समय सुन्दर प्रलोभक पर अधिक पूर्ण एवं अधिक आध्यात्मिक नारीत्व का अवतार-सी लगती थी।

"हां तो होली! वहां बैठो, जहां से तुम मुझे देख सको। पर याद रखो, यह मैं तुम्हारी ही इच्छा की पूर्ति के लिए कर रही हूं। मैं फिर कहती हूं कि अगर तुम्हें अपनी थोड़ी-सी जीवन-अवधि हृदय में व्यथा लिए बितानी पड़ी तो मुझे दोष न देना और यह न कहना कि अपनी आंखों से मुझे देखने के पहले ही तुम क्यों न मर गए! वहां बैठो, और

मुझे बताओ कि क्या मैं सुन्दर नहीं हूं? नहीं, नहीं, इतनी जल्दबाज़ी न करो। अच्छी तरह सोच लो, मेरे एक-एक अंग को देखो, मेरी गठन, मेरे हाथ-पांव, मेरे बाल, मेरी गोराई सबका विचार करके तब बोलो कि क्या तुमने कभी ऐसी सुन्दरी देखी है जो मेरे समान सुन्दर रही हो, जो हमारे वंकिम भ्रू-युगल और पुरैन-से कानों की सुन्दरता में मेरे सामने खड़ी हो सके? मेरी कटि, कदाचित् इसे तुम मोटी समझो, पर वस्तुतः वैसी नहीं है बल्कि स्वर्ण-सर्प की कर्धनी के कारण वैसी दिखती है। चाहो तो तुम छूकर देख लो। लो, देखो, मुझे अपना हाथ दो, ज़रा दबाकर देखो। हां, क्यों, कैसी है?"

मुझसे अब रहा न गया। आखिर मैं मनुष्य था, पुरुष था और वही स्त्री, बल्कि स्त्री से कुछ अधिक ही थी। ईश्वर जाने वह क्या थी—मैं नहीं जानता। मैं घुटनों के बल उसके सामने प्रणत हो गया और मिश्रित भाषा—ऐसे समय विचार-भ्रम तो हो ही जाता है—बोला—"मैं तुम्हारी पूजा करता हूं, ऐसी पूजा जो किसी स्त्री की न की गई होगी, और मैं अपनी अमर आत्मा तुम्हारे चरणों की भेंट करता हूं; मुझसे विवाह करो।" मैंने निश्चय ही उस समय वैसा कर लिया होता। मैं क्या, संसार का कोई भी पुरुष, क्या सब जातियों के पुरुषों को मिलाकर एक पुरुष बनाया जाता तो वह भी, यही करता। क्षण-भर के लिए तो वह चकित हो गई, फिर खिलखिलाकर हंसने और प्रसन्नता से तालियां बजाने लगी।

उसने कहा—"वाह होली! इतनी जल्दी! मैं सोचती थी कि तुम्हें इस प्रकार घुटनों के बल गिरने में कितने क्षण लगेंगे! युगों से मैंने किसीको अपने पैर पड़ते नहीं देखा और विश्वास करो कि स्त्री के हृदय को ऐसा दृश्य बड़ा मधुर लगता है, और ज्ञान तथा आयु मिलकर भी उस मधुर आनन्द को छीन नहीं पाते जो मेरी जाति का एकमात्र अधिकार है।

"पर तुम चाहते क्या हो? क्या चाहते हो तुम? तुम नहीं जानते कि तुम कर क्या रहे हो। क्या मैं तुमसे कह नहीं चुकी हूं कि मैं तुम्हारे लिए नहीं हूं? मैं केवल एक को प्रेम करती हूं, और वह आदमी तुम नहीं हो। आह होली! अपने सब ज्ञान और विवेक के बावजूद—और

एक प्रकार से तुम विवेकवान हो—तुम असत् के पीछे दौड़नेवाले मूर्ख हो। तुम मेरी आंखों में आंखें डालकर देखना चाहते हो? मेरा चुम्बन लेना चाहते हो? अच्छा, अगर इससे तुम्हें खुशी होती है तो लो, देखो!" इतना कहकर वह मेरी ओर झुक गई और मेरी आंखों में अपनी आंखें गड़ाकर बोली—"लो, चूम लो, अगर तुम यही चाहते हो। ईश्वर की कृपा से चुम्बन अपना निशान नहीं छोड़ता; हां, हृदय पर ज़रूर उसका निशान पड़ जाता है। पर मैं तुम्हें कह देती हूं कि यदि तुमने मुझे चूमा तो यह निश्चय है कि मेरे प्रेम में अपना कलेजा जला-जलाकर मर जाओगे!" वह मेरी तरफ और झुक गई, यहां तक कि उसके कोमल बाल मेरे माथे पर लहराने लगे और उसकी सुगंधित सांस मेरे मुंह पर लगने लगी। मैं दुर्बल और शिथिल हो गया। मैंने सीने से लगाने के लिए अपने हाथ फैला दिए। एकाएक वह सीधी हो गई और उसमें तीव्र परिवर्तन हुआ। अपना हाथ उसने मेरे सिर पर रख दिया। मैंने अनुभव किया कि उसके हाथ से कोई शक्ति, विद्युत् की भांति, मेरे अन्दर प्रवेश कर रही है। इस शक्ति ने मुझे पुनः शान्त, स्वस्थ कर दिया। मेरा गर्म दिमाग ठण्डा हो गया और तुरन्त औचित्य तथा कौटुम्बिक शिष्टाचार के स्तर पर आ गया। मेरी बुद्धि ठिकाने लग गई।

किंचित् कठोरता के साथ उसने कहा—"बस-बस! यह दिल्लगी बहुत हो चुकी। होली! सुनो। तुम एक अच्छे और ईमानदार आदमी हो, इसलिए मैं तुम्हें छोड़ देती हूं, क्षमा कर देती हूं! पर ओह! नारी के लिए क्षमा-बड़ी कठिन बात है। मैं तुमसे कह चुकी हूं कि मैं तुम्हारे लिए नहीं हूं, इसलिए तुम्हारे विचार मेरे निकट से उसी प्रकार बह जाने चाहिए जैसे हवा बहकर निकल जाती है। अपनी कल्पनाओं की धूलि को पुनः गहराई में बैठ जाने दो। मेरी ओर से निराश हो जाओ। तुम मुझे नहीं जानते। यदि तुम मुझे दस घंटे पहले देखते, जब वासनाएं मुझपर सवार थीं, तो डरकर और कांप-कर दूर हट जाते। मैं अनेक चित्तवृत्तियों की नारी हूं, और उस कुण्ड के जल के समान अनेक वस्तुएं मुझमें प्रतिबिम्बित होती हैं। पर मेरे होली! वे आती हैं और चली जाती हैं—वे चली जाती हैं होली! और विस्मृत हो जाती हैं। जल पुनः जल रह जाता है, मैं फिर मैं रह

जाती हूं। जो जल को बनाता है, वही इसे भी बनाता है, और जो मुझे बनाता है वह मुझे बनाता है; मेरे गुणों में कोई परिवर्तन नहीं होता। इसलिए जो कुछ मैं दिखाई देती हूं उसपर ध्यान न दो, क्योंकि मैं क्या हूं, इसे तुम नहीं जान सकते। अगर तुमने फिर मुझे तंग किया तो मैं नकाब डाल लूंगी और फिर कभी तुम मेरा मुंह न देख पाओगे।"

मैं उठा और उसके पास गद्देदार पलंग पर बैठ गया। यद्यपि मेरी उन्मत्त वासना शांत हो गई थी, पर मैं अब भी भावावेश से कांप रहा था, जैसे हवा का झोंका वृक्ष की पत्तियों को हिलाकर चला जाता है, पर उसके जाने के बाद भी पत्तियां हिलती रहती हैं।

मैं वहां से चला आया और जब लियो के कमरे में पहुंचा तो 'जाब' और उस्तेन दोनों को अत्यन्त दुःखित पाया। उनका कहना था कि लियो अन्तिम सांसें ले रहा है और वे लोग मुझे बड़ी देर से खोज रहे थे। मैं दौड़कर लियो के पलंग के पास गया और उसकी ओर देखा। स्पष्ट था कि वह मर रहा है। वह बेहोश पड़ा था और उसकी सांस उलटी चल रही थी, उसके होंठ हिल रहे थे, और रह-रहकर सारा शरीर कांप उठता था। मुझे इतना समझने-भर को ज्ञान था ही कि ज़्यादा से ज़्यादा एक घंटे के अन्दर वह पार्थिव सहायता की सीमा पार कर जाएगा—हो सकता है कि पांच ही मिनट लगें। मैं अपनी स्वार्थपरता पर पश्चात्ताप करने लगा। हाय! जब मेरा बेटा मर रहा था, मैं आयेशा के समीप बैठा चुहलबाज़ियां कर रहा था! अफसोस! किस प्रकार हममें बड़े से बड़े लोग स्त्री के नयन-बाणों में बिंधकर निम्न स्तर पर आ गिरते हैं! कैसा अधम हूं मैं! सचमुच पिछले आध घटे में मुझे लियो का कोई ध्यान ही न रह गया था—उस लियो का जो बीस साल तक मेरा सबसे प्यारा साथी और मेरे जीवन में एकमात्र दिलचस्पी का विषय रहा था। और अब शायद बहुत देर हो चुकी थी।

मैं दु:ख से हाथ मलता और चारों ओर देखता था। उस्तेन लियो के पास उदास बैठी थी, उसकी आंखों में निराशा की छाया थी। जाब एक कोने में खड़ा फूट-फूटकर रो रहा था। जब उसने मुझे अपनी ओर घूरते देखा तो रोकर जी हलका करने के लिए बाहर चला गया। अब

एक आयेशा का ही भरोसा रह गया था। वह, सिर्फ वही, उसे बचा सकती है, यदि वह झूठी और बनी हुई नहीं है तो, पर विश्वास नहीं होता कि वह बनी हुई है। मैं जाकर उसे बुला लाता हूं। ज्योंही मैं जाने को तैयार हुआ, जाब दौड़ता हुआ कमरे में आया; उसके सिर के बाल, डर के मारे, खड़े हो गए थे।

"हे ईश्वर! हमें बचाना!" अत्यन्त भयग्रस्त वाणी में उसने कहा—"एक मुर्दा रास्ते में चला आ रहा है!"

मुझे एक क्षण के लिए उलझन हुई। पर तुरन्त मुझे ख्याल आया कि हो न हो इसने कफनी ओढ़े आयेशा को देखा है और उसकी असाधारण चाल से यह समझ गया है कि कोई सफेद भूत उसकी ओर चला आ रहा है। तुरन्त ही इसका निर्णय भी हो गया, क्योंकि आयेशा ने गुफा में प्रवेश किया। जाब ने जो घूमकर उसे देखा तो 'वह आया' कहकर एक कोने में जा छिपा और दीवार की ओर मुंह कर लिया और उस्तेन आयेशा को पहचानकर, पेट के बल ज़मीन पर लेट गई।

मैंने कहा—"आयेशा, अप अच्छे वक्त पर आईं। मेरा बेटा मर रहा है।"

उसने कोमल वाणी में कहा—"ऐसा! अगर वह मर नहीं चुका है तो कोई बात नहीं, क्योंकि तब मैं उसे अच्छा कर सकती हूं। क्या वह आदमी तुम्हारा नौकर है? क्या तुम्हारे देश में नौकर इसी प्रकार अजनबियों का सत्कार करते हैं?".

मैंने कहा—"यह बात नहीं। वह आपके मुर्दे जैसे पहनावे से डर गया है।"

इसपर वह हंस पड़ी।

"और वह लड़की? हां, मैं समझ गई। यह वही है जिसका ज़िक्र तुमने मुझसे किया था। अच्छा, अब इन दोनों से कहो कि बाहर चले जाएं और तब मैं तुम्हारे शेर को देखूंगी। मैं नहीं चाहती कि ये निम्न कोटि के लोग मेरी विद्या को देखें।"

इसपर मैंने उस्तेन से अरबी में और जाब से अंग्रेज़ी में बाहर चले जाने के लिए कहा। जाब तो तुरन्त प्रसन्नतापूर्वक चला गया क्योंकि यहां वह किसी तरह अपने भय को दूर नहीं कर पा रहा था, पर उस्तेन

न गई।

एक ओर भयानक रानी का भय और दूसरी ओर लियो के निकट रहने की इच्छा के बीच पिसते हुए उसने मेरे कान में कहा—"वह क्या चाहती है? यह तो पत्नी का अधिकार है कि जब उसका पति मर रहा हो तब उसके पास रहे। मैं यहां से न जाऊंगी।"

आयेशा ने गुफा के कोने से, जहां खड़ी वह दीवार पर खुदे किसी चित्र की ओर देख रही थी, पूछा—"होली! यह औरत बाहर क्यों नहीं जा रही है?"

मुझे कुछ न सूझा कि इसका क्या जबाब दूं। मैंने इतना ही कहा, "वह लियो को छोड़कर जाने को राजी नहीं है।" आयेशा झपटकर वहां पहुंच गई और उस्तेन की ओर देखती हुई एक शब्द बोली—केवल एक शब्द, पर उतना ही काफी था; क्योंकि जिस लहजे में उसने कहा उसमें बहुत कुछ समाया हुआ था।

"जाओ!"

और उस्तेन घुटने के बल रेंगती हुई चली गई।

आयेशा ने हंसते हुए कहा—"देखा होली! यह ज़रूरी है कि मैं इन आदमियों को आज्ञा-पालन की शिक्षा देती रहूं। वह लड़की मेरा हुक्म नहीं मान रही थी। शायद उसने आज दोपहर का वह दृश्य नहीं देखा कि मैं अवज्ञा करनेवालों के साथ कैसा बर्ताव करती हूं। खैर, अब वह चली गई है; आओ, मैं इस युवक को देखूं।" यह कहकर वह उस पलंग के पास गई जिसपर लियो दीवार की ओर मुंह किए पड़ा हुआ था।

उसके चेहरे की ओर झुकते हुए उसने कहा—"इसकी छवि तो बहुत अच्छी है।"

क्षण-भर में ही उसकी लम्बी नरकट-सी काया इस प्रकार लड़खड़ाती हुई पीछे हटी जैसे किसीने उसे गोली या कटारी मार दी हो—पीछे हटी, यहां तक कि चट्टानी दीवार से उसकी पीठ टकरा गई और तब उसके होंठों से एक ऐसी भयानक तथा अपार्थिव चीख निकली जैसी मैंने कभी न सुनी थी।

मैं चिल्लाया—"आयेशा! क्या है? क्या वह मर गया?"

इसपर वह फिरी और बाघिन की भांति मेरी ओर झपटी।

सर्पिणी के समान फुफकारते हुए वह भयानक स्वर में बोली—"ओ कुत्ते! तूने यह बात मुझसे क्यों छिपाई?" यह कहकर उसने अपना हाथ मेरी ओर इस तरह फैलाया कि मैंने समझ लिया कि वह मुझे मार डालने को ही है।

जीवन्त भय से मैंने कहा—"क्या? क्या?"

उसने कहा—"आह! होली! शायद तू नहीं जानता था, पर अब जान, होली, अब जान। वह देख, मेरा खोया हुआ कालिक्रेटीज़ पड़ा है! कालिक्रेटीज़ जो आखिरकार मेरे पास लौट आया है। मैं जानती थी कि वह आएगा, वह ज़रूर आएगा!'' वह रोने और हंसने लगी और किसी भी नारी की भांति, जो भावावेश से अभिभूत हो गई हो, बुदबुदाई :

"कालिक्रेटीज़! कालिक्रेटीज़!"

मैंने अपने मन में इसे पागलपन समझा पर वैसा कहने का साहस मुझे नहीं हुआ। फिर इस समय मुझे केवल लियो की जीवन-रक्षा का ही ख्याल था, उस भयानक चिन्ता में और सब बातें भूल गई थीं। अब मैं डरा कि जब तक आयेशा का यह प्रबल भावावेश दूर होगा तब तक लियो कहीं मर न जाए।

इसलिए मैंने बड़ी नम्रता से कहा—"आयेशा, अगर आपने उसकी सहायता के लिए कुछ न किया तो आपका कालिक्रेटीज़ शीघ्र ही हाथों से जाता रहेगा। वह मरा ही चाहता है।"

वह चौंककर बोली—"ठीक है। हाय! मैं पहले क्यों न आई? अब तो मेरे हाथ-पांव ढीले पड़ गए हैं। मेरा हाथ कांपता है—मेरा भी!—फिर भी यह बड़ा आसान है। होली! यह शीशी पकड़ो," और उसने अपने कपड़ों के अन्दर से मिट्टी की एक छोटी शीशी निकाली, "और दवा उसके गले में उंडेल दो। अगर वह अभी मरा नहीं है तो इस दवा से बच जाएगा। जल्दी करो! जल्दी! वह मरा ही चाहता है।"

मैंने लियो की ओर देखा। बात बिलकुल ठीक थी। वह मौत से लड़ रहा था। उसका प्यारा मुंह राख की तरह हो गया था और सांस गले

में घरघरा रही थी। शीशी पर लकड़ी की छोटी डाट लगी थी। मैंने अपने दांतों से उसे खींचा और एक बूंद दवा मेरी जीभ पर आ गिरी। उसका स्वाद मीठा था। एक क्षण के लिए मेरा सिर घूम गया और मेरी आंखों के आगे धुंधलका छा गया। पर सौभाग्यवश यह स्थिति क्षण-भर ही रही और जितनी जल्दी पैदा हुई थी, उतनी ही जल्दी दूर भी हो गई।

जब मैं लियो के पास गया, वह दम तोड़ रहा था ; उसका स्वर्णिम मस्तक धीरे-धीरे ऐंठ रहा था और मुंह थोड़ा-थोड़ा खुला था। मैंने आयेशा को बुलाया और सिर पकड़ने को कहा। उसने वैसा ही किया, यद्यपि वह ऊपर से नीचे तक कांप रही थी। तब मैंने जबड़ों को थोड़ा और खोलकर दवा गले में डाल दी। तुरन्त उससे कुछ भाप निकली, जैसे नाइट्रिक एसिड में व्याघात होने से होता है। इस दृश्य से मेरी आशा, जो पहले ही से क्षीण थी, कुछ उभरी नहीं, न मुझे दवा में ही कुछ विश्वास हुआ।

पर एक बात तो ज़रूर हुई ; मृत्यु-कम्पन बन्द हो गया। पहले तो मैंने समझा कि वह समाप्त हो गया और भयानक नदी के पार हो गया, जिससे मरने पर जाना ही होता है। उसके चेहरे पर बिलकुल मुर्दनी छा गई और हृदय की धड़कन, जो पहले ही बहुत क्षीण थी, एकदम बन्द हो गई। सिर्फ पलकें थोड़ी-थोड़ी हिलती थीं। अपने सन्देह में मैंने आयेशा की ओर देखा जिसके सिर का कपड़ा उत्तेजना में खुल गया था। वह अब भी लियो का सिर पकड़े हुए थी, लियो के समान ही उसका चेहरा भी पीला पड़ गया था और उसपर गहरी व्यथा एवं चिन्ता की ऐसी छाप थी जैसी पहले कभी मैंने न देखी थी। स्पष्ट था कि उसे खुद निश्चय नहीं है कि वह मरेगा या जी जाएगा। धीरे-धीरे पांच मिनट बीत गए और मैंने देखा कि उसकी आशा टूट रही है। उसका खूबसूरत गोल मुख मुरझा गया और गहरी मानसिक वेदना के मारे छोटा और पतला दिखने लगा। उसकी आंख के गड्ढों के नीचे व्यथा की पेंसिल ने काली रेखाएं खींच दीं। होंठों का प्रवाल झड़ गया, वे लियो के मुख के समान सफेद पड़ गए और करुण रूप से कांपने लगे। उसे देखकर कष्ट होता था। अपने दुःख में भी मुझे उसके प्रति समवेदना उत्पन्न हुई।

मैंने पूछा—"क्या बहुत देर हो गई?"

उसने अपने हाथों में अपना मुंह छिपा लिया, और कोई उत्तर नहीं दिया। मैंने भी अपना मुंह फिरा लिया। किन्तु जैसे ही मैंने अपना मुंह फेरा, मुझे एक गहरी सांस सुनाई पड़ी और उधर दृष्टि स्थिर करके मैंने देखा कि लियो के चेहरे पर एक रंगत आती दिखाई दी। धीरे-धीरे वह सुर्खी गाढ़ी होती गई और आश्चर्य पर आश्चर्य हुआ कि जिस आदमी को हमने मरा समझ लिया था वह एक करवट हो गया।

मैंने धीरे से कहा—"आप देख रही हैं!"

उसने भारी आवाज़ में कहा—"हां, देखती हूं। वह बच गया। मैं तो समझी थी कि हमें देर हो गई—एक क्षण, एक लघु क्षण और बीत जाता तो वह जा चुका था!" और वह फूटकर रो पड़ी और इस प्रकार सिसकने लगी जैसे उसका कलेजा फट जाएगा। पर इस समय अपने रुदन में भी वह बड़ी सुन्दर लग रही थी। कुछ देर बाद वह चुप हो गई।

उसने कहा—"मुझे क्षमा करो, मेरे होली! मेरी दुर्बलता के लिए मुझे क्षमा करो। तुम देख ही रहे हो कि आखिर मैं एक स्त्री हूं। आज सुबह ही तुमने उस स्थान का वर्णन किया था जहां तुम्हारे इस नवीन मत के अनुसार मनुष्य सांसत भोगता है। तुमने उसे 'नरक' बताया था–एक स्थान जहां जीव की अपनी व्यक्तिगत स्मृतियां बनी रहती हैं और जहां निर्णय की भूलें और गलतियां, अतृप्त वासनाएं, मन के अन्तराल में पड़े अज्ञात भय सामने आकर उपहास करते और अपनी निराशापूर्ण पीड़ा से हृदय को चूर-चूर कर देते हैं। इसी स्थिति में रहकर मैंने दो हज़ार—पूरे दो हज़ार वर्ष बिताए हैं—छियासठ पीढ़ियां बीत गई हैं, हां उसी स्थिति में जिसे तुम नरक कहते हो। एक अपराध की स्मृति मुझे बराबर रात-दिन छेदती रही है, और मैं अतृप्त कामना की आग में जलती रही हूं—बिना किसी साथी के, बिना किसी सुख के, बिना मृत्यु के, केवल आशा की धुंधली ज्योति के सहारे, जो कभी यहां, कभी वहां टिमटिमाती, कभी बुझने-बुझने को होती, कभी ज़रा तेज़ हो जाती; पर मेरा ज्ञान मुझसे कहता रहा कि एक न एक दिन तेरा मुक्तिदाता तुझे मिल जाएगा।

"और होली! ज़रा सोचो, ऐसी कहानी क्या तुम फिर कभी सुन पाओगे, ऐसा दृश्य क्या फिर कभी देख पाओगे? पर सोचो, आखिर मेरा उद्धारकर्ता आया—वही जिसके लिए पीढ़ियों से मैं प्रतीक्षा करती रही हूं। वह नियुक्त समय पर मेरी खोज में आया; मैं जानती थी कि वह ज़रूर आएगा, क्योंकि मेरा ज्ञान झूठा नहीं हो सकता। हां, मुझे यह नहीं ज्ञात था कि वह कब और कैसे आएगा! फिर भी देखो, मैं कितनी आज्ञान थी! देखो, मेरा ज्ञान कितना क्षुद्र था, और मेरी शक्ति कितनी तुच्छ थी! यहां वह घण्टों मृत्यु की गोद में पड़ा रहा और मुझे मालूम तक न हुआ—मुझे, जिसने दो हज़ार वर्ष तक उसकी प्रतीक्षा की, और वह आया किन्तु मुझे मालूम भी न हुआ! आखिर मैं उसे देख पाई। देखो, बाल-बराबर देर होती तो मैं उसे खो चुकी थी, क्योंकि मृत्यु के जबड़ों से मेरी शक्ति भी उसे नहीं निकाल सकती थी। और अगर वह मर जाता तो फिर मुझे नरक की यातनाएं भोगनी पड़तीं, फिर मुझे थकावट-भरी शताब्दियों के बीच से गुज़रना पड़ता और प्रतीक्षा एवं प्रतीक्षा, तब तक प्रतीक्षा करनी पड़ती जब तक कि अवधि की पूर्ति पर मेरा प्यारा पुनः मेरे पास न आ जाता, और देखो, तुम उसे दवा पिलाते हो, पांच मिनट बीतते हैं, और मैं नहीं जानती कि वह मरेगा या जिएगा। मैंने समझ लिया कि अगर दवा ने इतनी देर में असर नहीं किया तो अब कोई असर न होगा। तब मैंने सोचा कि वह फिर एक बार मृत्यु की गोद में चला गया और इतने लम्बे युगों के समस्त उत्पीड़न एक विष से बुझे बरछे के रूप में घनीभूत हो गए और मुझे छेदने और छेदने लगे, क्योंकि एक बार फिर मैंने कालिक्रेटीज़ को खो दिया था। और जब यह सब हो चुका, तब देखो! उसने सांस ली! देखो, वह जी गया, और अब मुझे विश्वास है कि वह जी उठेगा, क्योंकि जिसे यह दवा लग जाती है वह मर नहीं सकता। सोचो होली! सोचो, कैसी अद्भुत दवा है यह। अब वह बारह घण्टों तक सोता रहेगा, तब बीमारी उसे छोड़कर चली जाएगी, उसके जीवन को और मुझे छोड़ जाएगी।"

वह चुप हो गई और लियो के स्वर्णिणी मस्तक को अपने हाथ से सहलाने लगी। फिर अत्यन्त पवित्र कोमलता के भाव से उसने झुककर लियो का माथा चूम लिया। यह दृश्य कैसा सुन्दर था—यदि उसने मेरा

कलेजा न चीर दिया होता, क्योंकि मैं ईष्यालु हो उठा था।

17

इसके बाद, एकाध मिनट शान्ति रही और इस अवधि में उसके मुख की दिव्य कान्ति—कभी-कभी वह दिव्य मालूम पड़ती थी—देखने से विदित होता था, मानो वह आनन्द-विह्वल हो रही है। पर अकस्मात् उसके दिमाग में कोई नया ख्याल आया और उसका यह दिव्य रूप एकदम प्रतिकूल हो गया।

उसने कहा—"अरे! मैं तो उस औरत, उस्तेन को भूल ही गई। वह कालिक्रेटीज़ की क्या है—उसकी नौकरानी, या···" इतना कहकर वह ठहर गई, उसकी आवाज़ भर्रा गई।

मैंने अपने कन्धे हिलाए, और बोला—"मैं समझता हूं कि अमाहज़र प्रथा के अनुसार लियो के साथ उसका विवाह हो चुका है। पर मैं ठीक नहीं कह सकता।"

उसका चेहरा वज्रमेघ के समान काला पड़ गया। इतनी आयु की होते हुए भी वह ईर्ष्या से ऊपर नहीं उठ सकी थी।

उसने कहा—"तब तो उसका अन्त आ गया। उसे मरना ही होगा। अभी मरना होगा।"

मैंने भयग्रस्त होकर पूछा—"किस अपराध के लिए? हे आयेशा! वह किसी भी ऐसे अपराध की अपराधिनी नहीं है जिसकी कि तुम न हो। वह लियो को प्यार करती है और उसने भी उसके प्रेम को स्वीकार किया है। तब उसका पाप क्या है?"

उसने प्रायः चिड़चिड़ाकर कहा—"होली! तुम सचमुच मूर्ख हो। उसका पाप क्या है? उसका पाप यही है कि वह मेरे और मेरी कामना के बीच आकर खड़ी हो गई है। मैं भली भांति जानती हूं कि मैं लियो को उससे छीन ले सकती हूं—अरे होली! क्या इस धरती पर कोई ऐसा आदमी है जो मेरे अपनी शक्ति का प्रयोग करने पर मेरा निवारण कर सके? पुरुष तभी तक वफादार रहता है जब तक प्रलोभन उसके पास से निकल जाते हैं। यदि प्रलोभन प्रबल हुआ तो पुरुष झुक जाएगा, क्योंकि

प्रत्येक पुरुष, हर रस्सी के समान एक विशेष दबाव पर टूटता है। वासना पुरुष के लिए वैसी ही है जैसी शक्ति और स्वर्ण स्त्री के लिए है। ये दोनों की दुर्बलता के भार हैं। मैं सच कहती हूं कि जिस स्वर्ग की तुम बात करते हो वह मानवी स्त्रियों को अखरेगा अगर वहां उनसे अधिक रूपसी अप्सराएं हुईं, क्योंकि उनके स्वामी तब उनकी ओर नज़र उठाकर भी न देखेंगे और उनका स्वर्ग ही उनका नरक बन जाएगा। पुरुष स्त्री के सौन्दर्य से, यदि वह प्रचुर मात्रा में उपलब्ध हुआ तो, खरीदा जा सकता है; और स्त्री का सौन्दर्य स्वर्ण से, यदि वह प्रचुर मात्रा में हो तो, खरीदा जा सकता है। मेरे ज़माने में ऐसा ही था, और काल के अन्त तक ऐसा ही रहेगा। मेरे प्रिय होली! यह दुनिया एक बड़ा बाज़ार है जहां हमारी कामनाओं के सिक्के में अधिकतम दाम लगानेवाला कोई भी चीज़ खरीद सकता है।"

आयेशा की आयु और अनुभव की स्त्री से व्यंग्य-वचनों के सिवा और क्या आशा की जा सकती थी? पर उन्हें सुनकर मुझे बड़ा दुःख हुआ और मैंने भी खीझकर कहा कि हमारे स्वर्ग में न विवाह होता है, न कोई लड़की विवाह में दी जाती है।

उसने कहा—"तब क्या तुम्हारा यह मतलब है कि ऐसा होने पर वह स्वर्ग न रहेगा? छिः तुमपर, होली, जो हम बेचारी अबलाओं की ओर तुम्हारा ऐसा विचार है! तब क्या तुम्हारे स्वर्ग और नरक के बीच बस यह विवाह ही सीमारेखा है? पर बहुत हो चुका ; अब बहस और बुद्धि को चुनौती देने के लिए समय नहीं है। तुम हमेशा विरोध क्यों करते हो? क्या तुम भी पिछले युग के तत्त्वज्ञानियों के समान हो? जहां तक इस औरत की बात है, उसे मरना ही होगा क्योंकि यद्यपि मैं उसके प्रेमी को उससे छीन ले सकती हूं, फिर भी जब तक वह जीती रहेगी वह उसके विषय में प्रेम और मृदुतापूर्वक सोचता रहेगा, और यह मैं बर्दाश्त नहीं कर सकती। कोई दूसरी स्त्री मेरे स्वामी के विचारों में नहीं आएगी, मेरे राज्य पर केवल मेरा अधिकार रहेगा। अपने समय में उसने सुख भोगा; उसीपर उसे सन्तोष करना चाहिए ; क्योंकि एकान्त के शत वर्ष से प्रेम का एक घण्टा कहीं अच्छा है—अब यह रात उसे निगल जाएगी।"

मैंने चिल्लाकर कहा—"नहीं, नहीं; यह बड़ा अपराध होगा और अपराध से बुराई के सिवा और कुछ हाथ नहीं आता। खुद अपने लिए ऐसा न करना।"

"ऐ मूर्ख आदमी! तब क्या अपने और अपने लक्ष्य के बीच खड़ी चीज़ को हटाना अपराध है? तब तो हमारा सम्पूर्ण जीवन ही एक लम्बा अपराध है क्योंकि हम प्रतिदिन विनाश करते हैं इसलिए कि हम जिएं। इस दुनिया में जो सबसे शक्तिमान है वही जी सकता है। जो दुर्बल हैं, उन्हें नष्ट होना ही पड़ेगा। धरती और उसके फल शक्तिमानों के लिए हैं। जो असफल होकर गिर जाते हैं उनके मृत शरीरों को कुचलते हुए हम पद और शक्ति के लिए दौड़ते हैं ; मरते, भूखे बच्चों के मुख से छीनकर हम खाना खाते हैं। संसार का यही नियम है। तुम कहते हो अपराध से बुराई पैदा होती है, पर असल में तुम्हें अनुभव नहीं है, क्योंकि अपराधों से बहुत-सी भलाइयां और भलाइयों से बहुतेरी बुराइयां भी होती देखी जाती हैं। अत्याचारी का निर्मम क्रोध बाद में आनेवाले सहस्रों के लिए आशीर्वाद-रूप हो सकता है और एक पवित्र मनुष्य, एक महात्मा की प्रेमलता एक राष्ट्र को पराधीन बना सकती है।.......

मैंने कहा—"आयेशा! आप बहुत गूढ़ हैं और मैं आपकी बुद्धि को पा नहीं सकता। पर आपने स्वयं ही मुझसे कहा था कि हर मनुष्य को स्वयं ही अपना कानून बनाना चाहिए और अपने हृदय की शिक्षा का ही अनुकरण करना चाहिए। क्या आपके हृदय में उसके लिए कोई दया नहीं है जिसका स्थान आप ग्रहण करेंगी? कृपया सोच लीजिए, जैसा आप कहती हैं—यद्यपि मेरे लिए यह अविश्वसनीय है—आपका प्रियतम युगों बाद लौटा है और आपने उसे मौत के मुंह से निकाल लिया है। क्या आप उसके आगमन का समारोह एक ऐसी स्त्री को मारकर मनाएंगी जो उसको प्यार करती है, और जिसे संयोगवश वह भी प्यार करता है। एक ऐसी स्त्री को मारकर जिसने आपके लिए उसकी जान उस समय बचाई जब आपके दास उसे बरछे भोंककर मार रहे थे? आपने यह भी कहा था कि भूतकाल में अपने इस युवक के साथ बुरा व्यवहार किया था, उसे अपने हाथ से मार डाला था क्योंकि

वह मिस्री अमीनार्ता को प्यार करता था।"

"ऐ अजनबी! तुम्हें यह कैसे मालूम हुआ? तुमने यह नाम कैसे जाना? मैंने तो तुम्हें नहीं बताया।" उसने मेरा हाथ पकड़ते हुए ज़ोर से पूछा।

मैं बोला—"शायद मैंने सपने में यह बात देखी। 'कोर' की इन गुफाओं में विचित्र सपने दिखाई पड़ते हैं। जान पड़ता है कि इस सपने में सचाई की छाया है। पागलपन-भरे उस अपराध से आपको क्या मिला? दो हज़ार वर्षों की प्रतीक्षा! यही न? और आप पुनः उसी इतिहास को दोहराएंगी? आप जो चाहे कहें, मैं आपसे कहता हूं कि इसका परिणाम बुरा ही होगा। कर्ता को भले से भला ही मिलता है, जब बुराई से बुराई ही पैदा होती है—फिर चाहे बाद में बुराई से भलाई ही पैदा हो जाए। अपराध और पाप तो होते ही रहेंगे, पर जो अपराध और पाप करता है उसका बुरा ही होता है। उस मसीहा ने भी, जिसके बारे में मैंने आपको बताया था, यही कहा था और ठीक ही कहा था। मैं कहता हूं कि यदि आप इस निर्दोष स्त्री को मार डालेंगी तो आपपर बड़ा अभिशाप पड़ेगा और अपने प्रेम के प्राचीन वृक्ष का कोई फल आप न पा सकेंगी। अब, आप क्या सोचती हैं? यह आदमी जब आपको उस स्त्री का खून करते देखेगा जिसने उसकी सेवा की और जान बचाई, तो उसे आपके बारे में कैसा लगेगा? क्या वह आपको ग्रहण करेगा?"

उसने उत्तर दिया—"मैं इसका उत्तर पहले ही दे चुकी हूं। होली! यदि मैं तुम्हें और उसे दोनों को मार डालूं तब भी वह मुझे प्यार करेगा। क्योंकि जैसे अगर मैं तुम्हें मारना चाहूं तो तुम मेरे हाथ से नहीं बच सकते, वैसे वह मुझे प्यार किए बिना नहीं रह सकता। फिर भी तुम जो कुछ कह रहे हो, उसमें सत्य हो सकता है, क्योंकि वह मेरे मन से भी टकराता है। अगर ऐसा ही है तो मैं इस स्त्री को छोड़ दूंगी। मैंने तुम्हें बताया है कि मैं निर्दयता के लिए निर्दयता नहीं करती? मैं किसीको कष्ट में देखना या कष्ट पहुंचाना पसन्द नहीं करती। उसे मेरे सामने आने दो—जल्दी लाओ, कहीं मेरा मन फिर न,जाए,"—और उसने अपने चेहरे पर नकाब डाल लिया।

मुझे प्रसन्नता हुई कि चलो, कुछ तो हुआ ; इसलिए मैंने बाहर जाकर उस्तेन को पुकारा। वह उठकर दौड़ी हुई मेरे पास आई।

"क्या मेरे स्वामी मर गए? हाय, ऐसा न कहिएगा!" उसने चीखकर अपना उच्च भावनापूर्ण मुख मेरी ओर उठाते हुए कहा। उसका सारा मुंह आंसुओं से तर था और उसपर विनय और करुणा की छाया थी। यह देखकर मेरा हृदय द्रवित हो गया।

मैंने उत्तर दिया—"नहीं, वह जीता है। अवश्य-माननीया ने उसे बचा लिया। आओ।"

उसने गहरी सांस ली और प्रवेश किया और घुटनों और हाथ के बल ज़मीन पर पड़ गई।

अत्यन्त ठण्डी, सूखी आवाज़ में आयेशा ने कहा—"उठो! और यहां आओ।"

उस्तेन ने आज्ञा का पालन किया और उसके सामने सिर झुकाकर खड़ी हो गई। इसके बाद कुछ देर सन्नाटा रहा जिसे आयेशा ने तोड़ा।

उसने सोए हुए लियो की ओर संकेत करके कहा—"यह आदमी कौन है?"

उसने धीरे से उत्तर दिया—"वह मेरा पति है।"

"किसने उसे तुम्हारा पति बनाया?"

"अवश्य-माननीया! मैंने अपने देश की प्रथा के अनुसार उसे वरण किया।"

"इस आदमी का, जो अजनबी है, वरण कर तूने बुरा किया। वह तुम्हारी जाति का नहीं है इसलिए तुम्हारी प्रथा उसपर लागू नहीं होती। अच्छा सुन, संयोग से, अज्ञानवश तूने ऐसा काम कर डाला, इसलिए ऐ नारी, मैं तुझे छोड़ देती हूं, अन्यथा तुझे मार डालती। अच्छा, फिर से सुन ले। अब तू अपने स्थान पर चली जा और फिर इस आदमी से बोलने या अपनी आंखों से इसे देखने का साहस न करना। वह तेरे लिए नहीं है। तीसरी बार सुन ले। अगर तू मेरी इस आज्ञा का उल्लंघन करेगी तो उसी क्षण मर जाएगी, जा!"

पर उस्तेन नहीं हिली।

"ऐ औरत चली जा!"

उस्तेन ने मुंह ऊपर उठाया। मैंने देखा कि वह भावावेश से चूर-चूर हो रही है।

उसने भर्राई हुई आवाज़ में कहा—"नहीं हिया! मैं नहीं जाऊंगी। वह आदमी मेरा पति है और मैं उसे प्यार करती हूं—मैं उसे प्यार करती हूं और मैं उसे छोड़कर न जाऊंगी। तुम्हें क्या अधिकार है कि इस तरह मुझे अपने पति को छोड़कर चले जाने को कहती हो?"

मैंने देखा कि आयेशा ऊपर से नीचे तक क्रोध से कांप उठी और यह सोचकर मैं डर गया कि पता नहीं, क्या होनेवाला है।

मैंने लैटिन में कहा—"दया कीजिए। प्रकृति उससे यह करा रही है।"

उसने लैटिन में ही रुखाई से उत्तर दिया—"मैं दया ही कर रही हूं। अगर मैं दया न करती, तो अब तक यह खतम हो चुकी होती।" फिर उस्तेन को सम्बोधन करके बोली—"ऐ औरत! मैं तुझीसे कह रही हूं कि जहां तू खड़ी है, वहीं मैं तुझे ढेर कर दूं इसके पहले यहां से चली जा।"

उसने अत्यन्त वेदना-भरे स्वर में कहा—"मैं नहीं जाऊंगी! यह मेरा है—मेरा! मैंने उसे ग्रहण किया, मैंने उसकी जान बचाई! अगर तुममें शक्ति है तो तुम मुझे मार डालो! मैं तुम्हें अपना पति नहीं दूंगी—कभी नहीं—हर्गिज़ नहीं!"

इसपर आयेशा ने बड़ी फुर्ती के साथ न जाने क्या किया कि मैं ठीक तरह से देख नहीं सका। पर मुझे आभास-सा हुआ, मानो उसने अपने हाथ से उस दीन लड़की के सिर पर हलकी ठेस दी हो। मैंने उस्तेन की ओर देखा और डरकर लड़खड़ाता हुआ पीछे हट गया। क्योंकि उसके सिर पर घने घुंघराले बालों के बीच तीन उंगलियों की छाप थी—बर्फ के समान सफेद। और उस लड़की ने अभिभूत की भांति अपने हाथ अपने सिर पर उठा दिए।

इस अमानवीय शक्ति के भयानक प्रदर्शन पर सकपकाकर मैं बोला—"हे ईश्वर!" पर आयेशा हंस पड़ी।

उसने उस विस्मित लड़की से कहा—"ऐ अजान मूर्खा! तू सम-

झती है कि मैं तुझे नहीं मार सकती? देख, उधर आईने में जाकर देख।" और उसने लियो के गोल 'शेविंग ग्लास' (दाढ़ी बनाने के लिए शीशा) की ओर, जिसे जाब ने उसके अन्य सामान के साथ एक ओर रख दिया था, इशारा किया—"होली! ज़रा इस स्त्री को वह आईना दे दो कि वह देख ले कि उसके बालों के बीच क्या है, और समझ ले कि मैं उसे मार सकती हूं या नहीं।"

मैंने शीशा लेकर उसे उस्तेन के सामने कर दिया। उसने देखा, अपने बालों को छुआ, फिर देखा और फिर ज़मीन पर गिरकर सिसकने लगी।

आयेशा ने, उपहासपूर्ण स्वर में कहा—"अब भी तू जाएगी या मैं दोबारा मारूं? देख, मैंने तुझपर अपनी मुहर लगा दी है इसलिए कि जब तक तेरे सब बाल सफेद न हो जाएं तब तक मैं तुझे पहचानती रहूं। पर समझ रख कि यदि मैंने फिर तुझे देखा तो तेरी हड्डी-पसली एक कर दूंगी।"

बेचारी उस्तेन बिलकुल सहमी और टूटी हुई उठी और फूट-फूटकर रोती हुई कमरे से बाहर चली गई।

उसके जाने के बाद आयेशा ने कहा—"मेरे होली! इतना डरे क्यों दिखाई देते हो? मैं तुमसे कहती हूं कि मैं जादू का प्रयोग नहीं करती—जादू कोई चीज़ नहीं है ; केवल एक शक्ति है जिसे तुम नहीं जानते, नहीं समझते। मैंने उसे डराने के लिए यह छाप लगा दी है अन्यथा मैं उसे मार ही डालती। अब मैं अपने नौकरों को बुलाकर उनके द्वारा अपने स्वामी कालिक्रेटीज़ को अपने कमरे के निकट किसी कमरे में ले जाऊंगी जिससे मैं उसकी देखभाल कर सकूं और जब वह उठे तब उसका स्वागत कर सकूं। वहीं और तुम तुम्हारा गोरा नौकर भी रहेंगे। पर एक बात याद रखना, नहीं तो तुम्हारी कुशल नहीं और वह यह कि कालिक्रेटीज़ से न कहना कि वह औरत किस प्रकार यहां से गई है और मेरे बारे में भी कुछ न कहना। मैंने तुम्हें चेता दिया!" और मुझे सदा से भी ज़्यादा घबराया हुआ छोड़कर वह नौकरों को आदेश देने चली गई।

वह रात मैंने लियो के कमरे में ही बिताई, पर वह रात-भर मुर्दे की भांति बेहोश सोता रहा और एक बार भी नहीं हिला। मैं भी

मीठी नींद सुबह तक सोता रहा। जब मैं उठा तो शरीर में ताज़गी और फुर्ती आ गई थी। अन्त में वह समय भी आ पहुंचा जब आयेशा के कथनानुसार लियो को जागना चाहिए था। आयेशा घूंघट पहने स्वयं आ गई।

उसने कहा—"होली! देखो, ज्वर-मुक्त हो जाने के कारण अब वह भला-चंगा उठ बैठेगा।"

ये शब्द मुश्किल से उसके मुंह से निकल पाए होंगे कि लियो ने करवट बदली और अंगड़ाई लेकर अपनी आंखें खोल दीं और किसी स्त्री को अपने ऊपर झुकी देख उसे उस्तेन समझ उसकी गर्दन में दोनों बांहें डाल दीं और मुख चूम लिया तथा अरबी में बोला—"उस्तेन! तुमने अपना सिर इस तरह क्यों बांध रखा है? क्या तुम्हारे दांतों में दर्द हो रहा है?" फिर जाब से अंग्रेज़ी में कहा—"मुझे बड़े ज़ोर की भूख लगी है। जाब! मुझे क्या हो गया था?"

"श्री लियो! मैं स्वयं नहीं जानता।" आयेशा की ओर कातर दृष्टि से देखते हुए जाब बोला—क्योंकि वह अभी तक उसे चलता-फिरता शव ही समझ रहा था—"पर आप ज़्यादा न बोलिए। आप बहुत बीमार हो गए थे और आपकी बीमारी के कारण हम सब बड़ी चिन्ता में पड़ गए थे।" इसके बाद आयेशा की ओर देखकर कहा—"अगर यह महिला मुझे जाने की अनुमति दें तो मैं आपके लिए शोरबा लाऊं।"

इस बात से लियो का ध्यान उस 'महिला' की ओर गया, जो पूर्णतः चुपचाप खड़ी थी।

लियो ने कहा—"अच्छा! यह उस्तेन नहीं है! उस्तेन कहां गई?"

तब पहली बार आयेशा बोली, और उसके प्रथम शब्द ही झूठे थे—"वह किसीसे मिलने गई है। और उसकी जगह मैं यहां आपकी सेवा के लिए आपकी परिचारिका-रूप में उपस्थित हूं।"

आयेशा की मीठी-सुरीली आवाज़ और मुर्दे-सी वेशभूषा से लियो की अर्द्धजागरित बुद्धि चकित हो गई। उसने कुछ उत्तर न दिया, किन्तु शोरबा पीकर फिर सो गया और शाम तक सोता ही रहा। जब वह दूसरी बार जागा तो उसने मुझे देखा और मुझसे पूछने लगा कि क्या बात हो गई थी। पर मैंने उस समय अगले दिन सुबह

तक के लिए टाल दी। दूसरे दिन जब वह उठा तो बहुत अच्छा था। तब मैंने उसकी बीमारी तथा अपने कार्यों के विषय में उसे चन्द बातें बताईं, पर चूंकि आयेशा मौजूद थी इसलिए मैं उसे इसके सिवा कुछ ज़्यादा बातें नहीं बतला सका कि वह इस देश की रानी है और हम लोगों को बहुत मानती है। वह अपनी ख़ुशी से नकाब पहनकर निक-लती है। यद्यपि मैंने ये बातें अंग्रेज़ी में कहीं, फिर भी डर रहा था कि मेरे चेहरे के भावों से कहीं वह कुछ का कुछ न समझ ले। फिर मुझे उसकी चेतावनी भी याद थी।

दूसरे दिन सुबह जब लियो उठा तो पूर्णतः स्वस्थ हो गया था। बगल का घाव भर गया था और उस भयानक ज्वर के कारण आई हुई शिथिलता भी दूर हो गई थी। यह सब आयेशा की उस अद्‌भुत दवा का ही असर था। स्वस्थ होते ही उसे इस दुस्साहसिक यात्रा की सब घटनाएं, उसके दलदल में बीमार एवं बेहोश होने तक, याद आ गईं। उसे उस्तेन की भी याद आई जिसे वह बहुत प्यार करने लगा था। सच पूछो तो उसने उस्तेन के बारे में मुझसे प्रश्नों की भरमार कर दी। इन सवालों का उत्तर देने का साहस मुझे न हुआ, क्योंकि लियो के पहली बार जागने पर आयेशा ने मुझे बुला भेजा था और मुझे लियो से उस्तेन-सम्बन्धी घटना की कोई भी बात बताने से एक-दम मना कर दिया था। यह भी कह दिया था कि अगर मैंने कुछ कहा, तो मेरे हक में अच्छा न होगा। दूसरी बार उसने फिर मुझे चेतावनी दी—"खबरदार, उससे तुम कुछ न कहना। समय आने पर मैं खुद उसे बताऊंगी।"

आयेशा का सारा व्यवहार ही बदल गया था। जो कुछ जान-कारी मुझे उसके बारे में हुई थी उससे मैं यही आशा करता था कि वह अपनी पुरानी दुनिया के प्रेमी पर तुरन्त अपना दावा करेगी; पर न जाने किस विचार या कारण से, जिसे जानने में मैं उस समय असमर्थ था, उसने ऐसा नहीं किया। वह लियो की सेवा, परिचर्या का ध्यान रखती और उसकी आवश्यकताओं की चुपचाप और अत्यन्त नम्रतापूर्वक पूर्ति किया करती, जो उसके पहले के शाही रंग-ढंग के बिलकुल विपरीत था। वह बड़े सम्मानपूर्वक उसे सम्बोधन करती, और

जहां तक हो सकता उसके पास ही रहती थी। इस रहस्यमयी स्त्री के प्रति लियो की उत्सुकता भी उसी तरह बढ़ गई थी जिस प्रकार मेरी बढ़ी थी, और वह उसका मुख देखने को विशेष उत्सुक था। मैंने उससे इतना तो बता ही दिया था कि जिस प्रकार उसकी आवाज़ मीठी और गठन सुन्दर है वैसे ही उसका मुख भी सुन्दर है। किसी तरुण की उत्कण्ठा को खतरनाक ऊंचाइयों तक पहुंचाने के लिए इतना ही पर्याप्त था और यदि अपनी बीमारी का कुछ प्रभाव अब भी उसके ऊपर न होता और उस्तेन के बारे में वह इतना परेशान न होता—जिसकी मृदुता और वीरनिष्ठा का वह प्रायः बखान किया करता था—तो निश्चय ही अब तक आयेशा के प्रेम-जाल में कभी का फंस चुका होता। पर अभी तो स्थिति यह थी कि वह केवल उत्सुक था और यद्यपि मेरी भांति उसे आयेशा की उम्र का ठीक पता न था, पर वह भी उसके बारे में कुछ उलझन में तो ज़रूर पड़ गया था, क्योंकि वह ठीकरे के अभिलेख में वर्णित रानी के रूप में उसे मानने लगा था। तीसरे दिन सुबह, जब वह कपड़े बदल रहा था, मुझे सवाल पर सवाल करके इतना परेशान किया कि मैंने उससे कह दिया कि इस विषय में जो कुछ पूछना हो आयेशा से पूछो, क्योंकि मैं नहीं जानता कि उस्तेन कहां है; और यह सच भी था, क्योंकि मुझे सचमुच उस्तेन के बारे में इस समय कोई जानकारी न थी। सुबह का नाश्ता कर लेने के बाद लियो और मैं दोनों आयेशा के सामने उपस्थित हुए। अब गुंगियों को आज्ञा दे दी गई थी कि हम जब भी चाहें अन्दर आ-जा सकते हैं।

सदा की भांति, इस समय भी, वह अपने कक्ष में बैठी थी। पर्दा उठाते ही वह पलंग से उठ खड़ी हुई और हमारे, बल्कि सच पूछो तो लियो के, स्वागत के लिए दोनों हाथ फैलाए आगे बढ़ी। कैसा सुन्दर दृश्य था कि वह नकाब डाले इठलाती हुई बलवान अंग्रेज़ युवक की ओर बढ़ रही थी। लियो यद्यपि रक्त की दृष्टि से आधा यूनानी था पर बालों को छोड़कर और बातों में पूरा अंग्रेज़ ही दिखता था। उसमें आजकाल के यूनानियों की कोमलता तथा ढीलढाल न थी, यद्यपि उसमें अपनी विदेशी मां का सौन्दर्य प्रस्फुटित हुआ था। वह काफी लम्बा था और उसका वक्ष चौड़ा था। उसके चेहरे पर गौरव का भाव था

जो उसके अमाहज़र नाम 'शेर' से ठीक ही अभिव्यक्त होता था।

आयेशा ने अपनी अत्यन्त मीठी वाणी में कहा—"मेरे स्वामी और अतिथि, तुम्हारा स्वागत है। मैं तुम्हें फिर ज़मीन पर खड़ा देखकर बहुत प्रसन्न हूं; और मैं सच कहती हूं कि यदि मैं न बचाती, तो तुम इस प्रकार फिर खड़े न दिखाई पड़ते। पर बीमारी अब चली गई है और"—गूढ़ भावों का एक संसार ही अपने शब्दों में उंडेलती हुई वह बोली—"मैं चेष्टा करूंगी कि अब वह कभी न लौटे।"

लियो ने झुककर प्रणाम किया और फिर अपनी सर्वोत्तम अरबी में उसकी मेहरबानियों के लिए धन्यवाद दिया।

आयेशा ने नम्र वाणी में कहा—"नहीं, नहीं, तुम्हारे जैसे आदमी को दुनिया मरने न देती। दुनिया में ऐसा सौन्दर्य विरल है। मुझे धन्यवाद देने की ज़रूरत नहीं। मैं तुम्हारे आने से सुखी हूं।"

लियो ने मेरी तरफ मुड़कर अंग्रेज़ी में कहा—"अरे, यह महिला तो बड़ी शिष्ट और सुशील जान पड़ती है। अच्छी जगह पहुंचे। मैं समझता हूं कि ऐसा अवसर पाकर आप चूके न होंगे! वाह, क्या सुन्दर भुजाएं हैं!"

मैंने उसे चुप रहने का इशारा किया, क्योंकि मुझे शंका हुई कि आयेशा हमें बड़े ध्यान से देख रही है और उसके आवृत मुख पर संदेह की छाया पड़ने लगी है।

आयेशा बोली—"मुझे विश्वास है कि मेरे नौकर-चाकर तुम्हारी खिदमत ठीक तरह से करते हैं। अगर इस दरिद्र स्थान में किसी प्रकार भी आराम मिल सकता है, तो वह तुम्हें ज़रूर मिलेगा। और भी कोई बात तुम चाहते हो तो कहो।"

"हां, रानी!" लियो ने जल्दी से पूछा—"मैं यह जानना चाहता हूं कि मेरे साथ जो औरत थी वह कहां गायब हो गई?"

आयेशा ने कहा—"वह? वह लड़की! हां-हां, मैंने उसे देखा तो था। मैं नहीं जानती कि वह कहां गई है। उसने इतना ही कहा कि मैं कहीं जा रही हूं। संभव है वह लौट आए, संभव है न लौटे। बीमार की सेवा बड़ा कठिन काम है, और ये जंगली औरतें चंचल भी होती हैं।"

लियो यह समाचार सुनकर परेशान और दुखी हो गया।

उसने मुझसे अंग्रेजी में कहा—"बड़ा आश्चर्य है!" फिर आयेशा की ओर घूमकर बोला—"मुझे कुछ समझ में नहीं आता! हम दोनों एक-दूसरे को चाहते थे।"

आयेशा ने मीठी, संगीत-भरी हंसी हंसकर बात टाल दी।

18

इसके बाद देर तक इधर-उधर की बातें होती रहीं, जो इस समय मुझे याद नही हैं। पर किसी कारण से, कदाचित् इसलिए कि कहीं लियो को उसका पता न चल जाए, आयेशा पहले की भांति खुलकर बात नहीं करती थी। कुछ देर बाद उसने लियो को सूचित किया कि हमारे मनोरंजन के लिए उसने आज रात नृत्य का प्रबन्ध किया है। यह सुन-कर मुझे आश्चर्य हुआ, क्योंकि अब तक मैं यही समझता था कि अमा-हज़र लोग इस प्रकार के मनोरंजन से अपरिचित हैं। बाद को हमें मालूम हुआ कि अमाहज़र नृत्य अन्य देशों में प्रचलितनृत्य से भिन्न है। इसके बाद जब हम उठकर चलने लगे तो आयेशा ने मुझसे कहा कि शायद लियो इन गुफाओं की सैर करना चाहे। यदि ऐसा हो तो तुम उसे दिखला देना। इसलिए मैं और लियो जाब तथा बिल्लाली के साथ वहां से विदा हुए।

हम कंकालों के उस पिरामिड को देखने गए जो कल रात मुझे सपने में दिखाई पड़ा था। फिर वहां से दूसरे समाधि-भवन में गए जहां 'कोर' के गरीब लोगों के शव रखे थे। ये शव उतनी अच्छी तरह सुरक्षित नहीं थे जितनी अच्छी तरह धनिक वर्ग के शव थे। बहुतों पर कोई कपड़ा ही न था। फिर 500 से 1000 तक शव एक बड़े समाधि-भवन में रख दिए गए थे ; बहुत-से शव एक के ऊपर एक रखे हुए थे।

लियो ने इस असामान्य और अद्‌भुत दृश्य को बड़ी दिलचस्पी से देखा। उसकी सम्पूर्ण कल्पना क्रियाशील हो उठी। पर बेचारे जाब को इसमें कोई आकर्षण न अनुभव हुआ। इस देश में आने के बाद जो घटनाएं घटी थीं उनसे वह योंही घबराया हुआ था, विनष्ट मान-

वता के इन भयानक दृश्यों ने उसके चित्त को और भी क्षुब्ध कर दिया। बिल्लाली के इन शब्दों से भी उसकी तबीयत ठिकाने न हुई कि उसे इन मुर्दों से डरना न चाहिए, क्योंकि उसे भी इन्हीं मुर्दों में शामिल होना है।

जब मैंने यह बात उसे अंग्रेज़ी में समझाई तो वह बोला—"किसी आदमी के लिए इस प्रकार कहना क्या अच्छी बात है? पर एक आदमखोर जंगली से और क्या आशा की जा सकती है? पर वह ठीक ही कह रहा है!" और उसने गहरी सांस ली।

गुफाओं की सैर खत्म कर हम लौट आए। दोपहर के चार बज चुके थे और हमें भोजन एवं विश्राम की ज़रूरत थी। हमने लौटकर भोजन किया। भोजनोपरान्त हमने थोड़ी देर आराम किया। छः बजे हम, जाब के साथ, आयेशा के पास गए। आयेशा जाब को कुण्ड के जल पर उतरती तस्वीरें दिखाती रही जिससे उसके बचे होश-हवास भी गुम हो गए। आयेशा को मुझसे मालूम हो गया था कि वह सत्रह बच्चों में से एक था। उसने जाब से अपने भाई-बहिनों का ध्यान करने को कहा। सब भाई-बहिनों की शक्ल कुण्ड के जल पर दिखाई देने लगी। बहुतों की शक्ल बिलकुल साफ थी, कुछ की धुंधली थी। धुंधली होने का कारण यह था कि जाब को स्वयं उनकी सूरत-शक्ल साफ नहीं याद आ रही थी और जल में मन में उदित होनेवाली शक्लों की छाया ही पड़ती थी।

यह याद रखना चाहिए कि इस विषय में आयेशा की शक्तियां सीमित थीं क्योंकि कुछ विशिष्ट अपवादों को छोड़कर वह केवल उपस्थित लोगों में से किसीके मन में उभरनेवाली बातों का प्रतिबिम्ब ही पानी में उदित कर पाती थी। हां, यदि वह स्वयं किसी स्थान वा स्थिति से परिचित होती तो अवश्य पानी में उसकी या वहां से गुज़रनेवाले पदार्थों की छाया डाल सकती थी जैसाकि ह्वेलबोट के सम्बन्ध में हो चुका था। पर दूसरों के मन पर वह इस प्रकार का प्रभाव न डाल सकती थी। उदाहरणस्वरूप वह मेरे कालेज के गिर्जे के अन्तरंग भाग को, जिस रूप में वह मुझे याद था उसी रूप में, पानी में दिखा सकती थी, पर उस समय उसका क्या रूप वस्तुतः होगा यह नहीं दिखला सकती थी। जहां तक दूसरों से सम्बन्ध रखनेवाले विषयों की बात थी, वह वही बातें दिखा

सकती थी जो किसी न किसी उपस्थित व्यक्ति के मानस-पटल पर उदित हों। हमने पार्लियामेण्ट भवन, सेंटपाल का गिर्जाघर इत्यादि प्रसिद्ध इमारतें दिखाने को कहा तो उनकी बड़ी विकृत एवं धुंधली छाया जल पर उदित हुई, क्योंकि यद्यपि उनका एक सामान्य खाका हमारे मन में था परन्तु उसकी कला एवं कारीगरी के ब्योरे हमारे स्मृति-पट पर स्पष्ट नहीं थे, इसलिए उनकी पूरी छाया उदित नहीं हुई।

यद्यपि आयेशा अपनी मनःप्रेक्षण शक्ति से यह करती थी और मानसिक उत्प्रेक्षण (टेलीपैथी) के विकसित रूप के सिवा यह कुछ नहीं था, पर जाब इन बातों को न समझता था और इसे आयेशा की जादूगरी समझकर डरता था। इसलिए जब उसनें अपने सुदूर स्थित भाइयों के स्पष्ट चित्र पानी पर देखे और आयेशा को खिलखिलाकर हंसते देखा, तो मारे डर के उसकी चीख निकल गई। लियो को भी यह प्रदर्शन कुछ अच्छा न लगा, वह सिर्फ अपने घुंघराले बालौं में अंगुली फेरता चुपचाप खड़ा यह सब देखता रहा।

इस तमाशे के अन्तिम भाग में लियो शामिल नहीं था। बहरहाल इसके एक घण्टे बाद गुंगियों ने आकर इशारे से बताया कि बिल्लाली बाहर खड़ा है और दर्शन करना चाहता है। आज्ञा मिलने पर वह रेंगता हुआ कमरे में आया और निवेदन किया कि नृत्य की सब तैयारी हो चुकी है और रानी तथा उनके सफेद अतिथियों को वहां चलना चाहिए। कुछ देर बाद हम सब उठ खड़े हुए और आयेशा ने अपनी सफेद कफनी पर काला लबादा डाल लिया। हम सब बाहर आए। नृत्य खुले आकाश के नीचे, महती गुफा के सामने के चौरस मैदान में होनेवाला था। हम उसी ओर चल पड़े।

गुफा-द्वार से लगभग पंद्रह कदम की दूरी पर तीन कुर्सियां रखी थीं। हम इनपर बैठ गए और प्रतीक्षा करने लगे क्योंकि वहां कोई नृत्यकार तो दिखाई नहीं देता था। रात निविड़ अंधियारी तो नहीं, पर काफी अंधेरी थी ; अभी तक चांद भी न निकला था, इसलिए हमें आश्चर्य हो रहा था कि नाच हम देखेंगे कैसे !

जब लियो ने पूछा तो आयेशा ने हलकी हंसी हंसकर कहा—"अभी तुम्हें सब मालूम हो जाएगा।"

उसके मुंह से ये शब्द निकले ही होंगे कि चारों ओर से काली शक्लें आती दिखाई पड़ीं। हरएक के पीछे कोई ऐसी जलती चीज थी जिसे हमने पहले मशाल समझा। वह जो भी चीज़ रही हो, पर जल बड़े ज़ोर से रही थी और हर आदमी से लगभग एक-एक गज़ पीछे थी। इस तरह जलती मशालें लिए पचास आदमी आ गए। वे नरक से आए यमदूतों के समान दीखते थे। लियो ने पहले देखा कि वे मशाल जैसी चीजें क्या हैं।

उसने कहा—"हे ईश्वर! ये तो मुर्दे जल रहे हैं।" मैंने घूर-घूर-कर देखा। उसका कहना ठीक था। हमारे दिल-बहलाव के लिए रोशनी करनेवाली ये मशालें और कुछ नहीं, गुफाओं से लाए गए आदमियों की सुरक्षित लाशें थीं।

ये मुर्दों की मशालें लिए आगे बढ़ते आए और हमसे लगभग बीस कदम की दूरी पर एक स्थान पर रुक गए और अपने जलते बोझों को एक-दूसरे के आड़े ज़मीन पर रखते गए। जैसे एक बड़ी होली जल रही हो। वे चिल्लाते और दौड़ते थे। ये शव इस तेज़ी से जल रहे थे जैसे राल के पीपे भी न जलेंगे। यहीं तक अन्त नहीं हुआ। मैंने देखा कि एक हृष्ट-पुष्ट आदमी ने एक जलता हुआ हाथ उठा लिया जो किसी शव से टूटकर अलग हो गया था। उसे लेकर वह अंधकार में दौड़ गया। फिर रुका और शीघ्र ही एक लम्बी ज्वाला धधक उठी। हमने देखा कि वहां बांस में एक स्त्री की लाश बंधी चट्टान के सहारे ऊपर उठी हुई थी। उस आदमी ने उसके बालों में आग लगा दी थी। कुछ दूर पर उसने एक दूसरी लाश में आग लगाई, फिर तीसरी, फिर चौथी—यहां तक कि हम सब तीन तरफ ऐसी ही रोशनी से घिर गए। इन लाशों को सुरक्षित रखनेवाले मसाले इतने ज्वलनशील थे कि शवों के मुंहों और कानों से एक-एक फुट ऊंची ज्वालाएं निकल रही थीं।

नीरो ने ज़िंदा ईसाइयों को धूने में लपेटकर तथा उन्हें जलवाकर अपने उद्यान में रोशनी की थी, और तब से शायद पहली बार हम इस प्रकार का दृश्य इस समय देख रहे थे। सौभाग्य की बात इतनी ही थी कि ये मशालें जिंदा आदमियों की नहीं थीं।

हमको जो तमाशा दिखाया जा रहा था उसमें यद्यपि इतनी कमी थी

फिर भी यह दृश्य इतना बीभत्स और भयानक था कि मेरी अल्प-शक्ति उसका वर्णन करने में असमर्थ है। उससे हमारी नैतिक एवं भौतिक प्रेरणाओं पर प्रभाव पड़ता था। अतीत काल के मुर्दों द्वारा जीवितों के उल्लास को प्रकाशित करने के इस कार्य में कुछ अत्यन्त भयानक पर साथ ही आकर्षक तत्त्व छिपे हुए थे। यह जीवितों एवं मृतकों—दोनों—पर स्वयं एक व्यंग्य के समान था। प्राचीन काल के इन मरे हुए सीज़रों से जंगलियों के नृत्य में प्रकाश का काम लिया जा रहा था। वे क्या जानते होंगे कि आगे चलकर हमारी ही सन्तानों के उत्सुक समूह, हमारी स्मृति की पूजा करने की जगह हमारा ऐसा हीन उपयोग करेंगे और इस दुःखजनक संसार में पैदा करने के लिए वे उलटा हमें शाप देंगे।

फिर इस तमाशे का एक शारीरिक—भौतिक—पहलू भी था, जो बहुत महत्त्वपूर्ण था। कोर के ये प्राचीन नागरिक जिस प्रकार जिए थे, उसी प्रकार जल भी रहे थे—उनका जीवन विलास, भोग तथा अत्यन्त उदारता से पूर्ण था, जीवन के वही गुण उनके गलने में भी व्यक्त हुए थे। फिर संख्या में भी वे बहुत थे। ज्योंही वे टखनों तक जल चुकते थे, और इसमें लगभग बीस मिनट लग जाते थे, तो पांवों की ठोकर मारकर दूर हटा दिया जाता था, और उनके स्थान पर दूसरा शव लाकर जला दिया जाता था। यह अग्निदाह बड़े भारी रूप में हो रहा था और उसकी ज्वालाएं आकाश में उठ रही थीं, कभी-कभी बीस से तीस फुट तक ऊंची, जिनसे दूर-दूर तक अंधकार में प्रकाश के भभूके उठते थे। उधर अमाहज़र लोगों की काली आकृतियां उछल रही थीं—नार्किक अग्नि को प्रज्वलित करनेवाले यमदूतों की भांति। हम सब खड़े भय-पूर्वक उस दृश्य को देख रहे थे—हैरान फिर भी मुग्ध।

आयेशा ने हंसते हुए, मानो उसपर इन बातों का कुछ प्रभाव न हो, कहा—"होली! मैंने तुम्हें अद्भुत तमाशा दिखाने का वचन दिया था और देखो, मैंने तुम्हें निराश नहीं किया। फिर इससे कुछ शिक्षा भी मिलती है। भविष्य का विश्वास न करो, क्योंकि कोई नहीं जानता कि आगे क्या आनेवाला है। इसलिए वर्तमान में, आज के लिए, जिओ और उस धूल से बचने की चेष्टा मत करो जो मानव-जीवन का अन्त है। तुम क्या सोचते हो—यदि उन बहुपूर्व विस्मृत सरदारों एवं महिलाओं को

मालूम हो जाता कि किसी युग में उनके मुलायम शरीरों का उपयोग जंगलियों के नृत्य को प्रकाशित करने में किया जाएगा तो उन्हें कैसा अनुभव होता? पर अब देखो, नाचनेवाले आ रहे हैं। कैसे आनन्दी जीव हैं! मंच पर रोशनी हो गई, अब खेल शुरू होता है।"

उसके कहते ही उस मानवीय होली के इर्द-गिर्द दो पंक्तियां अलग-अलग बन गईं—एक पुरुषों की, दूसरी स्त्रियों की, जिनमें लगभग सौ-सौ की संख्या रही होगी। सबके सब तेंदुए और सावर के चमड़े पहने हुए थे। हमारे और आग के बीच में वे एक-दूसरे के आमने-सामने चुपचाप पंक्तिबद्ध खड़े हुए। तब नृत्य आरम्भ हुआ—भयानक नार्किक नृत्य। उसका वर्णन करना सर्वथा असम्भव है, पर उनके उछलने-कूदने तथा हाथ हिलाने के ढंग से वह नृत्य की अपेक्षा नाटक ही अधिक मालूम होता था। वे जिस गुफा में रहते थे वहीं के दृश्यों की कल्पना का आधार ले सकते थे—उनके विनोद और मनोरंजन की चीज़ों का स्रोत भी सुरक्षित मृतक ही थे क्योंकि उनके साथ ही वे अपने घरों में रहते थे। सारा विषय ही अमानुषिक था।

सबसे पहले एक हत्या करने का रूपक प्रस्तुत किया गया। जिस आदमी को मारने की चेष्टा की गई थी, जब वह घायल होकर गिर पड़ा, तो उसे ज़िदा ही गाड़ देने का प्रयत्न किया गया। वह बेचारा तड़पता और अपने प्राण बचाने के लिए जी-जान से चेष्टा करता था। घृणित नाटक का प्रत्येक अंक भयंकर एवं बीभत्स नृत्य के साथ समाप्त होता था। और यह नाटक पूर्ण मौन अवस्था में हो रहा था।

किन्तु एकाएक यह तमाशा रुक गया और चारों तरफ शोरगुल होने लगा। एक मोटी-ताज़ी स्त्री, जिसे मैंने बड़े जोश के साथ नाचते देखा था, इस अपवित्र दृश्य से पागल-सी होकर, शराबी की तरह, अनाप-शनाप बकने लगी। वह उछलती और लड़खड़ाती हुई हमारी तरफ बढ़ रही थी और चिल्लाती जाती थी—"मैं एक काला बकरा चाहती हूं; मैं काला बकरा लेकर रहूंगी। मेरे लिए काला बकरा लाओ।" इतना कहकर वह चट्टानी फर्श पर धड़ाम से गिर पड़ी। वह कांप रही थी और उसके मुंह से फेचकुर निकल रहा था। बीच-बीच में चीखती जाती थी—"काला बकरा! काला बकरा!" बड़ा ही बीभत्स दृश्य था।

उसके चारों ओर नर्तकों की भीड़ लग गई , यद्यपि कुछ अब भी पार्श्वभूमि में नाच रहे थे।

एक बोला—"इसपर भूत चढ़ा है, भूत। दौड़ो, जल्दी से काला बकरा लाओ। ओ भूत! चुप रहो। अभी काला बकरा आता है। लोग लेने गए हैं। चुप!"

ज़मीन पर लोटती और फेचकुर बहाती वह औरत चीखी—"काला बकरा! मैं काला बकरा लूंगी।"

"हां, भूत! अभी बकरा आ रहा है। पर चुप तो हो।"

इतने में ही कोई सींग पकड़कर एक बकरा लाता है।

औरत चीखी—"क्या यह काला बकरा है? क्या यह काला बकरा है?"

किसीने उत्तर दिया—"हां भूत! यह उतना ही काला है जैसी रात!" फिर पास वाले आदमी से धीरे से बोला कि औरत न सुन सके —"इसे अपने पीछे छिपा लो। कहीं भूत देख न ले कि इसके पुट्ठों एवं पेट पर सफेद दाग हैं। उधर ले जाकर मारो। पर कटोरा कहां है?"

"बकरा! बकरा! बकरा! मुझे मेरे काले बकरे का खून पिलाओ! मैं ज़रूर पिऊंगी, ज़रूर पिऊंगी। आह! आह! मुझे बकरे का खून दो।"

तभी घोषणा की गई कि बकरे की बलि दे दी गई और एक औरत एक कटोरे में खून भरे दौड़ती उस ओर लोटती औरत के पास आई और कटोरा उसके मुंह से लगा दिया। वह भूताविष्ट औरत खून पी गई और उसके खून पीते ही उसका सारा भूत उतर गया और पागलपन या हिस्टीरिया का कोई लक्षण नहीं रह गया। उसने अपने हाथ फैलाए, धीरे से मुस्कराई और जाकर नाचनेवालों में शामिल हो गई और वे पुनः पहले की तरह दो पंक्तियों में बंट गए थे।

मैंने समझा कि तमाशा खत्म हो गया और ऊबकर मैं आयेशा से विदा होने के लिए कहने ही जा रहा था कि एकाएक एक ओर से एक लंगूर फुदकता हुआ आया ; दूसरी तरफ से एक शेर आ गया। ये सचमुच के लंगूर और शेर न थे बल्कि वैसा वेश धारण किए हुए आदमी ही थे। इसके बाद एक बकरी आई ; फिर एक आदमी बैल बनकर

आया और अपने सींगों को इधर-उधर घुमाने लगा। इसके बाद अनेक जानवर आए। यहां तक कि एक लड़की अजगर बनकर आई जिसके पीछे उसकी लम्बी पूंछ कई गज़ तक फैली हुई ज़मीन पर घिसट रही थी। अब सब जानवर अप्राकृतिक ढंग से नाचने लगे और अपनी-अपनी बोलियां बोलने लगे। कहीं शेर का दहाड़, कहीं सांप की फुफकार, कहीं लंगूर की चीख, कहीं बैल की हुंकार।

यह तमाशा बहुत देर तक चलता रहा। अन्त में ऊबकर मैंने आयेशा से पूछा कि क्या मैं और लियो जाकर उन मानवीय मशालों को देख सकते हैं और चूंकि उसने ऐतराज़ नहीं किया, हम उठकर वहां से बाईं तरफ को चल दिए। दो-एक जलती लाशों को देखने के बाद, इस प्रेत-लीला से ऊबकर, हम लौटने ही वाले थे कि हमारा ध्यान एक स्फूर्तिशाली नर्तक की ओर गया, जो तेंदुए का वेश धारण किए हुए था किन्तु अपने साथियों से छिटककर अलग आ पड़ा था और हमारी ओर होता हुआ, अंधेरे की ओर खिसका जाता था। उत्सुकतावश हम भी उसके पीछे चले। एका-एक तेंदुआ तड़पा और हमारे पास से यह कहता हुआ कि 'आओ', अंधेरे की ओर चला गया। हम दोनों आवाज़ से पहचान गए कि यह उस्तेन है। लियो बिना मेरी सलाह लिए ही उसके पीछे-पीछे अंधेरे की ओर चला। मैं भी भयग्रस्त हो जल्दी-जल्दी उनके पीछे गया। तेंदुआ लगभग पचास कदम चलकर रुक गया क्योंकि अब वह मशालों की रोशनी से काफी दूर निकल आया था। तब तक लियो भी पहुंच गया।

मैंने उस्तेन को धीरे से कहते सुना—"हे मेरे स्वामी! आखिर मैंने तुम्हें पा लिया। सुनो, मेरे प्राण 'अवश्य-माननीया' के कारण संकट में हैं। शायद लंगूर ने तुम्हें बताया होगा कि रानी ने किस तरह मुझे तुमसे दूर हटाया। हे स्वामी! मैं तुम्हें प्यार करती हूं और इस देश की रीति के अनुसार तुम मेरे हो चुके हो। मैंने तुम्हारा प्राण बचाया। हे मेरे प्यारे! मेरे स्वामी! क्या तुम मुझे छोड़ दोगे?"

लियो ने उत्तर दिया—"हर्गिज़ नहीं! उस्तेन, मैं तो तुम्हें खोज रहा था। आओ, रानी के पास चलकर उन्हें सब मामला बता दें।"

"नहीं, नहीं। वह हमें मार डालेगी। तुम उसकी शक्ति नहीं जानते, वहां खड़ा लंगूर जानता है, क्योंकि वह देख चुका है। खबरदार! अब

एक ही रास्ता है। अगर तुम मुझे चाहते हो तो आओ अभी इस घड़ी मैं तुम्हें लेकर दलदलों के पार भाग चलूं। शायद इस तरह हम बच जाएं।"

मैंने कहा—"लियो, ईश्वर के लिए, कदापि ऐसा न·······"

पर वह बीच में ही बोल पड़ी—"नहीं, इनकी बात न सुनो। जल्दी करो, जल्दी। हम जिस हवा में सांस ले रहे हैं उसमें मृत्यु भरी है। शायद इस समय भी 'अवश्य-माननीया' हमारी बातें सुन रही हो।" इतना कहकर वह लियो से लिपट गई। ऐसा करने में उसके सिर के बालों से तेंदुए का सिर खिसककर नीचे आ रहा और मेरी निगाह तीन अंगुलियों की छाप पर पड़ गई जो उस धुंधली रोशनी में भी चमक रही थी।

इस निराशाजनक स्थिति से भयग्रस्त हो मैं पुनः हस्तक्षेप करना ही चाहता था, क्योंकि स्त्रियों के विषय में मुझे लियो की दुर्बलता का ज्ञान था, कि मुझे अपने पीछे एक रजत हास्य सुनाई पड़ा। मैंने फिरकर देखा। खुद आयेशा खड़ी थी। उसके साथ बिल्लाली तथा दो गूंगे भी थे। मेरी सांस रुक गई और मैं गिरते-गिरते बचा, क्योंकि मैं जानता था कि इस परिस्थिति का अन्त किसी भयानक दुर्घटना में होगा, और शायद मैं ही उसका प्रथम शिकार बनूं। उस्तेन ने अपने प्रेमी को छोड़ दिया और दोनों हाथों से अपनी आंखें बन्द कर लीं। लियो तो परिस्थिति की भयंकरता को जानता न था अतः उसने शरमाकर सिर झुका लिया।

19

थोड़ी देर में हम आयेशा के कमरे में पहुंच गए, किन्तु मैं रास्ते-भर इसी चिन्ता में मग्न रहा कि हे भगवान! न जाने क्या होनेवाला है।

आयेशा अपनी गद्दी पर बैठ गई, जाब और बिल्लाली को विदा कर दिया; गूंगों को भी उनके दीपक ठीक तरह से रखने के बाद उसने इशारे से हटा दिया। केवल एक गूंगी लड़की रह गई जो आयेशा की बहुत प्रिय परिचारिका थी। हम तीनों खड़े रहे; अभागी उस्तेन हमारे बायें एक ओर हटकर खड़ी थी।

आयेशा ने कहना आरम्भ किया—"ऐ होली! बोलो, यह कैसे हुआ कि तुम आज रात के इस अपराध में सम्मिलित पाए गए—तुम

जिसके कहने से मैंने इस दुष्टा," उस्तेन की ओर दिखाकर, "को जान से न मारकर छोड़ दिया था कि यहां से दूर चली जाए? बोलो, सब बातें सच्ची-सच्ची बताओ, क्योंकि मैं इस मामले में झूठ सुनना पसन्द न करूंगी।"

मैंने उत्तर दिया—"यह सब आकस्मिक था। मुझे इसके बारे में कुछ भी मालूम न था।"

उसने रुखाई के साथ कहा—"होली! मैं तुम्हारा विश्वास करती हूं, और यह तुम्हारे लिए शुभ है कि मैं तुम्हारा विश्वास करती हूं। तब क्या सारा अपराध इसी लड़की का है?"

लियो ने बात काटते हुए कहा—"इसमें मुझे कोई अपराध नहीं मालूम पड़ता। वह किसी दूसरे आदमी की पत्नी नहीं है और उसने इस भयानक स्थान की प्रथा के अनुसार मुझसे विवाह किया है। तब किसे नुकसान पहुंचा है? जो हो, श्रीमती, जो अपराध उसने किया है वही मैंने भी किया है। इसलिए अगर उसे सज़ा मिलती है तो मुझे भी मिलनी चाहिए।" इतना कहते-कहते वह जोश के साथ बोला—"अगर तुमने उन गूंगे-बहरों में से किसीको फिर इसे हाथ लगाने की आज्ञा दी तो मैं उसे टुकड़े-टुकड़े कर डालूंगा।"

आयेशा हिममण्डित मौन में सब कुछ सुनती रही और कुछ न बोली। जब लियो बोल चुका तब उसने उस्तेन से कहा—"क्यों, तू कुछ कहना चाहती है? तु जो फूस के समान है, तू जो पर के सदृश है—तू, जिसे अपनी वासना की पूर्ति के लिए मेरी इच्छा की आंधी के विरुद्ध उड़ने का साहस हुआ! बोल, मैं जानना चाहती हूं तूने ऐसा क्यों किया?"

अपने सिर से तेंदुए की खाल एक ओर फेंककर, अपनी पूरी ऊंचाई में तनकर, सिर को ऊपर उठाते हुए वह बोली—"हां, मैंने यह अपराध किया, क्योंकि मेरा प्रेम मृत्यु से, कब्र से अधिक गहरा है। मैंने यह अपराध इसलिए किया कि इस आदमी के बिना, जिसे मेरे हृदय ने चुना है, मेरा जीवन जीवित मृत्यु के समान है। इसलिए मैंने जान पर जोखिम लिया और यद्यपि मैं जानती हूं कि मेरे प्राण तुम्हारे क्रोध की भेंट हो चुके हैं, फिर भी मुझे खुशी है कि मैंने उसका खतरा मोल लिया और मुझे उस खतरे की भेंट चढ़ा देना है, क्योंकि उस आदमी ने मेरा

आलिंगन किया और मुझसे कहा है कि अब भी वह मुझे प्यार करता है।"

आयेशा अपने पलंग से कुछ ऊपर उठी किन्तु फिर बैठ गई।

उस्तेन अपने पूरे स्वर में दृढ़ता के साथ बोलती गई—"मेरे पास जादू नहीं है और मैं रानी नहीं हूं, न मैं सदा जीती रहूंगी ; पर एक नारी-हृदय, कितना ही गहरा पानी हो, डूबता नहीं है रानी! और रानी! एक नारी की आंखें तुम्हारे घूंघट के अन्दर घुसकर भी देख सकती हैं।

"सुनो : मैं जानती हूं कि तुम स्वयं इस आदमी को प्यार करती हो इसलिए मुझे, जो तुम्हारे रास्ते में आती है, तुम नष्ट करके रहोगी। मैं मरती हूं—मैं मरकर अन्धकार में जाने के लिए तैयार हूं। मरकर कहां जाऊंगी, यह मैं नहीं जानती। पर इतना जानती हूं कि मेरी छाती में एक प्रकाश चमक रहा है, और उस प्रकाश के सहारे, मैं सत्य को देख रही हूं, उस भविष्य को भी देख रही हैं, जिसमें भाग लेने के लिए मैं न रहूंगी, पर जो लपेटे हुए कागज़ के समान मेरे सामने खुलता जा रहा है। जब मैंने पहली बार अपने स्वामी को जाना"—यहां उसने लियो की ओर संकेत किया—"तभी मैं समझ गई थी कि वधू के दहेज में मुझे मृत्यु मिली है; यह बात एकाएक मेरे सामने चमक उठी थी पर मैं पीछे नहीं फिरी, क्योंकि मैं उसके प्रेम का मूल्य देने को तैयार थी और देखो, वह मूल्य, वह मृत्यु यहां आ पहुंची है। जैसे मैं इसे पहले से जान गई थी, वैसे ही विनाश के कगार पर खड़ी मैं यह भी देख रही हूं कि तुम भी इस अपराध से लाभ उठाने में असमर्थ रहोगी। वह मेरा है, और यद्यपि तुम्हारा सौन्दर्य तारामण्डल में सूर्य की भांति चमकता है, फिर भी तुम्हारे लिए वह मेरा ही रहेगा। इस जीवन में वह तुम्हारी आंखों में आंखें नहीं डालेगा, न तुम्हें अपनी प्रियतमा कहकर पुकारेगा। तुम्हारा विनाश भी निकट है, मैं देख रही हूं,"—यहां उसकी आवाज़ अभिभूत भविष्यवक्ता की भांति तेज़ हो गई—"आह! मैं देख रही हूं—"

इसी समय इसके उत्तर में भय और क्रोध की एक चीख सुनाई पड़ी। मैंने अपना सिर घुमाया। आयेशा उठ खड़ी हुई थी और अपना एक हाथ उस्तेन की ओर बढ़ाए हुए खड़ी थी। उस्तेन एकाएक मौन हो

गई। मैंने गरीब अबला की ओर देखा। इस समय उसके चेहरे पर भयानक भय का वही भाव उदित हो गया था, जो हमने उस समय देखा था जब वह गुफा में हमारे पास बैठी-बैठी उठकर गीत गाने लगी थी। इस समय उसकी आंखें बड़ी-बड़ी हो गईं, उसके नथुने फूल गए और होंठ पीले पड़ गए।

आयेशा कुछ न बोली, न उसके मुंह से किसी प्रकार की आवाज़ ही निकली। वह केवल तन गई और अपना हाथ उस्तेन की ओर फैला दिया और उसका लम्बा आवृत शरीर पत्ते की तरह कांपने लगा; उस्तेन पर उसने अपनी दृष्टि गड़ा दी। उसके घूरते ही उस्तेन अपने हाथ सिर पर ले गई, बड़े ज़ोर से चीख मारकर दो बार घूमी और धड़ाम से ज़मीन पर गिर पड़ी। मैं और लियो दोनों उसके पास दौड़कर गए। वह पत्थर-सी मुर्दा पड़ी थी। वह किसी गुप्त अद्‍भुत विद्युत्‌शक्ति द्वारा अथवा प्रबल इच्छाशक्ति द्वारा—जिसपर इस भयानक स्त्री का अधिकार था—मरकर ठंडी हो गई थी।

एक क्षण तक तो लियो समझ ही न सका कि यह क्या हो गया। पर जब उसने समझा तो उसका चेहरा क्रोध से तमतमा उठा। घोर शपथ ग्रहण करता हुआ वह मुर्दे के पास से पलटकर आयेशा पर झपटा, पर वह देख रही थी और नज़दीक आने पर उसने अपना हाथ फिर फैला दिया। लियो लड़खड़ाता हुआ मेरे पस लौटा और अगर मैंने पकड़ न लिया होता तो वह गिर ही गया था। बाद में उसने मुझे बताया कि उसे ऐसा मालूम पड़ा जैसे किसीने उसकी छाती पर तेज़ घूंसा मारा हो। इससे भी अधिक आश्चर्य तो इससे हुआ कि एकाएक उसकी सारी मर्दानगी जाती रही और वह बिलकुल शिथिल तथा निर्बल-सा हो गया।

तब आयेशा ने बड़ी मृदुता से कहा—“मेरे अतिथि! अगर मैंने अपने न्याय से तुम्हें चोट पहुंचाई हो तो मुझे क्षमा करो।”

क्रोध और दुःख से अपने हाथ नोचता अभागा लियो चीखा—“माफ करूं तुझ राक्षसी को! माफ करूं तुझ हत्यारिन को! ईश्वर की शपथ, यदि मैं तुझे मार सकता तो अवश्य मार डालता!”

उसने उसी मृदुवाणी में कहा—“नहीं, नहीं, तुम समझ नहीं रहे हो। पर अब जानने का समय आ गया है। तुम मेरे प्यारे हो! मेरे कालि-

क्रेटीज़ हो, मेरे सुन्दर और शक्तिमान हो! हे कालिक्रेटीज़! मैं दो हज़ार वर्ष से तुम्हारी राह देख रही हूं और अब कहीं तुम लौटकर मेरे पास आए हो। और यह स्त्री"—शव की ओर संकेत करके—"मेरे और तुम्हारे बीच में आ गई थी, इसीलिए कालिक्रेटीज़, मैने उसे धूल में मिला दिया।"

लियो ने कहा—"यह झूठ है। मेरा नाम कालिक्रेटीज़ नहीं है! मैं लियो विंसी हूं। कालिक्रेटीज़ मेरा पुरखा था—कम से कम मेरा यही विश्वास है कि वह मेरा पुरखा था।"

"आह! तुम कहते हो कि कालिक्रेटीज़ तुम्हारा पुरखा था; पर तुम, तुम भी कालिक्रेटीज़ हो, तुम फिर से पैदा होकर मेरे पास लौट आए हो—हे मेरे प्यारे स्वामी!"

"मैं कालिक्रेटीज़ नहीं हूं, और तेरा स्वामी बनने या तुझसे किसी प्रकार का सम्बन्ध रखने की अपेक्षा तो नरक से आनेवाली किसी चुड़ैल का स्वामी बनना कहीं अच्छा होगा, क्योंकि वह तुझसे तो भली होगी।"

"कालिक्रेटीज़! तुम ऐसा कहते हो? तुम कहते हो? किन्तु नहीं, तुमने बहुत समय से मुझे देखा नहीं है, इसलिए तुम्हें कुछ याद नहीं रहा है। फिर भी कालिक्रेटीज़! मैं बहुत सुन्दर हूं।"

'ऐ हत्यारिन! मैं तुझसे घृणा करता हूं, और तुझे देखने की मेरी कोई इच्छा नहीं है। मुझे इससे क्या कि तू कितनी सुन्दर है। मैं कहता हूं न कि मैं तुझसे घृणा करता हूं।"

मृदु पर व्यंग्य-भरी हंसी हंसकर आयेशा बोली—"लेकिन थोड़ी ही तुम मेरे पांव पड़ने लगोगे और कसम खाकर कहोगे कि तुम मुझे प्यार करते हो। आओ, इस समय के समान फिर दूसरा समय न आएगा। आओ इस मृत लड़की के सामने, जो तुम्हें प्यार करती थी, मैं इसे प्रमाणित किए देती हूं।"···

"कालिक्रेटीज़, अब मेरी ओर देखो!" इतना कहकर उसने झटपट अपनी ओढ़नी उतार फेंकी और अपनी नीची कुर्ती तथा सर्पाकार कर्धनी के साथ तनकर खड़ी हो गई। कपड़ों से अपने महिमावान प्रकाशपूर्ण सौन्दर्य और राजकीय गौरव में वह ऐसी निकली जैसे तरंग से वीनस (प्रेम की देवी) अथवा मरमर प्रस्तर से गैलेशिया का आविर्भाव

हो गया हो अथवा किसी मकबरे से कोई सुन्दर प्रेतात्मा निकल आई हो। उसने खड़ी होकर अपनी प्रकाशमान आंखें लियो की आंखों में गड़ा दीं। मैंने देखा कि लियो को बंधी मुट्ठियां खुलती जा रही हैं और उसके कठोर एवं खिंचे हुए अंग शिथिल होते जा रहे हैं। मैंने देखा कि आश्चर्य एवं अद्भुतता का भाव आकर्षण में बदलता जा रहा है। फिर यह आकर्षण चाह में परिवर्तित होने लगा। जितना ही वह इस आकर्षण से छूटने का प्रयत्न करता, उतना ही मुझे स्पष्ट होता जाता था कि आयेशा का भयानक सौन्दर्य किस प्रकार उसे जकड़ता जा रहा है और उसका हृदय उसके हाथ से निकलता जा रहा है। क्या मुझे खुद इस शक्ति का ज्ञान नहीं था? क्या मैं—जो लियो से दूनी उम्र का था—स्वयं इस अनुभव से गुज़र नहीं चुका था?

लियो हांफकर बोला—"हे परमेश्वर! तुम क्या स्त्री हो?"

आयेशा अपनी गोल-सुडौल हाथीदांत जैसी गोरी बांहें फैलाती और प्यारी हंसी हंसती हुई बोली—"हां, सचमुच, सचमुच मैं एक स्त्री हूं। हे कालिक्रेटीज़! स्वयं तुम्हारी प्रियतमा!"

वह देखता रहा और देखता रहा। मैंने देखा कि धीरे-धीरे वह आयेशा की ओर बढ़ रहा है। पर अकस्मात् उसकी आंखें अभागी उस्तेन के शव पर जा पड़ीं और वह कांपकर खड़ा हो गया।

उसने भारी आवाज़ में कहा—"यह कैसे हो सकता है? तुम हत्यारिन हो। वह मुझे प्यार करती थी।"

देखिए, वह यह भूला जा रहा था कि वह खुद भी उस्तेन को प्यार करता था।

निशीथकाल में मलय समीर जैसे वृक्षों के बीच एक गुदगुदानेवाली सरसराहट पैदा करता है वैसे ही मधुर स्वर में आयेशा बोली—"इससे क्या? यह कोई बात नहीं है। यह कुछ नहीं है। अगर मैंने कोई पाप भी किया है तो उसकी पूर्ति मेरे सौन्दर्य से हो जाती है। अगर मैंने पाप किया है तो तुम्हारे प्रेम के वश होकर किया है। इसलिए मेरे पाप को दूर हटा दो, उसे भूल जाओ"—एक बार फिर उसने अपनी बांहें फैला दीं और धीरे से कहा—"आओ!" और कुछ ही क्षण में काम हो गया।

मैंने उसे अपने से लड़ते देखा—मैंने भागने के लिए उसे फिरते भी देखा ; पर आयेशा की आंखें उसे लौह शृंखलाओं से भी अधिक शक्ति के साथ खींच रही थीं। उस नारी के सौन्दर्य का जादू तथा केन्द्रीभूत इच्छाशक्ति और वासना उसके अन्तर में प्रवेश करके उसे बेबस कर चुकी थीं—हाय, उसी औरत के शव के सामने यह सब हो रहा था, जो लियो को प्यार करती थी और जिसने उसके लिए प्राण दे दिए थे। यह बात भयानक और दुष्टतापूर्ण लगती है, पर इसके लिए लियो को अधिक दोष नहीं दिया जा सकता। जिस प्रलुब्धा ने उसे इस वासना-जाल में जकड़ लिया था वह मानवेतर थी और उसकी सुन्दरता मानुषी कन्याओं की लुनाई से कहीं बढ़ी-चढ़ी थी।

मैंने फिर आंख उठाकर देखा। अब आयेशा का सम्पूर्ण शरीर लियो की बांहों में था और उसके होंठ लियो के होंठों से लगे थे। इस प्रकार लियो अपनी मृत प्रेमिका की शव-वेदी के सामने ही अपना प्रेम उस हत्यारिन को समर्पण कर रहा था जिसके हाथ उस अभागिनी उस्तेन के खून से रंगे हुए थे—उस दिन के लिए ही नहीं, सदा के लिए।

एकाएक सर्पिणी की भांति बल खाकर आयेशा ने लियो के आलिंगन से अपने को मुक्त कर लिया और विजयपूर्ण उपहास की हंसी हंसकर, मृत उस्तेन की ओर संकेत करती हुई बोली :—

"कालिक्रेटीज़ ! मैंने कहा था न कि थोड़ी ही देर में तुम मेरे पांव पड़ने लगोगे। निश्चय ही इसमें कुछ ज्यादा समय नहीं लगा।"

लियो दुःख और शर्म से कराह उठा; यद्यपि वह बेबस और मोहित हो रहा था, पर अभी यह अवस्था नहीं हुई थी कि जिस गहरी मर्यादाहीनता में वह डूब गया था उसे न समझ सकता; बल्कि जैसाकि बाद में रात को मुझे मालूम हुआ, उसके अन्दर का सद्भाव उसके पतित भाव के विरुद्ध लड़ने को उठ खड़ा हुआ था।

आयेशा तीसरी बार फिर हंसी और जल्दी से नकाब डाल ली। इसके बाद उसने गूंगी दासी की ओर कुछ इशारा किया, जो बड़े आश्चर्य के साथ खड़ी यह सब तमाशा देख रही थी। गूंगी लड़की गई और दो गूंगों को लेकर लौट आई। रानी ने उन्हें इशारे से कुछ समझाया। इसपर उन तीनों ने मृत उस्तेन की भुजाएं पकड़ लीं और उसे घसीटते

हुए कमरे के बाहर ले गए। लियो कुछ समय तक इसे देखता रहा और फिर हाथ से अपना मुंह छिपा लिया। अपनी उत्तेजित कल्पना में मैंने देखा कि मृत उस्तेन की चमकती आंखें जाती हुई हमारी ओर देख रही हैं।

जब लाश दूर पर्दों के बाहर निकल गई तो आयेशा ने गंभीरतापूर्वक कहा—"मृत भूत चला गया।" फिर एकाएक उसकी चित्तवृत्ति में न जाने क्या परिवर्तन हुआ कि उसने पुनः अपनी नकाब उलट दी और अरब में रहनेवालों की प्राचीन काव्यमयी प्रथा के अनुसार विजयोन्माद में एक गीत गाने लगी, जो सुन्दर एवं भावपूर्ण होते हुए भी बहुत असम्बद्ध था।

इसके बाद वह लियो की ओर फिरी और उसके कन्धे पर हाथ रखकर और पूर्ण तथा विजयी स्वर में गाने लगी :

"हे मेरे प्रियतम! मैं न जाने कब से तुम्हें प्यार कर रही हूं, पर मेरा प्रेम कम नहीं हुआ।

"मैं तुम्हारे लिए न जाने कब से प्रतीक्षा कर रही हूं और देखो मेरा पुरस्कार यह है—यहां है!

"बहुत दिन हुए मैंने एक बार तुम्हें देखा था। किन्तु तुम मुझसे छीन लिए गए।

"तब मैंने एक कब्र में धीरज का बीज बोया ; उसपर आशा का सूर्य चमकाया और पश्चात्ताप के अश्रुबिन्दुओं से उसे सींचा और अपने ज्ञान की श्वास से प्रश्वसित किया।

"और अब अरे! उसमें अंकुर फूट आए हैं और उसपर फल लग गए हैं। अरे देखो! यह कब्र से अंकुरित हुआ है। हां-हां मृतकों की राख तथा सूखी हड्डियों के बीच!

"मैंने प्रतीक्षा की और मेरा पुरस्कार मेरे पास है।

"मैंने मृत्यु पर विजय प्राप्त की है, और जो मृतक था उसे ही मृत्यु पुनः मेरे पास लौटा लाई है।

"इसलिए मैं आनन्द-विह्वल हूं; भविष्य उज्ज्वल है।...."

उसका भावपूर्ण गान बन्द हो गया। इसके बाद उसने कहा :

"कालिक्रेटीज़! शायद तुम्हें मेरे शब्दों पर विश्वास नहीं हो रहा

है ; शायद तुम समझते हो कि मैं तुम्हें भ्रमित कर रही हूं और मैं इतने दिनों तक जीती नहीं रही हूं और तुम मेरे लिए पुनः उत्पन्न नहीं हुए हो। नहीं, इस तरह न देखो—सन्देह और शंका की पीली छाया को दूर कर दो और विश्वास रखो कि इन बातों में असत्य के लिए कोई स्थान नहीं है। चाहे सूर्य अपना मार्ग भूल जाए और अबाबील पक्षी अपना घोंसला भूल जाए, पर मेरी आत्मा के लिए झूठ बोलना और तुमसे दूर हो जाना असम्भव है। मुझे अन्धी कर दो ; मेरी आंख निकाल ले जाओ और मेरे चतुर्दिक् अंधकार घिरने दो, फिर भी मेरे कान तुम्हारी अविस्मृत वाणी को पहचान लेंगे—वह मेरी चेतना में उससे भी अधिक तीव्रता से गूंज उठेगी, जितनी तुरही की आवाज़ गूंजती है। मेरी श्रवणशक्ति को भी बन्द कर दो और हज़ारों आदमियों को मुझे माथे पर छूने दो। उनमें मैं तुम्हें अलग करके बता दूंगी। मेरी समस्त इन्द्रियों से मुझे हीन कर दो। मुझे अन्ध, बधिर, मूक, स्पर्श-ज्ञान-शून्य कर दो, तब भी मेरी चेतना चंचल बच्चे की भांति मेरे अन्दर उछल पड़ेगी और मेरे हृदय में उसकी आवाज़ गूंजेगी। कालिक्रेटीज़ देखो! हे देखनेवाले देखो! तुम्हारी रात की चौकसी समाप्त हो गई। देखो तुम्हारा प्रातः तारक उग रहा है!"

थोड़ी देर चुप रहकर वह फिर बोली—"रुको! अगर अब भी इस प्रबल सत्य को ग्रहण करने के विरुद्ध तुम्हारा हृदय कठोर ही बना है और हमारी विलक्षण-सी लगनेवाली बातों के लिए तुम्हें कुछ बाहरी प्रमाण की आवश्यकता है तो वह भी तुम्हारे सामने रखा जाएगा, और होली! तुम्हारे सामने भी। तुम दोनों एक-एक दीपक ले लो और मेरे पीछे आकर देखो कि मैं तुम्हें कहां ले चलती हूं।"

बिना कुछ सोचे हम एक-एक दीपक लेकर उसके पीछे हो लिए।

20

लियो के हाथ से दीपक लेकर और उसे अपने सिर से ऊंचा उठाकर आयेशा बोली—"इस स्थान को देखो। यहीं मैं इन दो हज़ार वर्षों से सोती रही हूं। दीपक का प्रकाश फर्श में बने एक गड्ढे पर पड़ा।

इसी जगह मैंने उठती हुई आज्ञाकारी लपटों को देखा था। इस समय आग बुझ गई थी। अब मैंने देखा कि पत्थर की एक चौकी है जिस-पर सफेद कपड़े से ढका कोई मुर्दा पड़ा हुआ है। समाधि-भवन पर जाली का काम हो रहा है। इस चौकी की दूसरी ओर एक दूसरी चौकी बनी है।

अपना हाथ चट्टान पर टिकाती हुई आयेशा बोली—"यहां, यहां मैं पीढ़ियों से रात पर रात सोती हूं। मेरे पास सिर्फ एक ओढ़नी है। यह अच्छा नहीं लगता कि मैं मुलायम बिछौने पर सोऊं और मेरा प्रिय-तम" शव की ओर संकेत करती हुई "वहां मृत्यु की कठोर शय्या पर सोए। यहां हर रात इस ठण्डे निर्जीव संगति में मैं सोती रही हूं, यहां तक कि मेरे करवट बदलते-बदलते यह पत्थर भी घिसकर क्षीण हो गया है। कालिक्रेटीज़! तुम्हारे चिर-निद्राकाल में भी मैं तुम्हारे प्रति इतनी निष्ठावान रही हूं। और अब, मेरे स्वामी, तुम एक अद्भुत वस्तु देखोगे—तुम जीवित अपने को ही मृतक-रूप में देखोगे। मैंने इन वर्षों में तुम्हारी रक्षा एवं सेवा की है। कालिक्रेटीज़! क्या तुम तैयार हो?"

हमने कोई उत्तर नहीं दिया, पर एक-दूसरे की ओर त्रस्त नयनों से देखा। दृश्य ऐसा ही भयानक पर पवित्र था। आयेशा आगे बढ़ी और कफन के किनारे को पकड़ लिया। इसके बाद पुनः बोली :

"यद्यपि यह तुमको अद्भुत प्रतीत होता है, पर डरो नहीं। हम सब जीवधारी पहले भी इसी प्रकार जी चुके हैं। हमारी शक्लें सूर्य के लिए नई नहीं हैं। केवल हम इससे अनजान हैं, क्योंकि स्मृति कोई विवरण लिखकर नहीं रखती और धरती से मिली हुई मिट्टी पुनः धरती से मिल जाती है। मृत्यु से कोई बचा नहीं है। परन्तु अपने एवं कोर के मृतकों के संचित ज्ञान के द्वारा मैंने तुम्हें धूल में नहीं मिलने दिया और इस प्रकार तुम्हारे मुख का सौन्दर्य सदैव अपनी आंखों के सामने रखा!

"अच्छा अब देखो! मृतक और जीवित को एक-दूसरे से मिलने दो। काल-भेद को पार करके अब भी दोनों एक हैं। यद्यपि दयालु निद्रा ने हमारे मन के लेखों को मिटा दिया है और इस प्रकार हमारे उन दुःखों को शून्य के गर्त में डाल दिया है जो एक जीवन के बाद दूसरे

जीवन में हमें चुभते रहते, यहां तक कि हम निराशा से पागल हो जाते, पर पहचान को मिटा देने की शक्ति काल के पास भी नहीं है। फिर भी यह महानिद्रा और जीवन वस्तुतः एक ही हैं।

"कालिक्रेटीज़! तुम जो अभी हाल में पैदा हुए हो, अपने ही बहुत दिन पूर्व के मृत-रूप को देखकर भयभीत न होना। मैं तुम्हारे अस्तित्व की पुस्तक का केवल एक पृष्ठ उलट रही हूं और दिखाती हूं कि उसपर क्या लिखा हुआ है।

"देखो!"

इतना कहकर उसने एकाएक शव के ऊपर का कपड़ा हटा दिया और उसपर दीपक का प्रकाश पड़ा। मैंने उधर देखा और डरकर पीछे हट गया, क्योंकि वह जो भी कहे, यह एक अमानवीय दृश्य था। उसकी व्याख्याएं हमारे सीमित मस्तिष्कों से परे थीं। उस पत्थर की चौकी पर सफेद वस्त्र पहने, पूर्णतः सुरक्षित, लियो विंसी का शव पड़ा था। मैं कभी वहां खड़े जीवित लियो को, कभी वहां पड़े शव को देखता था। मुझे दोनों में कोई अन्तर न दीखता था, इसके सिवा कि मुर्दे की उम्र कुछ अधिक प्रतीत होती थी। दोनों के अंग-अंग मिलते थे—यहां तक कि दोनों के सुनहरे बाल भी एक-से थे। मैंने यह भी अनुभव किया कि मृतक के मुख पर वही भाव था जो गहरी निद्रा में मग्न लियो के चेहरे पर कभी-कभी दिखाई पड़ जाता है। दोनों में इतनी समानता थी कि मुझे यह कहने में कोई हिचकिचाहट नहीं है कि मैंने जुड़वां बच्चों में भी कभी इतनी समानता न देखी थी, जितनी इस मृत एवं जीवित जोड़ी के बीच में थी।

मैंने मुंह फिराया कि देखूं इसे देखकर लियो पर क्या असर पड़ा है। वह तो अर्द्ध-विस्मृत एवं मोहित अवस्था में था। वह शव की ओर चुपचाप दो-तीन मिनट देखता रहा; फिर एकाएक बोला—"इसे ढक दो और मुझे बाहर ले चलो।"

आयेशा ने, जो एक नारी की अपेक्षा आविष्ट भविष्य-वक्ता ही अधिक मालूम पड़ती थी, दीपक को ऊपर उठाते हुए कहा—"कालि-क्रेटीज़! ज़रा रुको।" दीपक के प्रकाश में स्वयं उसकी देह-यष्टि का सौन्दर्य निखर उठा था।

"ठहरो। मैं तुमको कुछ और भी दिखाना चाहती हूं। जिससे मेरा कोई पाप तुमसे छिपा न रहे। ऐ होली, क्या तुम मृत कालिक्रेटीज़ के सीने पर का कपड़ा हटा दोगे, क्योंकि मेरे स्वामी तो अपने मृत शरीर को छूते डरते हैं?"

मैंने कांपती अंगुलियों से आज्ञा का पालन किया, क्योंकि अपने पास खड़े जीवित मनुष्य की निद्रित मूर्ति को छूना मुझे एक अपवित्र कार्य मालूम पड़ता था। अब सीना खुल गया था और ठीक उसके हृदय के ऊपर एक घाव दिखाई पड़ रहा था जो कटार या भाले का घाव था।

उसने कहा—"तुम देख रहे हो कालिक्रेटीज़! तब जान लो कि यह मैं ही हूं जिसने तुम्हें मारा था, मैंने तुम्हें जीवन की जगह मृत्यु दी। मैंने तुम्हें मिस्री अमीनार्ता के कारण मारा था, अमीनार्ता जिसे तुम प्यार करते थे; अपने कपटाचार से उसने तुम्हारे हृदय को वश में कर लिया था, पर जैसे मैंने इस उस्तेन को तहस-नहस कर दिया, वैसे अमीनार्ता को मैं न मार सकती थी। वह मेरे लिए अधिक शक्तिमती थी। जब मेरा उस पर बस न चला तब जल्दबाज़ी और तीक्ष्ण क्रोध में मैंने तुम्हें मार दिया और इन अनेक युगों से तुम्हारे लिए रोती रही हूं तथा तुम्हारे आने की प्रतीक्षा करती रही हूं। अब तुम आ गए हो और अब मेरे-तुम्हारे बीच कोई चीज़ खड़ी नहीं हो सकती। अब मैं तुम्हें मृत्यु की जगह जीवन दूंगी, अमर अनन्त जीवन नहीं, क्योंकि वह तो कोई नहीं दे सकता, पर जीवन और यौवन, जो हज़ारों वर्ष तक कायम रहेंगे। इनके अतिरिक्त मैं वैभव और शक्ति, धन तथा अनेक अच्छी एवं सुन्दर वस्तुएं तुम्हें दूंगी, जो न अतीत में किसी आदमी को मिली होंगी, न आगे आनेवालों को मिलेंगी। एक बात और, फिर तुम विश्राम करोगे और अपने नवीन जन्म-दिन के लिए तैयार होगे। तुम इस शरीर को देख रहे हो, जो स्वयं तुम्हारा है। इन सूनी सदियों में वही मेरे सुख का एकमात्र साधन और मेरा साथी रहा है। अब इसकी कोई आवश्यकता नहीं रही, क्योंकि तुम जीवित रूप में मेरे पास उपस्थित हो और इससे ऐसी स्मृतियां उमड़ती हैं जिन्हें मैं भूल जाना चाहती हूं। इसलिए इसे उसी धूल में मिल जाने दो, जिससे आज तक मैंने इसकी रक्षा की है।" उसने कहा—"अब मेरे पास से जाओ और सोना चाहो तो सो रहो।

मैं अब विचार करूंगी, क्योंकि कल रात हमें यहां से चल देना है और जहां हमें चलना है वहां गए हुए मुझे बहुत समय हो गया है।" तदनुसार हमने झुककर अभिवादन किया और उसके पास से चले गए।

अपने कमरे की ओर जाते समय मैंने जाब के कमरे में झांककर देखा कि उसकी क्या हालत है, क्योंकि अमाहज़र-समारोह से भयभीत होकर, बधित उस्तेन से भेंट होने के पूर्व ही वह चला गया था। वह ईमानदार आदमी मीठी नींद में सो रहा था। मुझे यह सोचकर खुशी हुई कि इस भयानक दिन के अन्तिम दृश्यों को देखने से वह बच गया। अब हम अपने कमरे में पहुंचे। यहां पहुंचकर लियो, जो अपने मृत शरीर को देखने के बाद से ही अर्धविस्मृत अवस्था में था, फूट-फूटकर रोने लगा। अब वह उस भयावनी आयेशा के सामने नहीं था, इसलिए जो भी घटनाएं घट चुकी थीं उनकी भयंकरता उसपर तेज़ी से प्रकट हो रही थी, विशेषतः उस्तेन, जो उससे ऐसे घनिष्ठ स्नेह-बन्धन में बंध गई थी, की हत्या की स्मृति एक भयानक तूफान की भांति उसपर फट पड़ी। उसके दुःख को देखकर मुझे भी दुःख होता था। वह अपने को कोसता था, उस घड़ी को कोसता था जब हमने ठीकरे का अभिलेख पढ़ा था, जो इस रहस्यमय तरीके पर अब ठीक उतर रहा था, वह अपनी दुर्बलता को कोसता था। आयेशा को कोसने का साहस उसे नहीं था —भला ऐसी औरत की बुराई करने का साहस कौन कर सकता था जिसकी आत्मा हमें प्रतिक्षण देख रही हो!

अपनी चरम वेदना से विकल होकर उसने अपना सिर मेरे कन्धे पर रख दिया और कराहते हुए बोला—"अब मैं क्या करूं? मैंने ही उसे मारी जाने दिया यद्यपि मैं बेबस था, पर पांच ही मिनट बाद, उसके मृत-शरीर के ऊपर, मैं उसकी हत्यारिन को चूम रहा था। मैं एक हीन पशु हूं, पर मैं इस भयानक जादूगरनी से जीत भी नहीं सकता। मैं जानता हूं कि कल भी मैं यही करूंगा; मैं जानता हूं कि सदा के लिए मैं उसके वश में हो गया हूं। अगर मैं उसे नहीं देख पाऊंगा तो फिर सारे जीवन किसी स्त्री की बात नहीं सोचूंगा। मैं उसी प्रकार उसका अनुसरण करने को बाध्य हूं जैसे सुई चुम्बक का अनुसरण करती है। अब अगर यहां से जाना सम्भव भी हो तो मैं नहीं जाऊंगा।

मैं उसे नहीं छोड़ूंगा; मेरे पांव उसे छोड़कर आगे ही नहीं बढ़ेंगे। पर मेरा मन अब भी स्पष्ट है और मैं मन से उसे घृणा करता हूं—कम से कम सोचता यही हूं। बड़ी भयानक बात है—और वह, वह मृत पुरुष! मैं उससे क्या समझ सकता हूं? वह मैं था! मैं बन्धन में बंधने के लिए बिक गया और अपने मूल्य के बदले वह मेरी आत्मा लेकर छोड़ेगी।"

तब पहली बार मैंने उसे बताया कि मेरी स्थिति भी उससे कुछ ज़्यादा अच्छी नहीं है। और मैं यह कहने को बाध्य हूं कि आयेशा के प्रति अपने आकर्षण के बावजूद लियो ने मेरे प्रति सहानुभूति प्रदर्शित करने की शिष्टता जताई। कदाचित् उसने सोचा हो कि जहां तक आयेशा का सम्बन्ध है, उसके लिए ईर्ष्या का कोई कारण नहीं है। मैंने उसे सुझाया कि चलो भाग चलें; पर शीघ्र ही हमने इसे व्यर्थ समझकर छोड़ दिया और ईमानदारी की बात तो यह है कि अगर कोई उच्च शक्ति हमें इन दुःखभरी गुफाओं से निकालकर कैम्ब्रिज पहुंचा देने को तैयार भी होती तो हम दोनों में से शायद ही कोई आयेशा को छोड़कर जाने के लिए तैयार होता। जैसे शलभ अपने को जलानेवाली लौ को छोड़कर नहीं जा सकता, उसी प्रकार हम भी आयेशा को छोड़कर नहीं जा सकते थे। हमारी दशा पक्के अफीमचियों की सी हो गई थी; शान्त विचार के क्षणों में हम अपने कार्य की भयानकता का अनुभव करते थे, पर उसके पैशाचिक आनन्द का त्याग करने को तैयार न होते थे।

कोई ऐसा मनुष्य नहीं हो सकता था जो एक बार भी आयेशा को अनावृत देखकर या उसकी वाणी का संगीत सुनकर या उसके शब्दों के तीक्ष्ण ज्ञान को पीकर सुख के समुद्र के लिए भी स्वेच्छापूर्वक वह आनन्द छोड़ देता। तब लियो के लिए, जिसके प्रति इस असाधारण स्त्री ने दो हज़ार वर्ष तक अपनी अपूर्व निष्ठा को बनाए रखा, सोचना कहां तक संभव था?

निस्सन्देह वह दुष्ट थी; इसमें भी सन्देह नहीं, उसने उस्तेन की, जो उसकी राह का कांटा थी, हत्या की थी; किन्तु साथ ही वह बड़ी वफादार भी थी और ऐसी स्त्री के अपराधों को, विशेषतः जब वह सुन्दरी भी हो और उसके प्रेम से कारण वे अपराध किए हों, पुरुष स्वभावतः

बहुत हलका समझता है।

इसके अलावा किस आदमी को ऐसा अवसर मिला होगा जो इस समय लियो को मिला हुआ था? सच है कि इस भयानक स्त्री के साथ अपने को जोड़कर वह अपने जीवन को दुष्ट प्रवृत्तियों की एक रहस्यमयी नारी के प्रभाव में छोड़ देगा, पर वैसा तो किसी साधारण विवाह में भी उसके साथ हो सकता था। पर कोई साधारण विवाह उसे ऐसा अप्रतिम सौन्दर्य, ऐसी दिव्य निष्ठा, ऐसा ज्ञान, प्रकृति के रहस्यों पर ऐसा नियन्त्रण तथा उनसे प्राप्त शक्ति एवं मर्यादा और सबके ऊपर अक्षय यौवन का राजमुकट नहीं प्रदान कर सकता था। यद्यपि दूसरे किसी भी मनुष्य की भांति ही लियो कटु लज्जा एवं वेदना का अनुभव करता था किन्तु इस असाधारण सम्पदा से भाग भी नहीं सकता था।

मेरी तो यह राय है कि यदि वह ऐसा करता तो मैं उसे पागल समझता। पर मैं स्वीकार करता हूं कि इस विषय में मेरे विचारों को सावधानी के साथ ग्रहण करना चाहिए। मैं खुद आज तक आयेशा को प्यार करता हूं और दुनिया की दूसरी किसी भी स्त्री के जीवनव्यापी प्रेम की अपेक्षा उसके एक सप्ताह के प्यार को, यदि मैं पा सकता तो, ज़्यादा अच्छा समझता। जो कोई मेरे इस वक्तव्य पर सन्देह करता होगा, वह भी अगर आयेशा को घूंघट के बाहर एक बार देख लेता तो वही कहता जो मैं कह रहा हूं। निश्चय ही मैं पुरुष की बात कर रहा हूं, क्योंकि आयेशा के विषय में किसी स्त्री की राय जानने का लाभ हमें नहीं मिला, पर यह बहुत सम्भव है कि दूसरी स्त्री रानी के ढंग को नापसन्द करती और नष्ट कर दी जाती।

कोई दो घण्टे से ज्यादा समय तक मैं और लियो अपनी शिथिल नाड़ियों और भयत्रस्त आंखों के साथ बैठे रहे और उन विचित्र घटनाओं पर बातचीत करते रहे जिनके बीच से हम गुज़र रहे थे। एक गंभीर तथ्य की जगह यह सब परियों के आख्यान जैसा मालूम होता था। कौन विश्वास कर सकता था कि ठीकरे का लेख न केवल ठीक था बल्कि हमने स्वयं अपने जीवन में उसे प्रमाणित देखा, और कोर की कब्रों के बीच वह हमारे आगमन की प्रतीक्षा में हज़ारों वर्ष से बैठी थी? कौन सोच सकता था कि लियो के रूप में वह रहस्यमयी नारी

उस आत्मा को पा जाएगी जिसके मृत पार्थिव शरीर को वह शताब्दियों से सुरक्षित रखे हुए उसके पुनरागमन की प्रतीक्षा कर रही थी? पर बात ऐसी ही थी। जो कुछ हमने अपनी आंखों देखा उसे देखकर इसके सत्य में किसी प्रकार की शंका करना हमारे जैसे साधारण बुद्धि के आदमियों का काम नहीं है। इसलिए अन्त में, विनीत हृदय तथा मानवीय ज्ञान की असमर्थता की गहरी भावना तथा अनुभव न रखते हुए भी, ऐसी बातों को झूठ बताने के दुस्साहस पर आश्चर्य करते हुए हमने निद्रादेवी की शरण ली और अपने भाग्य को भगवान भरोसे छोड़ दिया, जिसने मानवीय अज्ञान के घूंघट को हटाकर जीवन की अमित संभावनाओं की एक झांकी हमें करा दी थी।

21

दूसरे दिन सुबह 9 बजे थे जब जाब—जो अभी तक त्रस्त और भयभीत लगता था—मुझसे मिलने आया। मुझे और लियो को जीवित देखकर वह खुश हुआ और उसने ईश्वर का धन्यवाद किया। उसे आशा नहीं थी कि हम उसे ज़िन्दा मिलेंगे। जब हमने अभागी उस्तेन की हत्या की कहानी उसे सुनाई तो हमारे जीवित रहने पर उसने ईश्वर का और भी धन्यवाद किया, पर उस्तेन की हत्या पर उसे बड़ा ही दुःख हुआ—यद्यपि उस्तेन का व्यवहार उसके प्रति बहुत अनुकूल न था, न वही उस्तेन का विशेष सम्मान करता था ; दोनों एक-दूसरे को चिढ़ाते रहते थे। पर इस संकट के समय में वे बातें भूल गईं और रानी के हाथ उसकी इस दुर्दशा की कहानी सुनकर उसे बड़ी चोट लगी।

जाब ने कहा—“आपको बुरा लगेगा इसलिए मैं ज्यादा कुछ कहना नहीं चाहता। पर मेरी राय में यह स्त्री वस्तुतः मानुषी नहीं है। वह चुड़ैल शैतान है या शैतान की पत्नी है, जो कब्र से निकलकर यह खेल खेल रही है। अकेला शैतान भी इतना दुष्ट नहीं हो सकता। यह भूत-प्रेतों का देश है और यह औरत उनपर राज्य करती है। यह जो चाहे कर सकती है। इसके सामने जादूगरनी की क्या बिसात है? हम इसके चंगुल में फंस गए हैं। अगर हम यहां से निकल गए तो अपना

अहोभाग्य समझेंगे। पर यह कहां सम्भव है? इससे निकलने का कोई रास्ता हमें तो नहीं दिखाई देता। श्री लियो जैसे सुन्दर युवक को पाकर यह चुड़ैल उसे क्यों जाने देगी?"

मैंने कहा—"आओ, आओ। कुछ हो, उसने ही उसके प्राणों की रक्षा की है।"

"हां, और बदले में उसकी आत्मा लेकर छोड़ेगी। वह उसे भी अपनी तरह एक जादूगर बना डालेगी। मैं कहता हूं कि ऐसे लोगों से सम्बन्ध रखना भी बुरा है। कल रात मुझे नींद नहीं आई इसलिए मैं जागता और अपनी मां की दी हुई बाइबिल पढ़ता रहा। इसमें जादूगरनियों तथा उस प्रकार के अन्य लोगों का क्या हाल होगा, यह बताया गया था। पढ़ते-पढ़ते भय के मारे मेरे सिर के बाल खड़े हो गए। अगर मेरी बुढ़िया मां मुझे इस स्थिति में देख ले तो उसको कैसा आश्चर्य होगा!"

"हां जाब, यह एक विचित्र देश है और यहां के निवासी भी बड़े विचित्र हैं, मैंने लम्बी सांस लेकर कहा, यद्यपि मैं जाब की भांति मूढ़ विश्वासी नहीं हूं, पर मैं मानता हूं कि कुछ ऐसी बातें ज़रूर हैं जो खोजकर नहीं जानी जा सकतीं।

उसने कहा—"हां साहब! आप ठीक कहते हैं। यदि आप मुझे निपट मूर्ख न समझें तो मैं आपसे इस समय, जब श्री लियो बाहर हैं (लियो तड़के उठकर कहीं घूमने निकल गया था) कुछ कहना चाहता हूं और वह यह है कि दुनिया में मेरी सैर का यही अंतिम देश है। मैंने कल रात एक सपना देखा। सपने में मेरे बूढ़े पिता दिखाई पड़े। वह एक रात्रिकालीन कमीज़ पहने हुए थे—वैसी ही जैसी यहां के लोग विशेष अवसरों पर पहनते हैं। उसके हाथ में मुट्ठी-भर वह घास थी जो उसने यहां आने के मार्ग में एकत्र की होगी, क्योंकि इस पाशविक गुफा के द्वार से लगभग तीन सौ गज़ की दूरी पर मैंने ढेर की ढेर वैसी घास देखी थी।

"मेरे बाप ने बड़ी संजीदगी से कहा—'जाब! तेरा समय पूरा हो गया है, पर मैं नहीं समझता था कि तुझे ढूंढ़ने के लिए मुझे इतनी दूर आना पड़ेगा। मैं बड़ी कठिनाई से तेरा पता लगा सका। अपने

बूढ़े बाप को इस तरह दौड़ाना कोई मित्रतापूर्ण कार्य नहीं है। इस कोर से दुष्टों के समूह के समूह निकले हैं।'

" 'नियमित सावधानी रखनी चाहिए। मैंने सुझाया।"

जाब ने उदास होकर कहा—"हां साहब! इसमें सन्देह ही क्या है? उनके गर्म घड़े से मारने की क्रिया को जानते हुए और क्या कहा जा सकता है? जो भी हो, मेरा समय पूरा हो गया है और मेरे पिता की आत्मा का कहना था कि मैं शीघ्र ही उसके पास पहुंच जाऊंगा।"

मैंने गम्भीरता से कहा—"बस जाब! बस। यह सब तेरा पागल-पन है। तुम्हें ऐसी बातें अपने दिमाग में भर लेने की मूर्खता नहीं करनी चाहिए। हमने जीवन में बहुत-सी अजीब बातें देखी हैं और आगे भी देखते रहेंगे।"

जाब ने कहा—"बहुत अच्छा साहब! मेरे लिए उचित नहीं कि आपसे बहस करूं, पर इतना अवश्य कहूंगा कि आप जहां कहीं जा रहे हों मुझे अपने साथ ले चलें, ताकि जब मैं मरूं तो आपके सामने ही मरूं और मेरी आंखों के सामने एक मैत्रीपूर्ण मुख हो। और साहब, अब मैं आपके लिए नाश्ता लाता हूं।" और मुझे बेचैनी की हालत में छोड़-कर वह चला गया।

थोड़ी देर में नाश्ता आ गया और इसी समय लियो भी लौट आया। लियो से मालूम हुआ कि वह अपने चित्त को शान्त करने के लिए गुफा के बाहर निकल गया था। जाब और लियो दोनों को देख-कर मुझे बड़ी खुशी हुई और मेरे मन से चिन्ता का बोझ उतर गया। नाश्ता करके हम फिर घूमने चले गए। कुछ अमाहज़र खेत जोतकर उसमें अन्न की बुवाई कर रहे थे। ढंग बहुत पुराना था। एक आदमी की कमर में बकरी की खाल का एक बैग बंधा था जो उछलता-कूदता चलता था और उसके इस प्रकार उछलने-कूदने से अन्न के बीज निकल-कर इधर-उधर बिखरते जाते थे। इन भयानक आदमियों को यह काम करते देख मन को कुछ शान्ति पहुंची, क्योंकि शेष मानवता के साथ उनके सम्बन्ध का यही एकमात्र सूत्र था।

जब हम लौट रहे थे तो रास्ते में बिल्लाली मिला और उसने बताया कि श्री ने आप लोगों को बुलाया है। इसलिए हम सब डरते

हुए वहां पहुंचे, क्योंकि आयेशा का क्या भरोसा था, वह सब नियम-बन्धन के परे थी। उसके संसर्ग से वासना, आश्चर्य एवं भय उत्पन्न होते थे, पर अपमान भी भावना नहीं उत्पन्न होती थी।

सदा की तरह गूंगी लड़कियां हमें अन्दर ले गईं। उनके चले जाने के बाद आयेशा ने घूंघट हटा दिया, और लियो से आलिंगन करने के लिए कहा और कल रात की सब बातों को भूलकर लियो ने बड़ी शीघ्रता एवं तत्परता से उसकी इच्छा की पूर्ति की। यहां तक कि शिष्टाचार का भी कुछ विचार न किया।

उसने अपना गोरा हाथ उसके सिर पर फेरा और प्यार-भरे नयनों से उसकी ओर देखने लगी। उसने कहा—"ऐ प्यारे कालिक्रे-टीज़! तुम कब मुझे पूर्णतः अपनी बना लोगे और कब हम सचाई के साथ एक-दूसरे के और एक-दूसरे के लिए हो जाएंगे? मैं तुम्हें बताती हूं। पहले तुम मेरे जैसे हो जाओ। अमर नहीं, क्योंकि अमर तो मैं भी नहीं हूं, पर इतने दृढ़ अवश्य कि काल के बाण तुम्हारे जीवन के कवच पर यों चमककर रह जाएं जैसे सूर्यकिरण जल पर चमक उठती है। अभी मैं तुमसे नहीं मिल सकती क्योंकि तुम कुछ दूसरे हो, मैं कुछ और हूं। मेरा तेज तुम्हें जला देगा और तुम्हें समाप्त कर देगा। तुम देर तक मेरी तरफ देख भी नहीं सकते, क्योंकि इससे तुम्हारी आंखें दुखने लगेंगी और तुम्हारी बुद्धि भ्रमित हो जाएगी, इसलिए"—ज़ुरा अदा के साथ—"मैं फिर घूंघट डाल लेती हूं।" (उसने कहा तो, पर ऐसा किया नहीं।) "नहीं ; सुनो। तुम्हारी सहन-शक्ति से ज़्यादा तुम्हारी परीक्षा न लेनी चाहिए। आज ही शाम को, सूर्यास्त के एक घण्टा पहले, हम सब यहां से रवाना हो जाएंगे और कल शाम तक—अगर सब कुछ ठीक-ठीक होता गया और मैं रास्ता न भूली तो हम सब 'जीवन स्थान'—अमृत स्थान—तक पहुंच जाएंगे। वहां तुम उस अग्नि में नहाओगे और उससे दिव्य होकर निकलोगे, जैसाकि तुम्हारे पहले कोई पुरुष नहीं निकला। कालिक्रेटीज़! तब मैं तुम्हारी पत्नी और तुम हमारे पति, हमारे स्वामी बनोगे।"

इस अद्‌भुत वक्तव्य पर लियो कुछ बुदबुदाया पर मैं सुन न सका।······

इसके पश्चात् श्री ने अपना स्वर एवं विषय बिलकुल बदलकर कहा—"और अब, ऐ कालिक्रेटीज़! मैं तुमसे यह पूछना चाहती हूं कि यहां तुम मेरी खोज में कैसे आए? कल रात तुमने कहा था कि कालिक्रेटीज़—वही जिसे तुमने मृत-रूप में देखा था—तुम्हारा पुरखा था। कैसे? बोलो, तुम तो बहुत कम बोलते हो।"

लियो ने आयेशा को सन्दूक और उस ठीकरे की सम्पूर्ण कहानी कह सुनाई जिसपर उसकी पूर्वजा मिस्री अमीनार्त्ता का लेख अंकित था। आयेशा बड़े ग़ौर से सुनती रही और जब वह पूरी कहानी सुना चुका तब मुझसे बोली :

"क्यों होली! तुम्हें याद है कि जब पाप-पुण्य पर हमारे-तुम्हारे बीच बात हुई थी और मेरा यह प्यारा बीमार पड़ा हुआ था, तब मैंने तुमसे कहा था कि कभी-कभी भलाई से बुराई और बुराई से भलाई पैदा हो जाती है—जो बोते हैं वे नहीं जानते कि फसल कैसी होगी, न आघात करनेवाला ही जानता है कि उसका घूंसा कहां पड़ेगा। अब देखो, यह मिस्री अमीनार्त्ता, यह नील घाटी की राजकुमारी, जो मुझे घृणा करती थी और जिसे मैं अब तक घृणा करती हूं—क्योंकि एक प्रकार से मेरे विरुद्ध उसकी चल गई—वही, खुद वही अपने प्रेमी को मेरी बांहों में भेजने के लिए यहां का मार्ग दिखलानेवाली बन गई। उसी औरत के लिए मैंने इसे मारा और अब देखो, उसीके द्वारा यह मेरे पास लौट आया है! वह मेरा बुरा चाहती थी और उसने ऐसे बीज बोए कि मुझे तुच्छ घास हाथ आवे, पर देखो उसने मुझे वह चीज़ दी जो सारी दुनिया मिलकर भी नहीं दे सकती। पर होली! तुमने अपने लिए एक अद्भुत वर्ग की कल्पना कर रखी है जिसमें तुम्हारे पाप-पुण्य, बुराई-भलाई के वृत्त 'फिट' हो जाते हैं।"

थोड़ा रुककर वह कहती गई—"हां, तो उसने अपने पुत्र को आदेश दिया कि अगर वह मार सके तो मुझे मार दे क्योंकि मैंने उसके पिता को मारा था। और ऐ कालिक्रेटीज़! तुम्हीं वह पिता हो, और इसी तरह तुम्हीं वह पुत्र हो। क्या तुम अपने प्रति और अपनी सुदूर-स्थिता मां के प्रति किए हुए अन्याय का बदला मुझसे लेना चाहते हो? ओ कालिक्रेटीज़! देखो," वह घुटनों के बल झुक गई और अपनी

धवल छाती से वस्त्र हटाकर बोली—"देखो, यहां मेरा हृदय धड़कता है, और वहां तुम्हारे पास छुरा है, भारी और लम्बा छुरा, तेज़ धार वाला छुरा, एक अपराधिनी नारी को मारने लायक छुरा! उसे उठाओ और बदला ले लो! मारो! ठीक जगह पर आघात करो जिससे तुम्हें सन्तोष हो जाए कालिक्रेटीज़! और फिर सुखी होकर जीवन बिताना क्योंकि तब तुम अन्याय का बदला ले चुके होगे और अतीत के आदेश को पूर्ण कर चुके होगे।"

लियो ने उसकी ओर देखा; तब अपना हाथ उसकी ओर बढ़ा दिया और उसे पुनः उसके पांवों पर खड़ा कर दिया।

व्यथापूर्ण स्वर में वह बोला—"आयेशा, उठो! तुम अच्छी तरह जानती हो कि मैं तुम्हें नुकसान नहीं पहुंचा सकता; नहीं, नहीं, उसके लिए भी नहीं, जिसे कल रात तुमने मार दिया। मैं तुम्हारे वश में हूं, तुम्हारा दास हूं। मैं तुम्हें कैसे मार सकता हूं?—तुम्हें मारने के पूर्व मैं स्वयं अपने को मार लूंगा।"

उसने हंसते हुए उत्तर दिया—"कालिक्रेटीज़! तब तो तुमने मुझे प्यार करना शुरू कर दिया। अब मुझे अपने देश की बात बताओ—तुम्हारा राष्ट्र उत्कृष्ट होगा; है न? एक साम्राज्य से युक्त, रोम की भांति? निश्चय ही तुम वहां लौटोगे और यह अच्छा ही होगा, क्योंकि मैं नहीं चाहती कि तुम कोर की इन कन्दराओं में रहो। नहीं, ज्योंही तुम मेरी तरह बन जाओगे, हम यहां से चल देंगे। डरो नहीं, मैं कोई न कोई रास्ता खोज निकालूंगी, और तब हम तुम्हारे इंग्लैंड की यात्रा पर रवाना हो जाएंगे और अपनी मर्यादा के अनुकूल रहेंगे। दो हज़ार वर्ष तक मैंने इसीलिए प्रतीक्षा की है कि इन घृणित गुफाओं और इन मातमी सूरत वाले आदमियों को फिर न देखना पड़े। अब वह समय आ ही गया है और मेरा हृदय उसके लिए यों तड़प रहा है जैसे बच्चे का मन छुट्टी के दिन के लिए तड़पता है, क्योंकि तुम इस इंग्लैंड पर राज्य करोगे—"

लियो ने जल्दी से बात काटकर कहा—"लेकिन हमारे यहां तो एक रानी राज कर ही रही है।"

आयेशा बोली—"वह कुछ नहीं है, वह कुछ नहीं है। उसे गद्दी से

उतारा जा सकता है।"

इसपर हम दोनों उद्विग्न होकर चीख पड़े कि उसकी जगह हम अपने को ही उठा फेंकना ज़्यादा अच्छा समझेंगे।

चकित होकर आयेशा बोली—"यह विचित्र बात है! ऐसी रानी, जिसे सारी प्रजा चाहती है। निश्चय ही जब से मैं 'कोर' में आकर रह रही हूं, दुनिया बहुत बदल गई है।"

हमने उसे समझाया कि बादशाहों का रूप अब बदल गया है और जिस सम्राज्ञी के अधीन हम रह रहे हैं उसको उसके विस्तृत राज्य में सभी शुभ विचारों के लोग प्यार और सम्मान करते हैं। हमने उसे यह भी बताया कि हमारे देश में वास्तविक शक्ति प्रजा के हाथ में है, वस्तुतः हम जनता के निम्न एवं सबसे कम शिक्षित वर्गों द्वारा शासित हो रहे हैं।

उसने कहा—"तो यह कहो कि प्रजासत्तात्मक राज्य है—तब तो वहां कोई स्वेच्छाचारी शासक भी होगा, क्योंकि मैंने बहुत देखा है कि प्रजासत्तात्मक राज्यों में अपना स्पष्ट संकल्प नहीं होता और वे अन्त में स्वेच्छाचारी को खड़ा कर देते हैं और फिर उसकी पूजा करते हैं।"

मैंने कहा—"हां, हममें स्वेच्छाचारी भी हैं।"

उसने कहा—"तब ठीक है। हम इन स्वेच्छाचारियों को नष्ट कर सकते हैं, और तब कालिक्रेटीज़ देश पर हुकूमत करेगा।"

मैंने तुरन्त ही आयेशा को सूचित किया कि वहां फूंक मारकर उड़ाना कोई तमाशा नहीं है कि बिना किसी भय के किया जाए। किसी भी ऐसे प्रयत्न पर कानून द्वारा विचार किया जाएगा, जिसका अन्त शायद फांसी के तख्ते पर जाकर हो।

वह घृणा के साथ हंसी—"कानून! कानून! हे होली, क्या तुम नहीं जानते कि मैं कानून के ऊपर हूं, और कालिक्रेटज़ की भी वही स्थिति रहेगी? हमारे लिए सम्पूर्ण मानवीय कानून वैसे ही हैं जैसे पहाड़ के लिए उत्तरी वायु। वायु पर्वत को झुका पाती है? या पर्वत वायु को झुकाता है?

"और मैं कहती हूं कि अब तुम जाओ, और मेरे प्यारे कालिक्रेटीज़ तुम भी, क्योंकि मैं अपनी यात्रा की तैयारी करूंगी। तुम दोनों को और

तुम्हारे नौकर को भी तैयारी करनी है। पर अपने साथ ज़्यादा कपड़े वगैरा सामान न लेना, क्योंकि मेरा ख्याल है कि हमें सिर्फ तीन दिन लगेंगे। उसके बाद हम यहां लौट आएंगे। और यहां आकर मैं कोर की इन गुफाओं को सदा के लिए नमस्कार करने की योजना बनाऊंगी। हां, मेरा हाथ चूम लो!"

इस तरह हम वहां से लौटे और हमारे आगे जो समस्या थी उसकी भयानकता पर मैं रास्ते-भर सोचता आया। स्पष्ट था कि यह भयंकर आयेशा इंग्लैंड जाने का निश्चय कर चुकी है और जब मैं सोचता था कि इसके वहां पहुंचने का क्या परिणाम होगा, तो भय से कांप उठता था। मैं उसकी शक्तियों को अच्छी तरह जानता था और मैं यह भी जानता था कि वह पूरी तरह उनका प्रयोग करेगी। उसे थोड़ी देर के लिए नियन्त्रण में रखा जा सकता था, पर निश्चय था कि उसकी दर्पपूर्ण महत्त्वाकांक्षिणी प्रेरणा बन्धनमुक्त हो जाएगी और शताब्दियों के अपने एकान्त का बदला लेकर रहेगी। अगर अकेले सौन्दर्य की शक्ति काम न देगी तो अपने प्रयोजन की पूर्ति तथा अपने लक्ष्य की सिद्धि के लिए वह लोगों को विनष्ट कर अपना मार्ग बनाएगी, और चूंकि वह मर नहीं सकती, न मारी जा सकती है, तो फिर उसे कौन रोक सकेगा? मुझे सन्देह नहीं था कि अन्त में वह ब्रिटिश राज्य पर, बल्कि कदाचित् सारी दुनिया पर, एकच्छत्र राज्य करेगी। मैं यह भी जानता था कि वह अपनी शक्ति से बहुत शीघ्र हमारे राज्य को संसार का सबसे वैभवशाली एवं ऐश्वर्यवान साम्राज्य बना देगी, पर यह सब जीवन की भयंकर बलि के बाद ही संभव होगा।

22

हमें तैयारी करने में ज्यादा समय नहीं लगा। हमने बदलने के कुछ कपड़े तथा फालतू जूते अपने हैण्डबेग में रख लिए। अपने-अपने रिवाल्वर के साथ हममें से दोनों ने एक-एक एक्सप्रेस राइफल भी ले ली। इसी होशियारी के कारण, ईश्वर की कृपा से कई बार हमारे प्राण बचे थे। साथ ही काफी गोली-बारूद भी ले ली। अपनी भारी बन्दूकें तथा और सामान

हमने वहीं छोड़ दिया।

नियुक्त समय से चंद मिनट पूर्व में आयेशा के कक्ष में बुलाया गया। हमने उसे भी तैयार पाया। उसने अपनी कफनी पर काला लबादा पहन रखा था।

उसने पूछा—"क्या तुम लोग इस साहसिक सफर के लिए तैयार हो?"

मैंने कहा—"हां, हम तैयार हैं। यद्यपि आयेशा! खुद मुझे इसमें विश्वास नहीं है।"

हम सब निकलकर महती केन्द्रीय गुफा में, फिर वहां से दिन के प्रकाश में बाहर आए। इस गुफा के दरवाज़े पर केवल एक डोली रखी थी और छः गूंगे कहार प्रतीक्षा कर रहे थे। इनके साथ हमारा पुराना मित्र बिल्लाली भी था, जिसे देखकर मुझे खुशी हुई, क्योंकि उसके लिए मेरे मन में एक प्रकार का स्नेह उत्पन्न हो चुका था। ऐसा जान पड़ा कि किसी कारण से अपने अतिरिक्त आयेशा ने सबके पैदल ही चलने की व्यवस्था की है। इसमें हमें कोई अप्रसन्नता न थी, क्योंकि गुफाओं की लम्बी कैद के कारण बाहर पैदल चलने का मौका ही कहां मिलता था! ये गुफाएं मृतकों के लिए चाहे जितनी सुविधाजनक रही हों पर हमारे जैसे श्वास लेनेवाले प्राणियों का दम उनमें घुटता था। चाहे संयोग-वश हो, या आयेशा के आदेश से हो, गुफा के सामने वाला मैदान, जहां हमने वह भयानक नृत्य देखा था, दर्शकों से रिक्त था। एक माई का लाल न दिखाई पड़ता था, इससे हमने अनुमान लगाया कि इन दासों के सिवा किसी और को आयेशा के सफर की खबर न थी।

थोड़ी देर के बाद ही हम झील वाले हरे-भरे तथा बोए हुए मैदान को पार कर रहे थे। चतुर्दिक् की ऊंची पहाड़ियों के बीच यह स्थान एक बड़ी मर्कतमणि की भांति चमक रहा था। एक बार फिर इस स्थान की नैसर्गिक शोभा को देखने का अवसर मिला। कोरवासियों द्वारा अपनी राजधानी के लिए ऐसा स्थान चुनने पर हमें आश्चर्य हुआ। झील का पानी बाहर निकालने तथा फिर यहां पानी न एकत्र होने देने के महत् कार्य में कितने श्रम, कितनी सूझ और निर्माणकला के कितने गूढ़ ज्ञान की ज़रूरत पड़ी होगी! जहां तक मेरा अनुभव है, प्रकृति के विरुद्ध

मनुष्य क्या कर सकता है, यह इसका एक अप्रतिम उदाहरण है। धारणा की विशालता तथा विस्तृति में इस प्राचीन कारीगरी के सामने स्वेज़ की नहर नहीं ठहरती।

जब हम सुरभित शीतल वायु का आनन्द लेते हुए लगभग आधे घंटे तक चल चुके तब ध्वंसावशेष की इमारतें साफ-साफ दिखाई पड़ने लगीं।

ठीक हमारे सामने एक रास्ता था जो नगर का राजमार्ग रहा होगा। वह बहुत चौड़ा और सीधा था। चट्टानी पत्थरों से बना होने के कारण अब भी उसपर ज़्यादा घास या झाड़ियां न उग सकी थीं। इसके विरुद्ध बाग-बगीचे बिलकुल घने जंगल के रूप में बदल गए थे। दूर से भी विविध मार्गों को पहचाना जा सकता था क्योंकि उनपर कदाचित् ही कोई हरियाली दिखाई पड़ती थी। इस महान राजमार्ग के दोनों ओर बड़े-बड़े भवनों के खंडहर फैले हुए थे। इनके बीच-बीच में उद्यान भूमि-खण्ड थे, जो उन्हें एक-दूसरे से अलग करते थे पर इस समय कांटेदार झाड़ियों से भर गए थे। सभी भवन एक ही प्रकार के रंगीन पत्थर के बने थे और अधिकांश में बड़े-बड़े खम्भे थे, जिनपर हज़ारों वर्ष से मनुष्य के चरण नहीं पड़े थे।

चलते-चलते हम एक बड़े खंडहर के समीप पहुंचे जो कम से कम आठ एकड़ ज़मीन में फैला था। यह एक मन्दिर था। इसमें एक के भीतर दूसरा, दूसरे के भीतर तीसरा, इस तरह अनेक खण्ड थे जो बड़े-बड़े खम्भों द्वारा अलग किए गए थे। ये खम्भे बड़े ही सुन्दर थे और मैंने इतने सुन्दर खम्भे और कहीं नहीं देखे। ये बीच में पतले और ऊपर-नीचे की ओर क्रमशः मोटे होते गए थे। पहले तो हमने समझा कि ये नारी-यष्टि की नकल हैं जैसाकि अनेक प्राचीन धार्मिक इमारतों में हम देखते हैं, पर दूसरे दिन पहाड़ के ढालुए हिस्से को पार करते समय हमने बड़े सुन्दर तमाल (पाम) उगे देखे और समझ गया कि प्रथम कारीगर ने इन्हींको या इनके पूर्वजों को देखकर वे खम्भे गढ़े होंगे।

इस महान मन्दिर के अग्रभाग के पास हम रुक गए। मैंने यहां के कुछ बड़े खम्भों को नापा। आधार भाग पर उनका व्यास अठारह से बीस फुट था और वे सत्तर फुट ऊंचे थे। आयेशा भी अपनी डोली से

नीचे उतर गई।

उसने लियो से, जो उतरने में सहायता देने पहुंच गया था, कहा—"कालिक्रेटीज़! पहले यहां एक कोठरी थी जिसमें कोई सोना चाहे तो सो सकता था। दो हज़ार वर्ष हुए जब तुम उस मिस्री बर्र (अमीनार्त्ता) के साथ यहां ठहरे थे। पर तब से मैं इधर नहीं आई और जान पड़ता है, वह गिर गई।" इसके बाद हम लोगों को साथ लिए वह बहुत-सी टूटी-फूटी सीढ़ियों को पार कर बाहरी खण्ड में पहुंची और अंधेरे में इधर-उधर देखने लगी। फिर उसे कुछ याद आ गया, और बाईं ओर दीवार के सहारे कुछ कदम चलकर वह खड़ी हो गई।

"अभी तक यह वैसी ही है,"—आयेशा ने कहा और दो गूंगों को बढ़ने का संकेत किया। ये गूंगे सब सामान लादे हुए थे। उनमें से एक ने आगे बढ़कर एक दीपक निकाला और उसे एक छोटी अंगीठी से जलाया। अमाहज़र सदा यात्रा में अपने साथ एक छोटी जलती अंगीठी रखते थे। दीपक के जलते ही हमने उस स्थान में प्रवेश किया जिसके सामने आयेशा रुक गई थी। यह एक छोटी कोठरी थी जो दीवार में बनी थी और इसमें पत्थर की एक बड़ी मेज़ रखी थी। कदाचित् उस महान मन्दिर का कोई द्वार-रक्षक इसमें रहता रहा होगा।

यहां हमने पड़ाव किया और उस अंधेरे में जितना संभव था साफ करके आरामदेह बना लिया। इसके बाद लियो, जाब और हमने मांसाहार किया। आयेशा तो, जैसा मैं पहले कह चुका हूं, आटे की रोटी, फल और पानी के सिवा कभी कुछ छूती ही न थी। जब हम लोग खाना खा ही रहे थे तभी पूर्णचन्द्र मन्दिर की दीवार के ऊपर उदित हुआ और उसकी रजत् किरणों से सारा स्थान चमक उठा।

अपना सिर अपने हाथ के बल रखकर स्वर्ग की रानी को मन्दिर के स्तंभों के ऊपर उगती देखती हुई आयेशा बोली—"होली! क्या तुम जानते हो कि मैं आज तुम्हें यहां क्यों लाई हूं? यह एक अजीब बात है; पर कालिक्रेटीज़! क्या तुम जानते हो कि इस समय तुम जिस स्थान पर ठहरे हुए हो, वहां कभी तुम्हारा शव पड़ा था? मैं यहीं से तुम्हारा शव उठाकर कोर की गुफाओं में गई थी। वह दृश्य मुझे फिर याद आ रहा है। मैं उसे देख सकती हूं। कैसा भयानक दृश्य है!"

और वह कांप उठी।

लियो जल्दी से उछल पड़ा और जिस जगह बैठा था, वहां से हटकर दूसरे स्थान पर जा बैठा। आयेशा पर उन स्मृतियों का जो भी प्रभाव पड़ा हो, किन्तु लियो के लिए उनमें कोई आकर्षण नहीं था।

आयेशा कहने लगी—"मैं तुम्हें यहां इसलिए लाई हूं कि वह अद्‌भुत दृश्य देखो जो शायद ही किसी आदमी ने देखा होगा—उजड़े कोर पर पूर्णचन्द्रोदय का दृश्य। जब तुम भोजन कर चुकोगे तब मैं तुम्हें समझाना चाहूंगी कि कालिक्रेटीज़! केवल फल खाया करो। पर अभी नहीं, तुम्हारे अग्नि-स्नान के बाद। एक ज़माने में मैं भी खूंखार पशु की भांति मांसाहार करती थी। जब तुम खा चुकोगे तब हम बाहर चलेंगे और मैं तुम लोगों को यह मन्दिर तथा उस देवता को दिखलाऊंगी जिसकी यहां कभी पूजा होता थी।"

जब हम भोजन कर चुके तो श्री दो खण्डों से होती हुई हमें उस प्राचीन मन्दिर के गर्भ में ले गई।

इस पचास गज़ चौकोर भीतरी खण्ड के बीच हमने कला की सर्वोच्च रूपकीय रचना देखी। प्रांगण के बीचोबीच एक मोटी वर्गाकार चट्टानी चौकी पर, एक विशाल काले पत्थर का गोलक रखा था जिसका व्यास बीस फुट रहा होगा। इस गोलक पर पांव रखे एक वृहदाकार पंखी नारी-मूर्ति खड़ी थी जिसका सौंदर्य इतना मोहक और दिव्य था कि जब चन्द्र-ज्योति के प्रकाश एवं छाया में मैंने उसे पहली बार देखा तो आश्चर्य से मेरी सांस रुक गई और एक क्षण के लिए हृदय-स्पन्दन बन्द हो गया।

यह मूर्ति ऐसे शुद्ध और धवल मरमर को तराशकर बनाई गई थी कि इतने वर्षों के बाद भी चन्द्रकिरणों के पड़ते ही वह चमकने लगी थी। वह बीस फुट से भी ज़्यादा ऊंची थी। यहां पर लगी ऐसी स्त्री-मूर्ति थी जिसके अंग-अंग सांचे में ढले थे और जिसके मुख से इतनी सुन्दरता और मृदुता, इतनी नज़ाकत बरसती थी कि इसकी लम्बाई इसके मानवी, और उससे भी अधिक आध्यात्मिक सौन्दर्य को घटाने के बदले बढ़ा रही थी। वह आगे की ओर किंचित् झुकी पर अपने अध-खुले पंखों पर इस तरह अवलम्बित थी मानो इस झुकने में भी अपना

सन्तुलन साध रही हो। उसकी बांहें आगे की ओर उस स्त्री की भांति फैली हुई थीं जो अपने प्रियतम का आलिंगन करने ही वाली हो। उसकी सारी मुद्रा कोमलतम याचना की थी। उसकी यह परिपूर्ण एवं गौरव-युक्त देह प्रायः अनावृत थी, सिवाय मुख के—और यह भी एक असा-धारण बात थी—जिसपर एक हलका घूंघट पड़ा था जिसके नीचे से उसकी रूपरेखा-भर दिखाई दे रही थी। उसके सिर से होता हुआ एक हलका आवरण आया था जिसके दोनों छोर उसके वाम स्तन पर पड़े हुए थे।

बहुत देर तक मुग्ध होकर देखने के बाद मैंने आयेशा से पूछा—"यह कौन है?"

आयेशा ने कहा—"होली! क्या तुम अनुमान नहीं कर सकते? तब तुम्हारी कल्पना कहां है? यह विश्व पर खड़ी सत्य की मूर्ति है और अपने बच्चों से अपने मुख को निरावरण करने का आवाहन कर रही है। देखो चौकी पर क्या लिखा हुआ है। निश्चय ही यह लेख कोर-निवासियों के धर्मशास्त्र से लिया गया होगा।" वह हमें मूर्ति के आधार भाग तक ले गई जहां चीनी लिपि जैसी दिखाई देनेवाली लिपि में एक लेख था। वह काफी गहरा खुदा था इसलिए आयेशा उसे अच्छी तरह पढ़ सकती थी। उसने हमें उसका अनुवाद करके यों बताया :

"क्या कोई ऐसा आदमी नहीं है जो मेरा घूंघट हटाकर मेरा मुख देखे, जो बहुत सुन्दर है? जो कोई मेरे मुख से घूंघट उठाएगा मैं उसीकी हो जाऊंगी और मैं उसे शान्ति तथा ज्ञान एवं सत्कर्म की मधुर सन्तति दूंगी।"

और एक आवाज़ आती है—"यद्यपि जो लोग तुम्हारी खोज में हैं सभी तुम्हारी कामना करते हैं, पर देखो! तुम कुमारी हो और काल के अन्त तक कुमारी ही रहोगी। मानवी से उत्पन्न कोई ऐसा पुरुष नहीं है जो तुम्हारा घूघट हटाकर भी जीता रह सके और कोई ऐसा होगा भी नहीं। ओ सत्य की देवी! केवल मृत्यु द्वारा ही तुम्हारा घूंघट हटाया जा सकता है!"

और सत्य की देवी ने अपनी बांहें फैला दीं और रोने लगी,

क्योंकि जो उसपर प्यार दिखाते हैं वे उसे पा न सकेंगे, न उसके मुख के सामने अपना मुख लाकर उसे देख सकेंगे।

पूरा अनुवाद सुनाने के बाद आयेशा ने कहा—"देखते हो। प्राचीन कोर के इन लोगों की देवी सत्य की देवी थी और उसीके लिए उन्होंने अपने मन्दिर बनवाए। वे उसीको पाने की चेष्टा करते थे; यह जानते हुए भी कि वे उसे न पाएंगे, वे उसे पाने को प्रयत्नशील थे।"

मैंने दुःखी होकर कहा—"और आज तक भी इसी प्रकार मनुष्य उसकी खोज करते हैं पर उसे पाते नहीं, और जैसाकि यह शास्त्र कहता है, उसे पाएंगे भी नहीं; क्योंकि केवल मृत्यु में ही सत्य की प्राप्ति होती है।"

यह आवृत एवं दिव्य सौन्दर्य इतना पूर्ण और पवित्र था कि हमें ज्ञात हुआ जैसे मरमर के कारागार से एक जीवित प्रेरणा निकलकर मनुष्य को उच्च स्वर्गीय विचारों की ओर ले जा रही हो। कवि का सौन्दर्य-स्वप्न मानो पत्थर में जमकर रह गया हो जिसे मैं जीवन-भर न भूल सकूंगा।

23

दूसरे दिन अरुणोदय के पूर्व ही गूंगों ने हमें जगा दिया। जब तक हमने आंखों को मल-मलकर उनमें भरी नींद को दूर किया और एक झरने पर, जो विशाल बाहरी खण्ड के एक संगमरमर के कुण्ड में प्रवाहित था, जाकर प्रातःकृत्य से निवृत्त हुए तब तक आयेशा भी तैयार होकर चलने के लिए डोली के पास आकर खड़ी हो गई। बुड्ढा बिल्लाली तथा दो गूंगे सामान बांध रहे थे। आयेशा उस मरमर की सत्य-देवी की भांति ही घूंघट डाले हुए थी और मेरे मन में यह विचार आया कि हो न हो इसने इस मूर्ति से ही घूंघट डालने की प्रेरणा ग्रहण की हो। पर मैंने देखा कि आज वह बहुत सुस्त है और उसमें पहले की वह तेज़ी एवं चपलता नहीं है जो उसे हज़ारों स्त्रियों में अलग ही रखती थी। उसका सिर झुका हुआ था। जब हम वहां पहुंचे तो उसने सिर उठाया और हमारा स्वागत किया। लियो ने पूछा कि रात कैसी नींद आई?

उसने उत्तर दिया—"मेरे प्यारे कालिक्रेटीज़! बुरी! बहुत बुरी! रात-भर विचित्र और भयानक सपने आते रहे और मैं नहीं जानती कि उनका आशय क्या है। मुझे अनुभव होता है जैसे कोई बुरी छाया मुझे घेरे हुए है। पर वह मेरा क्या कर सकती है?" फिर एकाएक नारी-सुलभ कोमलता से बोली—"पर यदि मुझको कुछ हो जाए और मैं स्वयं निद्रित होकर तुम्हें जगता छोड़ जाऊं तो क्या तुम मुझे याद करोगे? हे मेरे कालिक्रेटीज़! क्या तुम तब तक मेरी प्रतीक्षा करोगे जब तक मैं फिर न आ जाऊं, जैसे शताब्दियों तक मैंने तुम्हारे आगमन के लिए प्रतीक्षा की है?"

और उत्तर की प्रतीक्षा किए बिना वह आगे कहती गई—"अब हमें चल देना चाहिए क्योंकि अभी बहुत दूर चलना है और मैं चाहती हूं कि नीलाकाश में दूसरे सूर्योदय के पूर्व ही 'अमृत-भवन' तक पहुंच जाऊं।"

पांच मिनट बाद हम सब पुनः उस उजड़े नगर में से होते हुए चल दिए। और ज्योंही सूर्य की प्रथम किरण सुनहले तीर छोड़ती इस ध्वंसावशेष पर उतरी, हम बाहरी दीवार के फाटक के उस पार हो गए। यहां हमने एक बार पुनः फिरकर इस उजड़ी महत्ता और ऐश्वर्य को देखा। हमें दुःख हुआ कि समयाभाववश हम उसकी ज़्यादा खोज-बीन करने में असमर्थ थे। यहां से आगे हमने खाई पार की और मैदान में आ गए।

जैसे-जैसे सूर्य आकाश में चढ़ता गया, आयेशा की स्फूर्ति भी बढ़ती गई—यहां तक कि वह पुनः अपनी सामान्य मनोदशा में आ गई और उसने हंसते हुए कहा कि यह शिथिलता उस स्थान के प्रभाव के कारण थी जहां गत रात को वह सोई थी।

उसने कहा—"ये जंगली लोग कहा करते हैं कि कोर में भूतों का अड्डा है और मैं निस्सन्देह उनकी बातों का विश्वास करती हूं। एक अपवाद के सिवा ऐसी खराब रात मेरी कभी नहीं कटी। हां, वह रात भी मुझे याद आ रही है जब उसी स्थान पर तुम मेरे पांव के पास मरे हुए पड़े थे। मैं अब कभी यहां न आऊंगी। सचमुच यह मनहूस जगह है।"

थोड़ी देर ठहरकर नाश्ता करने के बाद फिर हम रवाना हो गए और दो बजे दिन तक एक पहाड़ की तलहटी में पहुंच गए जो दीवार-

सा खड़ा था और पन्द्रह सौ से दो हज़ार फुट तक ऊंचा रहा होगा। यहां हम थोड़ी देर के लिए ठहरे। मुझे तो समझ में ही नहीं आता था कि अब हम आगे कैसे जा सकते हैं!

डोली से उतरती हुई आयेशा बोली—"हमारा असली सफर तो अब आरंभ होता है, क्योंकि इन आदमियों को यहीं छोड़ देना होगा और हमें अपना सामान स्वयं ही ढोना होगा।" इसके बाद उसने बिल्लाली से कहा—"तुम और ये कहार यहीं रहेंगे और हमारे लौटने की प्रतीक्षा करेंगे। कल दोपहर तक शायद हम लौट आएं, पर अगर उस समय तक हम न आएं तो भी इन्तज़ार करना।"

बिल्लाली ने नम्रतापूर्वक झुककर कहा कि हम बूढ़े होने तक लौटने का इन्तज़ार करते रहेंगे।

अब उसने जाब की ओर संकेत करते हुए कहा—"ओ होली! अच्छा हो कि तुम इस आदमी से भी कह दो कि यहीं ठहरे क्योंकि यदि उसका दिल पक्का नहीं है और उसमें खूब साहस नहीं है तो वह आफत में पड़ सकता है। इसके अतिरिक्त उस स्थान का रहस्य, जहां हम जा रहे हैं, साधारण आदमियों के जानने योग्य नहीं है।"

मैंने जाब से यह बात कही तो उसने बड़ी गंभीरता से गिड़गिड़ाते, बल्कि रोते हुए, उसे अलग न छोड़ने की प्रार्थना की। उसने कहा कि वह जो कुछ देख चुका है उससे ज़्यादा बुरा क्या देखने को मिलेगा और उसे उन गूंगों के साथ रहने की कल्पना-मात्र से डर लगता है, जो पता नहीं कब गर्म घड़े से उसका सफाया कर दें।

जो कुछ उसने कहा उसका अनुवाद करके मैंने आयेशा को सुना दिया। आयेशा ने कंधे हिलाकर कहा—"तब आने दो। मेरा तो उसमें कुछ नुकसान है नहीं। आफत उसीके सिर पर आएगी। वह दीपक तथा यह लेकर चलेगा।" और उसने एक काठ का तख्ता दिखाया जो सोलह फुट लम्बा रहा होगा और जो उसकी डोली के बांस में बंधा था। मैंने समझा था कि यह डोली के परदों को कड़ा और चौड़ा रखने के लिए है, पर अब मालूम हुआ कि हमारी असाधारण यात्रा में वह किसी अज्ञात प्रयोजन के अर्थ साथ लिया गया है।

यह तख्ता बहुत सख्त पर हलका था। एक दीपक तथा इस तख्ते

को जाब ने उठा लिया। दूसरा दीपक तथा तेल की शीशी मैंने अपनी पीठ पर लटका ली। लियो ने खाने-पीने का सामान तथा एक छोटी मशक, जिसमें पानी था, लाद ली। यह सब हो चुकने के बाद आयेशा ने बिल्लाली तथा उन गूंगों को सौ गज़ की दूरी पर स्थित कुसुमित मैगनोलिया के कुंज में जाकर तब तक छिप रहने की आज्ञा दी जब तक हम चले न जाएं। आज्ञा के उल्लंघन पर मौत की सज़ा देने की धमकी भी दे दी। उन्होंने विनीत भाव से सलाम किया। ज़ाते समय बुड्ढे बिल्लाली ने हमसे मित्रतापूर्ण ढंग पर हाथ मिलाया और कान में धीरे से कहा कि 'अवश्य माननीया के साथ इस यात्रा पर तुम्हारी जगह मेरा जाना अधिक उचित होता,' और मुझे उसकी बात ठीक ही लगी। एक मिनट बाद वे सब चले गए। तब आयेशा ने हमसे पूछा कि क्या हम चलने के लिए तैयार हैं। फिर घूमकर पहाड़ की ऊंची चोटी की ओर देखा।

मैंने कहा—"हे परमेश्वर! लियो, क्या हमें इस पहाड़ पर चढ़ना पड़ेगा?"

लियो इस समय अर्द्धमोहित, तथा रहस्यमयी उत्सुकता से आक्रांत था; उसने अपने कंधे हिलाए पर कुछ उत्तर न दिया। एकाएक आयेशा उछलती हुई इस पहाड़ पर चढ़ने लगी। हमको उसका अनुसरण करना ही पड़ा। वह जिस फुर्ती और अद्भुत सरलता के साथ एक चट्टान से दूसरी चट्टान पर उछलती हुई चढ़ती जाती थी, उसे देखकर आश्चर्य होता था। पर वस्तुतः यह चढ़ाई उतनी कठिन न थी जितनी शुरू में हमें मालूम पड़ती थी, यद्यपि बीच-बीच में दो-एक ऐसे खतरनाक स्थान पार करने पड़े जहां से पीछे देखना भी भयजनक था। चट्टान अभी तक ढलुई थी और उतनी सीधी न थी जितनी ऊपर जाने पर मिली।

बिना विशेष श्रम के हम पिछले स्थान से लगभग साठ फुट ऊंचे आ गए। कठिनाई सिर्फ 'जाब' के साथ थी, क्योंकि उसे तख्ता लेकर चलना पड़ता था। चूंकि रास्ता घुमावदार था, हम पिछले स्थान से लगभग साठ-सत्तर कदम बाईं तरफ आ गए थे। आगे हमें एक गली मिली जो शुरू में बहुत संकरी थी, पर ज्यों-ज्यों हम आगे बढ़ते गए वह खुलकर चौड़ी होती गई जैसे फूल की पंखुरी खुलती है। यह गली अन्दर की

ओर ढालुवां होती गई थी। यहां तक कि अब हम नीचे के अपने साथियों की ओट हो गए। यह गली प्रकृति-निर्मित थी। वह तीस या चालीस गज़ तक जाकर एकाएक एक गुफा में समाप्त हो गई थी। यह गुफा भी प्राकृतिक थी क्योंकि बिलकुल अनगढ़ एवं टेढ़ी-मेढ़ी थी, जबकि कोर-निवासियों के हाथ की बनी गुफाएं बहुत सुडौल थीं।

इस गुफा के मुंह पर आयेशा ने रुककर हमें दोनों दीपक जला लेने को कहा। मैंने दोनों दीपक जलाए, एक उसे दे दिया, दूसरा अपने साथ रखा। वह हमारे आगे-आगे पर बड़ी होशियारी से इस गुफा में बढ़ी। यहां होशियारी की ज़रूरत भी थी, क्योंकि गुफा की ज़मीन बहुत विषम, ऊंची-नीची, टेढ़ी-मेढ़ी थी और जगह-जगह पत्थर निकले हुए थे जिनसे ठोकर लगने का भय था। कहीं-कहीं तो उसमें इतने गहरे गड्ढे थे कि कोई गिरता तो उसकी टांग ही टूट जाती।

लगभग बीस मिनट तक हम इस गुफा में चलते रहे। मेरे अनुमान से वह कोई चौथाई मील लम्बी रही होगी। अन्ततोगत्वा हम उसके उस छोर पर जा पहुंचे और मैं चौंधियाकर इधर-उधर देख ही रहा था कि हवा का एक झोंका आया और दोनों दीपक बुझ गए।

आयेशा ने हम लोगों को आवाज़ दी क्योंकि वह कुछ आगे बढ़ गई थी। हम धीरे-धीरे उसके पास पहुंच गए। हमारे आगे पहाड़ फट गया था और उसमें एक भयंकर दरार पड़ गई थी। शायद भूकम्प से या बार-बार विद्युत्पात से वैसा हुआ होगा। यह भयंकर दरार चारों ओर ऊंचे कगारों एवं चोटियों से घिरी थी, और अंधेरे के मारे स्पष्ट यह भी न दिखाई देता था कि वह कितनी चौड़ी है पर उसके अंधकार से अनुमान होता था कि बहुत चौड़ी न होगी। पर जहां हम खड़े थे वहां से उसके आकार-प्रकार का कुछ ज्ञान न होता था क्योंकि चारों ओर पन्द्रह सौ से दो हज़ार फुट ऊंचे पहाड़ खड़े थे और वहां तक बहुत ही कम प्रकाश पहुंच पाता था। एक संकरी चट्टान होंठों से बाहर निकले दांत की तरह गुफा से निकलकर इस खड्डे के ऊपर लगभग पचास गज़ तक चली गई थी। वह केवल अपने उद्गम पर गुफा से मिली थी अन्यथा निराधार अधर में झूल रही थी।

आयेशा ने कहा—"हमें इसीसे पार होना है। सावधान, यदि

घबरा गए, या हवा में फिसले तो फिर कोई पता न लगेगा, क्योंकि इस खड्ड की गहराई का कुछ पता नहीं है।" यह कहकर वह तुरन्त उसपर बढ़ने लगी। उसके बाद मैं, फिर जाब, फिर लियो आ रहे थे। ऐसे खतरनाक स्थान पर जिस सरलता से यह औरत बढ़ रही थी उसे देख-कर आश्चर्य होता था। मैं थोड़ी ही दूर चला हूंगा कि हवा के ज़ोर से, खड़े-खड़े चलने में, भय मालूम पड़ने लगा इसलिए मैं घुटनों के सहारे ज़मीन में हाथ टेके धीरे-धीरे उसपर रेंगकर चलने लगा। जाब एवं लियो ने भी ऐसा ही किया।

पर आयेशा ने इस दीन विधि का आश्रय नहीं लिया। वह हवा के झोंकों में भी अपने दिमाग और अपने सन्तुलन को ठीक रखे बराबर बढ़ी जा रही थी।

हम इस भयानक पुल से, जो हर कदम पर संकरा होता जा रहा था, लगभग बीस पग चले होंगे कि भयंकर आवाज़ के साथ प्रभंजन का एक झोंका आया। मैंने देखा कि आयेशा कुछ झुककर उसे सहन करने की चेष्टा कर रही है, पर हवा उसके काले लबादे के नीचे भर गई और वह लबादा उसके शरीर से अलग होकर हवा में यों उड़ा जैसे कोई घायल पक्षी हो। उसका इस प्रकार उड़कर जाना बड़ा भयानक दृश्य था। अंत में वह सुदूर अन्धकार में जाकर समा गया।

मैं उस चट्टान से और भी चिपट गया और चारों ओर देखने लगा। सारा कगारा हवा के मारे सनसना रहा था। हमारे नीचे हवा के टक-राने से ऐसा शब्द हो रहा था मानो कोई जीवित प्राणी चीख रहा हो। भयंकर दृश्य था। उस अन्धकार में हम आकाश और पृथ्वी के बीच लटके हुए थे। हमारे नीचे शत-शत फुट गहरी रिक्तता फैली थी जो क्रमशः अन्धकार से पूर्ण होती गई थी —यहां तक कि अन्त में निविड़ कालिमा के सिवा कुछ न दिखाई देता था। उसकी गहराई कल्पना के परे थी। ऊपर दमघोटक हवा का असीम अवकाश फैला हुआ था और दूर बहुत दूर, ऊपर नीलाकाश की एक रेखा-सी चली गई थी। इस भयंकर दरार में, जिसके ऊपर हम झूल रहे थे, भयंकर तूफान पागल की भांति टक-राता और अट्टहास करता था और अपने सामने के वाष्पखण्डों एवं बादलों को छिन्न-भिन्न करता आ रहा था। इन भागते मेघखण्डों के

कारण तो हम लगभग अन्धे ही हो गए थे। हमारी बुद्धि कुछ काम न करती थी।

स्थिति इतनी भयंकर एवं अपार्थिव, अलौकिक थी कि उसने हमारी भय-भावना को भी कुण्ठित कर दिया था। अब तक मैं कभी-कभी उसे स्वप्न में देखता हूं और उसकी कल्पना-मात्र से शरीर पसीने-पसीने हो उठता है।

उधर आयेशा ने आवाज़ दी—"बढ़ते चलो! बढ़ते चलो।" लबादा निकल जाने के बाद अपने धवल वस्त्रों में वह एक स्त्री की अपेक्षा तूफान पर तैरती हुई प्रेतात्मा ही अधिक मालूम पड़ती थी। "बढ़ो, नहीं तो गिरकर टुकड़े-टुकड़े हो जाओगे। अपनी आंखें धरती में गड़ा दो और चट्टान को पकड़े रहो।"

हमने उसकी आज्ञा का पालन किया और उस कम्पित पथ पर, जिससे टकरा-टकराकर वायु चीखती और रोती थी, रेंगते हुए चलने लगे। हम धीरे-धीरे आगे बढ़ते गए, कितनी देर तक यह नहीं कह सकता। आखिरकार हम इस पुलनुमा चट्टान के किनारे के निकट जा पहुंचे। यहां इसकी बनावट एक प्रस्तर-फलक—पत्थर की पटिया—जैसी थी। पर इसके आगे पहाड़ के उस सिरे को जोड़नेवाली कोई चीज़ न थी। जैसे राक्षस जम्हाई ले रहा हो, इस प्रकार हमारे सामने रिक्त अवकाश था। आयेशा हमारे आगे झुकी हुई खड़ी थी पर हम पेट के बल पत्थर की उस चट्टान से चिपके हुए थे। अब मेरी समझ में आया कि लकड़ी का तख्ता क्यों लाया गया है। उस पार ठीक से कुछ दिखाई नहीं पड़ रहा था, क्योंकि सामने की पहाड़ी की छाया या और किसी कारण से वहां इतना अंधेरा था जैसे बदली की अंधेरी रात हो।

आयेशा ने कहा—"थोड़ी देर रुको। शीघ्र ही रोशनी हो जाएगी।"

उस समय मैं समझ न सका कि उसका मतलब क्या है। उस भयानक स्थान पर और प्रकाश कहां से आ जाएगा? मैं उसकी इस बात पर आश्चर्य ही कर रहा था कि ज्योति की लम्बी तलवार की भांति अस्तंगत सूर्य की एक किरण उस गहरे अन्धकार को चीरती उस स्थान पर आकर पड़ी जहां हम लेटे हुए थे। आयेशा की सुन्दर देह

अपार्थिव तेज से दीप्त हो उठी। मैं यही चाहता हूं कि मैं उस भयंकर खाई पर छाए कुहासे एवं अन्धकार को चीरते उस अग्नि-कृपाण के नग्न एवं अद्‌भुत सौंदर्य का वर्णन कर सकता। मैं आज तक नहीं जान पाया कि वह उस समय कैसे वहां अवतरित हुआ। मेरा अनुमान है कि सामने की चोटी में कोई दरार या छिद्र होगा जिससे अस्तंगत सूर्य के ठीक सामने आनेपर प्रकाश प्रवाहित हो गया। मैं इतना ही कह सकता हूं कि दृश्य अद्‌भुत था। अन्धकार के हृदय में वह ज्वलित कृपाण भोंक दिया गया था और जहां भी वह पड़ा, वहां तीव्र प्रकाश की धारा बह गई; यहां तक कि दूर से भी एक-एक कण स्पष्ट दिखाई पड़ने लगा, पर इसके तीक्ष्ण किनारे से ज़रा ही दूरी पर वही घनीभूत अन्धकार था।

इसी सूर्यरश्मि की प्रतीक्षा आयेशा कर रही थी। वह जानती थी कि इस ऋतु में हज़ारों वर्ष से सूर्यास्त के समय ऐसा दृश्य उपस्थित होता है। इसी समय के हिसाब से उसने हमारी यात्रा की व्यवस्था की थी। अब हम स्पष्ट देख सकते थे कि हमारे सामने क्या है। जहां दांत या जिह्वा के समान निकली वह चट्टान खत्म हुई थी उससे ठीक सामने ग्यारह या बारह गज़ की दूरी पर, शायद खाई की गहराई में से उठी हुई एक चट्टान की गोलाकार चोटी थी। यदि इतनी ही बात होती तो वह हमारे लिए बेकार थी क्योंकि उसकी परिधि का निकटतम भाग भी हमसे प्रायः चालीस फुट दूर था, पर इस गोल एवं खोखली चोटी पर पानी की मार से चिकना हुआ एक बड़ा पत्थर रखा दिखाई पड़ता था। इस पत्थर का एक सिरा झुककर हमारी तरफ आया हुआ था जिसको बीच में एक स्तम्भकार पतली शिला उठाए हुए थी और उसके हमारी ओर वाले सिरे की दूरी हमारे स्थान से कोई बारह फुट रही होगी। यह पत्थर रह-रहकर हवा में हिल उठता था।

आयेशा ने कहा—"जल्दी! जल्दी करो। तख्ता लाओ। जब तक रोशनी है हमें इसे पार कर लेना चाहिए। ज़रा देर में रोशनी चली जाएगी।"

जाब ने कहरते हुए कहा—"हे ईश्वर! उसका निश्चय ही यह मतलब नहीं हो सकता कि इस जगह से हम उस जगह तक पार हो

जाएंगे।" पर मेरे आदेशानुसार उसने तख्ता धीरे-धीरे आगे सरका दिया।

"हां जाब, इसीपर से चलना होगा"—मैने एक पैशाचिक आनन्द के साथ कहा, यद्यपि तख्ते पर सरकने की धारणा मेरे लिए उसकी अपेक्षा कुछ कम दुखदायीं न थी।

मैंने तख्ता आयेशा की ओर बढ़ा दिया और उसने उसे बड़ी होशियारी के साथ खाड़ी वा दरार के ऊपर इस तरह रख दिया कि उसका एक सिरा हमारी इस चट्टान पर रहा और दूसरा उस पत्थर पर, जो हमसे बारह फुट दूर था और हिल रहा था। इसके बाद उसने एक पांव उसपर रखा जिससे वह हवा में उड़ न जाए और हमारी ओर मुड़कर बोली—"जब मैं पिछली बार यहां आई थी तब से उस हिलते हुए पत्थर का वह खंभानुमा आधार और पतला हो गया है, इसलिए मैं निश्चयपूर्वक नहीं कह सकती कि अब वह हमारा बोझ संभाल सकेगा या नहीं। इसलिए पहले मैं ही पार जाता हूं, क्योंकि मुझे कोई चोट नहीं लग सकती।" और आगे कुछ न कहकर वह हलके-हलके पर दृढ़ता से अपने पांव जमाती हुई तख्ते से पार चली गई और उस हिलते पत्थर को पकड़ लिया।

उसने कहा—"कोई डर की बात नहीं है। देखो, तख्ते को न छोड़ना। मैं चट्टान के इस ओर तख्ते को पांव से दबाकर खड़ी होती हूं जिससे तुम्हारे भारी बोझ से वह उलट न जाए। अब आओ होली! जल्दी करो, नहीं तो रोशनी चली जाएगी।"

मैं घुटनों के बल बैठ गया। जीवन में यदि कभी मैं भयभीत हुआ तो वह यही समय था। मुझे यह कहने में भी शर्म नहीं कि मैं आगे बढ़ने में हिचकिचाया और पीछे सरक गया।

उस अद्भुत स्त्री ने, जो उस हिलते पत्थर पर चिड़िया के समान खड़ी थी, पुकारकर कहा—"तुम डरते हो? डरते हो तो हट जाओ और कालिक्रेटीज़ को आने दो।"

अब मैंने पक्का इरादा कर लिया। इस स्त्री द्वारा उपहास का पात्र बनने से खड्ड में गिरकर मर जाना कहीं अच्छा है। इसलिए मैं हिम्मत करके उस तख्ते पर सरक चला। वैसे तो मैं सदा ही ज़्यादा

ऊंचाई से घृणा करता रहा हूं पर उस दिन के पहले इस स्थिति की भयानकता की पूरी कल्पना मैं नहीं कर पाया था। आह! दोनों हिलते सिरों पर झुक-झुक पड़नेवाला वह तख्ता! मैं घबरा-घबरा उठता था कि अब गिरा, अब गिरा, पर किसी तरह तख्ते के पार हो गया और उस हिलते पत्थर पर जाकर पड़ जाने का आनन्द मैं कैसे बताऊं, जो मेरे बोझ से तूफान में पड़ी नाव के समान हिल रहा था। मैंने ईश्वर को प्राण-रक्षा के लिए धन्यवाद दिया।

इसके बाद लियो की बारी आई और यद्यपि उसका चेहरा भय से पीला हो रहा था, पर वह रस्सी पर चलनेवाले नट के समान जल्दी से तख्ते के पार हो गया। आयेशा ने अपना हाथ बढ़ाकर उसका हाथ थाम लिया, और मैंने उसे कहते सुना—"वाह! कैसी वीरतापूर्वक आए प्यारे, वाह! अब भी तुम मेंपुरानी यूनानी साहसिक भावना बनी हुई है।"

अब खड्ड के उस पार केवल जाब ही रह गया। वह तख्ते के किनारे ही तक पहुंचा था कि चिल्ला उठा—"यह मुझसे न होगा। साहब! मैं इस भयंकर स्थान में गिर जाऊंगा।"

मैंने कहा—"तुम्हें आना ही पड़ेगा। जाब! आओ, यह उतना ही सरल है, जैसे मक्खी पकड़ना।"

"यह मुझसे न होगा। मुझसे न होगा साहब।"

आयेशा ने कहा—"वह आदमी आता हो तो आए नहीं तो वहीं ठहरकर मरे। देखो, रोशनी जा रही है। एक क्षण में वह चली जाएगी।"

मैंने देखा। उसका कहना ठीक था। सूर्य चोटी के उस छिद्र के नीचे हटता जा रहा था जिसमें से होकर उसकी किरण इधर आ रही थी।

मैंने पुकारा—"जाब! यदि तुम वहां रुके तो अकेले ही मरोगे। रोशनी जा रही है।"

लियो चिल्लाया—"जाब आओ! मर्द बनो। बिलकुल सरल है।"

अब जाब चीखकर नीचे की ओर मुंह किए तख्ते पर पड़ गया और थोड़ी-थोड़ी दूर उछलकर आने लगा। उसके दोनों पैर तख्ते के

दोनों ओर रिक्त अवकाश में नीचे झूल रहे थे। उसके उछलने में वह हिलता पत्थर जो एक पतले खंभे पर टिका हुआ था, भयानक रूप से हिलने लगा और इससे भी बुरी बात यह हुई कि जब वह आधा तख्ता पार कर चुका था, एकाएक रोशनी चली गई, और अंधेरा हो गया—जैसे किसी परदे से घिरे हुए कमरे में एकाएक दीपक बुझ गया हो। चतुर्दिक् घुप्प अन्धकार छा गया।

भय से त्रस्त हो मैं चिल्लाया—"जाब! ईश्वर के लिए आगे बढ़ो।" उधर प्रत्येक बार जाब के उछलने से उस पत्थर का कम्पन इतना भयंकर होता जा रहा था कि उसे पकड़े रहना कठिन था। सचमुच इस समय हमारी स्थिति बड़ी भयंकर थी।

अंधेरे में जाब चिल्लाया—"हे प्रभु! मुझपर दया कर। हाय! तख्ता सरका जा रहा है।" इसके साथ ही खड़बड़ाहट का शब्द हुआ और मैंने सोचा कि वह खड्ड में गया।

पर उसी समय उसका हाथ, जिसे उसने मारे भय के फैला दिया था, मेरे हाथ में आ गया और मैंने उसे उठा लिया। ओह, मुझे न जाने कितना ज़ोर लगाना पड़ा था, पर एक क्षण बाद जब उस चट्टान पर मेरी बगल में खड़ा हांफ रहा था। मुझे बड़ी खुशी हुई।

पर तख्ता! मैंने अनुभव किया कि वह गिर रहा है। फिर चट्टान के किसी उभरे हिस्से से उसके टकराने की आवाज़ आई। और वह गिरकर न जाने कहां चला गया।

मैं चिल्ला उठा—"हे ईश्वर! अब हम लौटेंगे कैसे?"

उस अन्धकार में लियो बोला—"मैं नहीं जानता। आज की आफत क्या कम थी। बचकर यहां पहुंच जाने के लिए मैं कृतज्ञ हूं।"

आयेशा ने केवल इतना ही कहा—"लो, मेरा हाथ पकड़ लो और चले आओ।"

24

मैंने उसके आदेशानुसार किया और भय से कांपते हुए उसका हाथ पकड़े अन्धे की भांति उस पत्थर के सिरे की ओर चला। थोड़ी दूर चलने पर

जो मैंने अपने पांव बढ़ाकर देखा तो कोई भी चीज़ छूने में न आई।

मैंने हांफकर कहा—"अरे! मैं गिर जाऊंगा।"

आयेशा ने उत्तर दिया—"तब गिर जाओ, और मेरा विश्वास करो।"

अब अगर स्थिति पर विचार किया जाए तो सहज ही समझ में आ जाएगा कि आयेशा के चरित्र का जो भी ज्ञान मुझे था उसे देखते हुए मेरे उस ज्ञान पर बहुत अधिक बोझ डाला जा रहा था। मैंने सोचा, संभव है वह मुझे अंधेरे गढ़े में गिराकर ही खत्म कर दे। पर जीवन में कभी-कभी विचित्रताओं पर भी विश्वास करना पड़ता है। इस समय भी वैसी ही बात थी।

उसने फिर चिल्लाकर कहा—"अपने को गिरा दो!" और दूसरा कोई रास्ता न देख मैंने वैसा ही किया।

मुझे ऐसा मालूम हुआ जैसे मैं एक-दो कदम किसी चट्टान की ढाल पर लुढ़कता जा रहा हूं, फिर अधर में जा रहा और समझा कि अब मैं खतम हुआ! पर नहीं! एक क्षण बाद ही मेरे पांव चट्टानी फर्श से टकराए और मैं समझ गया कि किसी ठोस चीज़ पर खड़ा हूं जहां हवा की पहुंच नहीं है, क्योंकि वह मेरे सिर के ऊपर की ओर गूंज रही थी। मैं वहां खड़ा हुआ कृपा के लिए भगवान का धन्यवाद कर रहा था कि उसी तरह घिसटता लियो भी मेरे पास आ खड़ा हुआ।

उसने कहा—"वाह! आप भी यहां मौजूद हैं! अच्छी दिल्लगी है। है न?"

इसी समय एक भयप्रद चीख के साथ जाब हमारे सिर पर आ गिरा और उसके धक्के से हम दोनों गिर पड़े। ज़मीन से उठने पर हमने आयेशा को भी अपने बीच खड़ा पाया। उसने हमसे दीपक जलाने को कहा जिन्हें, सौभाग्य से, कोई नुकसान नहीं पहुंचा था।

एक मिनट में दोनों दीपक जल गए और उनके प्रकाश में विचित्र दृश्य दिखाई पड़ा। हम दस फुट वर्गाकार एक चट्टानी कमरे में खड़े थे। हम सब सहमे हुए से लगते थे; केवल आयेशा ही इसका अपवाद थी। वह शांत हाथ बांधे खड़ी दीपकों के जलने की प्रतीक्षा कर रही थी। इस कमरे का कुछ हिस्सा तो उसी कम्पनशील पत्थर से प्राकृतिक रूप

से बना मालूम पड़ता था किन्तु पिछला कुछ हिस्सा आदमियों द्वारा तराशकर बनाया गया जान पड़ता था। कमरा सूखा और गरम था, और ऊपर के उस भयानक स्थान की तुलना में विश्राम के लिए आदर्श स्थान था।

आयेशा ने कहा—"चलो, यहां तक तो हम सब सकुशल पहुंच गए, यद्यपि एक बार तो मैं डरी थी कि कहीं वह हिलता हुआ पत्थर तुम्हें लिए-लिए नीचे के अनन्त गर्त में न गिर पड़े, जो मेरा विश्वास है कि पृथ्वी के गर्भ तक—पाताल तक—चला गया है। उस हिलते पत्थर को संभालने वाली चट्टान उसके बोझ से टूट गई है। पर अब जब उसनें—" जाब की ओर संकेत करके, जो फर्श पर बैठा रूमाल से अपने माथे का पसीना पोंछ रहा था—"जिसे वे लोग ठीक ही 'सुअर' कहते हैं, तख्ते को गिरा देने की मूर्खता की है तो हमारे लिए लौटना बहुत कठिन हो गया है। मुझे इसका कोई उपाय करना होगा। खैर, अब थोड़ी देर यहां विश्राम कर लो और इस स्थान को देख लो। तुम क्या समझते हो कि यह क्या है?"

मैंने कहा—"हम कुछ नहीं कह सकते।"

"होली! क्या तुम विश्वास करोगे कि एक समय यह किसी आदमी का नित्य-निवास था? वह यहां कितने ही वर्षों तक रहा। वह यहां से प्रति बारहवें दिन भोजन, पानी और तेल लेने के लिए बाहर जाता था। लोग ये चीज़ें भेंट चढ़ाने के लिए लाते थे और उस सुरंग के मुंह पर रख जाते थे, जिससे होकर हम यहां आए हैं। भेंट में इतनी चीज़ें एकत्र हो जाती थीं कि सब वह ला भी नहीं पाता था।"

मैंने जिज्ञासापूर्वक उसकी ओर देखा और वह फिर कहने लगी :

"हां, यह सच्ची बात है कि यहां एक आदमी रहता था। वह अपने को 'नूत' के नाम से पुकारता था। यद्यपि वह बाद के ज़माने में हुआ पर वह 'कोर' के पुत्रों के समान ही ज्ञानवान था। वह फकीर, तत्त्व-ज्ञानी और प्रकृति के रहस्यों का जानकार था। उसने उस अग्नि का आविष्कार किया, जो मैं तुम्हें दिखलाऊंगी और जो प्रकृति का रक्त और जीवन है। यदि कोई उसमें स्नान कर लेता है और उसे पी लेता है तो उतने ही दिन जीता है जब तक प्रकृति जीती है। किन्तु ऐ होली!

वह 'नूत' भी तो तुम्हारे ही समान विचार रखता था। उसने भी अपने उस ज्ञान से लाभ नहीं उठाया। उसका कहना था कि 'मनुष्य मरने के लिए ही पैदा हुआ है इसलिए उसका इस प्रकार दीर्घकाल तक जीना उचित नहीं है।' इसलिए उसने यह रहस्य किसीको नहीं बताया। वह इसीलिए यहां रहता था कि जीवन के अमृत की खोज करनेवाला अगर यहां से होकर जाना चाहे तो उसे रोके। उस समय के अमाहज़र लोग उसकी बड़ी भक्ति करते थे और उसे पवित्र तथा श्रेष्ठ साधु मानते थे।

"जब मैं पहली बार इस देश में आई—कालिक्रेटीज़! तुम जानते हो कि मैं कैसे आई? खैर, किसी दूसरे समय तुम्हें बताऊंगी, बड़ी विचित्र कहानी है—तो मैंने इस तत्त्वज्ञानी की प्रंशसा सुनी और जब वह अपना भोजन लेने उस स्थान पर गया तो मैं उससे मिली और उसीके साथ यहां आई, यद्यपि पहले मुझे भी उस खड्ड को पार करने में बड़ा डर लगा। मैंने उसे अपने सौन्दर्य और बुद्धि से प्रभावित किया और अपनी जिह्वा से उसकी खूब चाटुकारी की। वह मेरी बातों में आ गया और मुझे उस अग्नि के स्थान पर ले गया तथा उसका भेद भी मुझे बता दिया। किन्तु उसने मुझे उस अग्नि का उपयोग न करने दिया, और मैं भी इस भय से कि कहीं वह मुझे मार न डाले, चुप बैठ रही। मैं जानती थी कि वह बहुत बूढ़ा हो गया है और शीघ्र ही मर जाएगा। इसलिए संसार की अद्भुत जीवनशक्ति का वह सारा भेद जानकर, जो उसे मालूम था, मैं लौट आई। यह आदमी बहुत ही ज्ञानी और वयोवृद्ध था तथा अपनी पवित्रता, जितेन्द्रियता एवं निर्दोष मन की गहरी साधना के द्वारा उसने दृश्यमान तथा उस अदृश्य सत्य के बीच के पर्दे को बहुत कुछ उठा दिया था जिसके डैनों का स्वर, इस इन्द्रियलब्ध जगत् में उड़ते हुए, कभी-कभी हमें सुनाई पड़ जाता है। ऐ कालिक्रेटीज़! इसके थोड़े ही दिनों बाद मेरी तुमसे भेंट हुई। तुम अपनी सुन्दर पत्नी मिस्रानी अमीनार्त्ता के साथ सैर करते हुए इधर आ निकले थे। मैंने पहली और अंतिम बार प्रेम करना सीखा—एक बार और सदा के लिए मैं तुम्हारे प्रेम में पड़ गई। मेरे मन में यह बात समा गई कि मैं तुम्हें लेकर यहां आऊं और हम-तुम दोनों जीवन के अमृत से दीक्षित हों। इसलिए हम उस मिस्री महिला के साथ आए, क्योंकि वह किसी तरह तुम्हें अकेले छोड़ने

को तैयार न हुई। और देखो तो! हमने यहां आने पर उस वृद्ध साधु को मरा हुआ पाया। वह कुछ ही समय पहले मरा था। उस जगह उसका शव पड़ा हुआ था; उसकी धवल लम्बी दाढ़ी उसके शरीर पर वस्त्र की भांति फैली हुई थी।" मैं जहां बैठा था उसीके पास के एक स्थान की ओर उंगली से संकेत करती हुई वह बोली—"लेकिन अब तो उसे मिट्टी में मिले बहुत दिन हो गए और हवा उसकी राख भी यहां से उड़ा ले गई होगी।"

मैंने आसपास अपने हाथों से जमीन में टटोला। मेरी अंगुलियों में कोई चीज़ लगी। यह एक मानवी दांत था जो पीला पड़ गया था पर वैसे मज़बूत था। मैंने इसे उठाकर आयेशा को दिखलाया। वह हंस पड़ी।

उसने कहा—"निस्सन्देह यह उसका ही दांत है। देखो नूत और नूत के ज्ञान का क्या शेष रहा—एक छोटा दांत! फिर भी समस्त जीवन-शक्ति उसके नियन्त्रण में थी, परन्तु अपने अन्तःकरण के लिए; उसने उसका कोई उपयोग नहीं किया। खैर, वहां वह ताज़ा ही मरा पड़ा था, और मैं तुम्हें वहां ले गई जहां अब तुम्हें ले चलना चाहती हूं। वहां अपना सम्पूर्ण साहस बटोरकर, जीवन का वह गौरव-मुकुट पाने की अभिलाषा से मैंने उस अग्नि-ज्वाल में पांव रखा और वह कहने की नहीं अनुभव करने बात है, मेरे अन्दर अभूतपूर्व जीवन-धारा बहने लगी और मैं उसमें से अमरणशील और अकल्पनीय सुन्दरी बनकर निकली। बाहर निकलकर मैंने तुम्हारी ओर अपनी बांहें फैला दीं कि कालि-क्रेटीज़! अपनी अमर वधू को ग्रहण करो। किन्तु मेरे अनावृत सौंदर्य से तुम्हारी आंखें चौंधिया गईं और तुमने मेरी ओर से मुंह फेरकर अमी-नार्त्ता के गले में अपनी बांहें डाल दीं और उसकी छाती पर अपना सिर रख दिया। मैं क्रोध से पागल हो गई और जो बरछा तुम्हारे हाथ में था उसे ही छीनकर तुम्हारे कलेजे में भोंक दिया। फलतः उसी अमर जीवन-स्रोत पर तुम मेरे पांव के पास गिर पड़े और मर गए। तब मैं यह नहीं जानती थी कि मैं अपनी आंखों से, या अपनी इच्छाशक्ति से भी किसीको मार सकती हूं, इसीलिए मैंने बरछे से तुम्हें मारा।

"और जब तुम मर गए, हाय! तब मैं बहुत रोई क्योंकि मैं अमर थी और तुम मर गए थे। मैं उस जीवन-कुण्ड पर ही बहुत रोईं। अगर

मैं पार्थिव एवं नाशवान होती तो निश्चय ही मेरा हृदय फट गया होता और वह कलूटी मिस्रानी मुझे अपने देवों के नाम पर कोस रही थी। ओसिरिस, ईसिस, नेफ्थीस, अन्यूविस, सेख्त तथा सेत का आवाहन कर-करके मुझे श्राप दे रही थी। मैं आज भी उसका तूफान के समान भरा चेहरा अपने ऊपर झुका देख सकती हूं। पर वह मुझे कोई हानि न पहुंचा सकती थी। मैं यह नहीं जानती कि मैं उसका कुछ बिगाड़ सकती थी या नहीं। मैंने वैसी कोशिश नहीं की, क्योंकि मेरे लिए वह निरर्थक होती। इसलिए हम दोनों मिलकर तुम्हें वहां से लाईं। मैंने मिस्रानी को दल-दलों के पार भेज दिया। जान पड़ता है उसको एक पुत्र हुआ और वह अभिलेख लिखकर मरी जिसके संकेत पर तुम, उसके पति, मेरे पास लौट आए—उसके पास जो तुम्हारी हत्यारिन और उसकी प्रतिद्वंद्विनी थी।

"मेरे प्रियतम! यह है मेरी कहानी। और अब वह समय निकट है जब मेरे जीवन पर मुकुट सुशोभित होगा। पृथ्वी की सभी वस्तुओं की भांति इसमें शुभ और अशुभ—भलाई और बुराई का मिश्रण है, शायद बुराई की मात्रा भलाई से अधिक है। यह रक्त के अक्षरों से लिखा गया है। यह सच्ची कथा है और कालिक्रेटीज़! मैंने तुमसे कुछ भी छिपाया नहीं है। अब तुम्हारी परीक्षा के पहले एक बात और कह दूं। हम मृत्यु के सामने चल रहे हैं, क्योंकि जीवन और मृत्यु दोनों एक-दूसरे के बिलकुल पास-पास हैं, और कौन जानता है—कोई ऐसी बात हो जाए कि हमें पुनः युगों तक प्रतीक्षा करने के लिए अलग कर दे? मैं केवल एक नारी हूं, और कोई भविष्यवक्ता नहीं और न भविष्य को जान ही सकती हूं। पर मैं इतना जानती हूं—मैंने इसे ज्ञानी 'नूत' के मुख से सुना था—कि मेरा जीवन केवल दीर्घ और अधिक प्रकाशमान हो गया है। यह अमर नहीं है—सदा रहनेवाला नहीं है। इसलिए वहां जाने के पूर्व, हे कालिक्रेटीज़! मुझे बता दो कि तुमने सचमुच मुझे क्षमाकर दिया है या नहीं और मुझे हृदय से प्यार करते हो या नहीं? कालिक्रेटीज़, देखो। मैंने बहुत बुराइयां की हैं—अभी दो ही दिन पहले की बात है कि उस रात मैंने उस लड़की को मार दिया जो तुम्हें प्यार करती थी; किन्तु उसने मेरी आज्ञा की अवहेलना की थी जिससे मुझे क्रोध आ गया।

वह मेरे भावी दुर्भाग्य की बात कहती थी, इसलिए मैंने उसे नष्ट कर दिया। इसलिए जब तुम्हारे पास शक्ति आवे तो तुम सावधान रहना कि कहीं क्रोध में या ईर्ष्यावश तुम भी ऐसा ही न कर बैठो, क्योंकि त्रुटि-पूर्ण मानव के हाथ में अजेय शक्ति एक भयंकर अस्त्र है। हां, मैंने पाप किया है—एक महत् प्रेम से उत्पन्न कटुता के कारण मैंने पाप किया है, फिर भी मुझे बुरे-भले का विवेक है, मेरा हृदय भी बिलकुल कठोर नहीं है। हे कालिक्रेटीज! अब तुम्हारा प्रेम ही मेरी मुक्ति का द्वार होगा, क्योंकि गम्भीर प्रेम निष्फल होने पर श्रेष्ठ हृदयों को भी नरक में परिणत कर देता है, पर जब वही प्रेम प्रियतम के दर्पण पर प्रति-बिम्बित होकर लौटता है तब हमें पर लग जाते हैं और हम अपने स्वार्थों के बहुत ऊपर उठ जाते हैं और हमें जो बनना चाहिए वह बन जाते हैं। इसलिए कालिक्रेटीज़! मेरा हाथ पकड़ो, और बिना किसी भय के जैसे मैं इस संसार की सर्वश्रेष्ठ सुन्दरी और बुद्धिमती नहीं बल्कि कोई कृषक-कन्या हूं, मेरा घूंघट उठा दो, और मेरी आंखों में आंखें डालकर देखो तथा मुझसे कहो कि 'मैं तुझे अपने हृदय से क्षमा करता हूं और अपने समस्त हृदय से तेरी पूजा करता हूं।' "

वह रुक गई और उसकी वाणी की असीम कोमलता हमारे चारों ओर मंडराती मालूम पड़ी। लियो पर इसका विचित्र प्रभाव पड़ा। अभी तक अपने विवेक के विरुद्ध वह आयेशा की ओर आकर्षित था—जैसे कोई चिड़िया सर्प से मुग्ध हो। वह सब प्रभाव दूर हो गया और अब उसे ज्ञात हुआ कि वह सचमुच इस विचित्र एवं श्रेष्ठ नारी को प्यार करता है, जैसाकि, अफसोस, मैं भी उसे प्यार करता था। जो भी हो, मैंने देखा कि लियो की आंखें आंसुओं से भर गई हैं। वह जल्दी से उठकर आयेशा के पास पहुंच गया, घूंघट घटा दिया और उसके हाथ को अपने हाथ में लेकर उसके मधुर मुख की ओर देखता हुआ बोला। "आयेशा! मैं तुझे अपने समस्त हृदय से प्यार करता हूं। जहां तक क्षमा सम्भव है, मैं तुझे उस्तेन की मृत्यु के लिए क्षमा करता हूं। शेष के लिए तू और तेरा निर्माता जाने; मैं उसके बारे में कुछ नहीं जानता। मैं तो केवल इतना जानता हूं कि तुझे इतना प्यार करता हूं जितना कभी किसीको नहीं किया, और तुम दूर रहो या निकट, मैं अन्त तक तेरा साथ दूंगा।"

गौरवपूर्ण विनय के साथ आयेशा ने उत्तर दिया—"जब मेरे स्वामी ऐसे शाही रूप में बोल रहे हैं, इस उदारता के साथ मुझे क्षमादान दे रहे हैं, तो मुझे भी दान में उनके पीछे न रहना चाहिए। देखो।" उसने लियो का हाथ पकड़ा और अपने सुडौल मस्तक पर रखकर नीचे झुकने लगी—यहां तक कि उसका एक घुटना ज़मीन को छूने लगा—"देखो, आत्मसमर्पण-स्वरूप मैं अपने स्वामी के आगे झुकती हूं, देखो!" और उसने लियो के होंठों को चूम लिया—"पत्नी के प्रेमस्वरूप मैं अपने स्वामी को चूमती हूं, देखो!" फिर उसने अपना हाथ लियो के हृदय पर रख दिया—"जो पाप मैंने किए हैं उनकी कसम खाकर मैं कहती हूं, उस प्रतीक्षा की एकान्त शताब्दियों की कसम खाती हूं जिसके कारण मेरे पाप का प्रक्षालन हुआ, जिसे महत् प्रेम से मैं तुम्हें प्यार करती हूं उसकी कसम खाती हूं और मैं उस शाश्वत सत्ता की कसम खाती हूं जिससे समस्त जीवन उद्भूत होता है; और जिससे निकलकर फिर उसीमें वह समा जाता है।

"आज इस परिपूर्ण नारीत्व के प्रथम पवित्र अवसर पर मैं कसम खाती हूं कि मैं शुभ को ग्रहण करूंगी, अशुभ को छोड़ दूंगी। मैं कसम खाती हूं कि कर्तव्य के सीधे मार्ग पर मैं तुम्हारी वाणी का अनुसरण करूंगी। मैं कसम खाती हूं कि मैं महत्त्वाकांक्षाओं का त्याग करूंगी और अपने अनन्त जीवन की अवधि में, सत्व एवं सद्ज्ञान की प्राप्ति के लिए विवेक को अपना पथदर्शक तारा बनाऊंगी। कालिक्रेटीज़! मैं यह भी कसम खाती हूं कि मैं तुम्हारा सम्मान करूंगी और तुम्हें प्रेम करूंगी—तुम्हें, जो काल-प्रवाह में बहकर पुनः मेरी भुजाओं में आ गया है, जीवन के अंत तक, फिर चाहे वह शीघ्र आवे या देर से। मैं कसम खाती हूं—नहीं, नहीं, अब और कसम नहीं खाऊंगी क्योंकि आखिर ये शब्द क्या हैं? फिर भी तुम जान जाओगे कि आयेशा की जिह्वा झूठ नहीं बोलती।

"इस प्रकार मैंने शपथ ली है और होली, तुम इसके गवाह हो। आज हमारा विवाह हो गया। ऐ मेरे स्वामी! इस वैवाहिक अन्धकार—वितान के नीचे आज मैं तुम्हारी होती हूं, सदा के लिए। हम यहां अपनी वैवाहिक प्रतिज्ञाओं को हरहराती हवाओं के ऊपर लिखते हैं जो उन्हें स्वर्ग तक ले जाएंगी और इस चलित विश्व के चतुर्दिक् उन्हें बार-बार

चाती रहेंगी।

"और वधू द्वारा दिए जानेवाले उपहारस्वरूप मैं अपने सौन्दर्य का रत्नजटित किरीट तुम्हें पहनाती हूं, अक्षय जीवन तथा असीम विवेक प्रदान करती हूं, और वह धन देती हूं जिसे कोई गिन नहीं सकता। देखो! संसार के महान लोग तुम्हारे चरणों में लोटेंगे और उसकी सुन्दरी स्त्रियां तुम्हारे मुख के प्रकाशमान ऐश्वर्य को देख अपनी आंखें ढक लेंगी; इसके बुद्धिमान जन तुम्हारे आगे नतमस्तक हो जाएंगे। तुम मनुष्यों के हृदय को खुली पुस्तक के समान पढ़ सकोगे और अपनी इच्छा-नुसार उन्हें जिधर चाहोगे मोड़ दोगे। मिस्र के उस पुराने स्फिंक्स के समान युगानुयुग तक तुम्हारा मस्तक ऊंचा रहेगा और लोग तुम्हारी नाशहीन महत्ता का रहस्य जानने के लिए तुम्हें पुकारेंगे और तुम अपने मौन से उनका उपहास करोगे।

"देखो! एक बार मैं पुनः तुम्हारा चुम्बन लेती हूं और इस चुम्बन के साथ तुम्हें समुद्र और पृथ्वी के ऊपर अधिकार देती हूं, झोंपड़ियों में रहनेवाले किसान, महलों में रहने वाले बादशाह, मीनारों से भरे नगर और उनमें रहनेवाले समस्त निवासी, सबपर तुम्हें अधिकार देती हूं। जहां तक सूर्य अपनी किरणों के बाण भेजता है, चन्द्र का प्रतिबिम्ब पानी में पड़ता है, वहां तक तुम्हारी शक्ति और राज्य रहेगा। न रोग और न भय की बर्फ-सी ठण्डी अंगुलियां तुम्हें छू सकेंगी; मानवता पर सदा मंडराते हुए दुःख तथा मन एवं शरीर का क्षय अपने डैनों की छाया से भी तुम्हारी परछाईं छू न सकेंगे। तुम देव-तुल्य हो जाओगे और भलाई-बुराई तुम्हारी मुट्ठी में रहेंगी, और मैं भी विनीत होकर तुम्हारी बनी रहूंगी। प्रेम की शक्ति ऐसी ही है, और ओ कालिक्रेटीज़, यह है वह वैवाहिक उपहार, जो मेरे स्वामी और सबके स्वामी, मैं तुम्हें देती हूं।

"बस, यह काम पूरा हुआ; अब तुम्हारे लिए मैं अपना कुमारीत्व छोड़ रही हूं; और अब चाहे आंधी आए, चाहे पत्थर पड़ें, प्रकाश आवे, चाहे अन्धकार, अच्छा आवे, बुरा आवे, जीवन आवे, मृत्यु आवे, यह टूट नहीं सकता। जो कुछ हुआ सदा के लिए हो गया और वह किसी तरह बदला नहीं जा सकता। मैं कह चुकी। और अब आओ, हम

चलें।"—और एक दीपक हाथ में लेकर वह कमरे के छोर की ओर बढ़ी, जिसके ऊपर उसी हिलते पत्थर की छत थी। वहां पहुंचकर वह ठहर गई।

हमने उसका अनुसरण किया और देखा कि शंकु की दीवार में सीढ़ी बनी हुई है। असल में वे चट्टान के बाहर निकले अंश थे जो सीढ़ियों के आकार में बदल गए थे। उनपर हिरन की भांति खटा-खट उछलती हुई आयेशा उतरने लगी। हम भी चलते रहे। जब हम पन्द्रह-सोलह कदम नीचे उतर चुके तब हमने देखा कि वे उलटे चोंगे-सी चट्टानी ढाल में जाकर समाप्त हो गई हैं। यह चट्टान बिलकुल खड़ी थी पर कहीं भी अगम्य न था और दीपकों की रोशनी के कारण हमें इसपर चढ़ने में विशेष कठिनाई नहीं हुई। मैं चलते हुए रास्ते को अपनी स्मृति में जमाता गया जो रास्ते की विचित्रता के कारण कोई कठिन काम न था।

काफी समय तक हम इसी प्रकार चलते रहे। शायद आध घण्टा लगा होगा; और जब हम कई सौ फुट नीचे उतर चुके तो एक दूसरा रास्ता मिला जिसकी ऊंचाई इतनी कम थी कि हमें झुक-झुककर चलना पड़ा। लगभग पचास गज़ चलने के बाद यह रस्ता एकाएक चौड़ा होकर एक गुफा में बदल गया। यह गुफा इतनी विशाल थी कि न इसकी दीवारें दिखाई देती थीं, न छत का ही कोई पता चलता था। उसके गुफा होने का पता तो हमारे पद-चाप तथा भारी हवा के के पूर्ण सन्नाटे से चला। उस भयानक सन्नाटे में हम कई मिनट तक बराबर चलते रहे, जैसे भटकी हुई आत्माएं अन्धकार की गहराई में चल रही हों। हमारे आगे-आगे आयेशा की धवल प्रेतोपम छाया उछलती हुई चल रही थी। अन्त में यह गुफा भी समाप्त हुई और एक दूसरा रास्ता मिला जो पुनः एक गुफा में जा निकला। यह गुफा पहली वाली से बहुत छोटी थी। इसकी दीवारें, महराब और दरारें साफ दिखाई देती थीं। आखिर यह गुफा एक तीसरी सुरंग में जाकर मिल गई। यहां एक प्रकार की धुंधली रोशनी भी थी।

ज्योंही यह प्रकाश हमपर पड़ा, आयेशा ने राहत की सांस ली। हमें यह पता नहीं था कि वह प्रकाश कहां से आ रहा है।

उसने कहा—"अच्छा, अब बिलकुल पृथ्वी के गर्भ में चलने के लिए तैयार हो जाओ, जहां वह उस जीवन का निर्माण करती है; जिसे हम मनुष्य एवं पशु, फूल, पौधे में देखते हैं। तैयारी कर लो, हे मनुष्यों! क्योंकि यहां तुम नये सिरे से उत्पन्न होगे।"

इतना कहकर वह तीव्र गति से चल दी और उसके पीछे गिरते-पड़ते, ठोकरें खाते हम भी, जितनी तेज़ी से चलना हमारे लिए संभव था, चले। हमारे हृदय का प्याला भय और उत्सुकता से भर गया। पता नहीं हमें क्या दिखाई देगा! हम सुरंग में आगे बढ़ते गए, वह प्रकाश बराबर बढ़ता गया। अब वह किसी प्रकाश-स्तम्भ (लाइट हाउस) से निकलनेवाले किरण-जाल के समान आने लगा था। इतनी ही बात नहीं थी; इस प्रकाश के साथ ही विद्युत्-गर्जन तथा वृक्ष-निपात के समान हृदय को हिला देनेवाली आवाज़ भी आने लगी थी। अब हम रास्ते पर थे—हे भगवान!

अब हम एक और गुफा में थे जो पचास फुट लम्बी, इतनी ही ऊंची और तीस फुट चौड़ी रही होगी। इसमें फर्श पर धवल बालुका की कालीन बिछी थी और इसकी दीवारें अग्नि वा जल के प्रभाव से चिकनी हो गई थीं। यह अन्य गुफाओं की भांति अंधेरी न थी बल्कि एक गुलाबी प्रकाश की मृदु ज्योति से पूर्ण थी जो देखने में अकल्पनीय रूप से सुन्दर लगती थी। आरम्भ में हमें वह लपक न दिखाई दी, न किसी प्रकार का गर्जन ही सुनाई पड़ा। पर जब हम इस अद्भुत दृश्य को देखने में मग्न थे और इस बात पर आश्चर्य कर रहे थे कि यह गुलाबी ज्योति न जाने कहां से आ रही है, एक भयानक किन्तु सुन्दर बात हुई। इस गुफा के सुदूर छोर पर भयानक चक्की के चलने और पीसने की ज़बर्दस्त कड़कड़ाहट हुई। यह आवाज़ इतनी प्रबल एवं भयंकर थी कि हम सब कांप उठे और जाब तो घुटनों के बल गिर गया। फिर वहां आग का एक विशाल स्तम्भ या मेघ-समूह दिखाई पड़ा जिसमें इन्द्रधनुष के समान अनेक रंग थे और जिसमें मेघविद्युत् की चमक थी। लगभग चालीस सेकेण्ड के वह कड़कड़ाहट और वह चमक रही होगी। वह अग्नि-स्तम्भ धधकता और गर्जता हुआ घूम रहा था। फिर धीरे-धीरे वह भयानक गर्ज धीमी पड़ती गई

एवं अग्नि के साथ ही समाप्त हो गई और वह अग्नि-स्तम्भ न जाने कहां लुप्त हो गया। हां, अपने पीछे बड़ी सुन्दर गुलाबी ज्योति छोड़ गया जिसे हम पहले देख चुके थे।

पुलकित वाणी में आयेशा चिल्लाई—"निकट आओ! निकट आओ, देखो, यही अमृत-स्रोत है, यही प्राणतत्त्व है, यही जीवन-प्राण है जो इस महत् विश्व के हृदय में धड़क रहा है। देखो इस मूल तत्त्व को जिससे सब पदार्थ शक्ति ग्रहण करते हैं, इस जगत् की शुभ्र चैतन्य शक्ति को—जिसके बिना हम जी नहीं सकते, जिसके बिना हम चंद्रमा के समान ठंडे और निर्जीव हो जाएंगे। नज़दीक आओ और उस जीवनमयी ज्योति-धारा में नहाओ जिससे उसका शुद्ध गुण, उसकी कुमारिका शक्ति तुम्हारे शिथिल शरीरों में भर जाए—उस दुर्बल रूप में नहीं, जो सहस्रों जीवन-माध्यमों से छनती हुई तुम्हारे हृदय में, अल्प मात्रा में, दौड़ रही है, बल्कि पार्थिक जीवन के इस आदिस्रोत से प्राप्त महती चिन्मयी शक्ति के रूप में।"

हम आयेशा का अनुसरण करते गुलाबी ज्योति के मध्य से होते हुए गुफा छोर पर आए और उस स्थान के सामने खड़े हो गए जहां मूल नाड़ी ध्वनित होती थी और वह ज्योति-स्तम्भ घूमकर आया-जाया करता था। जैसे ही हम वहां पहुंचे हमें एक ऐसे महान पुलक और जीवन की प्रबल सघनता के ऐश्वर्य की अनुभूति हुई कि हमारी शक्ति के सबसे स्फूर्तिमय क्षण भी उसके सामने नकली और दुर्बल-से लगने लगे। यह उसी प्रकाश-तत्त्व का गुण था जो अग्नि-स्तम्भ के घूमते समय उससे निकलता था और जो हमारे अन्दर प्रवेश करके हमें प्रबल शक्ति और स्फूर्ति से भर रहा था।

गुफा के सिरे पर पहुंचकर हम एक-दूसरे को, उस ज्योति में, देखने लगे और उत्फुल्ल हृदय से ज़ोर-ज़ोर से हंसने लगे। हमारे हृदय हलके हो गए थे और हमारे दिमाग पर एक दैवी नशा छा रहा था। हम सब हंस रहे थे, यहां तक कि जाब भी हंस रहा था, जाब जिसके होंठों पर एक सप्ताह से कभी मुस्कराहट न आई थी। मुझे ऐसा अनुभव होता था कि मानव-मस्तिष्क के लिए जितनी भी प्रतिभा की कल्पना की जा सकती है वह सब मुझमें आ गई है। उस

समय मैं शेक्सपियर के काव्य-सौन्दर्य से युक्त पंक्तियों में बोल सकता था; अभिभूत स्वप्न, श्रेष्ठतम विचार मेरे मन में उठते थे। ऐसा लगता था मानो देह के समस्त बन्धन कट गए हैं और आत्मा मुक्त होकर अपनी अकल्पनीय शक्तियों के साथ स्वर्ग की ओर उड़ी जा रही है। मेरी उस समय जो दशा थी उसका वर्णन करना असंभव है। एक गूढ़ जीवन-प्रेरणा, उच्चतर आनन्द को पाने की स्पृहा, सूक्ष्म चिन्तन का अमृत पान करने की अभिलाषा, जिस प्रकार उस समय मेरे मन में आई वैसी जीवन में कभी न आई थी। मैं पहले का होली न था; एक दूसरा ही उच्च मानव हो गया था और मेरे पार्थिव पगों के सामने जीवन की समस्त संभावनाओं का मार्ग खुल गया था।

जब मैं एक नवीन अनुभूत आत्मा की शक्ति के आनन्द में तन्मय था, दूर से भयानक चड़चड़ाहट की आवाज़ आई जो प्रलयंकर गर्ज में बदलती गई। उसमें शब्द की वह सब भयंकरता थी जिसकी कल्पना की जा सकती है फिर भी वह अद्‌भुत और प्रिय लगती थी। वह आवाज़ पास, और पास आती गई, यहां तक कि हमारे बिलकुल निकट आ गई। ऐसा लगा जैसे बिजली के घोड़ों के पीछे स्वर्गिक गर्जन के पहिये घूमते आ रहे हों। वह स्तम्भ आगे आता गया और उसके साथ बहुरंगी ज्योतियों के शुभ्र मेघ, आंखें चकाचौंध करते, आते गए। वह धीरे-धीरे घूम रहा था। हमारे सामने आकर एक क्षण ठहरा और फिर घूमता निकल गया—अपने शब्द-ऐश्वर्य के साथ, न जाने कहां, न जाने किधर।

यह स्वर्गीय दृश्य ऐसा आश्चर्यजनक था कि आयेशा को छोड़, जिसने खड़ी होकर आग के सामने हाथ फैला दिए थे, हम सब नीचे गिर पड़े और हमने अपने मुंह बालुकाराशि में छिपा लिए।

जब वह चला गया तब आयेशा बोली।

"कालिक्रेटीज़! अब वह समय आ गया। जब वह महती ज्वाला इस बार आती है तो तुम उसमें अवश्य स्नान करो। पर अपने कपड़े उतार दो क्योंकि ये जल जाएंगे यद्यपि तुम न जलोगे। जितनी देर तक तुम्हारी इन्द्रियां सहन कर सकें, तुम उस अग्नि में

खड़े रहना; और जब वह तुम्हारा आलिंगन करे, तुम्हें अपने में लपेट ले तो उसके तत्त्व को खूब जी भरकर पीना। लपटों को अपने प्रत्येक अंग पर कूदने और खेलने देना ताकि उसका कोई गुण तुममें आने को रह न जाए। कालिक्रेटीज़! मेरी बातें सुन रहे हो?"

लियो ने उत्तर दिया—"हां, मैं सुन रहा हूं। और मैं कायर भी नहीं हूं, पर उस हरहराती हुई लपक से मुझे डर लगता है। मैं कैसे जानूं कि वह मुझे पूर्णत: नष्ट नहीं कर देगी और मैं अपने को और तुम्हें भी खो न दूंगा? फिर भी मैं करूंगा।"

आयेशा ने एक मिनट तक सोचा; फिर बोली:

"तुम्हारा सन्देह कुछ आश्चर्यजनक नहीं है। अच्छा कालिक्रेटीज़! यदि तुम मुझे इस ज्वाला में नहाते और कोई हानि न होते देख लो, तब नहाओगे?"

उसने कहा—"हां, तब अगर वह मुझे मार डाले तो भी उसमें मैं प्रवेश करूंगा। वैसे तो अब भी प्रवेश करने को मैं कह ही चुका हूं।"

मैं चिल्लाया—"और तब मैं भी नहाऊंगा।"

ज़ोर से हंसकर आयेशा बोली—"होली! क्या कहते हो? मैं तो समझती थी कि तुम दीर्घ जीवन की परवा न करोगे। क्यों? अब क्या हो गया?"

"अच्छा देखो। मैं इस जीवन-धारा में दूसरी बार नहाऊंगी और संभव हुआ तो अपने सौन्दर्य एवं जीवन की अवधि में वृद्धि करूंगी। यदि यह संभव न भी हुआ तो मुझे कोई हानि न पहुंचेगी। और अब तुम तैयार हो जाओ, चाहे इसमें मौत ही क्यों न आ जाए। तैयार हो जाओ कालिक्रेटीज़!"

25

इसके बाद कुछ देर के लिए नीरवता छा गई, जिसमें ऐसा मालूम पड़ा मानो आयेशा उस अग्नि-परीक्षा के लिए साहस एकत्र कर रही है। और मैं लियो को पकड़े हुए एकदम सन्नाटे में प्रतीक्षा करता रहा।

आखिर, दूर से धीमी-धीमी कड़कड़ाहट की आवाज़ आने लगी। धीरे-धीरे आवाज़ बढ़ती गई, यहां तक कि थोड़ी दूर पर भयंकर गर्जन होने लगा। उसे सुनते ही आयेशा ने अपनी महीन ओढ़नी उतार दी और कमर से स्वर्णिम सांप की कर्धनी को खोल दिया। इसके बाद अपने लम्बे बालों को छिटकाकर, वस्त्र की भांति, चारों ओर कर लिया। कर्धनी अपने सिर के बालों पर लपेट ली। अब वह वहां आदि-नारी (ईव) सी हमारे सामने खड़ी थी। उसके शरीर पर सिवा बालों के और कुछ न था। मैं शब्दों से नहीं बता सकता कि उस समय वह कितनी मोहक, कितनी सुन्दर और कितनी दिव्य लग रही थी! अग्नि के गर्जते हुए पहिये निकट से निकटतर होते जा रहे थे। जब वे बहुत निकट आ गए तो अपने बालों के भीतर से एक गोरी बांह निकालकर आयेशा ने लियो के गले में डाल दी।

उसने धीमे स्वर में कहा—"ओ मेरे प्रियतम! मेरे प्रियतम! क्या तुम कभी जान पाओगे कि मैंने तुम्हें किस तरह प्यार किया है?" यह कहकर उसने लियो के माथे का चुम्बन लिया, थोड़ा हिचकिचाई, जैसे सन्देह में पड़ गई हो, तब बढ़कर जीवन के मार्ग में खड़ी हो गई।

उसके अन्तिम शब्द हृदय को हिला देनेवाले थे। लियो के माथे का वह चुम्बन बड़ा करुणाजनक था, जैसे वह मां का चुम्बन हो और अपने साथ उसका समस्त आशीर्वाद लेकर आया हो।

कड़कड़ाहट और गड़गड़ाहट बढ़ती गई। मालूम होता था जैसे एक साथ ही जंगल का जंगल आंधी से कड़कड़ाकर गिर रहा हो या जैसे पहाड़ पर बिजली कड़कड़ाकर गिर रही हो। आवाज़ निकट से निकटतर आती गई। अब उस घूमते हुए अग्नि-स्तंभ के पूर्व आने वाली लपटें दिखाई पड़ने लगीं। वे उस गुलाबी वातावरण में तीर-सी लगती थीं। अब स्तंभ का किनारा सामने आ गया। आयेशा उसकी ओर घूम गई और स्वागत में अपने हाथ फैला दिए। धीरे-धीरे लपटें उसके चारों ओर फैल गईं। मैंने देखा कि वे उसके शरीर पर दौड़ रही हैं। मैंने देखा कि आयेशा दोनों हाथों से उन्हें उठा-उठाकर पानी की भांति पी रही है; फिर सिर पर डाल रही है। यह एक भयानक और अद्भुत दृश्य था।

उसके बाद वह थोड़ी देर के लिए रुक गई और अपनी बांहें फैलाकर चुपचाप खड़ी रही। उसके मुख पर स्वर्गीय—दिव्य—मुसकान थिरक रही थी, मानो वह स्वयं उस ज्योति की आत्मा हो।

वह रहस्यमयी अग्नि आयेशा के काले एवं चारों ओर फैले हुए बालों से खेलने लगी। वह कलाबत्तू के धागे के समान कभी उनमें बंट जाती, कभी उनके चारों ओर लहरिया बनाती लिपट जाती! वह उसकी हाथीदांत-सी छाती और कंधों पर चमक उठती, जहां से कि उसके बाल हटकर एक ओर को हो गए थे; कभी वह उसकी सुराहीदार गर्दन से होती उसके कोमल मुख पर पहुंच जाती और उसके कमल-नयनों में घुस जाती, जो चमकते थे कि बस चमकते थे; उनमें जलते हुए आध्यात्मिक आकाश-तत्व से भी अधिक तेज था।

आह! वह इस ज्वाला में खड़ी कितनी सुन्दर लगती थी! स्वर्ग की कोई देवी उससे अधिक सुन्दर नहीं हो सकती थी। जिस प्रकार नग्न अग्नि में वह नग्न खड़ी हमारे त्रस्त चेहरों की ओर देखती मुस्करा रही थी, उसे अब भी याद करके मेरे हृदय पर बेहोशी छाने लगती है और एक बार पुनः उसे उस रूप में देखने के लिए मैं अपनी समस्त शेष जीवन दे सकता हूं।

परन्तु अचानक—इतना अचानक कि मैं कह नहीं सकता, उसके चेहरे पर एक अकथनीय परिवर्तन दीख पड़ा—परिवर्तन, जिसकी न कोई परिभाषा, न व्याख्या ही की जा सकती है, फिर भी जो परिवर्तन तो था ही। उसकी मुस्कराहट लुप्त हो गई, और उसकी जगह मुख पर एक प्रकार की कठोरता और शुष्कता आ गई; उसका गोल चेहरा बदरंग होने लगा जैसे कोई बड़ी भारी चिन्ता उसपर अपनी छाप छोड़े जा रही हो। सुन्दर आंखें निष्प्रभ हो गईं; और उसका सुगठित, लम्बा, सीधा कद झुक गया।

मैंने अपनी आंखें मीच लीं और सोचने लगा कि कहीं मैं किसी इन्द्रजाल का शिकार तो नहीं हो गया, या अत्यधिक एवं घनीभूत प्रकाश-दर्शन से मेरी आंखों में कोई खराबी तो नहीं आ गई! इतने में वह अग्नि-स्तंभ धीरे-धीरे ऐंठने लगा और गरजता हुआ पृथ्वी के गर्भ में न जाने कहां समा गया। केवल आयेशा पहले ही की तरह वहां

खड़ी रह गई।

अग्नि-स्तम्भ के जाते ही आयेशा लियो की तरफ बढ़ी—मुझे ऐसा लगा कि उसकी चाल में अब वह थिरक नहीं है—उसने उसके कंधे पर हाथ रखने के लिए अपना हाथ फैलाया। मैंने उसकी बांह की ओर देखा। उसकी अद्‌भुत गोलाई और सुन्दरता कहां चली गई? वह पतली एवं बेडौल हो गई थी। और उसका चेहरा—हे ईश्वर—उसका चेहरा मेरी आंखों के सामने बूढ़ा होता जा रहा था! मेरा अनुमान है कि लियो ने भी इसे देखा; वह निश्चित रूप से लड़खड़ा गया।

"यह क्या बात है कालिक्रेटीज़!" उसने कहा। पर अरे! उसका आह्लादकारी, सुरीला स्वर कहां चला गया? वह बेसुरा और फटा हुआ था।

वह घबराकर बोली—"क्यों, क्या बात है—यह क्या बात है? अरे, मेरी आंखें तिलमिला रही हैं। अग्नि का गुण तो नहीं बदल गया? क्या जीवन का सिद्धान्त भी बदल सकता है? कालिक्रेटीज़! बोलो, क्या मेरी आंखों में कोई खराबी आ गई है? मुझे कुछ स्पष्ट नहीं दिखाई देता।" और उसने अपना हाथ अपने सिर पर रखकर अपने बालों को स्पर्श किया—और अरे! भयानक, परम भयानक!—सारे बाल फर्श पर गिर पड़े।

"अरे! देखो! देखो! देखो!" सहमकर जाब चिल्ला उठा। मारे डर के उसकी आंखें प्रायः बाहर निकल आईं और उसके मुंह से फेन—फेचकुर—निकलने लगा। "देखो!—देख—देखो! वह सिकुड़ती जाती है। वह बंदरिया हुई जा रही है!" और दांत पीसता तथा मुंह से फेन बहाता हुआ बेहोश होकर वह ज़मीन पर गिर पड़ा।

उस भयानक दृश्य के स्मरण-मात्र से, इसे लिखते समय भी, मुझपर बेहोशी-सी आ रही है। सचमुच आयेशा सिकुड़ रही थी। जो स्वर्णिम सर्प उसके सुन्दर बदन पर लिपटा हुआ था, सरककर ज़मीन पर गिर पड़ा। वह छोटी से छोटी होती गई; उसकी चमड़ी का रंग बदल गया और उसकी प्रकाशमयी धवलता लुप्त हो गई तथा वह भद्दी, भूरी और पीली पड़ गई। जैसे कोई जीर्ण नष्टप्राय चर्मपत्र हो। उसने अपना

सिर छूकर देखा; उसका नाजुक हाथ चंगुल-मात्र रह गया था। उसकी हालत बुरी तरह रखी मिस्री 'ममी' की भांति हो गई थी। अब उसे भान हुआ कि किस प्रकार का परिवर्तन उसमें हो रहा है और वह चीख पड़ी—आह वह चीखी। आयेशा पृथ्वी पर गिर पड़ी और चीखने लगी।

पर वह छोटी और छोटी, बराबर छोटी होती गई—यहां तक कि एक बंदरिया से बड़ी न रह गई। उसकी चमड़ी पर लाखों सलवटें पड़ गई थीं और उसके बेडौल चेहरे पर उसकी अकथनीय आयु की छाप थी। मैंने वैसी कोई चीज़ कभी नहीं देखी; जो असीम आयु उसके डरावने चेहरे पर लिखी हुई थी, उसे मैंने क्या, किसीने भी न देखा होगा। वह दो महीने के बच्चे जैसी हो गई थी, यद्यपि उसकी खोपड़ी वैसी ही बनी हुई थी, और जो अपने होश-हवास ठिकाने रखना चाहें वे ईश्वर से प्रार्थना करें कि ऐसा दृश्य उन्हें कभी देखना न पड़े।

अन्त में वह शान्त और स्थिर हो गई, केवल कभी-कभी ज़रा-ज़रा हिलती-डुलती थी। अभी जो दो मिनट पहले हम लोगों की ओर देख रही थी—सर्वोत्तम सुन्दरी, सबसे महती और सबसे विभूतिमयी स्त्री, जिसे आज तक दुनिया ने देखा था—वहीं हमारे सामने, अपने काले बालों की ढेरी के पास, ज़मीन पर पड़ी हुई थी, कद में एक बड़ी वनमानुषी के समान, देखने में भयानक, बीभत्स—इतनी बीभत्स कि उसका वर्णन नहीं हो सकता। फिर भी सोचिए तो—और उसी समय मेरे मन में विचार आया कि यह वही स्त्री है!

वह मर रही थी; हम देख रहे थे कि वह मर रही है। हमने ईश्वर को धन्यवाद दिया, क्योंकि जब तक जीवित रहती, उसमें अनुभूति रहती और यह अनुभूति उससे क्या कहती? उसने अपने कंकालवत् हाथों पर अपने को कुछ उठाया और अंधी के समान अपने चतुर्दिक देखा तथा कछुए की भांति अपना सिर एक तरफ से दूसरी तरफ ले गई। वह देख न सकती थी क्योंकि उसकी धवल आंखों पर हड्डी को एक सूक्ष्म आवरण आ गया था। हाय! दृष्टि-शक्ति की यह भयानक, करुण स्थिति! पर वह बोल सकती थी।

कांपती हुई, फटी आवाज़ में वह बोली—"कालिक्रेटीज़! मुझे

भूलना मत। मेरी बुरी हालत पर तरस खाना। मैं मरती नहीं हूं; मैं फिर आऊंगी और एक बार फिर ऐसी ही सुन्दरी बनूंगी। मैं शपथ-पूर्वक कहती हूं—यह सत्य है। आ—ह—ह!" बस वह मुंह के बल गिर पड़ी और ठण्डी हो गई।

हां, उसी जगह, जहां बीस सदियों पूर्व उसने पुजारी कालिक्रेटीज़ को मारा था, आयेशा स्वयं भी गिरी और मर गई।

भय की प्रबलता से हम भी उस भयानक स्थान के बालुकामयी फर्श पर गिर पड़े और बेहोश हो गए।

मैं नहीं कह सकता कि कब तक हम लोग उस अवस्था में पड़े रहे। मेरा अनुमान है कि कई घण्टे तक हम पड़े रहे होंगे। अन्त में जब मैंने अपनी आंखें खोलीं तब भी दूसरे दोनों वैसे ही ज़मीन पर बेहोश पड़े हुए थे। गुलाबी ज्योति अब भी स्वर्गीय उषा की भांति झलक रही थी। और जीवन-स्तम्भ अब भी अपने गर्जनरूपी पहियों पर गड़गड़ाता उसी प्रकार आता और जाता था, क्योंकि जब मैंने आंखें खोलीं तब भी वह जा रहा था, और वहां जमीन पर वह भयानक बंदरिया पड़ी हुई थी, जिसकी सूखी चमड़ी सुखकर झुर्रियों से भर गई थी और पुराने चर्मपत्रक की भांति जगह-जगह फट गई थी। क्या यही वह ऐश्वर्य-मयी, परम सुन्दरी 'अवश्य-माननीया' है? पर यह कोई स्वप्न नहीं था—यह एक भयंकर वास्तविक घटना थी!

ऐसा विचित्र और भयानक परिवर्तन कैसे हुआ? क्या उस जीवन-दायी अग्नि का गुण बदल गया? या ऐसा तो नहीं है कि वह समय-समय पर जीवन-सत्त्व की जगह मरण-तत्त्व भी प्रवाहित करता हो? या जिस शरीर पर एक बार उसका प्रयोग हो चुका हो वह पुनः इसे सहन न कर सकता हो और दुबारा प्रयोग करने पर उसका समस्त गुण लुप्त हो जाता हो? हमें तो आयेशा के सम्बन्ध में यह अन्तिम बात ही जंचती है। मुझे ज़रा भी संदेह नहीं है कि जो शक्ल हमारे सामने पड़ी हुई थी वह ठीक वैसी थी जैसी किसी ऐसी स्त्री की होनी चाहिए जो असाधारण उपायों द्वारा जीवन को बाईस शताब्दियों तक रोके रही हो। दों हज़ार दो सौ वर्षों में शरीर जैसा जीर्ण होता, आयेशा

का शरीर वैसा ही हो गया था।

पर कौन कह सकता है कि क्या हुआ? हां, घटना सच्ची थी और उसका शरीर सामने पड़ा हुआ था। उस घड़ी से अनेक बार मैंने इस घटना पर विचार किया है, और बिना विशेष कल्पना के इस निष्कर्ष पर पहुंचा हूं, इसमें ईश्वरीय शक्ति का हाथ था। आयेशा अपने प्रियतम से मिलने की प्रतीक्षा में इतने दिनों तक अपनी देह की कारा में बैठी हुई कुछ सृष्टि के नियमों को थोड़े ही बदल सकी थी। यदि अपने प्रेम में सन्तुष्ट और शक्तिमान आयेशा, अक्षय यौवन, दैवी सौन्दर्य एवं शक्ति तथा सदियों के ज्ञान से विभूषित होकर जीती रहती तो समाज में क्रान्ति कर देती और शायद मानव का भाग्य ही बदल देती। इस प्रकार वह सनातन नियमों के विरुद्ध खड़ी हुई और शक्तिमान होते हुए भी उसके द्वारा धूलि में मिला दी गई। मानो ईश्वरीय नियमों ने उसके प्रयत्नों का भयानक उपहास किया हो।

मैं कुछ देर तक योंही पड़ा अपने मन में इन भयानक घटनाओं पर विचार करता रहा। धीरे-धीरे मेरे शरीर की गई हुई शक्ति फिर वापस आ गई। तब मैं दूसरे साथियों के बारे में सोचता उठ बैठा और उन्हें भी जगा देने का निश्चय किया। पहले मैंने आयेशा की कुर्ती और ओढ़नी उठाई जिनके द्वारा वह अपने प्रकाशमान एवं मोहक सौन्दर्य को मनुष्यों की आंखों से छिपाती थी। मैंने अपना मुंह दूसरी ओर फिराकर, जिससे उसका वह बीभत्स रूप न देख सकूं, विभूतिमान मृतक के भयानक अवशेष पर तथा मानवीय सौन्दर्य और मानव-जीवन के उस डरावने स्मारक पर कुर्ती और ओढ़नी डाल दी जिसमें वह ढक गया। मैंने यह काम बहुत जल्दी किया क्योंकि मुझे भय था कि कहीं लियो होश में न आ जाए और आयेशा को पुन: इस रूप में देख न ले।

उसके बाद आयेशा के काले सुगन्धित बालों को, जो उसी प्रकार ज़मीन पर पड़े हुए थे। मैं जाब के पास ले गया। वह पेट के बल ज़मीन पर पड़ा हुआ था। मैंने उसे उलटा। मैंने हाथ पकड़कर उसे उठाना चाहा, पर वह एक ओर झूल गया। मैं सिहर उठा और उसके चेहरे पर ध्यानपूर्वक दृष्टि डाली। एक ही दृष्टि काफी थी। हमारा पुराना और वफादार नौकर मर चुका था। जो कुछ उसने देखा और भोगा

उससे उसपर बहुत बुरा असर पड़ा था। अन्तिम भयानक दृश्य को वह सहन न कर सका और उसके प्राण-पखेरू उड़ गए। उसकी ओर देखते ही मुझे यह मालूम हो गया।

यह दूसरी चोट थी; पर इससे पाठकों को कल्पना हो सकेगी कि वह दृश्य कितना भयानक रहा होगा। और यह कोई आश्चर्य की बात न थी कि जब उसे देखकर ही मर गया था। जब दस मिनट बाद लियो कराहता और कांपता हुआ, थोड़ी देर के लिए होश में आया और मैंने उसे बताया कि जाब मर गया तो वह 'ओह!' करके रह गया। यह कोई हृदयहीनता की बात न थी, क्योंकि दोनों एक-दूसरे को बहुत चाहते थे और अब तक लियो बड़े प्रेम और दुःख के साथ उसकी याद किया करता है। बात यह थी कि उसका दिमाग अब ज़्यादा बर्दाश्त न कर सकता था।

अब मैं लियो को होश में लाने का उपाय करने लगा जो केवल बेहोश हो गया था, मरा न था। आखिरकार वह उठ बैठा। तब मैंने एक दूसरी भयानक बात देखी। जब हम इस स्थान पर पहुंचे थे तो उसके घुंघराले बाल लालिमायुक्त सुनहले रंग के थे और दमकते थे; इस समय सफेद होते जा रहे थे। थोड़ी ही देर में वे बर्फ की भांति सफेद हो गए। इसके अतिरिक्त वह बीस साल ज़्यादा का दिखने लगा।

जब लियो के होश कुछ ठिकाने हुए और जो कुछ हो गया था, उसकी याद उसे आई तो उसने भर्राई और मरी-सी आवाज़ में कहा—"काका, अब क्या करना चाहिए?"

मैं बोला—"और क्या करना है; दिमाग ठीक करो और यहां से चलो। हां, तुम उसमें नहाना चाहो तो बात दूसरी है।" और मैंने निकट आते हुए अग्नि-स्तंभ की ओर इशारा किया।

उसने दुःख-भरी हंसी हंसकर कहा—"मैं प्रसन्नतापूर्वक नहाऊं यदि मुझे विश्वास हो जाए कि वह मुझे मार डालेगी। यह मेरी उस अभागी हिचकिचाहट का नतीजा है जो आयेशा मरी। अगर मैंने सन्देह न किया होता तो क्यों मुझे दिखाने के लिए दोबारा नहाने जाती? मुझे विश्वास नहीं है कि नहाने से मैं मर सकूंगा। अग्नि का

मुझपर बिलकुल दूसरा असर हो सकता है। संभव है, वह मुझे अमर कर दे, और भई मुझमें इतना धैर्य नहीं है कि मैं उसके लौटने की हज़ारों वर्ष तक प्रतीक्षा करूं, जैसाकि उसने मेरे लिए किया। मैं तो अपने समय पर मर जाना ज़्यादा पसन्द करूंगा, और मैं समझता हूं कि वह बहुत दूर नहीं है। इस तरह मरकर मैं उसे जल्दी पा जाऊंगा। हां, आप चाहें तो खुद प्रयोग कर सकते हैं।"

मैंने अपना सिर हिला दिया; मेरी उत्सुकता मर गई थी, और दीर्घ जीवन के प्रति मेरी पूर्व-अरुचि और प्रबल होकर लौट आई थी। फिर हम दोनों में से कोई नहीं जानता था कि जीवन-तत्त्व का क्या असर पड़ेगा। 'आयेशा' पर जो असर पड़ा था वह स्फूर्तिदायक न था, और किन वास्तविक कारणों से वैसा हुआ, इस विषय में हम निश्चित रूप से कुछ न जानते थे।

मैंने कहा—"बेटा! हम तब तक तो यहां नहीं रह सकते जब तक कि इन दोनों की तरह हम भी मौत के घाट न उतर जाएं," मैंने सफेद कपड़े से ढकी ढेरी और गरीब जाब के लकड़ाते हुए कंकाल की ओर दिखाकर कहा—"अगर हमें जाना है तो जल्दी चल देना चाहिए। पर दीपकों का तेल तो समाप्त हो गया होगा।" मैंने एक दीपक उठाकर देखा, उसमें तेल था।

लियो ने उदासीनतापूर्वक कहा—"शीशी में भी कुछ तेल है। वह फूटी तो नहीं है?"

मैंने शीशी उठाकर देखी। वह ठीक हालत में थी। कांपते हाथों से मैंने दोनों दीपकों में तेल भरा। सौभाग्य से उनमें अभी बत्ती भी थी। मैंने उन्हें जला दिया। इसी समय अग्नि-स्तंभ, अपनी अनन्त यात्रा में, पुनः आता हुआ जान पड़ा—पर क्या पता कि एक ही स्तंभ बार-बार घूमकर आता था या उनकी अनन्त संख्या थी।

लियो ने कहा—एक बार और देख लीजिए। ऐसी चीज़ पुनः दुनिया में देखने को न मिलेगी।"

मुझे अब यह उत्सुकता व्यर्थ जान पड़ी; किन्तु लियो की भांति वह मुझमें भी थी। इसलिए हम तब तक प्रतीक्षा करते रहे जब तक वह अपनी धुरी पर घूमता, गड़गड़ाता और दहकता हुआ आकर

चला न गया। मैं सोचने लगा कि न जाने कितने सहस्र वर्षों से यह तमाशा पृथ्वी के गर्भ में हो रहा है और अभी न जाने कितने सहस्र वर्षों तक होता रहेगा! मैं आश्चर्य करने लगा कि क्या फिर किसी मनुष्य की आंखें इसके आवागमन को देख पाएंगी या इसकी अद्‌भुत आवाज़ से पुन: किसीके कान आकर्षित और आह्लादित होंगे? मुझे तो यह संभव नहीं मालूम पड़ता। मेरा विश्वास है कि उस अपार्थिव दृश्य को देखनेवाले हम ही अन्तिम आदमी हैं। खैर, वह आकर चला गया और हम भी जाने को तैयार हुए।

जाने के पहले हम दोनों ने जाब के ठंडे हाथ से हाथ मिलाया। यह एक दुःखदायी लोकाचार मालूम हुआ किन्तु उस वफादार सेवक के प्रति सम्मान प्रकट करने का यही एकमात्र साधन हमारे पास था। धवल वस्त्र के नीचे की ढेरी को हमने अनावृत नहीं किया। उस भयानक दृश्य को पुनः देखने की इच्छा हमें न थी, पर भयानक परिवर्तन की यंत्रणा में जो सुन्दर बाल गिर गए थे उनके पास हम गए। हाय, वह यंत्रणा हज़ारों स्वाभाविक मृत्युओं से कहीं बुरी थी। हम दोनों ने चमकते बालों के एक-एक गुच्छा उठा लिया। वे बाल अब तक हमारे पास हैं और जिस ऐश्वर्यमय एवं परम सुन्दर रूप में हमने आयेशा को देखा था उसकी एकमात्र यादगार हैं। लियो ने उन सुगन्धित बालों को अपने होंठों पर रखकर चूम लिया।

उसने भर्राए स्वर में कहा—"वह कह गई है कि मुझे भूल न जाना, हम फिर मिलेंगे। ईश्वर की सौगन्ध! मैं उसे कभी न भूलूंगा। मैं शपथ लेता हूं कि यदि मैं यहां से जीता बचकर निकल गया तो जन्म-भर किसी दूसरी स्त्री से कोई सम्बन्ध न रखूंगा और मैं जहां भी जाऊंगा, उसी प्रकार निष्ठापूर्वक उसकी प्रतीक्षा करूंगा जिस प्रकार उसने मेरे लिए प्रतीक्षा की थी।"

मैंने अपने मन में सोचा—'हां, यदि वह उसी सुन्दर रूप में आती है जिस रूप में हम उसे जानते रहे हैं। पर यदि वह इस रूप में आई तो?'

इसके बाद हम चले आए। चले आए और उन दोनों को जीवन के उस गुप्त स्रोत की उपस्थिति पर, मृत्यु की संगति में छोड़ आए।

हमने अन्तिम बार उनकी ओर तथा उस अवर्णनीय गुलाबी ज्योति की ओर नज़र डाली जिसमें वे पड़े हुए थे। फिर दुःख से भरा हृदय लिए उनको छोड़कर रवाना हुए, बिलकुल टूटे हुए। हम दोनों ने अनुभव किया कि एक बार आयेशा के नयनों में नयन डालकर देखने के बाद हम उसे कभी भूल नहीं सकेंगे—कम से कम जब तक स्मृति और पहचान की शक्ति रहेगी। हम दोनों उसे उस समय और सदा के लिए प्यार करते थे; वह हमारे हृदय पर चित्रित हो चुकी थी और उस छाप को कोई दूसरी स्त्री या दिलचस्पी मिटाने में असमर्थ थी।

पर मुझे उसके बारे में इस प्रकार सोचने का कभी अधिकार न था, न आज है और यही मेरे दुःख का डंक है। जैसा उसने मुझसे कहा था, मैं उसकी नज़रों में कुछ न था और काल की अज्ञात गहराई में कभी कुछ न हो सकूंगा, जब तक कि स्थितियां बदल नहीं जातीं और ऐसा दिन नहीं आता जब दो आदमी एक ही स्त्री को प्यार कर सकें और इस तथ्य को जानते हुए भी तीनों सुखी हों। मेरे विचूर्ण हृदय के लिए यहीं धुंधली-सी आशा है। इसके सिवा मेरे पास कुछ नहीं है। मैंने यह भारी कीमत चुका दी है जिसके योग्य मैं इस समय हूं या बाद में हो सकूंगा। और यही मेरा एकमात्र पुरस्कार है; मेरा एकमात्र सहारा है।

पर लियो का सवाल दूसरा है, और प्रायः मुझे उसके सुखी जीवन से ईर्ष्या होती है, क्योंकि यदि आयेशा का कथन सत्य था, और मैं मानता हूं कि उसका ज्ञान और विवेक अन्त तक बना था, तो लियो का भविष्य बहुत अच्छा था। उसे भविष्य में कुछ आशा है, पर मुझे तो कोई आशा भी नहीं है। इसपर भी, ज़रा मानव-हृदय की दुर्बलता और दुराशा तो देखिए, और इससे दुर्बलों को शिक्षा ग्रहण करनी चाहिए, मैं बिना आशा किए नहीं रह सकता। मेरा आशय यह है कि मैं जो कुछ दे चुका हूं और जो सदा देता रहूंगा, उसपर मुझे सन्तोष है। उसके बदले में मेरी स्वामिनी के टेबुल से जो भी टुकड़े गिर जाएंगे, उन्हींपर सन्तोष कर लूंगा: कुछ कृपापूर्ण शब्दों की स्मृति, सुदूर अज्ञात भविष्य में पहचान की एकाध मधुर

मुस्कान, थोड़ी-सी स्निग्ध मित्रता, और उसके प्रति अपनी निष्ठा के के लिए किंचित् आभार-प्रदर्शन—, बस। और लियो?

यदि यह सच्चा प्रेम नहीं है तो मैं नहीं जानता कि फिर उसकी क्या परिभाषा है। मैं केवल इतना ही कहना चाहता हूं कि उतरती अधेड़ अवस्था में प्रेम में पागल होने की यह मन:स्थिति बहुत बुरी है।

26

हम गुफाओं को आसानी से पार कर गए, किन्तु जब हम उस उलटे शंकु की ढाल पर पहुंचे तो दो कठिनाइयां सामने आईं। एक तो यह कि चढ़ाई बहुत मुश्किल और थकानेवाली थी; दूसरी यह कि रास्ते का पता किस प्रकार लगे। यह तो कहिए कि आते समय मैंने रास्ते की बहुत-सी बातें अपने स्मृतिपट पर जमा ली थीं नहीं तो हम निकल ही न पाते और उस ज्वालामुखी के भयानक गर्भ में भटकते फिरते और एक दिन निराशा और थकान से मर जाते। इतने पर भी कई बार हम गलत रास्तों पर भटक गए और एक बार तो एक भयानक खड्ड में गिरते-गिरते बचे। उस भयानक अंधकार और सन्नाटे में रेंगते हुए चलना, एक चट्टान से दूसरी पर चढ़ना और दीपकों की धुंधली ज्योति में उन्हें पहचानते हुए आगे बढ़ना बड़ा ही कठिन था। हम एक-दूसरे से बहुत कम बात करते थे क्योंकि हमारे हृदय भरे हुए थे। किसी तरह गिरते-पड़ते बढ़ते जाते थे। कभी-कभी बदन कट या छिल जाता। बात यह थी कि हमारे दिल तो बुझे हुए थे इसलिए हमें, अब क्या होता है, इसकी ज़्यादा परवाह भी नहीं थी। यही इच्छा शेष थी कि जहां तक हो सके, हम अपने जीवन की रक्षा करें—एक स्वाभाविक प्रेरणा थी। हम चार घण्टे तक—ठीक तो कह नहीं सकता, क्योंकि हमारे पास कोई घड़ी न थी—अन्धाधुन्ध चलते चले गए। आखिरी दो घण्टे तो हम बिलकुल ही रास्ता भूल गए और मुझे भय लगा कि कहीं हम दूसरे किसी शंकु में तो नहीं चले आए, किन्तु एकाएक मैंने एक बड़ी चट्टान को देखकर पहचान लिया जो आते समय हमें रास्ते में मिली थी। यही आश्चर्य है कि मुझे उसकी याद थी।

हम उससे आगे गलत रास्ते पर चढ़ भी गए थे कि मुझे भूल मालूम हो गई। मैंने लौटकर उसकी परीक्षा की और ठीक रास्ते पर आ गए।

इसके बाद बिना विशेष कठिनाई के हमें प्राकृतिक चट्टानी सीढ़ियां मिल गईं और चलते-चलते हम उस छोटे कक्ष में पहुंच गए जिसमें 'नूत' रहा करता था और जिसमें उसकी मृत्यु हुई थी।

पर एक नया भय सामने आया। पाठकों को याद होगा कि जाब के भय और अनाड़ीपन से वह तख्ता, जिसके सहारे हमने टेढ़े दांत जैसी चट्टान से हिलती शिला के बीच के खड्ड को पार किया था, गिर गया था।

अब बिना तख्ते के कैसे पार हों?

इसका सिर्फ एक ही जवाब था—हम कोशिश करें और कूदें या फिर जहां हैं वहां ठहरे रहें और मर जाएं। बीच का अन्तर तो बहुत ज़्यादा नहीं था; ग्यारह-बारह फुट रहा होगा। मैंने कालेज में लियो को, जब वह किशोर था, बीस-बीस फुट कूदते देखा था। पर इस समय हमारी हालत दूसरी ही थी। दो शिथिल, थके आदमी, जिनमें एक चालीस की उम्र पार कर चुका था, और एक हिलती शिला से दूसरी हिलती चट्टान पर जाना था और ज़रा चूकने पर नीचे के अथाह खड्ड में सदा के लिए विलीन हो जाने की सम्भावना थी। काफी बुरी स्थिति थी, पर जब मैंने इन बातों की ओर लियो का ध्यान आकर्षित किया, तो उसने संक्षेप में यह उत्तर दिया कि यद्यपि चुनाव निर्दयतापूर्ण है, पर इस कमरे में तड़प-तड़पकर इंच-इंच मरने की अपेक्षा खतरा उठाकर तेज़ी के साथ मिट जाना कहीं अच्छा है।

मैं चट्टान के पीछे बहुत दूर तक चला गया और जब मेरे पीछे हवा का एक भारी झोंका आया तब मैं लौट पड़ा और तीस-बत्तीस फुट दूर से दौड़ा आया और जान हथेली पर रखकर हवा में उछला। उछलते ही मैंने अनुभव किया कि मेरी कुदान काफी नहीं है और श्रीहत करने-वाला भय मेरी नसों में भर गया। ऐसा ही हुआ भी। मेरे पांव उस पार की चट्टान पर नहीं पड़े; वे खाली जगह में पड़े; केवल मेरे हाथों और धड़ से उसका सम्पर्क हुआ। मैंने चीखकर हाथों से चट्टान को

पकड़ लिया, पर एक हाथ फिसल गया। मैं केवल एक हाथ से चट्टान को पकड़े हुए था; मेरा मुंह उस शिला की दिशा में था जिससे कूदकर मैं आया था। मैंने गहरी यंत्रणा में अपना बायां हाथ फैलाकर चट्टान के नीचे निकले एक पत्थर को किचकिचाकर पकड़ लिया। अब मैं उस भयावनी लाल रोशनी में हज़ारों फुट गहरे उस खड्ड के ऊपर हाथों के बल इस प्रकार लटका हुआ था कि मेरा सिर उस चट्टान के नीचे था, हाथ एक शिला के दोनों पार्श्वों को जकड़े हुए थे, इसलिए ज़ोर लगाकर भी मैं अपने को चट्टान के ऊपर नहीं ले जा सकता था। अब ज़्यादा से ज़्यादा यही हो सकता था कि एकाध मिनट मैं अधर में लटकता रहूं और फिर उस अथाह खड्ड में गिरकर विलीन हो जाऊं। क्या कोई आदमी इससे भी भयंकर स्थिति की कल्पना कर सकता है? मैं तो इतना ही जानता हूं कि उस आध मिनट की दारुण यंत्रणा से मेरा सिर फिर गया।

मैंने लियो की चीख सुनी और उसे हवा में उछलते देखा। मेरी भयंकर स्थिति देखकर उसने ऐसी अच्छी छलांग मारी कि उस खड्ड को पार करते हुआ चट्टान पर आ गिरा—जैसे उसके लिए इतना अन्तर कुछ भी न था। चट्टान के ऊपर पहुंचते ही वह मुंह के बल पड़ गया ताकि नीचे खड्ड में न जा रहे। उसके कूदने की धमक से मुझे अपने ऊपर की शिला कुछ हिलती-सी मालूम हुई। उधर लियो की छलांग से उस पार की वह शिला उलट गई और उलटकर कड़कड़ाती हुई नूत वाली उस कोठरी के ऊपर जा गिरी। इस प्रकार अमृत-कुण्ड का वह मार्ग सदा के लिए बन्द हो गया। यह सब एक सेकेण्ड में हो गया और अपनी उस भयानक स्थिति में भी मेरे मन में यह विचार आया कि अब कोई इस रास्ते न जा सकेगा।

इसके बाद मुझे मालूम हुआ कि लियो अपने दोनों हाथों से मेरी दाहिनी कलाई पकड़ रहा है। चट्टान के सिरे पर पेट के बल लेटकर वह मुझ तक अपने हाथ पहुंचा सकता था।

लियो ने गंभीरतापूर्वक कहा—"अब आप ज़रा भूलकर इसके नीचे से निकल आवें। और तब मैं आपको ऊपर उठा लूंगा या फिर हम और आप दोनों ही गिरकर नष्ट हो जाएंगे। क्यों, आप

तैयार हैं?"

इसके जवाब में पहले बायें, फिर दाहिने हाथ से भूलकर मैं अपना सिर ऊपर निकाल पाया। अब बड़ी भयानक घड़ी थी। मैं जानता था कि लियो बहुत बलवान है, पर क्या उसमें इतना बल है कि वह मुझे ऊपर उठा ले और जब तक मैं अच्छी तरह चट्टान के ऊपर न चढ़ आऊं, मुझे पकड़े रहे?

कुछ क्षण तक मैं आगे-पीछे झूलता रहा। इस बीच उसने सारी ताकत लगाकर मुझे इस तरह उठाया कि उसकी हड्डियां कड़कड़ा गईं। धीरे-धीरे मेरा बायां हाथ और सीना कगार से चिपक गया। आगे का क्रम तो आसान था। मैं दो-तीन सेकेण्ड में ऊपर आ गया। अब हम दोनों वहीं पस्त होकर गिर पड़े; हमारा शरीर पत्तियों के समान कांप रहा था और सारे शरीर से ज़ोरों के साथ ठंडा पसीना झर रहा था।

इसके बाद सूर्य की वह छनकर आनेवाली रोशनी लुप्त हो गई।

हम दोनों प्रायः आध घण्टे तक बिना एक शब्द बोले चुपचाप पड़े रहे, पर आखिरकार हमें उठना पड़ा और उस अन्धकार में हम चट्टान पर रेंगते हुए जितना बढ़ सकते थे, बढ़ते रहे। जब हम उस चट्टान के मुंह पर पहुंचे जिसमें से यह चट्टान दांत या खूंटी की भांति निकली हुई थी, तब कुछ रोशनी दिखाई पड़ी किन्तु बहुत कम, क्योंकि रात हो गई थी। इसके आगे वायु के झोंके कम हो गए। अब हम लोग सरलतापूर्वक बढ़ने लगे और प्रथम गुफा या सुरंग के मुहाने पर जा पहुंचे। पर यहां बड़ी कठिनाई हुई; दीपक एवं तेल की बोतल तो कूदने के समय ही चूर-चूर हो चुकी थी; पर प्यास बुझाने के लिए भी हमारे पास एक बूंद पानी न था। हम वही 'नूत' की कोठरी के पानी पिए हुए थे। तब इस संकरी सुरंग में कैसे चलना होगा?

पर हमारे पास स्पर्शेन्द्रिय के पथ-दर्शन के सिवा और चारा ही क्या था? इसलिए विवश होकर हाथ-पांव से टटोलते हुए हम आगे चल पड़े। यह भी भय था कि शरीर की दुर्बलता और थकावट ज़्यादा बढ़ गई तो हम यहीं पड़े-पड़े मर जाएंगे।

आह, उस अन्तिम सुरंग की वह भयानकता! जगह-जगह पत्थर निकले हुए थे; हम बार-बार टकराते थे; बार-बार ठोकर खाते और उनपर गिरते थे, यहां तक कि जगह-जगह घाव हो गए और खून रिसने लगा। हमारा एकमात्र पथ-दर्शक सुरंग की दीवार थी और उस अन्धकार में हम इतने घबरा गए कि दो-तीन बार तो हमारे मन में यह बात आई कि हम उलटी दिशा में चले जा रहे हैं। हम आगे बढ़ते गए पर हमारी गति बराबर धीमी होती गई। घंटे पर घंटे बीत रहे थे और उनके साथ हमारी दुर्बलता भी बढ़ती जाती थी। थोड़ी-थोड़ी देर में हमें सुस्ताना पड़ता था। एक बार तो हम थक-कर सो गए और अन्दाज़ है कि कई घण्टे तक सोते रहे, क्योंकि जब हम जगे तो हमारे अंग-अंग लकड़ा गए थे, घावों का खून जम गया था तथा चमड़ी कड़ी एवं सूखी मालूम पड़ती थी। अब हम फिर घिसटते हुए चले, यहां तक कि जब हमारे हृदय निराशा से भर गए थे, हमें एक बार फिर दिन का प्रकाश दिखाई पड़ा। अब हम गुफा के बाहर चट्टानी गली में पहुंच गए थे जो पहाड़ी की बाहरी सतह से इस ओर आती थी।

मधुर सुगन्धित वायु का स्पर्श और आकाश का दर्शन हमें बता रहे थे कि यह उषाकाल है। हम सूर्यास्त के समय इस यात्रा पर चले थे, और अब सवेरा हो रहा था। इस प्रकार हम रात-भर रेंगते और चलते रहे थे।

मैंने हांफते हुए कहा—"लियो, एक चेष्टा और, कि हम ढाल के नीचे बिल्लाली के पास पहुंच जाएंगे; अगर वह लौट न गया होगा। आओ, हिम्मत न हारो।" मैंने इसलिए कहा कि गुफा से बाहर निक-लते ही लियो सिर नीचा करके पड़ गया था।

वह उठा और हम दोनों एक-दूसरे को सहारा देते, गिरते-पड़ते और लड़खड़ाते न जाने किस प्रकार पचास फुट की दूरी पार कर नीचे आए। मुझे सिर्फ इतना याद है कि हम नीचे ढेर होकर पड़े थे। चूंकि अब हम एक कदम खड़े होकर न चल सकते थे, इसलिए हमने अपने हाथों एवं घुटनों के बल पर रेंगना शुरू किया और उस कुंज की ओर चले, जहां ठहरने का आदेश आयेशा ने बिल्लाली को दिया था।

इस तरह हम चालीस गज़ भी न गए होंगे कि हमारे बाईं ओर के वृक्षों में से एक गूंगा निकला, जो शायद सुबह की सैर को निकला होगा। वह हमारे पास यह देखने के लिए दौड़ आया, कि कोई विचित्र जानवर तो नहीं हैं। उसने हमें देखा और देखा, खूब घूरकर देखा और फिर हाथ फैलाकर ज़मीन पर गिरते-गिरते बचा। अब वह तेज़ी से कुंज की ओर दौड़ा, जो कोई दो सौ गज़ दूर था। इसमें कोई आश्चर्य की बात न थी कि वह हमें देखकर डर गया, क्योंकि हमारी सूरत-शक्ल ऐसी ही हो रही थी। लियो के सुनहले घुंघराले बाल बर्फ की भांति सफेद हो गए थे; उसके कपड़े फट-फटकर शरीर से झूल रहे थे; उसका चेहरा, हाथ क्या, सारा शरीर ही लोहू-लुहान हो रहा था। मेरी दशा भी कुछ ठीक न थी। मुझे याद है कि दो दिन बाद जब मैंने अपना चेहरा पानी में देखा तो मैं अपने को पह-चान नहीं सका। यह ठीक है कि मैं कभी अपनी सुन्दरता के लिए प्रसिद्ध नहीं रहा, पर कुरूपता के सिवा मुझमें एक और बात पैदा हो गई थी। कुछ पागलपन-भरे भय का भाव मेरे चेहरे पर था। सोते-सोते कोई भयंकर स्वप्न देखकर जग जानेवाले मनुष्य के चेहरे पर जो भाव होता है वही। और इसमें आश्चर्य की कोई बात नहीं। आश्चर्य की बात तो यह है कि जो कुछ हमपर गुज़री थी उसके बीच भी हम अपने होश-हवास में थे।

जब मैंने बिल्लाली को तेज़ी से अपनी ओर आते देखा तो मुझे बड़ी राहत मिली, पर बिल्लाली के शानदार चेहरे पर भी घबराहट के चिह्न देखकर, उस हाल में भी मुझे हंसी आ गई।

वह चिल्लाया—"ओः! मेरे लंगूर! मेरे लंगूर! मेरे बेटे! यह क्या सचमुच तुम और शेर हो? उसके गेहूं के पके दाने-से बाल बर्फ की तरह सफेद हैं। तुम कहां से आ रहे हो? वह सुअर कहां गया और 'अवश्य-माननीया' कहां हैं?"

मैंने उत्तर दिया—"मर गए, दोनों मर गए! पर मुझसे इस समय कोई सवाल न पूछो; हमारी मदद करो; हमें भोजन-पानी दो, नहीं तो हम भी तुम्हारी आंखों के आगे ही मर जाएंगे। देख रहे हो कि पानी के अभाव में हमारी जीभ काली पड़ गई है। तब हम बात

कैसे करें?"

उसने हांफकर कहा—"मृत! असम्भव! 'अवश्य-माननीया कभी मरती नहीं; उन्हें मौत नहीं आती। यह कैसे हो सकता है?" पर यह देखकर कि गूंगे वहां आ गए हैं और उसका चेहरा पढ़ने की कोशिश कर रहे हैं, वह चुप हो गया और उन गूंगों को हमें पड़ाव तक ले जाने की आज्ञा दी। उन्होंने आज्ञा का पालन किया।

सौभाग्य की बात है कि जब हम आए, शोरबा आग पर पक रहा था। बिल्लाली ने अपने हाथ से हमें शोरबा पिलाया क्योंकि हम इतने दुर्बल हो गए थे कि अपने हाथ से खा-पी भी नहीं सकते थे। इस प्रकार उसने भूख-प्यास से शिथिल होकर मरने से हमें बचा लिया। इसके बाद उसने हमारे ज़ख्मों को पानी एवं गीले कपड़े से साफ करने की आज्ञा गूंगों को दी। इतना कर लेने के बाद हम नरम घास के बिछौनों पर लिटा दिए गए और तुरन्त मौत जैसी गहरी नींद में खो गए जो मन और शरीर की गहरी थकान पर आती है।

27

दूसरी बात जो हमें याद है, यह है कि जब मेरी आंख खुली तो मैंने अनुभव किया कि मेरा शरीर भयानक रूप से कड़ा हो गया है। मैंने अपने बूढ़े मित्र बिल्लाली को देखा जो मेरे बिस्तर के पास बैठा अपनी लम्बी दाढ़ी पर हाथ फेर रहा था और चिन्ता में मग्न था। उसको सामने देख मुझे वे सब बातें याद आ गईं जो हम देख और भोगकर आए थे। मेरे सामने बेचारा लियो पड़ा हुआ था। उसका चेहरा ज़ख्मों और खुरचों से काला हो रहा था, और उसके सुन्दर घुंघराले बाल सफेद हो गए थे।[1] उस दृश्य को देख मैंने पुनः अपनी आंखें बन्द कर लीं और कराहने लगा।

बूढ़े बिल्लाली ने कहा—"मेरे लंगूर! बहुत सो चुके।"

---

1. आश्चर्य की बात है अभी हाल में लियो के बालों का रंग फिर बदलने लगा है; पीलापन लिए भूरा हो गया है और आशा होती है कि कालान्तर में उसका पुराना सुनहला रंग लौट आएगा।

मैंने पूछा—"मेरे पिता! कितनी देर?"

उसने कहा—"एक सूरज और एक चांद गया। तुम एक दिन और रात सोए। शेर भी! देखो, वह अब भी सो रहा है।"

मैंने कहा—"नींद बहुत अच्छी चीज़ है जो सब स्मृतियों को निगल जाती है।"

उसने कहा—"अच्छा मुझे बताओ कि तुम लोगों पर क्या गुज़री और यह उसकी मृत्यु की क्या बात है जो कभी मरती नहीं। मेरे बेटे, अगर यह सही है तो तुम्हारे और शेर के लिए बड़ा खतरा पैदा हो गया है। घड़ा गर्म है जिससे तुम दोनों मारे जाओगे और तुम्हें खाने के लिए लोगों के पेट में अभी से चूहे कूद रहे हैं। तुम क्या नहीं जानते कि ये अमाहज़र, मेरे बच्चे, ये गुफावासी तुम्हें घृणा करते हैं? वे तुम्हें परदेसी समझकर घृणा करते हैं और वे इसलिए भी तुम्हें घृणा करते हैं कि 'अवश्य-माननीया' ने तुम्हारे ही कारण उनके अनेक जाति-बन्धुओं को सज़ा दी। निश्चित समझो कि ज्योंही उन्हें मालूम होगा कि अब 'हिया' (अवश्य-माननीया) से भय करने का कोई कारण नहीं रहा, वे गर्म घड़े से तुम्हें हलाल कर देंगे। पर मेरे लंगूर! मैं तुम्हारा किस्सा तो सुनूं।"

तब मैंने उसे अपनी कहानी सुनाई—हर बात सुनाना मैंने वांछनीय नहीं समझा—और उसे बतला दिया कि आयेशा ज्वालामुखी की आग में जलकर मर गई क्योंकि सच्ची घटना बताने पर वह समझ न पाता। लौटते समय हमपर क्या-क्या मुसीबतें आईं यह भी हमने बता दिया जिसका उसपर बड़ा प्रभाव पड़ा। पर मैंने स्पष्ट देखा कि आयेशा की मृत्यु के बारे में उसे विश्वास नहीं हुआ। वह कहता था कि वह मरी नहीं है बल्कि कुछ समय के लिए कहीं लुप्त हो गई है। उसने बताया कि मेरे पिता के समय में भी वह बारह साल तक गायब हो गई थी, और इस देश में परम्परा से यह कथा प्रचलित है कि कई सदी पहले एक पूरी पीढ़ी तक वह लुप्त रही और लौटने पर एक स्त्री को, जो उसकी अनुपस्थिति में रानी बन गई थी, मारकर पुन: अपना अधिकार स्थापित कर लिया। मैंने इसपर कुछ नहीं कहा और दु:ख से अपना सिर-भर हिलाता रहा। हाय! मैं भलीभांति जानता था कि आयेशा अब लौट-

कर न आएगी—कम से कम बिल्लाली तो फिर उसे नहीं देख पाएगा। वह कहीं अन्यत्र हमें मिल सकती है और मुझे विश्वास है कि ज़रूर मिलेगी, पर यहां नहीं।

बिल्लाली ने पूछा—“मेरे लंगूर! अब तुम क्या करोगे?”

मैंने कहा—“मेरे पिता! मैं कुछ नहीं जानता कि क्या करूंगा। पर क्या हम इस देश से बचकर निकल नहीं जा सकते?”

उसने अपना सिर हिलाया।

“यह बात कठिन है। कोर से होकर तुम जा नहीं सकते क्योंकि वे खूंखार लोग तुम्हें देख लेंगे और ज्योंही वे देखेंगे कि तुम अकेले हो कि बस,”—इसके बाद उसने अपना हाथ इस तरह उठाया मानो अपने सिर पर हैट रखने जा रहा हो; फिर मुस्कराते हुए बोला—“पर पहाड़ों पर से एक रास्ता है जिसके बारे में एक बार मैंने तुमसे बात की थी, जिससे वे चराने के लिए पशुओं को खदेड़ देते हैं। इन चरागाहों के बाद दलदल हैं जिनको पार करने में तीन दिन लगते हैं। उसके बाद क्या है, मैं नहीं जानता, पर मैंने सुना है कि वहां से सात दिन के सफर के बाद एक बड़ी नदी मिलती है जो जाकर काले पानी में मिलती है। अगर किसी तरह तुम उसके किनारे तक पहुंच जाओ तो निकल जा सकते हो। पर वहां तक पहुंचोगे कैसे?”

मैंने कहा—“बिल्लाली! मुझे तथा मेरे पुत्र शेर को बचा लो। जब तुम्हारी मौत की घड़ी आएगी तो तुम्हें यह सोचकर आनन्द होगा कि जीवन के पापों के विरुद्ध तराज़ू पर रखने के लिए तुमने कुछ पुण्य भी किए हैं। फिर अगर तुम ठीक रहते हो और ‘अवश्य-माननीया’ ने अपने को सिर्फ कहीं छिपा लिया है, तो लौटने पर वह इसके लिए तुम्हें पुरस्कार भी देगी।”

बूढ़े ने उत्तर दिया—“मेरे लंगूर बेटे! मैं बचा सकूंगा तो निश्चय ही तुम्हें बचाऊंगा। कल सुबह तुम तैयार रहना। तुम्हें पहाड़ तथा उसके बाद के दलदलों के उस पार ले जाने के लिए यहां दो डोलियां मौजूद रहेंगी। मैं यह कर दूंगा और लोगों से कह दूंगा कि ‘अवश्य माननीया’ ने यह आदेश भेजा है और जो इस आदेश को न मानेगा उसे वह लकड़बग्घों की खुराक बना देगी। दलदलों को पार करने के

बाद तुम खुद अपना रास्ता ढूंढ़ लेना; संभव है कि तुम्हारा भाग्य अच्छा हो और तुम काले पानी तक जीवित पहुंच जाओ, जिसकी बाबत तुमने मुझसे कहा था। और देखो, अब शेर उठने ही वाला है। मैंने जो भोजन तुम लोगों के लिए तैयार कराया है, उसे खा लो।"

अब लियो की हालत उतनी खराब न थी जितनी उसकी सूरत से जान पड़ती थी। हम लोगों ने डटकर भोजन किया। इसके बाद जाकर सोते पर खूब स्नान किया और लौटकर सो गए तथा शाम तक सोते रहे। रात को फिर हमने छककर भोजन किया। बिल्लाली दिन-भर गायब रहा—शायद डोलियों और कहारों का प्रबन्ध करने में लगा रहा होगा क्योंकि आधी रात के समय पड़ाव पर बहुत-से आदमियों के आने से हम जग गए।

उषाकाल में बुड्ढा स्वयं आया और बताया कि 'अवश्य-माननीया' के खौफनाक नाम का प्रयोग करने से सफलता मिल गई—यद्यपि आदमियों को राज़ी करने में काफी कठिनाई हुई। उसने दलदलों के पार ले जाने के लिए दो पथ-दर्शकों का भी प्रबन्ध कर दिया था। उसने यह भी कहा कि फौरन रवाना हो जाओ। किसी प्रकार का विश्वासघात न हो इसलिए उसने खुद भी हमारे साथ चलने का इरादा प्रकट किया। दो बिलकुल अरक्षित परदेसियों के प्रति उस जंगली बूढ़े की इस दयालुता का मेरे ह्रदय पर गहरा प्रभाव पड़ा। उन दलदलों तक जाकर लौटने में छः दिन का सफर था जो उसकी उम्र के आदमी के लिए मामूली काम नहीं था, किन्तु हमारी सुरक्षा के लिए उसने यह कष्ट उठाना खुशी के साथ स्वीकार कर लिया। यद्यपि अमाहज़र अपनी भयानक प्रथाओं और अपने मनहूसी चेहरों के कारण जंगलियों में मुझे सबसे क्रूर एवं भयंकर प्रतीत हुए, पर बिल्लाली के व्यवहार ने सिद्ध कर दिया कि उनमें भी दयालु एवं कोमलह्रदय लोग मौजूद हैं। संभव है कि आत्महित की भी इसमें कुछ भावना रही हो; संभव है, बिल्लाली ने सोचा हो कि 'अवश्य-माननीया' एकाएक कहीं से प्रकट होकर हमारे प्रति किए गए व्यवहार की सफाई न उससे मांग बैठे। पर इन सब बातों के बावजूद भी उन परिस्थितियों में यह उससे कहीं अधिक था

जिसकी हम उम्मीद कर सकते थे। मैं इतना ही कह सकता हूं कि जब तक मैं जीवित रहूंगा बिल्लाली को उसके स्नेह एवं सद्व्यवहार के लिए याद रखूंगा।

तदनुसार नाश्ता करके हम डोलियों में सवार हुए और चल पड़े। काफी नींद और विश्राम ले लेने के कारण शारीरिक दृष्टि से हम काफी स्वस्थ हो गए थे। मन की दशा की बात क्या कहूं; उसकी तो आप कल्पना कर सकते हैं।

तब पहाड़ी पर भयंकर चढ़ाई शुरू हुई। कहीं-कहीं चढ़ाई का मार्ग प्राकृतिक था, पर अधिकांश टेढ़ा-मेढ़ा और घुमावदार था जिसे कोर के पुराने निवासियों ने काटकर बनाया था। अमाहज़र लोग अपने फालतू चौपायों को उस पार चरने के लिए साल में एक बार भेज देते हैं पर उन चौपायों के पांव मज़बूत होने चाहिए। यहां डोलियां बेकार थीं इसलिए हमें विवश होकर पैदल चलना पड़ा।

दोपहर तक हम पहाड़ की शक्तिमती दीवार के ऊपर, चपटे सम-तल स्थान पर पहुंच गए और वहां चतुर्दिक् देखा। बड़ा विशाल दृश्य था। एक ओर कोर का मैदान पड़ा था जिसके बीच में सत्यदेवी के मंदिर के खम्बेदार भग्नावशेष स्पष्ट दिखाई दे रहे थे; दूसरी ओर दलदलों का असीम विस्तार था। यह दीवार डेढ़ मील मोटी थी। उसपर कुछ भी न उगता था; हां, कहीं-कहीं गड्ढे थे जिनमें पानी भरा हुआ था क्योंकि कुछ दिनों पहले ही वर्षा हुई थी। इस शक्तिमती दीवार के चौड़े पठार को पार करने के बाद उतराई शुरू हुई। यद्यपि यह चढ़ाई जैसी कठिन न थी फिर भी उसमें काफी सावधानी रखनी पड़ती थी क्योंकि गिरने का भय रहता था। सूर्यास्त तक हम लोग नीचे पहुंच सके। वह रात हमने वहीं बिताई क्योंकि उसके बाद दलदल शुरू हो जाते थे।

दूसरे दिन ग्यारह बजे के लगभग दलदलों के असीम विस्तार में हमारी नीरस यात्रा शुरू हुई।

पूरे तीन दिन तक हमारे कहार बदबू और कीचड़ तथा ज्वर की सर्वव्यापी हवा में सांस लेते चलते रहे। तब पथ-दर्शक के बिना पार करने में बिलकुल असंभव, उस निर्जन क्षेत्र को पार कर एक ऊंचे मैदान

में जा निकले जहां सब तरह का शिकार उपलब्ध था, पर जो बिना जुता पड़ा था। यहां वृक्षों का भी अभाव था। यहां दूसरे दिन सुबह, भरे हृदय से हमने बिल्लाली को विदा किया जिसने अपनी धवल दाढ़ी पर हाथ फेरते हुए हमें आशीर्वाद दिया।

उसने कहा—"मेरे बेटे लंगूर! विदा, और ओ शेर! तुमसे भी विदा लेती हूं। अब मैं तुम्हारी और ज़्यादा मदद नहीं कर सकता। पर यदि तुम अपने देश में पहुंच जाओ तो फिर किसी ऐसे देश की यात्रा को न निकल पड़ना जिसके विषय में तुम्हें कुछ ज्ञान न हो, क्योंकि हो सकता है कि तुम वहां से लौट न पाओ और अपनी सफेद हड्डियों को यात्रा की सीमा के रूप में वहीं छोड़ना पड़े। एक बार फिर विदा। मैं प्रायः तुम्हारी याद किया करूंगा; और मेरे लंगूर, तुम भी मुझे न भूलना। तुम्हारा चेहरा कुरूप है परन्तु तुम्हारा हृदय सच्चा है।" इसके बाद वह घूमकर चला गया और उसके साथ ही वे मनहूस और लम्बे कहार भी चले गए। हमने उन्हें डोलियां लिए इस प्रकार लौटते देखा जैसे वे रणभूमि से किसी योद्धा का शव लिए जा रहे हों। धीरे-धीरे वे दलदलों से निकलनेवाली गैस के कुहासे में छिप गए। और तब उस विशाल निर्जन क्षेत्र में अकेले छोड़ दिए गए हम दोनों ने अपने चतु-र्दिक् देखा और फिर एक-दूसरे की ओर देखने लगे।

तीन सप्ताह पूर्व चार आदमियों ने कोर के दलदलों में प्रवेश किया था; इनमें से दो मर चुके थे और हम दो जो बच गए थे उन्होंने ऐसी मुसीबतें झेली थीं और ऐसे-ऐसे भयानक एवं विचित्र अनुभवों से गुज़रे थे कि स्वयं मृत्यु भी उनसे अधिक भयानक न होगी। तीन सप्ताह—और सिर्फ तीन सप्ताह! सचमुच काल का माप घटनाओं द्वारा करना चाहिए, बीते घण्टों द्वारा नहीं। ऐसा जान पड़ता था कि ह्वेलबोट से बन्दी बनाए जाने के बाद मानो तीस वर्ष बीत गए हों।

मैंने कहा—"लियो, अब हमें ज़म्बेसी की ओर चलना चाहिए; पर ईश्वर ही जानता है कि हम कभी वहां तक पहुंचेंगे या नहीं!"

लियो ने सिर्फ सिर हिला दिया; पिछले दिनों वह बहुत मौन रहने लगा था। इसलिए सिर्फ अपने तन पर पड़े कपड़ों के साथ हम चल

पड़े। इनके अलावा हमारे पास कुतुबनुमा (कम्पास), हमारे रिवाल्वर, एक्सप्रेस राइफलें तथा दो सौ फायर गोली बारूद भी थे। इस प्रकार शाही कोर के भग्नावशेषों का हमारा भ्रमण-वृत्तान्त समाप्त हुआ।

इसके बाद हमारे सफर में जो घटनाएं हुईं तथा जो खतरे आए, विचार करने पर उन्हें न लिखने का निश्चय मैंने किया है। इन पृष्ठों में तो मैंने एक अघटनीय घटना का संक्षिप्त एवं स्पष्ट विवरण दिया है और यह भी कुछ तुरन्त प्रकाशन की दृष्टि से नहीं—सिर्फ इसलिए कि जब तक उनकी याद ताज़ी है मैं उन्हें कागज़ पर लिख लूं।

मैं जानता हूं कि यदि अपनी वापसी की यात्रा की ब्योरेवार घटनाएं एवं परिणाम मैं लिखूं तो वे दुनिया के लिए मनोरंजक होंगे, पर जब तक हम दोनों जीवित हैं तब तक ऐसा करने का विचार नहीं है।

और बातें जनता के लिए विशेष काम की नहीं जो एकाधिक मध्य अफ्रीकी यात्रियों के भ्रमण-वृत्तान्त से मिलती-जुलती हैं। यहां इतना ही कहना पर्याप्त है कि अनेकानेक कठिनाइयां सहकर हम लोग ज़म्बेसी पहुंचे जो उस स्थान से, जहां बिल्लाली ने हमें छोड़ा था, एक सौ सत्तर मील का सफर था। वहां हम लोग एक जंगली कबीले के हाथों छः मास तक बन्दी रहे जिन्होंने हमें, विशेषतः लियो के यौवनदीप्त मुख एवं सफेद बालों के कारण, अलौकिक प्राणी समझ लिया था। इनकी कैद से किसी तरह भागकर हमने ज़म्बेसी को पार किया और दक्षिण की ओर गए, जहां कई दिन भूखों मरने के बाद एक पुर्तगाली शिकारी से हमारी मुलाकात हुई जो हाथियों के झुण्ड के पीछे-पीछे इतनी दूर चला आया था। उसने हमारे साथ बहुत अच्छा व्यहार किया और बड़ी-बड़ी कठिनाइयां झेलते, उसकी सहायता से हम डेलागोआ खाड़ी तक पहुंच पाए—कोर के दलदलों से निकलने के अठारह मास बाद दूसरे दिन एक व्यापारी जहाज़ हमें मिल गया और अपनी दुस्साहसिक यात्रा के आरम्भ से ठीक दो वर्ष बाद हम साउथेम्पटन के बन्दरगाह पर उतरे।

इस समय मैं अपने कालेज के कमरे में बैठा ये पंक्तियां लिख रहा हूं और लियो मेरे कन्धों पर झुका हुआ देख रहा है। यह वही कमरा

है जिसमें बाईस साल पहले अपनी मृत्यु की रात्रि में, मेरे मित्र विंसी ने लोहे का सन्दूक मुझे सौंपा था।

जहां तक विज्ञान और बाह्य जगत् का सम्बन्ध है, यह कहानी यहां समाप्त होती है। पर हमारे एवं लियो के लिए इसका अन्त किस प्रकार होगा, इसकी कल्पना मैं नहीं कर सकता। पर हम इतना ज़रूर अनुभव करते हैं कि अभी कहानी का अन्त नहीं हुआ है। जो कहानी दो हज़ार वर्ष से भी पहले शुरू हुई वह अपने को धुंधले और सुदूर भविष्य में भी बहुत दूर तक खींचकर ले जा सकती है।

अभिलेख में जिस प्राचीन कालिकेटीज़ का वर्णन है, लियो क्या सचमुच उसी का अवतार है? अथवा किसी आनुवंशिक सादृश्य के कारण आयेशा को धोखा हुआ? फिर एक और सवाल है: इन अवतारों के अभिनय में क्या उस्तेन उस प्राचीना अमीनार्त्ता का कोई पार्ट पूरा करती है? इन सवालों पर तथा अन्य कई विषयों पर पाठक अपनी राय बनाएंगे। मेरी अपनी भी एक राय है और वह यह है कि जहां तक लियो का सम्बन्ध है, आयेशा ने कोई गलती नहीं की थी।

प्रायः मैं रात में अकेली बैठी भविष्यत्काल के अन्धकार में अपने मन के नयनों को गड़ाकर देखा करता हूं और आश्चर्य किया करता हूं कि इस महानाटक का अन्तिम रूप क्या होगा और इसके दूसरे अंक में क्या दृश्य होंगे। और अंत में जब वह अन्तिम विकास सामने आएगा, और मुझे ज़रा भी सन्देह नहीं कि वह आएगा अवश्य, तो उस नियति के आदेश से जो कभी टलती नहीं तथा उस प्रयोजन से जो बदला नहीं जा सकता, उसमें सुन्दरी मिस्रानी अमीनार्त्ता—फेरोओं की राजकीय जाति की राजकुमारी—का क्या पार्ट होगा, जिसके प्रेम के लिए पुजारी कालिक्रेटीज़ ने आइसिस देवी के प्रति अपनी प्रतिज्ञा तोड़ी और जिसका उस क्रुद्ध देवी ने ऐसा बदला लिया कि उसे लीबिया के तट की ओर भागना पड़ा, फिर भी कोर में जाकर उसका अन्त हुआ।

◇◇◇